文学的未来属于青年
（代序）

阿　霞

在新世纪的第21个新年伊始，由《草原》杂志社编选、内蒙古人民出版社出版的“新世纪文库”《内蒙古青年作家作品精选》即将出版，这是一件让作者、读者以及编者欢欣鼓舞的好事。

《内蒙古青年作家作品精选》应为我区首次以“青年”冠名的作家集结，是新世纪以来内蒙古青年作家的一次群体亮相。

习近平总书记说：“青年是标志时代的最灵敏的晴雨表，时代的责任赋予青年，时代的光荣属于青年。”冯至先生在里尔克《给青年诗人的十封信》的译序中说，青年让他时常联想到梵高一幅题为《春》的油画，画中一株桃树正经受着春寒的严酷考验，“枝干内却流动着生命的汁浆”，于一片萧索中怒放出粉红色的花朵。这正是青年人精神状态的真实写照。青年是充满朝气的文学后备军，青年作家是能够对时代做出敏锐洞察、积极回应的一个群体，他们对新的语言、新的感受和新的表达的热烈追求，代表着一种面向未来的、青春的，勇于探索的文学创造精神。他们是文学永续发展的可靠保证。令人欣喜的是，内蒙古青年作家业已形成一种杂花生树、草长莺飞的创作样态和文学气象，他们在多民族共存、多元文化共生的中华民族共同体意识中构筑起了内蒙古文学不容忽视的新生力量。

站在2020年的时间节点上给“青年作家”划线，我们最终将之锁定为“75后”的作家。征集作品为新世纪以来即2000年伊始，内蒙古籍以及长期在内蒙古工作和生活的作家在区内外国家正规文学刊物公开发表的汉语文学作品，包括中短篇小说、诗歌和散文（不包含网络文学）。本书编选过程中共收到7800多篇（首）作品，但由于篇幅所限，最终择优收录了84位青年作家近120万字的文学作品。其中，小说卷20位，散文卷18位，诗歌卷46位。作者年龄构成为“75后”22位，“80后”40位，“90后”16位，“00后”6位。由此也可以看出“70后”“80后”仍然是青年文学创作的主要力量，“90后”正在迅速成长，“00后”的写作者也开始受到关注。他们当中有业已走入全国文坛视野的作家，比如格日勒其木格·黑鹤（蒙古族）、刘汀、安宁、娜仁高娃（蒙古族）、晶达（达斡尔族）、肖睿、照日格图（蒙古族）、安然（满族）等，也有近年创作势头活跃的胡斐、未来、景绍德、郃婉婷、谢春卉、阿娜（达斡尔族）、李亚强、陈萨日娜（蒙古族）、邓文静（满族）等，还有初涉文坛就受到关注的渡澜（蒙古族）、阿塔尔（蒙古族）、苏热（蒙古族）、晓角，以及将写作视为“烹小鲜”的王侯瑜琬、张鹤宁、艾嘉辰、李佳忆、张泽英等新一代“后浪”们。这批青年作家们，或出手不凡、锋芒毕现，或厚积薄发、各领风骚，以他们独特而新鲜的文学表达、纷繁多彩的创作姿态装点了内蒙古文学的浩瀚星空。

《草原》自创刊以来，便以培养、发现和扶持青年作家为己任，70年来培养了众多各民族的青年作家。这些作家从《草原》出发，走向全国，为广大读者熟知。

本书所收作品大都选自《草原》。近年来，《草原》致力于本土文学生态建设，关注本土青年作家成长，不遗余力挖掘新人新作，举荐形式不拘一格。2013年始设立《草原骑手》栏目，以全刊三分之一的大

内蒙古青年作家作品精选

2000—2020

散文卷

新世纪文库

《草原》杂志社 选编

内蒙古人民出版社

图书在版编目（CIP）数据

内蒙古青年作家作品精选. 散文卷 /《草原》杂志社选编. -- 呼和浩特 : 内蒙古人民出版社, 2021. 5
（新世纪文库）
ISBN 978-7-204-16425-7

Ⅰ. ①内… Ⅱ. ①草… Ⅲ. ①散文集-中国-当代 Ⅳ. ①I267

中国版本图书馆 CIP 数据核字（2020）第 178524 号

内蒙古青年作家作品精选·散文卷

选　　编　《草原》杂志社
选题策划　张桂梅
责任编辑　于汇洋　卢　炀
封面设计　高　阳
出版发行　内蒙古人民出版社
地　　址　呼和浩特市新城区中山东路 8 号波士名人国际 B 座 5 楼
印　　刷　内蒙古爱信达教育印务有限责任公司
开　　本　680mm×960mm　1/16
印　　张　21
字　　数　312 千
版　　次　2021 年 5 月第 1 版
印　　次　2021 年 5 月第 1 次印刷
印　　数　1—2000 册
书　　号　ISBN 978-7-204-16425-7
定　　价　35.00 元

图书营销部联系电话：（0471）3946298　3946267
如发现印装质量问题，请与我社联系，联系电话：（0471）3946120

幅版面，每期 3～4 位作家的规模、每人每年 3～4 期的频率持续推出内蒙古优秀青年作家，并配发评论和创作谈。2018 年策划《内蒙古十二家》栏目，三年间先后刊发《内蒙古诗人十二家》《内蒙古散文十二家》《内蒙古小说十二家》，集中展示内蒙古当下青年文学创作的整体面貌。同时为鼓励广大的基层作者，设立《内蒙古文学地理》栏目，每期以盟市为单元，全年 12 期计有 180 位地方作者按区域出场，这在《草原》历史上也属首创。2020 年，我们又开设了《新发现》栏目，将目光聚焦具有创作潜力的文学新人，有 40 多位新人“上榜”。这些栏目均为内蒙古本土青年作家量身打造。

此外，《草原》还邀请区内外知名作家、专家担任评委，连续三年举办“内蒙古诗歌排行榜”的年度评选；“《草原》文学奖”专门设立新人奖，以奖掖青年文学新秀。受益于这些举措，许多年轻作家、诗人得以崭露头角，逐步成为内蒙古文学的中坚力量。

《内蒙古青年作家作品精选》的出版，其意义在于：一是填补了内蒙古出版史上以青年作家为主体的空白，全面梳理和展示新世纪以来内蒙古青年作家的成长脉络和创作成果；二是为内蒙古的文学发展史提供一套可资研究的青年作家样本，具有史料价值；三是为推动内蒙古青年作家群体走向全国乃至世界提供精神动力。

青年作家的作品难免青涩，但青涩是走向成熟的过渡色，也是迈向经典的底色。青年作家无疑面临着诸多的写作问题：缺乏深入社会生活的激情；对现实的把握和分析能力尚显不足，难以找到介入现实的有效路径；过多关注个人感受，而忽略群体乃至我们时代的共同情感；还有语言和叙述的同质化倾向；等等。这些问题可能都需要我们的青年作家在今后的创作实践中加以解决。但我相信，以他们的才华和勤奋，以他们对文学的执着与热忱，内蒙古的青年作家们必将穿越那些隐秘曲折的林间小径，到达根深叶茂的文学的广袤天地。

由于征稿的时间限制和编者的目力所限，本书难免有遗珠之憾，我们寄望于未来仍有弥补的机会，在此一并请读者诸君见谅。

最后，感谢内蒙古人民出版社对“新世纪文库”选题的慧识，感谢敕勒川、杨瑛、赵筱彬三位编者的认真遴选，感谢美术编辑高阳的精心设计，感谢为本书撰写推荐语的梁鸿鹰、施战军、特·官布扎布、尚贵荣、肖亦农、兴安等各位学者、专家，感谢所有为这套文集出版付出辛劳的朋友们。

2021 年 4 月 10 日

目录

CONTENTS

75后

1975'S

谢春卉 女，汉族，全国公安文联作协会员，呼伦贝尔市作协会员，作品散见于《骏马》《美文》《青春》《草原》《散文》（海外版）中，曾获首届“美丽中国”征文一等奖、首届“林非散文奖”、呼伦贝尔市文学创作政府奖（骏马奖）等。

彩虹衣裳

风　语

穿上道布尔吉用九张羊皮缝制的袍子，我立刻变得举步维艰，这件衣服的重量和它的保暖系数成正比，道布尔吉的妻子道力玛怕我们冷，执意要我们穿上这些皮袍。

这片草原上只有道布尔吉一家，站在他家院子里向四周望去，到处都是白茫茫的一片。他家南面是一片冰封的湿地，湿地里高大的芦苇从远处看我以为是森林；东面有三所空置的房子，这些房子是风的住所。草原上的风一年四季不停地刮，有些风偷懒或者刮到这里刮不动了就跑到这些房子里躲起来。

我站在院子里的时候，一轮红日正破晓而出。这片土地上的太阳只为道布尔吉一家东升西落，坐在他家屋里喝着奶茶就可以目睹整个日出日落的过程，但是起先我并不知道。五彩的霞光将天边和雪原次第晕染，我像个朝圣者一样站在一望无际的雪原上恭迎太阳的降临。风在耳边发出轰隆隆的巨响。这些风一边奔跑一边大喊，风使这么大劲喊什么呢？

头天晚上，道力玛来我们毡包问：“明天去四方山，你们去吗？”我说：“去。”据说四方山有位老人能听懂风语。我问道力玛：“我们可以去拜访他吗?”道力玛莞尔一笑，说:“能。”道力玛的声音平静、柔和，充满了女性魅力，无论我提出什么要求，道力玛都说好、可以、行，但她说“能”的时候莫名其妙拉着长声，好像有揶揄的味道。

我们出发的时候太阳刚好升上天空。道力玛为我们的爬犁铺上毡子，道布尔吉和他十一岁的大女儿分别骑上了两匹骆驼，道力玛怀抱两岁半的小女儿坐上了另一架爬犁，我们的两架骆驼爬犁就出发了。

太阳把我们的影子拉得老长，好像这些影子正随时准备跑掉。风从西面刮过来，风扬起雪，到处都是雪雾。我问道力玛:“四方山在哪儿呢?”道力玛说:“就在前面。”现在除了风就是雪，我什么也看不见。道布尔吉早就说过骆驼和马认识路，我们刚来的那天车陷在雪里，道布尔吉骑着马赶来救援，他松开马缰绳，马就自己跑回家了。

风把雪吹成一道道雪丘，这些雪质地坚硬，爬犁能够轻快地在雪面上滑行，骆驼则吃力地在雪里跋涉。骆驼边走边给自己喊着号子，骆驼的叫声和风声形成奇怪的应和。四周一片洁白，太阳是唯一的参照物，我已经分不清东南西北。道布尔吉用九张羊皮缝制的皮袍确实暖和，让我可以在零下三十多度的严寒里坐在爬犁上保持一动不动。我们的影子不慌不忙地在后面跟着，城市里的影子被脚印踩扁、被车轮碾碎、被楼房和建筑物折断。此刻在如此洁白、平坦、广阔的空间里，影子迅速恢复壮大。每当翻过一个雪丘的时候，影子就挣扎着想要站起来。

骆驼的脚步和嘶吼变得急促，我正胡思乱想，骆驼已经纵身一跃带着爬犁飞进了芦苇丛。一些“咔嚓”“咔嚓”声在身后响起，无数芦苇秆瞬间将影子切割成碎片。太阳是始作俑者，我长时间盯着雪和太阳看，眼前一片昏暗，太阳在幽暗里发出绿色的光芒，一枚带着巨大日晕的绿太阳好像骑了一辆独轮车一样在无边的雪原上与我们并辔而行。在绿太阳的照耀下，树木一样高大的芦苇迅速绿了起来。道布尔吉问我:“你们那里野生动物多吗?”我不知道他这么问是什么意思，小心翼翼回答他说:“不太多。”我试探着问他:“你们这儿有打猎的吗?”道布尔吉说:“我们不打它们，我们把它们当作兄弟姐妹，你们的人来打，都快打没了。”我问道布尔吉:“湿地里有鱼吗?”道布尔吉说:“有哇，有鲫鱼、鲤鱼，鲫鱼和鲤鱼是同一种鱼吧?”我被他逗得哈哈大笑，我说鲫鱼和鲤鱼的区别在于，鲫鱼比鲤鱼好吃。道布尔吉又说了一句令我羞愧的话，“我们不吃它们，它们是我们的兄弟姐妹”。

我觉得我不能老是一动不动，就清了清嗓子活动了一下四肢，我咳嗽出来的声音立刻被风声淹没，这些风大吼着好像要告诉我们什么。

道力玛说呼伦贝尔这几年太旱了，秋天的饲草储备不够，牲畜吃不饱，她家的羊群已经送到乌兰浩特去了。不光是她家，整个鄂温克草原的羊群都用车拉到六百多公里外的乌兰浩特草原去放养了。

我在单一的风景里昏昏欲睡，准备站起来走走，但是我发现我穿着道布尔吉用九张羊皮做的袍子后简直寸步难行。这时候我才想起来，我们大年初二来到鄂温克草原的锡尼河西苏木，中途车陷进雪里，道布尔吉骑着马从远处赶来，聪明的道布尔吉早就事先在附近电线杆底下的雪里埋了一把铁锹，他骑着马又扛来一把，两把铁锹挖了半天才把车从雪里挖出来。这天晚上，道力玛来我们毡包说原本大年初二是草原上出嫁的姑娘回娘家的日子，但是由于我们的到来耽误了他们一家的行程，他们一家准备初三一早回娘家，问我们去不去。

我说去，道力玛说回娘家必须穿上正式的蒙古袍，但是我穿上道力玛的袍子捉襟见肘，于是我只好穿道布尔吉的。我穿上道布尔吉用九张羊皮缝制的袍子，道力玛将一条与我脖子上的紫色围巾相配的紫色腰带系在我的腰上，她说腰带要系紧些，这样才暖和。于是我们的两架骆驼爬犁就出发了。

想明白这些，我们已经到达四方山了。黑瑙嗨兴奋地汪汪大叫，道力玛的阿爸将我们迎进屋去，老阿爸看见我穿了一件男人的袍子忍不住乐了，道力玛的额吉则假装没看见。午饭是布里亚特包子，没有菜。几天来，我们吃到的唯一蔬菜是白菜炒木耳，道力玛说小卖部离得太远了，青菜运到家就已经冻了，这两棵白菜还是听说我们要来，特意从旗里买回来的。道力玛说他们已经习惯了，在牧区，为防止草原土壤沙化，严禁开荒种地，哪怕种垄葱也不行。

吃过布里亚特包子，我提议去拜访那位风语者，屋子里顿时安静下来，人们面面相觑。停顿了几秒钟之后，老阿爸说：“我就是。”我大吃一惊，真想再吃两个包子压压惊。老阿爸将一杯桦树汁和草药混合酿制的浓烈饮料端到我面前，说喝下去就能如我所愿，于是我毫不犹豫仰头一饮而尽。我迫不及待想要检验一下效果，穿上老阿爸轻便的短皮袍，戴上尖尖的布里亚特魔法帽一头扎进风里。

刺骨的寒风像刀子一样扎在我脸上，我觉得晕头转向。我看见雪不知为什么变成了蓝色，骆驼变成了红色，我与卸掉爬犁休憩的骆驼仿佛置身于海底。太阳周围出现了七个首尾相接的巨大日晕，我们刚刚抵达时，老阿爸就将这些日晕指给我们看。这些巨大的光圈好像七彩的肥皂泡一样，手拉手叠套在一起，太阳在这些光环里显得夺目异常，好像天空中的一枚巨大的钻石戒指。

是谁将雪变成了蓝色，将骆驼变成了红色？是谁打开了天空之戒？难道是老阿爸的饮料？我妄图将这巨大的天象尽收眼底，我跌跌撞撞不断在雪地上跑来跑去调整位置，两匹红毛骆驼远远向我投来悲悯的一瞥。

我醒来的时候正躺在道布尔吉家的毡包里，炉子里的牛粪火着得不紧不慢。我问我的室友："我们去四方山了吗？"她说："我们已经回来了。"风依旧高调地在外面跑，我说："这些风说什么呢？"我的室友说："这里的风说布里亚特蒙古语，我们怎么能听得懂？"我想了想觉得有道理。我决定出去走走，看看这些说布里亚特蒙古语的风到底在嚷嚷些什么。

我推开毡包的门，被从来没见过的瑰丽夜空包围，无数颗宝石一样大而明亮的星星挤在我头顶的黑绒布上。星星们突然都长大了，以前它们生活在远处，现在它们从很远的地方跑出来看我，毕竟这个地方人少。有的星星还是排着队来的，它们三个一排五个一列，我觉得这片星空如此新奇与似曾相识，但此刻我不能思考。我将永远铭记这片星空。离开这里一段时间后，有一天我突然想起，那些星星排列的图案与我们的祖先在《河图》《洛书》里排列的图案何其相似，难道那些讲布里亚特蒙古语的风就是要对我说这样一件事情？

彩虹衣裳

草努力将自己举高，等到这些草突然开出花来，草原从此睁开了眼。无数朵五颜六色的花瞪大无数只五颜六色的眼睛，天和地一下子明亮起来。

如果它们不开花，我根本不认识它们。草原上的草像一群我不认识的人一样密密匝匝挤在我面前，我分不清它们到底谁是谁。等到草睁开花做的眼睛，我立刻就认出了它们。柠檬黄的野罂粟与萱草有很大区别；开蓝花的有鸢尾、翠雀、桔梗、勿忘我、齿叶沙参与矢车菊；金莲花的花朵和它的名字一样，犹如一朵朵小小的金色的莲花；细叶百合植株矮小，花色鲜红，斑点百合植株高大，花朵橘红。

草用花的眼睛看见，花都看见了什么？清晨刚下过雨，大地散发着梳洗后的香气。我学着一朵花的样子躺在草地上，四周的野罂粟和萱草正开得密密麻麻。这是花的视角，不是我的，我的视角与天空成不同角度夹角，花的视角与天空大地平行。

我很少有机会躺在地上看天。我小时候有一次躺在家里借来的一辆小推车上，这辆木板做的小车刚好装下小小的我，我并不是要躺在上面看天，我设想有人能拉着车载我在院子里跑两圈儿兜兜风。但是我的想法没能得逞，我静静地在小推车上躺着，在眨眼闭眼间发现院子、房子、大地一切都没了，眼前只剩下蓝天和白云。我被眼前的幽蓝紧紧攥住无法自拔，云彩在天空掠过，我在云彩间游过，我无力挣扎，只能眼睁睁任由自己向那个幽深的蓝洞越坠越深，越坠越远。最后我吓得一激灵，差点从车上掉下来。

现在我像朵花一样躺在花丛中，我像所有花一样与天空对视。野罂粟与萱草的花朵比我的头高出三到五厘米。我看到草把根扎在大地上，它们的花朵却开在天空上、开在云彩里。天空何其高远，花朵在风中摇曳，花朵和云彩一起向着天空更深更远处流浪，花朵见过我们没见过的更高远的天空。百灵鸟飞来把远方的事情讲给花朵听，百灵鸟讲话的声音像唱歌。每一朵花的驻足都怀抱蓝天与大地的喜悦。

这片山谷是海江家的草甸子。这是个口袋形的山谷，海江家的出牧点儿坐落在山谷入口处。以前这个出牧点儿属于俄罗斯人阿那托利，后来阿那托利回了俄罗斯，海江两口子成了它现在的主人。

海江两口子对这片山谷了如指掌，越过宽阔的麦地和油菜地，跨过一条暗河和狭窄的鹿道，金莲花正开得金光万丈。现在长麦子和油菜的地方以前开满了金莲花，如果没有这些麦地和油菜地，这里将是花的海洋。虽然油菜也开花，但是它们和麦子一样，它们穿着同样的制服，高矮胖瘦全都一个样，好像一支军队踏着整齐的步伐野蛮地开了进来。海江嫂子指着远处另外一片金莲花说，明年那里将要开垦。而眼前这片麦地与林缘之间十几米宽的狭长空地已喷洒了除草剂，翻地的犁正整装待命，这些正在枯萎死掉的草，正是那一大片金莲花海仅存的孑遗。

芍药开在最远的南山坡上。芍药的命运类似于发菜与黑枸杞。以前碗口大的野芍药开得漫山遍野，后来无数人涌了进来，他们带着简易帐篷和炊具驻扎在山林里，将数不清的芍药挖走。被掘开的深坑日益沙化，芍药根被前四后八的大卡车一车一车地运往药材市场。这几年查得紧，大卡车变成了农用车、皮卡、轿车和面包车，芍药根依旧被源源不断地往外运。这个地方人口少，即使所有人都跑到山上去看着这些芍药也看不过来，芍药只能越逃越远，最后逃到了深山里。

南山坡的芍药越来越少。海江家的出牧点儿是进出南山的必经之路，海江密切监视着这些盗贼的一举一动。今年挖芍药的人没来，海江得出的结论是，芍药已经被挖没了，所以他们不来了。海江很高兴，如果这些贼再也不来了，那么再过几年残存于地下的芍药根又会重新萌蘖而出。但是这伙儿贼不来别的贼也会来，虽然人类社会已经用建设生态文明对前三次工业革命做出了忏悔与救赎，但这个古老民族几千年来构建起来的精神价值体系正面临威胁，将个体的生存发展凌驾于自然与人类共同命运之上，滥挖野生芍药如是，过度开垦亦如是。

山谷里空无一人，大地已经为它们分配好了，每一种花管理一个地方。我在开满金莲花的土地上看到火红的山丹和蓝色的桔梗，大山丹和桔梗长到一人来高，好像它们是吃饱喝足来走亲戚的；东山坡的白桦林下一片蓝色的翠雀倾斜着向上生长，好像一群穿蓝衣服的人正弓着腰准备到白桦林里去；狍子住在开满金莲花的树林里，我们的出现将两只狍子惊得跳起，它们跑到树林里躲在一株白桦后好奇地向我们张望。远处紫色的千屈菜、草本威灵仙、轮叶婆婆纳、大花葱、大叶龙胆与粉色的石竹、野火球、亚洲百里香、盘龙参、佛手参、野豌豆、白色的银莲花、天目琼花、玉竹、繁缕、黑水罂粟与黄色的旱山芪、龙胆、柳兰等交织在一起，好像给大地穿上了一件彩虹做的衣裳。

淹没在盛开的野罂粟与银莲花中的海江家的出牧点儿，如同花海中的一叶小舟。海江家的出牧点儿最多的时候一个月能开十万块钱的奶支，后来奶站不收奶了，白花花的牛奶不得不一车一车倒掉。以前养牛户将牛放在草甸子上散养，后来要求集中起来养，养牛户不买账，很多人因此而不养牛了。有那么几年，牛奶被倒掉，奶牛被卖掉，我小时候就常听说奶站关关停停，不过最近我听说奶站又开始收奶了。

黄花菜（萱草）盛开的时候，我们来到海江家的出牧点儿上，海江说他家出牧点儿附近生长黄花菜的那片草甸子早就被生产队翻了，他开车带我们去往另外一位牧户的草甸子，但依旧所获不多。过了几天，我们决定再去九队的草甸子碰碰运气。所幸那片草甸还在，草甸上的黄花菜也正开得气势恢宏。以前这个季节，家家院子里铺满了晾晒的黄花菜，我已经有好几年看不到这种情形了。我母亲说，四十年前她两个小时就能撸两麻袋黄花菜。她用了“撸”而不是“采”，她说那时的黄花菜堪比现在的油菜花海，她只需一手撑住麻袋，另一只手的五个指头揸开像一把铲子一样沿着花萼部分一捧一捧往麻袋里收即可。

我们采黄花菜的时候，我父亲说他记得这附近某处生长着东北藏红花，但他找了一下午也没找到，不知是他记错了位置，还是原先长藏红花的地方已经变成了麦地和油菜地。

这片草原属于世界上种群结构最丰富、种类最复杂的草原，俗称“开花的草原”。我没有福分见识草原四十年前的盛景，但大地赐予的这件彩虹的衣裳到现在已在所难免地日渐斑驳，额尔古纳这片草原依旧是世界上最美丽的草原。那么再过四十年呢？

诗 人

在牧区，人人都是诗人。牧民与农民不同，农民的目光被身边的高楼大厦和自己的一亩三分地魇住，他们的眼睛和心灵很难再到达其他地方。在牧区，除了天就是草，牧人的毡房扎在天堂与草原之间，天鹅和苍鹭在河套里翩翩起舞，牛马羊群像散落在碧玉上的珍珠。

一个诗人一辈子能写多少诗？如果将这些诗写在A4纸上装在五十斤装的面袋子里，能不能装满一面袋子？或者能装几面袋子？我听说通拉嘎和他写的一面袋子诗的时候就忍不住这样想。

那些诗像水一样从通拉嘎的脑袋里汩汩流淌出来。通拉嘎夜以继日地写，他骑在马背上写，坐在草地上写，躺在毡房里写。他的脑袋里装满了诗，一个人的脑瓜被一样东西塞满就很难再塞进其他东西，这导致通拉嘎除了写诗以外老是干不好别的事情，比如高考他没考上大学，比如他放牧的羊群老是走丢。后来他去苏木帮他姐姐看商店，无时无刻不沉浸在自己的诗里，他被各种各样名目繁多的日用杂货搞得头昏脑涨，他接手一年多之后，原本好好的一个苏木杂货店就开始入不敷出，濒临倒闭。

在牧区，随手拽下几朵云彩就能涂抹成一片诗的牧民比比皆是，他们把阳光和马蹄声挂在草叶子上，把漫天风雪和牛粪火着成的炊烟刻在露珠上，把大雁、狗和牛马羊的叫声埋在月光底下，等到岁月踉跄轮回，他们把这些日子风干成的句子采摘下来，像雪片一样堆在自己的毡房里。后来写诗的牧民越来越多，草原上成立了诗歌那达慕，每位牧民诗人都可以在诗歌那达慕上大声朗读自己的作品，然后再评出一、二、三等奖来，赛诗成了和骑马、射箭一样的竞技比赛项目。

通拉嘎没赶上这样的好时候。他赶上的时候还没有网络或网络还不够发达，更何况是在草原深处，没有博客、微博、微信公众号这样的自媒体，自费出版诗集需要大笔资金，给杂志社投稿更是个前途未卜的未知数。他是个孤独的诗人，他的诗只能一页一页地码在面袋子里。

至于当时的一位生活在牧区的蒙古族牧民为什么选择用汉语书写，这早已成了一桩无头公案。四十年前的苏木小学，每个年级有三个蒙古语班和一个汉语班，他是唯一的一个在汉语班就读的蒙古族孩子。高三那年，语文老师惊愕地发现他用来记录课堂笔记的厚厚的本子，其实是他的一部个人诗集，那些密密麻麻涂鸦的已显露特质的文字毫无疑问对他接下来即将面对的残酷竞争毫无裨益，感觉受到蒙骗与辜负的老师气愤难当，为以儆效尤当场将这个本子撕得稀碎。

让通拉嘎在苏木出了名的并不是他写的一面袋子诗，而是他的爱情。诗人们通常都拥有惊世骇俗的爱情，通拉嘎也不例外。具体他是怎样在电光火石之间爱上那位姑娘的恐怕只有他自己才能明白。这位开理发店的汉族姑娘确实生得漂亮，据说上学时就是班花。这本无可厚非，但要命的是这位姑娘是别人的老婆，是有夫之妇。据这位女性讲，她与通拉嘎的接触仅限于他来店里理发，以及理什么样的发型和付多少钱上，除此之外再没别的交流。可想而知，当通拉嘎毅然实施他的计划时给这位女性带来多么大的心理冲击和惊慌失措。

通拉嘎在无数个辗转反侧、夜不能寐中绞尽脑汁制定出如下计划：这是个同平时没什么两样的一天，放牧的道尔吉马鞭子甩得啪啪响，牛羊安详地穿过街道向远处的草场走去，神情恍惚的通拉嘎拉开了理发店的大门。理发店里除了事件的女主角外再没别人，这让通拉嘎心里轻松不少。毫不知情的女主人则将他当成了普通顾客。现实在片刻的胆怯与迟疑中溃不成军，通拉嘎强按下一颗狂躁的心坐在椅子上开始理发。

通拉嘎面红耳赤，呼吸粗重，一直揣在裤兜里的手还在瑟瑟发抖。理发的女人已经觉察到异样，但当时这都不足以让她与后面发生的事产生任何联想。

理发告一段落，通拉嘎下定决心噌地从椅子上站起来。他一边抓住女人的手，一边从裤兜里掏出两张皱巴巴的火车票，他瞪着血红的眼睛语无伦次地对女人说："快、快跟我走……火车就要开了……再晚就来不及了，我们到一个……谁也找不到的地方……"通拉嘎边说边拽着女人往外走，受到惊吓的女人尖叫连连，女人的丈夫从里屋冲出来和通拉嘎扭在一起。这位比通拉嘎高大得多的蒙古族汉子将他一顿暴打，两人从屋里一直翻滚到大街上，附近的人全都跑出来看热闹。

我没有读过通拉嘎的诗，我不知道他在诗里都写了些什么。但是我觉得他是个真正的诗人，有些人写了一辈子诗也不能算是真正的诗人。真正的诗人不为名利书写，不谄媚权贵，他们只遵从于自己的内心。

通拉嘎的诗写满一面袋子的时候，这个生活在呼伦贝尔草原深处用汉语书写的蒙古族小伙子借了四十二块钱将这个面袋子寄了出去。谁也不知道这个面袋子离开草原以后有过怎样的际遇，有没有被打开过？有没有人读过这个年轻的蒙古族诗人全身心投入的书写。

大概半年以后，这个面袋子又被原封不动地退了回来。

我听说通拉嘎和他写的一面袋子诗的时候，他已经不在这个世界上了。他孤独地书写了那么久，没能赶上草原上的牧民诗人热热闹闹地举办诗歌那达慕和祭祀敖包诗会。他一直一个人生活，后来很多人给他介绍对象，他婉拒了所有人的好意，他说他心里已经满满的（装着理发的汉族女人），再也装不下别人。

一个不被理解、没有女人、离群索居的男人，除了诗，陪伴他的只能是酒。几年前的某个除夕（或者大年初一）的夜晚，他一个人悄悄地走了。我听说他离开的时候大概就是我现在这个年纪。

在遥远的长满青草的呼伦贝尔草原深处，曾经有位年轻的蒙古族诗人用诗句将大地与星空涂抹上了斑斓的颜色，他的一生不长，他一生爱一个人。

宝格德乌拉①

慈悲仁爱的天之父啊
乐善好施的大地母亲
我们在巍峨至尊的宝格德圣山下
在万草千树百花神明前
在护佑人间生灵的神祇前
忽赖……忽赖……
我们巴尔虎草原的蒙古人家
我们巴尔虎草原的各族兄弟姐妹
向天神地神山神水神树神
敬献洁白的哈达，醇珍的美酒，祭洒九九八十一次牛奶
忽赖……忽赖……

---

① 宝格德乌拉：蒙古语，意为“神圣的山”。

鸣蜩的五月，草木与凸月渐盈，千里万里的草原从四面八方奔涌而来。夕阳也逃不脱这草原，海一样辽阔的草原上，唯一的一座毡房在远处用炊烟将人的目光打捞，逆光的黄骠马如同传说中太阳神驾驶黄金马车的金色战马，于抖动鬃毛间似乎将要乘着乍现的金光腾空远遁。晚照的夕阳将血红的金色光华倾洒在一望无垠的草原上，氤氲成一派长河落日与大漠孤烟的绮艳壮阔之美。

马呢？马……我说。

在草原上，汉语显得生硬。

太阳敛尽光华迅速西坠，扎好帐篷之后天一下子就黑了。一抬头，我就看到紧挨我们扎帐的老阿爸慈祥的脸。车灯明灭在他瘦削的脸上，他背靠一辆带后斗的农用车站着，我觉得车斗里应该装着一匹马，我立刻从地上站起来走过去问。

老阿爸舒展成花朵一样的笑脸不置可否，这样的笑脸令人动容与不敢直视。我说马？挠日？马……老阿爸笑着用手在后斗里指了指，但是很明显，里面什么都没有。

我开始在黑夜的草原上四处游荡着找马。我刚刚抵达时看到一些身穿蒙古袍的骑手骑在马背上锦衣夜行，那时候黑暗正尾随西坠的太阳快速吞噬大地，我以为我自己来晚了，我忙着扎帐，并没有来得及注意这些骑手的去向。我询问了两位额吉，她们像我一样刚刚抵达，正忙着扎帐，她们大概听不懂我说了什么，脸上的表情比我还要茫然。

原本荒寂的宝格德山下此刻摆满了车辆和帐篷，更多的车辆正一辆接着一辆从远处驶来。车辆整晚川流不息，车灯为黑夜架起无数道光桥，后工业时代前的几百年间，无数骑着马、赶着牛羊和勒勒车甚至用双脚丈量草原的牧民在摇曳的光桥中纷至沓来。他们迎着晨曦与北斗星从草原深处一步一步来到宝格德山下，五彩的经幡日夜飞舞，他们拜倒在敖包前的尘埃里，蓝天映着他们庄重的脸。

我从每一座营帐前经过，营地里四处燃起了篝火，年轻的母亲刚刚从忙碌中抽出身来为哭闹的婴儿哺乳，男人们在收拾杂物，年长的额吉则在炉火前操持晚饭。昏暗的光线中，我看不清他们的脸，我只能看到一个个模糊的剪影，男人、女人、老人、青年、幼儿，每一个剪影都是草原千百年来的样子，他们怀抱最朴素真挚的内心于每年的农历五月十三和七月初三在寂静的宝格德山下点燃人间的烟火。

行至一灯火通明的宿牧车处，一群年轻人正在狂欢。他们大笑、喝酒行令与轰鸣的发电机、震耳欲聋的重金属音乐交织在深夜的山谷里并强势扩张。宿牧车门口的铁炉子上煮着沸腾的手把肉，从车上下来的人被蹲在炉火旁取暖的我吓了一跳。他们问我从哪儿来并盛情邀请我加入他们的行列。我说不用管我，我就是烤烤火，但他们觉得将我一个人丢下不符合待客之道，或者深夜突至的陌生访客已为狂欢增添了新乐趣。他们三番几次地邀请，我觉得如果不能坐下来同他们一起畅饮就不适宜再逗留下去，于是我起身告辞。我走出老远还听到他们在身后大喊："来喝点儿。"

我没有找到马，我遇到几位像我一样在深夜的草原上逡巡的牧民，他们表情凝重，若有所思。也许是草原连年的干旱令他们不能展颜。我不敢妄自揣测他们，他们拥有只属于他们自己和草原深处独一无二的记忆、拥有我们无法想象的辽阔天空和草场，以及比我们多得多的新鲜空气、鸟语花香和不一样的日月星辰，他们拥有这一切，自然有资格睥睨万物。

跨过营地来到另一所大帐前已月近中天。我觉得我应该坐下来歇歇，我赶了四百五十公里路又游历到大半夜，体力与水分尽失。我刚在门口的桌椅前落座，一碗热气腾腾的奶茶就递了过来。这是草原的规矩，我端起奶茶一饮而尽，正思忖如何不失分寸地再讨一碗，老额吉盛满奶茶的木柄勺已经伸了过来。

营帐里的男人们进进出出，好像在忙着什么，又确实没什么可忙的。过了午夜就可以去转山与朝拜，也许他们在等待这个时刻。我很想问问他们来自哪片草原或哪个苏木公社？牲畜好不好？草怎样？牛出多少奶？从家走到这里需要多久？但是草原上年长的阿爸与额吉不懂汉语，我们无法用语言交流。我们在氤氲着奶茶的香气与噼啪着炉火的午夜黑暗的宝格德山下静静地坐着，仿佛一切不言而喻。

宿牧车上的鼓噪在稍后宣告偃旗息鼓，黑暗的山谷立刻陷入沉寂，远处几座帐篷支着烧烤摊儿欢饮达旦，近处一名婴儿在睡梦中无端哭闹被打了屁股……凌晨两点多，天地鸿蒙，远近都开始起床了。半个多小时后，从混沌中传来的破晓的红光刺得人眼睛生疼，黑暗中人影幢幢，那些人影晃动在转山与祭祀敖包的路上，有的已经到达山顶。十几分钟后，红光渐亮，一轮初升的太阳在夺目的光亮中喷薄而出。

巍峨的宝格德山下，一位年长的巴尔虎大德站在敖包前念念有词，他不打草稿，也不用稿子，他的声音中气十足又略带磁性，像呼麦。他用这种独特的“咏叹调”将蒙古语的音乐性发挥到极致，他脱口而出的句子听上去音韵错落、起伏有致，像唱歌，又像流淌的音乐。年轻的红衣喇嘛与盛装的蒙古族牧民手捧哈达分立两旁，在一些特殊的句子后面，他们与年长者众口一词保持呼应，好像合唱团的和声部。念到“忽赖”“忽赖”时，我听出他们在同一个发音上把汉语拼音中的四个音阶全用上了，好像在原地画了一个圈儿，于是四季在一声声“忽赖”声中流转，风和云朵停下，无数盛装的蒙古人从四面八方涌来，他们沐浴着晨曦的身影和崭新的蒙古袍在山谷里闪耀着熠熠的光彩。

一位牧民骑着马将一只羊带到山顶的敖包前放生了，这无疑是一只幸运羊；代表天之父亲的由男人祭祀的最高的山禁止女性攀爬，但还是有女游客无视告示牌绕过值守混了上去，虔诚而又善良的蒙古族男人们也并没有将她们撵下来；上了年纪的老阿爸与额吉由于长年骑马、户外劳作，患有严重的风湿病和罗圈儿腿，他们拄着拐杖被人搀扶着艰难地蹒跚在陡峭的山路上；年幼的尚不能言的襁褓中的婴儿被年长者抱在怀中一路沐浴宝格德乌拉的圣光，在猎猎的经幡与高僧大德、红衣喇嘛的颂念声中，他们的喜乐直达天庭。

他们在宝格德乌拉都求了些什么呢？或者宝格德乌拉能赐予牧民什么呢？比如在汉地，神佛和庙宇都有各自严格的职责分工，门神看门、灶神司灶、龙王爷管降雨、观音负责送子、财神主抓钱袋子。为此我特意请教了一位当地的年轻人。她怔了一下说：“（在祭祀时）我们说，谢谢天啊、地呀、山啦、水呀，谢谢它们养活了动物啦、鱼啦、鸟啦、花草树木，还有我们，谢谢它们养活了万物！谢谢它们！愿这个世界处处都平安吉祥！都好！”

她说，达尔吉林寺的喇嘛与牧区的长者说，只有这样，长生天才会赐福给我们。

原载于《草原》2019 年第 11 期

等待飞翔的羊

以前，我放牧了一群云彩。云彩住在最蔚蓝的那个地方。我用风把云彩系住，风的另一端在我手里攥着。云彩满天空地跑，就是跑不掉。

我的小羊就是从云彩里来的。它的毛雪白雪白的，和白云一样。

那时候我五岁。我天天趴在南面的窗户上看天看云彩。看着看着我就发现，原来羊是从云彩里来的。要不草原上一大群一大群的羊是从哪儿来的呢？下雪的时候，天和地接到了一块儿。下雪的时候云彩太多啦，天空装不下，羊群就从云彩里来到了大地上。

我被父母反锁在屋子里。除了中午，我要独自面对所有的白天。羊群就在东面的窗户外窥视我。羊的大部队都在羊圈里关着，院子里的羊是一些小羊和一些不守纪律的聪明的羊。这些羊每天围在东面的窗户下，屁股对着院子，头贴在窗户上朝屋里看。也不知道屋里有啥好看的，它们在看啥？

我趴在南窗户上看一会儿天，跑到东窗户下看一会儿羊。我和羊面面相觑。我对这些羊很不满，云彩满天空地跑，这些羊竟然老实木讷，表情呆滞，一点也不热闹。

外面冰天雪地的。我对院子还不太熟悉。有一天我来到院子里，在洁白的雪地上发现一些黑乎乎、光溜溜的小圆球。我心想：这样的好东西是谁丢的呀？我得赶快把它们捡起来。我捡啊捡，中途为了考证它是什么还用牙咬开了几个。我把兜装得满满的展示给母亲看。母亲说，你捡这么多羊粪干什么？没几天，每一个街坊邻居都知道了这家的孩子品尝过羊粪。

我觉得这没什么，这是我和羊的接头暗号。自从和羊接上头之后，这些羊就听我指挥了。只要有机会，我就从屋里窜出来提着一根棍子追着羊撵。我得让这些羊像云彩一样飞起来。我高举的棍子刺破天空，我大声地呐喊，连星星都听得见。我和羊群豪情万丈、满怀期待地在雪地上狂奔，搅起的雪雾好像一朵云彩来到了大地上。

后来，我的棍子就成了一面旗帜，只要我举起棍子，所有的羊就朝一个方向跑。院子就那么大，我在后面追，我和羊一圈一圈地跑，没头没尾。邻居们看到这么热爱运动的孩子和羊，都啧啧称奇。没人知道我正在进行一项伟大的计划，训练羊群飞翔的计划。只有院子里的羊知道。羊早就知道只有我才能办成这样的大事，羊不敢说出来，只能天天站在窗户外面盯着我的一举一动。

过了一阵，羊还没有飞起来。但是我每天提着棍子在院子里撵羊，这些羊被我撵得个个身材匀称，体形健美，并且两只耳朵支棱着像天线一样，随时保持着对突发事物的警觉。虽然我挺直腰板儿还没有那些成年羊高，但是所有的羊都愿意配合我。我和羊跑得气喘吁吁、东倒西歪，我满头大汗乐得直不起腰来，羊也兴奋得摇着尾巴咩咩直叫。羊的眼珠子也活泛起来。总之，运动有益健康，人和羊都很高兴。

又过了一阵，我觉得这样也不行。要是有一天，这些羊跑着跑着突然飞起来了，那不是把我一个人留在地上了吗？我得骑在羊身上，让羊驼着我跑，这样它们飞的时候我就和它们一起飞起来了。

那些大羊长得太高大了，我费了半天劲也爬不到它们小山一样圆滚滚的背上去。这时候，一只小羊恰到好处地出现了。我早就开始注意这只小羊了。这真是一只天生的好羊。它可能刚出生几个月，比半大的羊还要小一些，它的毛雪白雪白的，像云彩一样白。最重要它是一只特别聪明的羊，每当我提着棍子闪亮登场，它就用头抵着地围在我身边蹦来跳去。现在，我随手抓住它就骑了上去。

聪明的小羊立刻就领悟到自己的重大使命。小羊纤细的四条腿颤动地支撑着单薄身体上武装着臃肿棉衣的我，趔趄着向前挪动几步，扑通一声摔倒在雪地上。我们从雪地上爬起来又试了几次，结果都一样。我得等这只小羊再长出些力气才能当我的坐骑，现在它还太小了。

我们每天都试试小羊的力气长出来没有。我和小羊在雪地上连滚带爬，乐此不疲。小羊的力气长得太慢了，它总是不能驼着我跑得更远一点儿。我想让小羊快点长大。喝牛奶的时候我对母亲说给小羊也喝点牛奶，母亲说好。吃苹果的时候我对母亲说，小羊也要吃苹果，母亲说好。母亲新蒸的豆包我觉得不错，我抓起一个就要给小羊送去，母亲说不行。但这难不倒我，等到只有我一个人在家的时候，我把豆包一个个地从门缝塞出去，我知道小羊就在旁边趴着。

那时候，我和大多数羊一样，是个素食动物。我不吃肉，吃下去用不了一会儿就得吐出来。当中医的姥爷一边给我号脉一边做着怪表情打趣我，这个小闺女儿，脾胃这么虚弱呀，连肉都消化不了哇……

我走到哪儿，小羊就跟到哪儿，寸步不离。我被父母反锁在屋里的时候，它就在门口趴着，或者跑到东面的窗户下和那些大羊挤在一起朝屋里望。它是我的小羊。

院子里来了狼，狼的到来和黑夜有关。狼把黑夜咬出了一个大洞，狼拽住羊使劲往那个洞里拖。那些日子我觉得羊很快就要飞起来了。它们跑得太快了，像一阵风，我都快追不上它们了。我觉得应该加紧我们的训练步伐，这样狼来的时候，羊就可以飞起来，让狼扑个空。

我率领我的小羊冲进了羊圈。羊圈里的羊不知道这是一个伟大计划的一部分。这些吃得溜圆整天无所事是的羊惊讶得吵吵嚷嚷，四散逃窜。但是羊圈太狭窄了，羊群逃来逃去都是在原地转圈儿。一大群羊转了几圈儿就把我和我的小羊团团围在了中间。

起先我以为这是个游戏。围住我们的羊长犄角的在前，母羊和小羊在后。长犄角的羊全都把头压得低低的，用犄角对着我们。我的小羊挡在我前面，用同样的姿势和羊群对峙。至此我才明白这个姿势的全部含义，即将投入战斗。

羊群向我们宣战了。我的小羊先发制人，从雪地上一跃而起迎头向对面一只大羊撞去。但是这无疑像拿起一个鸡蛋向石头上撞去一样。体格健壮的大羊摆了一下头，我的小羊就被掀翻在地。我很纳闷，这些羊为什么不懂得用它们的犄角去对付狼呢？

我的小羊毫不气馁，一骨碌从雪地上爬起来继续投入战斗。羊群像一堵黑压压的墙一样一点一点地压过来。我的眼前全是羊。母羊从后面向我们投来了怜悯的目光。我的小羊挡在我前面一次一次地向它的同族长辈发起进攻，又一次一次被掀翻在地。包围圈在缩小。羊群嘴里呼出来的热气都喷到我脸上了。再这样下去，羊群坚硬的蹄子就得把我俩撕成碎片。

我彻底绝望了。在绝望中我只好使出了最后一招，暴哭。我哇的一声号啕大哭。我嘹亮的哭声像号角，把在不远处劳作的父亲召唤了过来。父亲怒气冲冲地喝退了这些无知的羊，将我和我的小伙伴儿从羊群的包围中解救出来。

新年快要到来的时候，我回了河北老家。等到第二年回来的时候，我已经是一名一年级的小学生了。我忙着长大，训练羊群飞翔的计划暂时搁浅了。

羊除了吃草也有很多事情要做，看风、看雪、看星星……我们各忙各的，有时候羊也趴到窗户边上来看我，我拿起作业本给羊看。羊看不懂，只好羞愧地跑掉。

我出生的这个小镇动物的数量比人多得多。街上一般见不到什么人，但是随处能见到闲逛的动物。羊和狗吃饱喝足了，心满意足地走出自家大门，哪有热闹往哪儿去。有时候，街头巷尾的娘们儿扯点闲话它们也凑过来支棱着耳朵听听，人家说得对它们就点点头，说得不对它们就摇摇头。总之，它们不是一般的动物，它们是有见识的动物。它们和人生活在一起，人的七情六欲，人的喜怒哀乐，它们什么不知道？牛和马通常不参与这些鸡毛蒜皮的小事，只有小牛和小马才对这些感兴趣。牛和马只关心一些更加重大、更加有意义的事。它们的大脑瓜里装的满满的全是智慧。

学校里也有很多动物。这样的好学校现在再也找不到了。学校没有院墙，动物们随时可以来逛逛。一些羊围着教室啃木头垛上的苔藓，小猪跑过来把我们丢在地上的零食捡走，有一位老师每天骑着一匹马来，我的老师则每天领着一头牛来。我的老师走到哪儿，他的牛就跟到哪儿。学校花坛里的花刚长出来，老师的牛大嘴一张全都吃掉了。重新种下去刚长出来又被吃掉。校长很生气，把老师的牛拴在教室旁边的电线杆上。上课的时候，我们坐在教室里听老师讲课，动物们站在外面听。最后连山羊都留起了胡子，装出一副很有文化的样子。

这时候，我有了一个惊人的发现。我的目光已经从天空游移到地上。反正天空是我的海，云彩在我手心里攥着，云彩也跑不掉。我发现有一只山羊正在秘密地跟踪我。

一只山羊正在秘密地跟踪我，这怎么行？我在任何一个我经常出现的地方都能见到它。教室外头，马路边上，小卖部门口，家门口等。一只陌生的山羊整天跟着我，怎么行？它整天跟着我就有可能知道我的一切。有几次老师留了很多作业，我觉得写不完就根本没写。第二天，我对老师说作业本被羊吃了。老师不相信，我说不信你去问我家羊。还有几次我从母亲那儿骗了两块钱。我对母亲说老师让交什么什么费，母亲给了我钱，我拿着钱去小卖部买了糖吃；还有几次……我有很多这样的小秘密。山羊跟着我回到家就有可能认识我家的羊，认识了我家的羊它就会把我的这些秘密告诉我家的羊，我家的羊知道了，母亲就知道了；山羊跟我到学校认识了学校的羊又会把这些秘密和学校的羊说，学校的羊知道了又会告诉老师的牛。老师的牛知道了，老师就知道了……

我越想越觉得害怕。

放学回家的路上，羊蹄子敲击地面的声音从后面传过来。它又跟上来了。我从地上捡起一根棍子转身就向山羊挥去。我拿棍子的手刚抬起来，山羊就做出了反应，它撅着屁股，弓起前腿，头压得低低的，用犄角对着我。天哪，它要顶我了。我早就知道它天天跟着我肯定不怀好意。

我无论如何也打不过一只高大的长着长犄角的山羊。我扔下棍子转身就跑。

山羊没想到我会临阵逃脱。我感觉它迟疑了一下，然后它就追过来了。

我没命地跑。我家到学校有一段不近的路，要拐上三个弯，走上四条不同的马路。我心想只要遇到一个人我一定向他求救，不管是男的还是女的，是老太太还是小孩儿。

但是拐了一个弯儿我就失望了，大街上一个人也没有。刚才还有很多一起放学的老师和同学呢，现在却一个人也没有了。大街上空荡荡的。每一个院门都上锁，每一扇窗户都紧闭。只有风走在我前面，好像风把人全带走了。后来我总结了，所有的人知道我要在这个时刻被一只羊追赶，全都藏起来了。在这个要命的时刻，我必须独自面对一只发疯的山羊。

果然，第二个拐弯处的小卖部也锁着门。我彻底绝望了。我靠在小卖部墙上喘了口气，羊蹄子踏到地面“嗒嗒嗒嗒”的声音又传过来。我赶紧继续我的逃亡之旅。本来一只山羊根本跑不过我，但是我起晚了没吃早饭，又饿了一上午，现在饿得一点力气也没有，根本跑不动。山羊目光炯炯，始终高昂着头，迈着有节奏的步子匀速前进。山羊的肚子鼓鼓的，我猜它肯定不饿。

路边一头正在吃草的奶牛见我跑得这样快以为发生了什么大事，向我投来了询问的目光。我不认识这头牛，我不知道一头陌生的牛会不会帮助我。我穿过奶牛的目光继续跑。但是跑过去我又后悔了，也许这头奶牛就是来拯救我的。我已经回不去了，就像人生无数个回不去的曾经一样。我只好一边跑一边后悔一边希望再遇到另一头奶牛。

家就在前面。我没遇到另一头牛，我遇到了邻居家的小男孩儿大伟。大伟站在他家门口的马路上大喊，你跑什么呀？我说：“你快躲开，一只山羊追我呢。”大伟每天做的唯一一件大事就是吃完午饭和晚饭站在门口的马路上等我放学。我只顾没命地跑，几乎忘了他。

大伟说：“你快跑，我来拦住它。”大伟张开双臂站在了马路中间。我跑过去。我听到大伟像个英雄一样嗷嗷怪叫着冲上去和山羊扭到了一起。之后是各种各样的惨叫。我转过最后一个弯去开我家大门。大伟大喊：“你快跑，我抓不住它了。”我一回头，看到我最可信赖的朋友和战友大伟已经躺在了羊肚子底下了，正抱住山羊一条后腿做最后的挣扎。羊蹄子一蹬一蹬地想挣脱他。

我再也忍不住了，哇的一声大哭起来。我从来没有得罪过这只山羊，它为什么要追着我不放？还要这么残忍地对待我的朋友大伟。

山羊很快挣脱大伟的怀抱跑过来了。母亲听到我的哭声也跑过来。我哭着对母亲说：“这只羊追着顶我，你快把它打走。”母亲惊愕地说：“把它打到哪儿去？这是咱家的羊啊。”

母亲说它怎么会顶你呢，这是你的小羊啊。我大哭，我的小羊，自从我从老家回来，我的小羊就不见了。我说我的小羊长得不是这样的。母亲说你一年没在家，它长大了哇，它不是顶你，它是要和你玩儿，以前你们不是天天在一起玩儿吗？母亲拉起我的手放在山羊头上。我仔细看看山羊，它的毛雪白雪白的，它有两只漂亮的犄角，是一只英俊的羊。我摸着山羊柔软的毛，山羊轻轻地咩咩叫起来。母亲说，它天天跟着你去上学，你不知道吗？

那天晚上写完作业，我蹲在山羊身边一遍一遍摩挲它的毛。我心里装得满满的都是和老朋友重逢的喜悦。我的小羊，在我不知道的时候它已经偷偷地长大了。很遗憾我竟然没有认出它。

以后每天上学出门前，母亲都要大声嘱咐一句，别把咱家羊领丢！我随口答应着，却也时常忘记它。只有我一个人走在上学放学的路上，我觉得孤单害怕才会用目光去找寻它。有时候，我值日或者被老师留在学校补作业，只有它还站在空荡荡的校园里等我。我们顶着星星和月亮并肩走在回家的路上。它扛起了我身边所有的黑暗。

有时候，我和一群女孩子在一起嬉笑打闹，它在一边看着也高兴地怪模怪样地蹦跳一阵，它滑稽的样子常常逗得我们笑得直不起腰来。有一个男生老是用弹弓袭击我们，它冲上去毫不客气地把他顶翻在地。后来，这个男生和老师告状说我每天领着一只顶人的山羊来上学。老师拿起木棍要赶走它。我的小羊向来不畏强权。老师见事不好找来了校长，校长纠集几位男老师手拿钢叉棍棒杀将过去。

有同学过来说校长打你家羊呢，我不相信。我心想校长怎么能和羊一般见识。后来不停有同学跑来说同样的话，最后又说校长把你家羊打死了。我信以为真，趴在桌子上哭。放学的时候，它仍旧在老地方等我，不卑不亢的，只是头上流了血。我不敢看它的眼睛。它无数次保护了我，我却在它被人欺凌的时候躲在教室里不敢出来。这是很可耻的。我知道它是从云彩里来的，以后它仍旧每天守护着我去各种地方。再也没人惹过它。当然，也没人惹我。

现在我还经常在云彩里看到它，它身上披着阳光，洁白的毛和云彩一样白，两只挺拔的犄角金光闪闪的，英俊又威武。

我知道羊群有可能再也飞不起来了。我从训练羊群飞翔开始落下了总爱追着一些不太容易追上的东西奔跑的毛病，后来我还追过梦，追过彩虹，追过流星……每次都差一点儿就追上了。我在不停地奔跑中身体日渐强壮。我能吃肉了。我发现大草原上的羊肉竟然是无上的美味。不光狼吃羊，人也吃羊。如果羊群都飞走了，人吃什么？狗有狗命，羊有羊命。一只羊的命再硬，也逃不过人为刀俎，我为鱼肉的命运。我的小羊，再世成人！

只有五岁以下的孩子能让羊群飞起来。他们的眼睛还没沾染上尘世的土，他们飞灵的翅膀能为万物赋予飞翔的力量。

原载于《骏马》2015 年第 3 期

月亮里的村庄

一

我小的时候，村庄还没长大。还没长大的村庄里动物比人多。

动物们不会说人话，被会说人话的动物叫作牲口。但是马不欺母，羊羔跪乳，奶牛吃的是草，挤出来的是奶，有时候会说人话的动物也搞不清到底谁比谁更牲口。

奶牛“哞——哞”地叫，羊群“咩——咩”地叫，马儿们也会叫。鸡鸭鹅狗都在叫，它们都在说话，只是人们听不懂它们说什么而已。

我睡在一个用四条皮绳吊在房梁上的悠车里。当时我并不知道这些。我一觉接着一觉地睡，一个梦接着一个梦地做。偶尔醒了，似乎是为了下一觉睡得更好。

我醒了，一个女人用饱胀着乳汁的乳房将我喂饱。炉膛里熊熊燃烧的火噼里啪啦地赶跑了寒冷。屋子里温暖如春。我躺在像飘荡在海上的小船一样的悠车上，从一个个长长的梦里走到另一个长长的梦里。

梦是最初的梦，所有人之初的梦，只不过有的人不太擅长分辨和记录，很快就将它们丢弃掉了。我梦见我在一个温暖的可以自由游动的地方，太阳照过来变得明亮和暖洋洋，太阳落山后就变得黑暗和有一点儿冷。但是这并不妨碍我感受这里的安全和惬意。我在这个温暖和安全的地方游啊游，就像在一片无边的海洋上遨游，永远有无尽的需要探索的秘密。就是这没完没了的冗长和简单的情节，常常逗得我发笑。我在睡梦中“咯咯”地笑出声来，引得大人们前来张望而把我吵醒，我很不乐意。我要赶快回我的梦里去。

有时候，梦里会出现一些支离破碎的毫不相干的成人世界里的情节。这似乎有些诡异。但是我马上就领会了这梦的含义。之前在奈何桥上，我偷偷将一口孟婆汤含在了嘴里，趁大家不注意偷偷吐了出去。一些前世的片段追踪到了梦中。

我很惊讶我刚出生，躺在悠车里，思维却成人化，而且领悟能力超强。我梦见在温暖的水里游，我知道这是在母亲的子宫里。我还知道其实之前我与这个女人根本没一丁点关系，只不过是她恰巧孕育了我，把我带到这个世界上来。她给了我一个肉体，依人伦，她是我的母亲。我梦见成人世界的种种，各个时期的，长袍马褂的，短打扮的，我知道这是我几世轮回的前世，因为今生我还没来得及经历。

这样的梦常常是没完没了的混乱不堪的争斗。这让我很不耐烦，难道前几辈子我从来都没过消停日子吗？我很想在这混乱不堪的片段中寻找一些像母亲的子宫里那样祥和安宁的蛛丝马迹，但是很遗憾，实在很少。我还想在梦里找到我一次次坠入轮回的真相，梦也没有告诉我。

只要我不哭，大人们不太理会我，他们有他们自己的事情。我也想参与，但是他们不懂我的意思，我说的什么他们也听不懂。我只好静静地听，我什么都能听懂。牛怎么样了，生了几个牛犊，奶牛出几个（斤）奶，羊怎么样了，草够不够吃，哪匹马挣脱了羁绊跑得没影了，谁家的狗因为咬了某人而要被处决了，等等。

我知道这就是今生我要过的生活。我认真地听，直到对窗外的世界了然于胸。直到有一天，我离开那个晃晃荡荡的摇篮第一次暴露在房子外面的空气里，我一眼就认出了那头总是把奶桶踢翻的母牛，还有那只一次能产一脸盆奶的山羊，那匹不久前逃跑未遂的马也被我用目光找了出来。我对它们太熟悉了，因为父母总是没完没了地说起它们。

我想它们对我也是一样，母亲挤牛奶的时候，或者给羊群填草的时候肯定也不止一次地和它们说起我。所以，我和动物们彼此都不陌生，狗狗们热情地欢迎我，羊羔追着我要吃的，奶牛和马则对我熟视无睹。

二

我躺在悠车里，只有太阳每天按时来和我说说心里话。星星和月亮找不到我。风也找不到我。风撕扯着树，树也不知道我的去向。风把树叶全都撕掉。

我听着风从头顶上走过，弄得房顶“咣当咣当”乱响。我不知道风要和我说些什么，似乎是些久远年代里久远的事儿，但是房子把我保护了起来。风找不到我，风不知道该和谁说。

我把从大人那儿听来的闲话和太阳说：谁家的羊群被大风雪卷跑了，后来又自己回来了；谁家的奶牛一胎生了两个小牛了；谁喝多了睡在雪地里差点冻死，脚趾头一敲就掉下来了；谁家的女人耐不住寂寞和别的男人跑了……

我也和风说，但是风这个傻东西是个直性子，光顾着没头没脑地乱跑，弄得到处叮咣乱响。如果它肯停下来，它就能听到我咿咿呀呀的在和它说话。

大人们回来我就不说话了，我一说话常常制造混乱。有一天，母亲边准备晚饭边给客人们讲她小时候的故事，客人们全都听得忘乎所以。我也听得忘乎所以，我边听边讲给吊在房顶上的一条金黄色的塑料鱼听，结果鱼还没听懂竟让旁边的一位老太太听见了。老太太惊愕地冲过来，一头伏到我的悠车上，大呼小叫，她说话了？她会说话了！然后不停地大声催促我，你再说一遍！你再说一遍！

她的表情是那样急切，她的脸离我是那样近，她嘴里的唾沫星子全都喷到了我的脸上。除了母亲，所有人的注意力都被吸引了过来。悠车上方出现了一圈儿各种各样的脸，这些脸全都直勾勾地盯着我，兴奋又迫切地催促我，你再说一遍！你再说一遍！

我觉得逼仄和害怕得要命，我躲无处躲，哇的一声大哭起来。母亲一边爆着锅一边替我辩释，说我说的话她们谁也听不懂。

悠远车上方伸过来的一圈儿各种各样的脸开始觉得索然无味，又一个一个退了回去。

我快一岁了，还不会说话。我还不会说人们能听得懂的话。我不能老是一个人在屋子里待着了，我学会了四肢并用地把自己从一个地方搬运到另外一个地方，或者是窗台上，或者是箱子上，但是最终结果都是做一个自由落体运动后直接来到了地上。

村庄里的老人很少。村庄里的人都是一些下乡的、逃荒的、移民的，山东的、河北的、河南的，还有十月革命从俄国来的。没有老人指引的村庄注定不知道自己将来会长成个什么熊样子。

母亲将我送到张奶奶家、王奶奶家、刘奶奶家，这些人家有赋闲在家的老太太，这些老太太收留了我。

这些老太太完全将我当成了一棵白萝卜，天天泡在水里洗呀洗，搞得我的围裙天天湿漉漉的，我的手天天冰凉冰凉的。我在铺了塑料布的床上、沙发上坐着和爬来爬去，感觉很不舒服。

我不能再和太阳和风和鱼说话了，我说的话没人能听得懂。我闭上嘴巴，一声不吭。那些温暖的梦越来越少了。

这些老奶奶后来也都有了自己的事，我不得不走马灯似的从这个奶奶家换到另一个奶奶家。母亲总是担心下一个奶奶也不要我了。等到这个事实终于发生了的时候，母亲的忧郁都写在了脸上。

一位好心眼儿的李爷爷对母亲说，让这个小姑娘上我家来吧，我母亲在家。李爷爷的母亲，我仍然管她叫奶奶。要不叫什么呢，俄语里奶奶只有一个单词，不像汉语，可以叫姑奶奶、姨奶奶、太奶奶、祖奶奶。

三

我还不会说话，我来到了李奶奶家。每天吃过早饭，母亲用被子、毛毯里三层外三层地将我包裹起来，然后会因为被子上方需要留一个多大的孔而和父亲讨论半天。留大了怕灌进冷气，留小了又怕缺氧。我坐在黑咕隆咚的被子里耐心地等待着，却也为这两个大人每天为这么小的问题争论不休而感到惊异。

母亲背负着我呼哧呼哧地在冰天雪地里蹒跚而行。我瞪着黑亮的眼睛欣喜地感受着外面的世界。如果西北风不来捣乱，我知道天是瓦蓝瓦蓝的，厚厚的雪洁白得刺眼。我从头顶被子上那个小小的透气孔里努力地向外巴望着，就像一棵埋在泥土里的种子在努力巴望阳光。积雪在母亲脚底下“咯吱咯吱”愉快地歌唱。雪太多了，人太少了。雪太寂寞了，需要有人在雪地上留下一些脚印。

每天出门母亲都会向我汇报一下天气情况和一路上的见闻。比如，今天天气真好，昨晚的雪真大，路真难走；或者她说，快看，前面有一群牛！隔着厚厚的被子，我听到放牛人的吆喝声，皮鞭子破空而来的噼啪声，牛群“哞哞”的叫声，和一个初为人母的年轻女人喜跃而强有力的心跳声，舞蹈着向我扑面而来。

李爷爷家的炉子里火着得很旺。母亲像剥一个茧一样，一层一层地将我剥了出来。我第一次在这个家庭里闪亮登场，穿着母亲为我武装上的臃肿的不合身的簇新的衣服，衣服外面还系着一个围裙。

这个围裙让我很尴尬。这个围裙是我作为一个婴儿的标志。我几次偷偷地想拽掉它，但是它一直固执地在我身上系着。

李爷爷眨着俏皮的蓝眼睛说：“以后可不许哭哦！”李爷爷的妻子李奶奶宽大的布拉吉飘过来。李奶奶说：“一看你就是个听话的好孩子！”

柳芭姑姑和玛莎姑姑拽拽我镶着花边儿的围裙说，真好看！我不知道她们是在夸我还是夸围裙，我向她们感激地笑了笑。

维佳叔叔和果戈叔叔该干什么还干什么，只是动作轻了点而已。我的新生活就这样开始了。李爷爷和姑姑叔叔们上班的上班，上学的上学，李奶奶一天到晚收拾那一院子的牛马羊，只有做饭和吃饭的时间才会出现在屋子里。

我和李爷爷的母亲整天守着温暖的屋子。我们两个有一个共同点，这个俄罗斯老太太不会说中国话，我不会说别人能听懂的中国话。

我环顾四周，我在努力适应这个新环境。炉子里的火苗欢快地跳着，床上和沙发上没有铺冰凉的塑料布来防止我尿湿，第一天来到我就发现了这一点。我告诫自己要尽量保持不把床尿湿。

我指着墙上神龛里那位怀抱着婴儿的女人用眼神问这位老奶奶，她是谁？

老奶奶蓝灰色的大眼睛里有温柔的光在跳跃，她说："玛丽亚，圣母玛丽亚。"

我用手指着老奶奶："你是谁？"

老奶奶用俄语告诉我："我是奶奶。"然后她不断地用手指着自己重复"我是奶奶"，直到我的小嘴开始一开一合地和她一起重复"巴布什卡"，她拍着手笑了。

我也笑，我坐在床上颠着屁蹲儿"咯咯"大笑。这对我来说更像是一场游戏。我们做一会儿这样的小游戏，拍手笑一会儿，然后一起吃黑列巴蘸盐面儿。我的"巴布什卡"说："你这个小东西，准是饿了。"

四

离开悠车有一段时间了，我的生活比以前丰富多了。我没有那么多闲暇去纠结那些个温暖的梦和那些支离破碎的前世。离开了那些成人都无法理解的思想，我要面对的是今生，是眼前，是当下，是一个婴儿必须面对的全部问题。我要踉踉跄跄不知跌多少跟头学会走路，我还打破了不知多少只碗，把面条、米饭糊弄得满身都是才学会吃饭。这个人世的一切我都要从头学起，重新学会做"人"。

我也开始思考一些更高层次的问题，比如怎样才能摸一摸维佳叔叔的兔子，如何才能驯服李奶奶那只老是啄人的大公鸡，以及什么时候可以偷偷溜进柳芭姑姑和玛莎姑姑的闺房摸摸床上散着香味的花床单等。

我的"巴布什卡"送给我一顶用碎布头缝的俄罗斯小女孩儿戴的婴儿帽，帽子围着脸的部分镶着一圈花边。我觉得这个帽子和我的围裙很搭调。戴上这个帽子，我的围裙终于不再像个围裙，倒像是一件时装。我对这顶帽子很满意，在屋里也戴着。所有人看到我被打扮得像一朵盛开的向日葵，都忍不住哈哈大笑。母亲第一次看到我的新形象时，简直笑得直不起腰来。

母亲下班来接我，我踮起脚，乍着手对她说："也杜，也杜。"母亲自嘲地说："这孩子一岁多了还不会说话。"李奶奶说："怎么不会说？她说让抱抱呢。"

我趴在窗台上看天。天蓝得似乎被云彩刚刚用雪擦过。我把雪想象成甜的。雪每天都下，有时候像鹅毛，有时候又被风蹂躏得像沙砾。每天早晨地上、草垛上、木杖子上都积了厚厚的雪。我心想我们真富有哇，有这么多甜甜的雪可以吃好长好长时间啊。

我偶尔也和风说说话，和太阳说说话，或者和自己的想象用别人听不懂的语言自言自语。每当这个时候，我的"巴布什卡"就用幽深的蓝眼睛看着我，然后将目光定格在某个虚空，我想她肯定是想念她远在西伯利亚、远在伏尔加河畔的家了。

我还没有机会用我自己的双脚踏踏实实地踩在我生长的这片土地上。外面太冷了，我需要一个春暖花开的借口。

我说的话依旧令父母很费解。回到家我只好沉默着。但是母亲什么都和我说，她知道我虽然一声不吭，但是什么都能听懂。比如母亲说，妈妈最近要上夜班了，晚上睡醒可不要害怕呀。我心想，难道只有我一个人在家吗？母亲马上说，爸爸森调去了。我心想，难道你要上一晚上夜班，整晚都不回来吗？她马上像回答我似的说，我十二点钟就下班，争取早早地回来。

她告诉我墙上的钟到了这样一个位置，她就回来了。

我记着她说的话，半夜十二点之前我果然醒了。我是为她醒的，我就是为了看看是不是真的像她说那样，她去上夜班了，只有我一个人在家。

炉子里的火还在噼啪作响地快乐燃烧着，烧红的炉盖儿把外屋映得通红。我四下张望了一下，真的只有我一个人在家。四周很温暖很静谧，我觉得很惬意，又找到了躺在悠车里的感觉。

一些坠进轮回里的记忆又潮水一样在大脑皮层的神经元之间蠢蠢欲动。房间里很明亮。我觉得有什么地方不对劲。谁在和我轻轻地说着悄悄话？风和太阳早就回家睡觉去了。我坐起来，拉开窗帘。外面长空凝翠，宝鉴初圆。呵，原来你在这儿呢。

墙上的钟马上要指向十二点。我听到外面的雪“咯吱咯吱”地唱起歌来，母亲回来了。我用第一次看见圣母玛丽亚的神情指着窗外圆圆的玉盘对母亲说，啊——？母亲说，月亮！

哦，月亮！我可找到你了。我知道月亮也是这样想的。因为她整晚都趴在窗外看着我微笑，直到公鸡来把早晨叫醒。

五

我开始知道了害怕。因为母亲老是对我说，我不在家，夜里醒了你不要害怕。我知道夜里我是应该醒来的，黑夜是让人害怕的。于是夜里醒来，我就开始害怕。

我不知道黑夜原来这样长。自从我知道有可能只有我一个人面对黑夜以后，我就常常在夜里偷偷地醒来。我醒了，在漆黑的夜里瞪着漆黑的眼睛。除了我，所有的一切都在黑暗里遁了形。我被无边的黑暗包围着，我常常因为恐惧而嘤嘤地啜泣。我的梦也染上了这种漆黑的色彩。

如果我的啜泣吵醒了母亲，母亲就伸手拉亮电灯，灯泡的光明赶跑了黑暗，也抚平我惶恐的内心。

如果劳累了一天的母亲一直酣睡着，我就自己爬起来去开灯。我像个瞎子一样在黑暗里摸索着，经常从火炕上“嘭”的一声坠落到地上。有时候，这样巨大的声响都不足以将睡梦中的父母叫醒，接下来我不得不品尝冬天午夜的地板上刺骨的寒冷。我恍惚觉得这是一个梦魇。这个三千大千世界里只剩下无边的黑暗和我一个人。我甚至忘记了只要发出大一点的声响叫醒父母，他们就可以拯救我。我瑟缩在冰冷的地板上，陷入绝望。

但是我坚持不了多久，在恐惧和寒冷的夹击下，我最终会爆发出一场号啕大哭。于是灯亮了，还好，一切都是老样子，父母都在。

后来，灯绳被放到一个离我最近的位置。但这也解决不了根本的问题，我的恐惧太沉重了。我在夜里懵懂着被黑暗叫醒，我胡乱地抓住灯绳，就像溺水的人抓住唯一的一根救命稻草。我用力一拽，急切得恨不得将全身的重量都压上去。灯绳断了。断之前灯泡会用十分之一秒的时间发出一道石破天惊的亮光。这亮光像闪电，刺痛了一个幼儿蒙眬的睡眼，也让接踵而来的惊恐更加汹涌和澎湃。

我像一个被恐惧追赶得无处藏身的小兽，在每一个无边的黑夜里瑟瑟发抖。

没有人比暗夜里的我如此渴望见到一枚圆圆的月亮。

我蜷缩在午夜的被窝里，欣喜地看着月亮一天比一天丰满的大脸从窗棂上悄悄爬上来。月亮派出无数月光去叫醒人们。月光钻进每家每户的窗子，可是所有的人都睡着了。只有我醒着。月亮是我一个人的。

我拉住月亮的手，和它一起随心所欲地在夜空里遨游。外面到处都是月光搭起的桥。夜空是梦的颜色，村庄也是。星星们在月光桥上捉着迷藏，我一低头，发现它们全都来到了大地上。洁白的雪舞蹈、跳跃着，闪着精灵一样的光。我知道这是星星在歌唱。

天狼星孤傲不群，天狼星下是我的家。

我家的院子里，羊群卧在一起，一边打着瞌睡，一边嘴里还念念有词地倒着嚼。

奶牛在月光里慈爱地舔着小牛，直到把月光都舔得湿漉漉的。这样美好而诗意的夜晚不知道还能有几个。作为一头牲口，它和它的孩子没有选择自己生活方式的权利，甚至连选择生存和死亡的权利也没有。它曾目睹它的几个孩子顷刻之间就变成案板上的一块肉，变成雪地里的一摊血。而另外的孩子在它转身打个盹儿的工夫，就蒸发得再也没有出现过。

马是这院子里的贵族，即便屁股后面一条尾巴也能成为人们争相效仿的风景，而猪尾巴、牛尾巴、驴尾巴、兔子尾巴就从来没享受过这等殊荣。马也不用担心自己的孩子会被莫名其妙残忍地杀掉，因为那样对人类来说太不划算了。

要是能够胜利逃亡到野外做一匹野马那就更好了，当然这需要智慧和勇气。

狗们是夜晚村庄的统治者和守卫者。偶尔传来不急不躁的几声狗吠，是平安和祥和的象征。

我看见狗在月光下的院子里忠诚地巡护着。像将军在守卫自己的城池，尽职尽责，死而后已。它们不计较有一顿没一顿的残羹剩饭是否能吃得饱，也不计较主人随时都会转嫁到自己身上的一腔怒火。偶尔狗与狗之间还会相互报个平安，比如东头老王家大黑狗没事儿吠叫两声说，这都半夜了，没什么情况吧？

西边老李家大黄狗听到也汪汪叫两声，没什么情况，刚才有个醉汉在羊圈边上撒尿，让我赶跑了。

南头老张家小花狗支棱着耳朵听了听，没发表意见。

大黑和大黄一起冲着南头儿叫两声，说花花你别害怕，有情况大黑哥和大黄哥会支援你的。

六

我和月亮在夜空里遨游，星星和雪跳跃着在我们身边做伴儿。整个村庄都睡着了。有的人家烟囱里还冒着烟。风不在，烟是笔直的，我想它们大概能够到达天堂。我知道这个屋子里的梦也是温暖的。

我站在高高的月亮上，我一眼就能从一大片似曾相识的山谷和村庄里分辨出我的村庄。它有一座高高的架子山，还有教堂的穹顶和南大楼、木头垛上鸽子们的翅膀划过天空的痕迹……记住了这些，走多远都不会迷路。

我发现月亮原来并不是我一个人的。

漆黑如墨的夜里，有不速之客闯入。狗狗们正凌厉地向我汇报这一点。整个村庄的狗同仇敌忾，它们愤怒的喉咙似乎都要吼出血来。根据这吼声，我甚至能分辨出事件的中心到底是在东边的大黑家还是在西边的大黄家，是在花花家，还是在我家。

已经进入梦乡的村庄被点燃了。马在马圈里躁动不安地刨着蹄子、打着响鼻。如果不是被羁绊住，我想它们早就撒开四蹄狂奔了。奶牛站成一圈，把牛犊围在中间，随时准备给入侵者以有力打击。

羊群慌张的叫声像海啸，一浪高过一浪。

父亲的反应像一头食草动物，前一秒钟还在酣睡，后一秒钟已经从火炕上弹跳了起来。父亲飞快地披挂上棉衣，抄起门口挑草的钢叉，神情凛冽地扔下一个字，狼！然后夺门而去。

远近的房门“嘭”“嘭”地打开了。一盏一盏的灯点亮了夜。有人拿着盆子“咚”“咚”地当鼓敲。整个村庄沸腾起来，所有的动物情绪都很激动，包括人类。

我蜷缩在被窝里。我饶有兴趣地倾听着。我紧绷着的对于未知的黑暗的恐惧终于可以放松下来。如果骚乱一直这样进行下去，我想我就可以安然入睡。

但是骚乱很快就平息下来。尽管有时候一晚上这样的骚乱可能上演好几次，但是很显然，宾主之间都不想恋战。父亲重又脱衣躺下，进入梦乡。黑暗和死寂马上跑过来严严实实地将我包裹住。

我必须刻意而小心翼翼地掩藏起我的惊恐，父亲对我的胆小非常不理解和不耐烦。有时候，我被噩梦追赶得“嘤嘤”地哭泣，常常招至被吵醒的父亲一顿呵斥，也许还有呼啸而来的巴掌。

我蜷缩在黑暗里，心里一遍一遍地念叨，狼呢？你去了哪儿了？你怎么不来了？

月圆之夜，有一种悲怆和月光一起在旷野上流淌。母亲说，狼在唱歌。

我说不，狼哭了。

狼哭了！长歌当哭。它哭得那样大声，我一度以为它就在我们家的菜园子里。但是我知道它其实是在东面的山冈上，在高高的架子山上。烟囱里的烟笔直地伸向天堂，整个村庄都在聆听，一匹孤独的狼呜咽地向月亮讲诉它的过往。

它讲它在西伯利亚丛林里的爱情，它讲它在蒙古高原上的流浪。它讲也是一个这样的月圆之夜，他最心爱的母狼倒在了一个村庄的枪口下。它记住了这个村庄。几天之后，它纠集了一大批同族兄弟血洗了整个村庄。所有的羊无一幸免。

佛说，放下屠刀，你就立地成佛。

狼说，我不下地狱谁下地狱？

我已经好久好久好久听不到一匹狼对着月亮唱歌了。不知道它流落到了哪片月光下，他的后代还在续写着它的传说吗？

七

我长大了。我一天一天地踩着岁月把时光丢在了后头。我有了一个妹妹。我不再去我的“巴布什卡”家了。我五岁了。

我和妹、小姑坐在院子里的大木头上。小姑从膝盖上的土篮子里给我们俩摘稠李子吃。我说我从来没吃过稠李子。小姑说这个每年夏天都有。我说我从来没过过夏天。小姑被我逗得哈哈大笑。

我从来没过过夏天。我五岁以前的夏天都到哪儿去了？我一直待在屋子里，我的夏天被偷偷藏起来了。我将一枚稠李子含在嘴里，久久不肯将稠李子核吐出来。我要记住它独特的清香的味道，就像记住这个夏天。

我生命里的第一个夏天，是从和秋天的一枚黑亮的稠李子相遇开始。

大伟就是和这个夏天一起，突然来到我面前的。我第一眼看到他，以为他是一个天使。他长得太像天使了，粉嘟嘟的苹果一样的脸蛋儿，玫瑰花瓣一样的小嘴儿，水汪汪的棕褐色的大眼睛，长长的眼睫毛，金褐色的卷发波浪一样垂下来。

我知道他不是真的天使。母亲老是被他玫瑰花瓣一样的小嘴儿连珠炮似的奇思妙想逗得花枝乱颤。我的心情莫名其妙地变得很复杂。多少年以后，我知道了有一种情绪叫作妒忌。

大伟住在我们家隔壁。隔壁比邻居更近一层。一道共用的墙把一栋房子分成了两家，我的家和大伟的家。

大伟是和那些个不见了的夏天一起被藏起来的，或者我和妹妹也是这个被掩藏起来的一部分。我从一枚稠李子坚硬的果核里找到了夏天，也找到了大伟。妹妹的脚步还太慢，根本追不上我想要探索世界的狂野的心。大伟正好可以配合我。

自从知道了稠李子的秘密，我还想知道树叶对我隐瞒了什么？那么小草呢？泥土呢？蚂蚱呢？蓝天呢？白云呢？我想要一天比一天走得更远。大伟勉强能跟得上我。他还比我小几个月。

我们两个经常手拉着手出现在尘土飞扬的大街上。一群鼻涕拉瞎和小流浪汉似的闲得五脊六兽的小调皮鬼边在我们身边跑来跑去边喊，小姑娘和小小子玩儿，三天抱小孩儿！

很遗憾，直到两年后离开这个村庄，我也不知道这句话是什么意思。大伟就更不知道，他的智商还不如我。

我们探索着离开家门。最远的一次来到了村庄的边上。站在一眼望不到边的绿绿的草海面前，我确信这就是世界的尽头。厚厚的云正被风召集到一起。风弄乱我们的头发。我心里徒然就生出浪迹走天涯的豪迈来。我觉得我简直就是个诗人。

我和大伟反复讨论“上库力”是什么意思。很显然，三河就是三条河的意思；黑山头就是黑色的山头，或者黑色的山的头。但是“上库力”就相当令人费解。我和大伟总结了大概有一百条解释，但是对哪一个都不太满意。

我们管海拉尔叫“齐齐海拉尔”，管拉布大林叫“拉木达林”。这些地方虽然我和大伟从来都没去过，但它们是我们知道的除了北京之外，最大、最繁华的地方。北京太远了，在我们心里闪闪发光的神一样存在着。

我和大伟经常将从大人那儿道听途说来的关于“拉木达林”和“齐齐海拉尔”的轶事，经过自己想象加工一番，然后添油加醋地白话给对方听。有时候，别的小调皮鬼会突然拿着一块我们从来没吃过的饼干，或者穿着一件和脸上的大鼻涕泡很不相称的新衣趾高气扬出现在我们面前显摆，说这是某某某从“拉木达林”或者“齐齐海拉尔”给他买的！

我和大伟羡慕得要死。我们表面上不动声色。这一点我们从来没商量过，但是我们心照不宣。我装作不屑一顾地说，这有什么了不起的呀？我爸爸还去过北京呢，还在北京给我买糖、买小皮鞋呢。

父亲去河北老家探亲路过北京确实给我买过很多礼物，那已经是好几年前的事儿了。但是每当遇到这种情况，我就把这句话抛出来，那些牛哄哄的小坏蛋立马熄火。

八

我想最初我们都是善良的。是生活教会了我们残忍、冷漠、自私，还有一些别的什么东西。

我家的饭桌在东面的窗下，我的位置正对着窗户。我经常在吃饭的时候见到这样一幕，一只公鸡将一只母鸡踩在脚下用力啄。我的侠义心肠立刻被激发了出来。我“砰”的一声扔下碗筷，抄起扫地的笤帚或者收煤的铁铲子冲出去追着公鸡一顿猛打。

这个院子里的狗狗、羊、鸡都在我的统治之下，我绝不允许在我眼皮子底下有这样欺负弱小的事件发生。

母亲总是始料未及。她先是被突然跌落到饭桌上的碗筷吓了一跳。等她反应过来接下来要发生什么，她想伸手制止我，但是每次都来不及了。我已经从屋子里窜了出去。隔着窗户，我看见她笑得都透不过气来。我不知道这有什么好笑的。

那两年，我拯救了无数次母鸡。公鸡一见到我，就嗷嗷怪叫着全身的毛都奓起来，成了一个毛球，样子很吓人。

羊和狗狗也在拯救范围之内。我指挥着大伟，我们俩拿着笤帚和铁铲子在院子里横冲直撞地棒打鸳鸯。大人们哈哈大笑。我对他们的幸灾乐祸不以为然。

夏天的夜里老是下雨。一场接着一场。羊圈的地窖里浸满了水。睡在露天地里的羊不知道这是个陷阱。半夜羊被淋醒，全都迷迷瞪瞪往羊圈里挤。挤塌了地窖，羊掉进水里。今天三只，明天五只，后天八只。最多的一次掉进去十四只羊。

第二天，大伟全家都来捞羊。我家的羊和大伟家的羊在一起放养。我也被裹挟着去外面看热闹。

羊打捞上来了，被扔了一地。羊的肚皮变成了吹满气的圆球。一只肚皮稍微瘪一点儿的羊在一堆一动不动的羊里睁着眼睛，伸着脖子，大口大口地喘着气。

我惊喜地发现了它。我大声喊，它还活着呢！

我去对父亲说，它还活着呢！

父亲说，活着好哇。

我说，它还活着呢，你快救救它呀！

父亲说，马上就好了。然后霍霍地磨一把刀。

我的父亲和大伟的父亲将唯一的这只还在喘气的羊抬到一个长凳子上。大伟的父亲按住羊，我的父亲用那把刚刚磨好的锋利的刀一下子割开了羊的喉咙。羊的脖子断了，只有后面一小部分还连着。鲜红的血从那些被割断的管道里喷涌而出。羊的四个蹄子用力蹬了几下，羊的眼睛和嘴张得大大的。我听见羊在大声尖叫，——疼！

啊，不，是我在尖叫。我知道羊一定很疼。我看见了羊的疼。我被我自己的尖叫声吓了一跳。我跳起来，捂住耳朵啊啊怪叫着向屋子里逃去。羊的被割断的喉咙像个张开的血淋淋的巨嘴，那些血淋淋的疼痛一直在后面追着我不放。

母亲说，完了，这孩子吓着了。

我被吓着了。一只溺水的羊无助地躺在地上向人们求救，人们听不见。一只被割断了喉咙的羊绝望地喊疼，人们听不见。我被欺骗后面的鲜血、疼痛和死亡惊吓到了。

母亲从母亲的母亲那里继承了很多种治疗惊吓的方法。我发着烧昏睡了几天，吃了几瓶水果罐头。母亲把她的那些治疗惊吓的方法挨个应用了一遍，我不小心被吓跑的一个或者几个魂魄，又被毫发无损地“叫”了回来。

大伟又来找我去看剪羊毛。大伟相当善解人意。大伟说一点也不吓人，生拉硬拽地把我拖到了羊圈外面。羊在拚命逃窜中一个一个地被剪成了光腚，打上了耳记。我问母亲，羊疼吗？母亲说，羊不疼。我说，那羊为什么使劲叫？母亲说，只是有一点点疼。

我不相信母亲说的话。我已经不相信大人说的话了。我知道羊很疼。

九

草打完了。天气好的时候要把干透的草拉回来，没干透的继续晒干。

阳光热情地亲吻我们的脸。一条路笨拙地从远方跑过来。我在马车上颠簸了将近一个上午，我的骨头都快颠散架了。转过一个山谷，老远就看见一个一个排列整齐的草垛争先恐后地和我们打招呼。

好像这些草用自己的方法一个踩着一个地站了起来，最后站成了一个草垛。

我还年幼，还没有遇见更多的生活。我也不知道我以后会喜欢什么样的生活。但是我一下子就爱上了这片草甸。我的每个毛孔都在表达着这种喜悦。一望无际的绿让我的眼睛更加明亮了，百灵鸟的歌声让我的心灵长出了飞翔的翅膀。我大口大口地喘着气，我要让这绿油油的灌满青草香味的空气充满我的每一个肺泡，一点儿也不能浪费掉。

我从来没这样舒展过。头顶着蓝天，脚踩着绿地，鸟儿在欢唱，阳光为我们披上金色的衣裳。我觉得我应该是一只野兔或者土拨鼠。我天生就应该属于这里。

我和大伟，还有几个别的孩子在巨大的草垛与草垛之间疯跑。我们揪出一个不太高大的草垛，爬上去使劲跳，就像在跳蹦床。草垛和我们一起欢笑和尖叫。

回来的路上，天一寸一寸地黑了。月亮扒开树梢，露出一张圆圆的大脸。

大伟说，你看，我们走，月亮也走。月亮和我们一起走呢。

我说，我们在月亮里呢。

十

我没有等到和我的村庄一起慢慢长大和老去。我离开了它。十余年后，我才得以有机会重新踏上这片土地。

街道两旁熟悉的老房子迅速在车窗外倒退。我魂牵梦系的故乡啊，我终于回来了。我坐在尘土飞扬的吉普车后座上，看着我在别处的月光下无数次走进过的风景，哽咽着泪流满面。

牛粪还是老样子，堂而皇之地躺在大街上，龇牙咧嘴笑得没心没肺。

我用我已经长大了的手抚摸着幼年的我曾经抚摸过的，已经变黑了的杖子板儿。这上面有我和妹妹攀爬的痕迹，有我和一只羊搏斗的痕迹。我轻轻地抚摸着，生怕一不小心弄疼了记忆。

院子已经荒芜了好多年。哪个草窠下正藏着母亲遗落的一片疼爱和温柔？我不小心弄丢的父亲的一句叮咛又被谁捡了去？

我站在院门外，久久也不敢进去。我贸然地闯进去，会不会弄醒一院子的喧闹？狗狗会不会欢笑着向我扑过来？羊群会不会四散逃窜？公鸡会不会奓着毛跑得老远？

还有我们那个已经破败了的小房子。我推开门，年轻的父母会不会不认识已经长大了的我？会不会有两个女孩子跑过来问我，你找谁？会不会有满屋的月光一下子从门里倾泻出来，让我分不清黑夜还是白天，现在还是从前？

以后的岁月里，我去过许多连梦都不曾到达过的遥远的地方，我遇见过许多比羊群还要多的各种各样的人。但是我在心里始终为我的村庄、我的亲人、我的“巴布什卡”，为大伟，为我的羊群、狗狗、公鸡和母鸡，为我们的房子，为我们的院子，留了一个房间。

偶尔空闲，我会在别处的月光下把这个房间搬出来晒一晒。这样，无论经过多少风吹雨打，经过多少人事的变迁，他们永远都不会褪色。无论我在人生的道路上还要走多远，走得多崎岖，我永远都不会迷路。

原载于《骏马》2014 年第 5 期

鄂阿娜 达斡尔族，内蒙古作家协会会员，鲁迅文学院高研班学员。长篇小说《以父之名》由中国国家图书馆、常州市图书馆、齐齐哈尔大学图书馆馆藏。散文《看云朵的日子》编入“江苏省常州市青年教师教学比赛”课件范文、浙江省高考语文模拟试卷。散文《莫力达瓦的原野》《看云朵的日子》等作品编入《2011 中国少数民族文学年度选》《达斡尔族散文研究》等选本。长篇小说《荣耀之光》入选中国作协 2019 年少数民族文学重点作品扶持项目。

看云朵的日子

青春时代，我经常会有这样的感慨：“生命是新鲜的植物。”一切都崭崭新，比如青豆初发芽，暗生情愫地单恋一棵小小草儿；比如要带进棺木中的初吻情景；又比如经历风雨洗礼后的成长……

孩童时代，好奇的心被飘逸的云朵吸去目光，于是抬头仰望。妈妈在身后叮嘱：“不要看流云，它会带走人的记忆，让你变成没有记忆的人。”那个时候，不懂得妈妈说的含义，只是惶恐着收回目光，把所有的热爱迅速在脑海里重播一遍，确定记忆没被带走。

万千变幻的云朵，不再让孩童驻足，偶尔还是被吸走目光，忍不住看上几眼，也只是几眼。岁月流动犹如漂移的云朵，带走无忧的孩童时代，进入风雨飘摇的青春时代。

青春时代的一九九八年，一场连绵不断的倾盆大雨带着史无前例的洪水袭击了我的家乡，让家乡成了一座孤岛，被洪水四面包围。肆虐的洪水淹没了沃土良畜，带走了数十个生命的同时，顺道卷走了那个纯真而凄美的初恋。

世界，顷刻昏天暗地，只有灰色。稚嫩的生命被刻出一道触目惊心的伤疤，导致一颗小小的心灵不堪忍受，万念俱灰，几乎丧失了对活着一贯抱有的热情，从而产生了自了的想法，欲随情而去，以求图个痛快。

事实上我是不可能自了成功的。当看到母亲慈祥的眼神时；当母亲用操劳了几十年的双手，温暖地拭去一颗颗默然的泪时，我知道了，这个世界，还有我存在的必要。

按照我接受的教育：生命不是你一个人的，身体也不是你一个人的，所以，为所有爱你的人，好好珍惜生命，好好爱惜身体。于是，我很自然地抛弃了自了的想法。行尸般度过了一年。心，依然没有回来。

一个人活着，没有心地活着，是多么可怕的啊，我要把它找回来。

“云朵会带走人的记忆”想起妈妈说过的这句话，我决定，去大自然中看看云朵，或许，那颗不知漂向何处的心就能找回来了。

一九九九年夏末，我独自背着帐篷，腰间别着一把铁锅，手上拎着一个单卡录音机，一个布兜里面装着几根蜡烛、六枚大号电池，上路了，时年我二十三岁。

母亲没有制止我，因为她知道，大自然能够为所有的生灵疗伤止痛，能够让所有生灵寻回它迷失的灵魂，能够教给所有的生灵生存的智慧和意义以及价值，并带其走出混沌的空间。

“上路去哪里啊?”“去大自然中看云朵。”纳文江边安营扎寨，一住就是三十七天。送走了凉爽清透的夏末，迎来了微寒瑟瑟的初秋。

独居的生活宁静惬意，远离喧嚣的市井，没有旁人随意的打扰，让自我和“命运”一次次地进行对话、谈判、协商。

每个白天，江水洗脸、刷牙。渴了用手舀一把江水，饿了去十余里开外的渔家要几条新鲜的小鱼，用铁锅就着江水煮食，只需加点盐巴就是一席鲜浓的美味。吃饱解渴，去看看不远处静静盛开的小野花，偶尔有水鸟从头顶唏嘘飞过，还有各种小动物，比如拳头大的松鼠、一尺来长的黄鼠狼、大如猫的田鼠等等。音乐是少不了的，会一个白天一个白天地滚动着。

夜晚的自然神秘优美。跟奶白的月亮喝上一杯酒，再给身边奔跑的大江唱一些歌。此刻的世界，只剩下一粒儿粒儿的星星散落在浩浩荡荡的银河旁，一切忧伤瞬间跑得了无踪影。

大部分时间，我光着脚，坐或躺在石滩上，看着头顶深远的蓝天、优雅飘逸的白云，猜想它们从哪里来，往哪里去；猜想它们缘何可以如此洒脱地存在，偶尔捧起几颗沉默的石头。

更多的时候，我喜欢看云朵万千种变幻，听石头讲久远的故事。

有一朵云儿，是一只熊妈妈，它侧转过头，看趴在它后背上的小熊，熊妈妈温柔慈爱，小熊顽皮地翘起一只脚。许是小熊太顽皮，它翘起的脚被一阵风吹散，然后是熊妈妈的耳朵也被吹散，最后，它们被风揉成一团，被溶进一旁的云海中。

有一朵云儿，刚才还是一把利剑，只转瞬间即化成一缕柔棉，忽而又幻化成一耸高山之巅。

有一朵云儿，初始，他是一头雄狮的模样，高仰着头，威严不可侵犯。然而，微风，仅仅用远不及我呼吸的力气一吹，威严雄狮高仰的头就变成了一只温柔的小羊羔……

云儿不爱说话，她们更善于静默着变幻出自然的万千。于是我明白了，孩童时代妈妈不让看云朵，是因无忧的孩童不懂得云朵。

石头比云儿还要安静，若非流水，她们几乎不会移动，数年静默在一个地方，无声地讲述着各自的故事。每个石头都是讲故事的高手，比邻居的老妈妈、老爸爸的故事还多，还久远……

那个时候，我的手里，经常捧着一粒儿水滴状的、透明的、微红的玛瑙，我唤她泪珠儿。泪珠儿的故事总是讲不完。每次，她的故事还没有讲完，我就睡着了。

醒来的时候，我会微笑着，看天。天，变得更蓝，更开阔。

回看那时候写的日记，从开始的绝望之言，到后来的随遇而安，再到顺其自然。

这种完全彻底的自由、没有束缚没有约束的、简单的一次放逐，对于当时没了心的我，是非常必要的。我找回了生的勇气，并理解了死的必然，和那颗迷失了方向的心。从此，彻底改变了对生与死的认识，改变了对生命、人生的看法。

这期间，我的几位死党偶尔会在中午时分，骑着摩托车，不惧酷暑和颠簸“突突”着来看望我。她们带来一些酒和电池的同时，也带来小市井里的新闻，比如谁谁又和谁谁打架了，谁谁又升职了，谁谁买了一辆摩托了等等。

我对这些内容自小是没什么兴趣的，这耳听那耳就跑了。几位女生谈论更多的是关于放逐自我的话题。于是，某天，我将自己这些天冥思苦想后的感悟讲给她们听的时候，她们的反应可以用一个词概括：惊恐。她们叽叽喳喳地炮轰了我，内容概括起来就是一句话："妞儿，别老思考这个那个的没有用，思考人生不是女孩子干的事儿，赶紧回家吧！我们绝不让你一个人搁这待着了！"

友情善意的惊恐并没有扼杀我的终极想法——放自己一次，而后逐之。更没能阻止我将这一终极想法付诸行动。

一九九九年年末，我告别蹒跚送行的母亲，登上了驶向远方的大客车。告别了生养我二十三年的家乡。火车轰隆着，装着一颗忽隐忽现的心，驶向未知的远方。我不知道远方有什么，但我能肯定：未知的远方在期待着我的造访。这一放，转眼走过了十年的岁月。

因了近十余载自我放逐的生活，生命变得厚重，心变得更清澈、坚韧。而那个曾经坐在石头上看云朵的我，在三十七个与大自然和谐相处的日夜中，收获了人生的第一桶金。这桶金不是钱，不能当饭吃，不能换酒喝，更不能买漂亮的衣裳穿。但是，它却实实在在地让我活了下来，快乐开朗、坚实坦荡、勇敢正直地活了下来，直至今日，乃至将来，具体日期不可预知。

坐在石头上看云朵的人坚信这一桶金是有价值的——人生是一次孤苦的旅程，途中会遇到各色风景、各样生命、各种灵魂。而后，到达终点，那里有爱人在翘首期盼风尘仆仆远道而来的旅人。至此，旅人懂得了什么叫幸福。

迷惑的时候，回到大自然中，找一块石头坐下，看看云朵。幸福其实一直在我们身边，只是很多时候，我们只顾低头抱怨哀伤，却忘了抬头看一眼。

原载于《草原》2010年第8期

莫力达瓦的原野

讲述故乡的原野，不仅是对童年时光的追忆，更多的是感激于那片原野中，诸多细小的生命赐予的快乐和美好。

故乡的春天来得迟缓，却不失时机。正是青黄不接的时候，柳蒿芽便悄悄地顶开黝黑的泥土，肆意地生长开来。原野便有了春的生机。

被达斡尔人民视为救命菜的柳蒿芽，长相特别的普通，若不注意，很容易与艾蒿混淆。细嫩的叶子，柔弱的枝身，散发着淡淡的清香。随意到原野上走一趟，几对北归的燕子衔泥的空档，一顿清香淡苦的柳蒿芽菜汤便有了着落。翠绿翠绿的汤喝下去，滑嫩中带着淡淡的苦味，涤荡着淤积了一冬油腻的肠胃，让人顿感一身的清爽。

春天的山川，山杏花是最早开放的。树枝刚刚抽芽时，白粉色的花朵娇嫩羞涩地先行开放了，排满枝条。淡淡的花香带着微弱的苦，在早春的空气中飘散，满山游荡着。春风轻轻掠过，总会有娇嫩的花瓣掉落在墨黑的大地上。一片两片……像细柔的初雪，星星点点的白，转瞬即融入大地。这些早早脱离了枝条的花瓣有一部分成了孩童最初的零嘴儿。

放学后，三五一群的小伙伴爬上半山坡，捡拾花瓣。一片两片的汇成一小把，放进口中，细细地咀嚼。淡淡的花香略带着丝丝的苦味在心口中漫开，咽下后，一丝甘甜慢慢地反沁出来。

长辈们知道，馋嘴的孩童离不了这先苦后甜的零嘴，因此也不呵斥捡拾的不卫生。只是叮嘱着，不可采摘未掉落的花瓣，更不可折了枝条，好待入了夏，结下一枚枚青果后再食之。

盛夏的原野是孩童的游乐场。这个大自然创造的游乐场，吃的、喝的、玩的应有尽有。此时的芍药花、野百合、桔梗花、矢车菊等等各种颜色的野花静逸地开放着，吸引来各种花斑的蝴蝶、蜜蜂、嗡嗡虫……

玩耍的孩童被干烈的太阳烤得汗流浃背了，轻轻一跃，跳入清凌凌的大江里游泳嬉戏。累了，上来岸边，趴在滚开了花儿的泉眼喝一口甘醇的泉水，转身跑去挖出一块儿野百合的根放进口中，微笑着拍拍肚皮，那神情仿似吃了一席盛筵。忽而，又跑进沙柳丛间寻来一团地衣，就着大江洗去浮泥，美滋滋地吃起来……

此时，山川上的山杏已结下了青色的果。如它的花瓣一样，青色的果密匝匝地排满枝条。满篮子的山杏青果，带回家中，一锅清水滚开了花，青色的山杏便成了黄嫩嫩的果。若谁家有糖精，煮时要来放入少许，熟后盛在盆中晾凉。待那一盆黄嫩嫩的山杏果凉透，一家人围坐在一起，或饮汤水或食着酸中透着甘甜的山杏果。

盛夏的原野，野果树们纷纷开了花，只待那秋风起时，结下丰满的果来。

故乡的秋来得快，去得也快。秋风一起，原野便换了金色的衣裳。山川沃野间一派秋收的景象，而此刻的草原却略带着苍茫的忧伤。

一丛丛山丁子树被秋风扒光了叶子，一粒粒弱小的红果实便露出来，羞涩着隐现出果肉中细小的种子。这一抹透明的红给苍茫忧伤的草原引来了久别的客人。

山丁子树高高地静默着，偶尔随秋风摇摆，嫂嫂们坐在树下或唱或闲谈着，欢快爽朗的笑声驱散了草原的忧伤。

嫂嫂们没有山丁子树那般的高挑，伸长手臂够到哪里，就采到哪里。从不折断枝条或爬上树去采摘。偶尔，有位新嫁来的小嫂嫂禁不住那红红小果的诱惑，爬上了树腰并折了几个枝条带回家中，却被长辈训斥了：你折了它的枝条，明年以后的果实就少了许多，它把自己的果实奉献给了我们，为什么还要去折断它的身体呢？听到这样的训斥，小嫂嫂的脸也像山丁子的小果一样红了……

秋时的山川上，榛子树的枝头开始低垂。一簇簇榛子每吸蕴一次阳光，果壳里的浆液便饱满了几分。几次秋霜降落后，褐黄色的果实便脱离了帽样的果壳，滚落到大地上。

邻里相邀着，三五个大人、一两个孩童便往山川走去。他们说去捡榛子。在漫长寒冷的冬季，榛子便是大人们家长里短的闲谈时“嘎嘣嘎嘣”的伴音，更是孩童们在木制的炕沿儿上留下的一个个小小的坑凹。

时至年关，谁家的母牛又添了新丁，这家人用牛初乳熬好了黄米粥，派孩童挨家送食，分享人畜兴旺的喜悦。我犹记得，那一碗香甜糯滑中带着微酸奶香的“瓦里腊里”，带着淡淡的体温。

故乡的原野在一场场大雪中静静地睡去，人们也在一个接一个的节日中盼着春的生机。忽而想起，故乡有一个独特的节日——豁乌读日(抹灰节)。近十余载漂泊客乡没得过这个节日了，也不知道故乡都在怎么过。

写到这里，我想起爱默生的一段话：田野与丛树所引起的欢愉，暗示着人和植物之间的一种神秘联系。它们说明我不是孤身一人，也不是不被理睬。它们向我点头，我也向它们致意。在暴风雨中摇摆的树枝，对我既是生疏的，又是熟悉的。它令我十分吃惊，但又不是完全陌生的东西。它的效果就好比我在自以为是、沾沾自喜时，突然被一种更崇高的思绪或者更美好的感情征服……它出自人的心灵，或者出自心灵与自然的和谐之中。

这大概便是我依然惦记着故乡的缘故吧。

原载于《草原》2011 第 11 期

带娃看云朵的日子（外一篇）

我心甘情愿地，深陷在做母亲杂乱无章的生活琐事中，手忙脚乱地幸福着。奶水不足的我，饿着也不肯喝奶粉的娃，彼此相依而生。

我虚弱臃肿的身体接近“滚圆动物”。娃羸弱、娇嫩的样子，像极了新鲜的植物。细胳膊细腿，小脸不如猫脸大，白得有些过分。乌溜溜的大眼睛，衬得娃越发显得白，白纸的白。

新生婴孩，就像拱泥而出的植物幼苗，初出泥土，只有稚嫩的一片、两片子叶，纤弱、娇嫩。有了阳光、露珠不辞朝夕的滋养，幼苗就能长出新的枝叶，枝叶逐日繁茂，枝身逐渐茁壮。

一个毫不相干的人随口说的“像个豆芽菜”，压在我心上，令我寝食难安。即便懂得生命的成长需要一个过程，我还是止不住地担忧，得空就拿起手机，进入各种育儿论坛……

母亲安抚我：“小娃娃，不愁长。晒晒太阳，看看月亮，一晃就结实了，不用急。”有母亲在一旁镇守，我便安下心来，带着娃，再次开启了看云朵的日子。

娃第一次见云朵那天刚满四个月，正是初夏的六月，阳光明媚、微风轻送的日子。娃第一次触摸了小草，第一次抬头看天，看见了一堆堆推挤着、从北方缓缓向南挪移的云朵。她的眼睛瞪溜圆，视线追随着缓缓挪移的云朵，不时地伸出双臂，嘴里咿咿呀呀地呼喊着，似乎想要抓住天上的那些云朵。我顺着娃的视线指着，重复说：“欧伦，云朵。欧伦，云朵。”我说一次双语单词，娃看我一眼，很快又把视线转移到天空上，兴奋地举起双臂乱抓，咿咿呀呀地。

转眼，娃满七个月，开始加辅食。我把各种蔬菜、水果、五谷杂粮和肉类，磨成糊喂给她吃。她食欲极佳，食量不小，身体开始疯长。她的观察力、表达力也与之疯长。她不再满足于伸手抓云。

到两岁时，娃开始对眼睛所看到的一切提出疑问。她不接受敷衍，渴求得到认真的解答。有的问题，我能解答；有的问题，我不能解答。除了吃饭、睡觉，其余的时间，我们在蓝天白云下度过。夏雨冬雪，雷打不动地：“妈妈，我们去看云朵吧。”

我们在一问一答中，共同成长着。

“太阳为什么发亮？”“风为什么发疯？”“云朵为什么会走？”“雨从哪里来的？”“彩虹为什么那么远？”……

“月亮又胖了！”“月亮好像瘦了！”“北斗七星为什么一直在那边？”“北斗七星好像我的勺子！”“我可以用北斗七星喝一口星空吗？”……

我们的活动范围越来越大。从十几平方米的院子，扩展到辽阔的原野。

太阳挂在蓝天上，云朵在随风漫游；原野上，羊、牛、马闲散一地。诺敏河上空，不时有水鸟唏嘘着飞过。娃开心极了，张开双臂奔跑在原野上。一会儿看看羊群，一会儿学一声牛叫。让我为难的是："妈妈！我要跟马先生比赛，看谁跑得快！"

"马先生为什么跑那么快呢？""它要去远方看一看。""远方在哪？""你想去的地方在哪里，哪里就是远方。"……

"小狗那么可爱，为什么有的人不喜欢呢？""每个人都有自己的思想，喜欢什么，不喜欢什么，每个人选择的都会不一样。""什么是思想？""你脑袋想的事情，就是你的思想。"

见过我们母女俩的人经常说："娘俩像没房住似的，一年四季，啥时候看外面，总能看见娘俩搁那瞎逛呢！""哎呀！雨水多脏呀！你也不管管她！""下大雪呢，大半夜还出来玩啊！你这妈当的！"

这种近乎惊惧的"关心"，刚进耳朵里，我便哈哈大笑着轰了出去，权当没听见。

我尊重娃想要亲近自然万物的渴望，我不知疲累地满足她对所见、所感的求知欲和探索欲。

娃三岁。盛夏，我带着她到二十年前安营扎寨的纳文江边。她异常兴奋，大声呼喊："纳文江！我叫娃！我们可以做朋友吗？"波光粼粼的纳文江静静地流淌，娃的回音在江面回荡。

那天，娃捡到一条被浪花拍到岸边的小鱼，小鱼已经死了。她试图让小鱼在水里游动。"没关系，再试一次！"她鼓励小鱼，也似乎在安抚自己。尝试很多次，都失败了，她有些沮丧，问我："小鱼为什么不游呢？"我不忍心让她直面死亡，心里想说"小鱼睡着了"，可说出来的是："小鱼死了。"

世间万象，谁都无法躲避生与死。什么都可以凭空想象，唯有生与死，不容想象。娃三岁，第一次直面死亡。我没有规避，她也没有逃避。

娃哭得特别伤心。她知道了，死亡就是不能动，不会游，没有呼吸。死亡就是脱落的皮肤，失去光彩的鳞片。死亡是臭臭的味道。

娃在纳文江边痛哭着，又一次，在瞬间长大。我也再一次战胜通常所犯的"不忍心让孩子……"的母性弱点，再次成长。

那天，在纳文江边，娃和我一起，徒手挖了一个小坑，埋葬了小鱼。我们相互依靠着，看了半天流动的云朵。“妈妈，我爱你。”“我也爱你。”“妈妈，我要把你装进心里。就像天空和云朵，它们离得很远，可是也很近。我做云朵，你是天空，好不好？”“好！”

那年冬天，她开始经常向我表达爱意，也经常主动帮我打扫房间。有一天，我和面，包饺子。她拿着小板凳，到洗菜池边，站在小板凳上，将将能够到池子，很认真地洗了手，帮我包饺子。意外发现了我的白发。她以为是面粉落到我的头发上，用小手指擦我的头发，发现擦不掉。问我：“怎么擦不掉呀，妈妈？”我告诉她：“妈妈老了就长白头发了，擦不掉的。”她第一次接触到“老”的概念，似乎一瞬间长大了许多。

也是在那年冬天，她发现，冬天的云朵和夏天的云朵完全不一样。“为什么冬天的云朵那么少？”“为什么冬天的云朵那么薄？”“今天是美好的一天，妈妈！可是，美好的一天，为什么只是一天呢？妈妈……”

娃接近四岁，即将入园。

带她去报名那天，是七月的末尾，恰是一年中，云朵最美的时光。我和娃徒步到学校，走了3.6公里。边走边看。看路边的标牌。等待红绿灯。走斑马线。娃看见一个长得像“牛小姐”领着一个“牛宝宝”的云朵，兴奋地大声喊：“妈妈你看，牛小姐和牛宝宝跑进云朵里了！”

那天晚上，娃第一次注意到火烧云，惊恐地喊着：“妈妈！你看那片云朵，烧着了！我们快给消防员叔叔打电话！”“消防员叔叔的电话号码，妈妈想不起来了呀。”“119！妈妈！是119！云朵需要我们帮忙，快呼叫消防员叔叔去灭火！妈妈！求你了！”

我一直认为自己足够成熟，近乎有着耄耋老人的熟度。直到娃出生，发现我刚刚开始趋向成熟，真正触摸到了成熟的入口。

我曾经像大多数人一样，认为“当妈有啥难的！”真的成了母亲才发觉，它是一门需要不断学习的、庞杂的、严肃的学问。做母亲，根本不像看起来那么简单。我在日升月落的间隙，不断学习，成长。娃也和我一样，每天都在长，用心成长着。

与自然亲密无间的接触中，娃早已甩掉了昔日“豆芽菜”的帽子，变得结实、健壮。她的身体素质、意志力、探索欲、包容力、适应力、生命安全意识都远超同龄小朋友。她的观察力、注意力、表达能力发育强劲。最让我欣慰的是，她善良友爱，性格开朗，与人、小动物、植物沟通的能力超出我的想象。我想这得益于近四年来，她与自然可以随时亲密接触的结果。

到大自然看看云朵，去亲识万物，更契合娃儿们的成长所需。健康生活、科学教育其实一直在我们身边，只是很多时候，我们只顾低头看手机，却忘了领着娃，抬头看一眼。

种下脐带的地方

四年前，我将女儿的脐带，种在伊敏河旁依河而生的一棵红柳树下。彼时，正值北方深冬，土冻三尺，泼水成冰的冷。伊敏河进入封冻期，似一条沉睡的小白龙。那棵红柳在沉睡的小白龙旁边静默着，如一簇篝火，暖暖的红。

伊敏河从城中穿过，将海拉尔区分为河东、河西。河两岸的海拉尔区，有一种肃穆、凝重中夹杂着恬静的气息。历史的脉络与地理的走向，原生的自然与不断更新的人文，在此交汇。

伊敏河源于额尔古纳河，额尔古纳河源于黑龙江。

“哈日幕如”，我的祖上曾这样命名一条通体黑色、犹如巨龙般的大江，便是今天的黑龙江。他们在黑龙江两岸辛勤劳作，在远处狩猎、放牧，近处开荒、耕种，繁衍生息。他们随着历史的大潮，沿江南迁根河、额尔古纳河、伊敏河、诺敏河……河流两岸，随处都有我的祖上种下的脐带，留下的传说。

祖上生活过的河流，时常在日常生活中偶遇、谈起。只有伊敏河，几乎被我淡忘。尤其是曾在伊敏河边工作、生活了十几年的舅舅去世后，伊敏河几乎成了我不愿提及的“伤怀河”，直到我怀了女儿。

二〇一三年深冬，我在伊敏河西岸，租了一个楼房的单间。九平方米的房间，放下一张单人床、一个书桌、一把简易椅子，再没有多余的转身之地。我在狭小的房间里闷了二十二天，闭门追思祖上的足迹。每天出去一次，到楼下的小馆子吃一盘炒饭，之后去伊敏河边散步半个小时。如此循环，完成了我的第一部长篇小说《以父之名》的底稿。那时，也是隆冬，伊敏河被白雪覆盖着，两岸的绿植被西伯利亚吹来的寒风剃成了秃子。光秃秃的枝丫，深灰的皮肤，在路灯的光线中，显得越发凄冷。只有那些红柳树，一棵两棵，一簇一丛地，散发出炭火般暖暖的红色。

红柳树，又名桑树柳，是一种灌木植物。红柳树的茎秆大多为枣红色、紫红色，叶子则为绿色、墨绿色，非常瘦小，属于鳞片叶，形状为线状披针形或狭披针形。它的茎秆很有韧性，细的可以用来编筐，粗的可以当筐梁；也可以做农民扬场用的叉，能做耙子，用来平整土地；还可以当柴火，燃烧值、热量都很高。红柳树生命力非常顽强，即便长在贫瘠的土壤，也能长得枝繁叶茂，还能收固散沙、淤泥，防止水土流失。

红柳树一般在春夏之交开花，花为粉红色，属于柔荑花序，果实为白色的絮状。淡红色、粉红色的小碎花，远远望去，星星点点，暖暖的红。江南水乡，常把红柳树当作观赏植物。在寒冷的北方，白桦和松树被视为高洁之树，似人中龙凤。红柳则像普罗大众，被忽视，极少有人在乎它坚韧、顽强、身兼多能的品质。

早期的北方，荒凉、严寒，有的人不堪生存的艰涩，在一棵歪脖子树上，挂起一根绳子，上吊自绝。红柳树因为旁枝横生且粗壮，成为绝望的人的最佳辅助物。又因细枝婆娑，在夜色下摇曳时，看似鬼影重重，各种《聊斋志异》类的鬼故事随之而生，红柳树自然而然被视为不祥之树。

也是在那年冬天的伊敏河旁，在“不祥之树”下，我遇见了女儿的父亲。他的脐带就种在伊敏河旁的沙柳丛中，他熟知伊敏河的所有神态和故事。

在我完成小说底稿后，女儿的父亲邀请我到一个宽敞的蒙古包中喝奶茶，吃手把肉。蒙古包的门敞着，沉睡的小白龙在草原上蜿蜒伸展。他说：“这里是伊敏河最美的地段，‘伊敏河旁温柔的夏夜’指的就是这一段。”我当那是他个人的一厢情愿，并没有过多去怀想。

海拉尔区距离哈里村很远，伊敏河也距离黑龙江很远很远，但它们有着上天注定的联系，有着血脉相通的走向。得知这种天然的血脉联系后，伊敏河便流入我的情感中。河畔的万物众生，与我的女儿再也无从割离。如今，想起怀女儿时，坐在伊敏河旁红柳的树荫下歇脚、纳凉的我，毫无拘束，没有杂邪之念，给肚子里的女儿说着单口相声的状态，何尝不是人世的一种大福。

收纳女儿脐带的那棵红柳树，是女儿还未出生时，我就标记好的。我经常双手托着日渐滚圆的肚子，在伊敏河边散步。走累了，便坐在那棵红柳的树荫下休息一阵。我告诉肚里的女儿："你出生之后，我要把你的脐带，种在它的根下。"我心里祈愿："娃，妈妈希望你像红柳树一样，不惧天气严寒酷暑、不嫌土地贫瘠干旱；不畏人心薄凉、不惧人言恶毒，笃定成长、成材。像世代在伊敏河旁生存的万千众生那般，在平凡的生活中，创造属于自己的非凡。"

如今，与女儿生活在我的脐带消融的诺敏河东岸，想起种在远方的伊敏河，心中有一种深深的不忍与遗憾。

四十年前，我在诺敏河东岸的哈里村出生。母亲把我的脐带种在房后菜园里，碗口粗的三棵白杨树的根下，从此，哈里村成了我的第二个母体。它用原生的自然风物和纯粹的民族文化孕育了我十二年。

哈里村不大，全村不到六十户人家，都是达斡尔族。十九世纪末之前，这里遍地种下的是鄂温克人的脐带。彼时，遥远的内地闹饥荒，加之战乱不断，土匪如龙卷风般肆虐。居住在纳文江东岸的达斡尔人不堪其扰，向纳文江西岸迁徙。达斡尔族郭布勒氏的祖上，用真金白银从鄂温克人手中买下了哈里村。从此，哈里村的山河草木间，种下的都是达斡尔族人的脐带。

二十世纪七十年代初，哈里村的物质水平，尚处在饿不着就行的阶段。村里人勤劳善耕，也能歌善舞。那个没有电视电脑、手机自拍的年代，哈里村的文娱生活却相对丰富多彩。

晚饭后，老人、小孩去唱乌春的长者家；男女青年或打曲棍球、火球，或在诺敏河旁扎堆唱扎恩纳乐；喜欢舞蹈的在诺敏河东岸的草原上跳鲁日格勒。

我经常跟着母亲去听乌春。大多数同龄的孩子，受不住乌春单调的旋律和说教式的内容，听不完一个曲就睡着了，我却越听越精神。依此，在村里人眼里，我是个不正常的小孩。

每年深秋和初春，母亲忙碌缝补换季的衣物，我也忙活着，给我的哈尼卡裁剪新的衣服和头饰。哈尼卡是达斡尔族妇女从小就接触、把玩、制作的纸偶。村里的男童从会走路开始打曲棍球，女童最初的玩偶就是哈尼卡。可以说，哈尼卡和曲棍球，是每一位哈里村达斡尔人童年记忆里，最初、也是最喜爱的玩具。

达斡尔族传统哈尼卡是没有眼睛和手脚的，为什么如此设置？我记得母亲经常叮嘱："祖上一代一代传承下来的告诫，哈尼卡有了眼睛，就有了魂魄，有了手脚，就会跑跳抓挠，会成精。成精之后会怎么样，谁都不敢说，也说不清。"

哈里村的妇女都会制作哈尼卡，就像"一千个人心中有一千个哈姆雷特"那样，每个人的哈尼卡各有不同，但是都遵从祖辈的告诫，制作的哈尼卡都没有眼睛和手脚。

趁着农活少的时候，我和同龄女娃之间互相交换制作哈尼卡使用的漂亮的纸张。彩色的糖纸是最抢手的。姐姐有一位同学叫郭菊兰，住在我家前街。她的哈尼卡不仅身材比例匀称，头饰各异、纷繁，服饰的颜色搭配、花纹也非常好看。更吸引我的是，她制作的哈尼卡，总能突出达斡尔人自古崇尚的天伦之乐、日常生活中的习性。比如奶奶的烟杆、爷爷的礼帽、拎着曲棍的男娃、背着书包的女娃……

我十二岁那年，一台黑白电视机进入哈里村，似乎一切都在一夜之间变了模样。也是在那一年，哈里村搬来了一户人家。从此，哈里村的山水草木收纳的脐带，协同的文化基因，逐年丰富、多元起来。

二十八年后，我带着女儿，从遥远的伊敏河西岸的海拉尔区，回到诺敏河东岸的哈里村。虽然这里已经没有一位亲人，现居的人们也都是陌生的、年轻的脸孔，却觉得是亲切的。

女儿是达斡尔族与汉族双文化基因的"融合体"，她的脐带种在伊敏河旁，于哈里村而言，是名副其实的外来户。像她这样跨民族基因的外来户，在眼下的哈里村为数不少，多数是达斡尔族妈妈、汉族爸爸。最早一批跨基因外来户，是在二十世纪八十年代出生的。

刚回到哈里村，年轻的村民们见到我，用流利的汉语向我打招呼，我用地道的达斡尔语回应。这让我很不习惯，甚至有些沮丧。渐渐熟络的人多起来，他们自然而然就知道了，收纳我脐带的那三棵白杨树："就在那。"

庆幸的是，那三棵白杨树，真的，就在那。更庆幸的是，人们依然会在山水草木间，种下新生婴儿的脐带。

原载于《草原》2019 第 3 期

崔　荣　（1976—　），内蒙古大学文学与新闻传播学院教授，文学博士，硕士生导师。在《散文》《草原》等刊物发表散文二十余篇，在《中国现代文学研究丛刊》《民族文学研究》等刊物发表理论评论四十余篇，出版著作三部，主持国家和自治区级项目多项。获内蒙古自治区哲学社会科学优秀成果政府奖四次，内蒙古自治区第十二届“索龙嘎”奖文学评论奖等。

时代之殇中的林徽因

提及林徽因，大多数人立刻会联想到徐志摩对她的念念不忘，以及她惊人的美丽。其实，太太的客厅与龙门阵或许才是林徽因生命中异常重要的关键词，它们记录了林徽因这个女子在时代之殇中四溢的才情与坚韧的担当，因之构成林徽因生命的底蕴。

太太的客厅，一直在纸上。在文学史或文化史中，便可按图索骥。它在林徽因和梁思成两进院子的里院北房，院内植有高大的马缨花树和葳蕤的丁香树，于是这个房间便既安然静好，又暗香浮动。它的窗台不高，林徽因喜欢的梅花、泥塑小物以及沙发，还有墙上的字画就都能被日光照拂抚慰。在其西北角，“三屉两头沉”的小书桌上，那些文字正安安静静地站在毛边纸上，等待那个眉头微蹙的温润女子穿过意义的森林，经由遣词用句，把它们铺张成诗歌或是小说。

客厅在平日总是异常安静但又思潮暗涌、笔耕不辍的，否则便难以解释那么多的成果从何而来，诗歌六十多首、散文十篇、小说六篇、译文一篇和未完成的剧本一部，以及中国古建筑研究的相关论文等。文化史中那个集文学家、舞台设计师、建筑师为一身的林徽因正在生成。她从此因为这些艺术创作和建筑研究而风华绝代。

既是林徽因这样一个女子的客厅，便往来无白丁。平日的静寂似乎只是为了蕴蓄能量，等待每周六下午的雅聚。也说不清楚这样的雅聚是如何开始的，总之是林徽因一家住到总部胡同以后。来的都是清华大学、燕京大学的教授，谈笑有鸿儒，专业无限制：政治学家张奚若、物理学家周培源、艺术史家邓以蛰以及逻辑学家金岳霖、作家沈从文等等都是座上客。虽然他们各有心游万仞之力，但因是在“九一八”后，话题更多围绕的是时局。如李健吾所言，是“若干朋友以她为中心谈论时代应有的种种现象和话题”——指点江山，其实是谈天说地的内核。便是在西式的沙龙聚会中，这些留欧美知识分子始终关注的也依然是中国的社会人生。所以，当很多人看到林徽因那惊人的美丽，就以为“太太的客厅”开张下去凭借的是林徽因的个人魅力，既是小看了林徽因，更是低估了那些参加雅聚的现代知识分子，哪怕这雅聚中有终身倾慕林徽因的金岳霖。真正的原因是，“感时忧世”是中国文人的宿命，是在乱世将他们维系起来的纽带。

当然，林徽因的才华与大度也是聚拢沙龙的重要原因。汉学家费正清的夫人费慰梅就曾回忆，林徽因聊天的话题“从诙谐的逸事到敏锐的分析，从明智的忠告到突发的愤怒，从发狂的热情到深刻的蔑视，几乎无所不包”。这是一个怎样宽阔的女子啊，她的诗意有了这种宽阔做底，才会令那么多具有现代思想的学贯中西之士激赏，不曾、不敢、也不会观赏。

提携后进也是这雅聚的题中之义。萧乾、李健吾、卞之琳等，都在由林徽因带入沙龙后谱写出更璀璨的生命华章，正像萧乾回忆，林徽因以及周围那些知识分子的肯定和鼓励“就像在刚起步的马驹子后腿上，亲切地抽了一鞭”，这让“太太的客厅”总是保持着清新与活力。

太太的客厅的聚会随着二十世纪抗战时局的紧张而风流云散，国难当头恐怕是这个意气相投的沙龙解体的重要原因。此后“太太的客厅”成为传奇。而传奇里，总是裹挟着因以讹传讹而面目全非的故事，但却不曾妨碍它的深邃迷人。

因为日寇入侵，林徽因从总部胡同搬出。从此，她也结束了一生中最为惬意的时光。这是主动的放弃，既然不愿做亡国奴，那就只有一走了之。这也是那个时代北平很多文人的选择，他们汇成一股南下的洪流，试图将一座毫无文化，也必然因为缺乏文化而毫无生机的空城留给入侵者，同时在西南重建未来与希望。对林徽因来说，南下是有风险的，因为她的肺病不曾好过，战乱时期，颠沛流离对一个肺病患者来说意味着生死未卜。但她恐怕更知道自己是一个知识分子，在那样一个境遇下，她和万千个他们必然一路漂泊，毫无畏惧。

南下入蜀，太太客厅的雅致不再。物资拮据到典当度日，缠绵病榻也成了生活的大部分构成。但这一切都被林徽因坦然接受。她提着瓶子打油买醋时镇定自若，在和左右的乡亲摆龙门阵时巧笑倩兮。除了把太太的客厅的生命热情带到了蜀地，随她而至的还有担当。当整个民族承受灾难时，这个病弱的女子静静地捧起属于自己的沉重，不叹息也不埋怨。她甚至回绝了费正清劝她到美国治病的邀请——祖国正在危难中，便必然会共赴国难。她举重若轻地穿过那些必然异常艰难的岁月，如同承接雪花的飘落。所以当儿子梁从诫问母亲林徽因事态最坏的打算时，这个妈妈淡淡说的是，中国读书人总是有一条老路的，那就是门口的扬子江。这一切不过是水到渠成罢了。其实刚烈就像一柄尖刀，一直静静地躺在那块色彩斑斓、质地坚韧的丝绸下面，于乱世中护其周全。尖刀和丝绸都知道，它们看起来互不关联，实则互为表里，是此生此世再也不可能分离的一个结合体。再若不堪，尖刀就会刺破丝绸，是宁为玉碎的意思。战争和疾病，这些时代之殇不曾摧毁林徽因的刚烈，反而将其彰显出来，于是时人和后人看到一个女作家异常坚硬的生命质地。

原载于《草原》2013 年第 5 期

时代之殇中的张爱玲

描述与理解张爱玲的人和文时，一个最不该忽略的关键词其实是，乱世。尽管惯常会被用到的几个词是苍凉、艳异、孤冷以及传奇等等。尤其是一九九五年在美国与世隔绝、客死他乡后，这个一九二〇年出生的女作家的人生故事和她那个凄艳沉郁的文学世界更是常常成为上述语汇的佐证。但究其根本，乱世才是一切开端的开端。乱世恐怕是最难愈合和疗治的时代之殇，也是张爱玲的个人之殇。而时代之殇中的张爱玲，便由她所处的乱世所塑造和成就，这乱世的惘惘威胁，以及更大的破坏将要到来的忧惧，跟随她一生。她的传奇和华丽，她的不堪和隔绝，皆由此而来。

出名要趁早。这是张爱玲广为人知也流传日久的一句话。张爱玲自身也是现代女作家中年少出名的典型例证，她以《沉香屑·第一炉香》《心经》《倾城之恋》等小说在一九四三年的上海文坛扶摇直上、风头无人能敌时才二十三岁。她也乐意于趁热打铁，之后短期接连抛出散文集《流言》以及小说集《传奇》，张爱玲迅速在当时的文坛找到自己的位置，且红极一时。兹举一例，一九四三年，在抗日战争艰苦的相持阶段，上海已经沦陷，物价飞涨，人心惶惶之下，《传奇》初版不到四天即告售罄，很快便再版重印，可谓当年出版史上的传奇。加之出席各种场合时的奇装异服与沉静寡言，张爱玲已经是明星式的存在，可谓光芒万丈。极少写评论的傅雷以精准的专业眼光，看到了张爱玲小说中心理分析的深度和文字格调中西融合时的不露痕迹，指出这正是她对当时文坛的独特贡献，并将张爱玲的《金锁记》称为“我们文坛最美的收获之一”。

今天细想，张爱玲的出名，乱世是最重要的背景。一九四三年，沦陷的沪上，汪伪政府的宣传文学无人关注，忧国忧民的作家们此时独善其身的唯一方式便是闭口不言。而上海一直盛行的迎合小市民消遣娱乐倾向的市民文学则格调不高，充斥着及时行乐的颓废。优秀作家和优秀作品的缺席，是那个时代给那个时期的文学史有意留下的空白。直到张爱玲出现，这空白才被仓促填上。可以说，乱世的留白与张爱玲共同发力，将张爱玲这个名字嵌进那个时期的文学史。

乱世也是张爱玲成名的内在动力。毋庸讳言，出名要趁早中其实裸呈着某种急于求成的心理，暴露了急功近利的姿态。张爱玲的急，也是因为那个乱世一直催逼她，日日夜夜，无休无止。

“这是乱世。”张爱玲在《我看苏青》中明白地说，也在她的小说中隐晦地写。有意或无意，阴郁惨淡的色调、慌张不安的同时斤斤计较的人们，始终是她小说不曾消失的背景。其实感觉的乱世从她出生的1920年就笼罩着她，此后如影随形，张爱玲一生都未曾走出这浓重的阴影。

在一个皇帝被赶出龙庭的时代，清朝重臣后代的体验与一般民众的体验绝对不同。当普通的民众满怀希冀地迎接以民主、科学、平等为基本理念的新时代时，遗少的感觉恐怕会是天下大乱。前朝遗少的父亲应对这天下大乱的方式是花天酒地；同样出身名门的母亲则以小脚走出清朝和民国两个时代，干脆从东方走到西方，走出了自己女儿的生活——张爱玲的世界，从小就已混乱坍塌。及至后来，少女张爱玲被父亲暴打，自己百般想方法筹资上学；再到考试拔得头筹却因为二战无法到英国只能转到香港大学，美好的大学生活未到终了便被战争强行终止，那是一九四一年。香港的战火中，看着周遭同学应对乱世的方式就是饮食男女、及时行乐，并行的还有必然存在的无辜而亡与惊弓之鸟般地活着，张爱玲已经一路穿越乱世，换来真正成长。一九四二年回家，上海已经陷落，耳边犹有实实在在的炮声；成千上万人的死去不过是时代的伤口不能再提；家早就分崩离析，去见父亲，却不过是完成了此生再不相见的告别仪式。甚至来不及伤感和叹息，张爱玲明白地知道，在漫天的火光中，自己孤身一人，得靠卖文活下去。一路走来的所有，都构成令人惊心动魄的乱世。

这乱世始终在不远处虎视眈眈，它忽而切近，打破张爱玲到英国读书的梦想，改变着少女和青年张爱玲的生命轨迹，给她极为有限的生命选择，也明白无误地告诉她生之艰难与命运的无常。尽快抓住些什么，也是乱世之下自然而生的想法。不过，张爱玲把这想法用“出名要趁早”这句话外化和固化了。除此而外，独自支撑自己的生活，日子要天天应付，出名也很可能让这日子更好过，事实上张爱玲也很早就认识到，“在现实的社会里，我等于一个废物”。而在形而上的层面，理性又告诉她，“有一天我们的文明，不论是升华还是浮华，都将成为过去”，在一切都会过去的必然中，及早达至自己渴望的成功，恐怕也是应对无情时光的有效方法。更何况，张爱玲凭借的是自己的文学天分，除此而外再一无所傍，她也自觉无须依傍。因而今天看她的“出名要趁早”，包含着张爱玲对自己天才的自信，来自于二十多岁独立支撑生活的凛然，来自于早慧洞穿一切的通透，也来自于被时代裹挟无力抵抗乱世的无奈。这急于求成与急功近利其实沉甸甸的其来有自，长居岁月静好的后来者又有哪位，有资格鄙薄这句话？

但张爱玲的急，却也在日后造成大患。乱世藏龙卧虎也泥沙俱下，战争中的上海几乎就是万牲园。民族大义和政治立场上的清浊是非在混乱当中更需明辨明察，但出了名的张爱玲却只是记得趁热打铁而忘了长路漫漫，静定比行动更重要。这也可以理解：抗战相持阶段，同大多数人的混沌，河清海晏那天何时到来可能是张爱玲无从知晓的吧。但最主要的还是，政治在她心中从不重要。

忽略了什么总会为这忽略付出代价。张爱玲以为文学是文学、政治是政治，甚至在有日伪背景的报纸杂志上发表作品，因为她若求趁热打铁，便需要这些发表的园地，让自己的艺术之花遍地绽放。于是，绮丽的艺术之花可惜地绽放在万牲园，可后果却并非简单的可惜了了。虽然所为仅此而已，但张爱玲也终于惹祸上身，被目为文化汉奸。既是蹚了浑水，便绝难说得清楚。问题的另一面也必须提及：同样源于张爱玲不以政治为然，她也确实没有涉及政治的半句文字在当时发表。

文学艺术的历史不会在意作家的年龄和名气，它有自己检视筛选的严苛标准。少年闻名的张爱玲还是站在了中国现代文学史中。她在二十世纪的汉语文化圈中几次引发阅读和研究的热潮，研究者如海外汉学泰斗夏志清以智勇在二十世纪六十年代就开辟了将张爱玲经典化的里程；而作为同行的贾平凹则在一九九五年感性地描绘，他说张爱玲是“会说是非的女狐子”。无论世易时移，她都是成功者。

每个作家成功的背后，都有坚实的逻辑和原因。除却乱世以及其他作家缺位的外在原因，张爱玲的成功最重要的原因或许是其文学世界的主题构成：人性复杂的真实与人生不堪的质地。她一开始关注和呈现的就是人的人格形态、心理活动和情欲冲突。它们构成了人性，并且也是人性的承载和表征。而当张爱玲写这样的人性和人生时，她也是在写每一个变态或是失落以及纠结的我们，和那爱恨交织、永无终结的人生，不管她和我们隔了多少年，离了多么远。

我们或多或少都是《红玫瑰与白玫瑰》中在理与欲之间奔突的佟振保。当他承担社会角色时，赤手空拳打天下，终得高升，且仁义礼智孝样样不差；但这也是佟振保：贪欲放荡，虐待妻子。其人格分裂的原因是，内心向往热烈丰腴的女子，但又明白这样的女子会让自己劳神伤财“不上算”，便戴上面具寻求可以不负责任的艳遇。他的牺牲与补偿皆因他把出人头地永远都放在首位，为此百般权衡，同时又百般委屈。他永远和自己作战，受尽煎熬却也精明绝情。角色分裂处处矛盾，这是近现代中西文化场域中培养出来的中国现代人物，也是人性中自我和超我不断作战的结果。这战争无人能知，却惨烈异常；永无终结，思之苍凉。

我们心里都住着一个曹七巧，或是都看过一个曹七巧。这个曹七巧野心勃勃地试图从底层社会进入上层社会，同样赤手空拳，一个麻油店出身的女子进阶别无他法他途，又被贪财的兄嫂绑着，嫁了痨病人做偏房，哪怕是后来扶了正，也还是走了歧路。牺牲了自己的青春、情欲与生命，换来的是后半生黄金的枷锁，并终于进入一个满目疮痍、名不副实的阶层。所有的失去和牺牲捆缚住年轻泼辣的曹七巧，无尽的时光在玩弄她、折磨她，终于将她煎熬得阴狠毒辣，变成一个审慎与机智的疯子，利用手中的黄金枷锁又将自己的儿女打死劈伤。这个曹七巧曾是我们内心深处的野兽，只是我们让这匹野兽走了正途。多年后，当我们看到一个又一个曹七巧时，不也是暗自心惊？又因为知道等级、金钱和情欲的强大力量，我们不也在面对自己或别人身上的曹七巧时，常常愕然凄然，沉默无语？

女性解放口号喊了那么多年，我们依然还是那个以结婚为自我实现的白流苏。她一切都是旧式的，和范柳原周旋或逢迎，要的只是婚姻这个终极性的结果。为了结婚，失婚的白流苏可谓奋不顾身、用尽心机。但若真问白流苏努力结婚所为为何？白流苏的想法也便只是“她跟他的目的究竟是为了经济上的安全”。结婚真的成了容颜将要衰败的白流苏的事业和饭碗，本来都有一点真心的两人，因为双方异常精明生怕在这场较量中落败而真的落败：他们都不敢对对方付出真心。救赎这个自私的男子和这个自私的女人的，不是爱也不是金钱，而是整个城池的陷落，炮火中需要一对相依为命的平凡夫妻。但实际上，张爱玲冷眼想说的是，这两个精明自私的人实际是不可能走向他们各自想要的结局的。时代一直向前，白流苏从未向前。更何况，白流苏有万千个，又有多少人能发动战争，成全患得患失，在经济上和精神上都不曾独立的她们！

当政治和战争过去，一代又一代的我们就在她的小说中看到自己，以及自己不敢、也不忍直视的人性。这是张爱玲小说的有力之处。其力量也完全来自于她作为作家的自觉："我甚至只是写些男女间的小事情，我的作品里没有战争也没有革命。"此语也体现着一种职业作家有意识的主动选择，因为这些选择，张爱玲看到了乱世中保持恒定的某些东西，让自己的小说超越了那个乱世。

当然，没有战争也没有革命不意味着小说中就没有时代和时代之殇：那个理念先行的时代对不住白流苏，敢于依靠法律离婚的白流苏，却又在现世的生活中不断被打翻在地，让她体会新旧交替时代淡漠的亲情，让她知道什么都靠不住，还是只有找个人嫁掉靠得住。诚如张爱玲意识到的，"这时代本不是罗曼蒂克的"。那个旧文化看似崩毁，但新文化仍未建立的时代也对不住不过是想上进的曹七巧，仅仅因为门第卑微、出语粗俗，她就被整个家族无声地奚落与欺辱，尽管这个家族的内里已经肮脏腐坏。这些奚落与欺辱在三十年的时光里发酵成一个女人体内再难切除的毒瘤。诚如张爱玲所说，"这时代却在影子似的沉没下去，人觉得自己是被抛弃了。我写作的题材便是这么一个时代"——所有人性的千疮百孔，是因为他们所处的时代千疮百孔。

张爱玲写了那么多男女情事，并在几乎她所有的小说中都表达出一个作家的超然旁观与深刻洞察，但她在处理自己的感情时，却深陷泥潭。她仅有的两段感情从对她创作的影响上看都是恶果累累。

恋狱，恐怕可以准确形容张爱玲生命中的第一段恋情。张爱玲不管政治，也很少从道德上评价、看待一个人，这就给政治上和道德上皆不清白，大她十五岁的胡兰成进入她的世界留下了可能。文化汉奸胡兰成因为击节叹赏张爱玲的文字而寻上门来，按照许子东先生的归纳，风流账无限的胡兰成碰到他喜欢的女子时有"胡四招"，即甜言美誉、马上谈结婚事宜、用女人钱、将旧情向新人坦白。招数再多，聪明如张爱玲明知他不该爱，还是用情一往而深。看上去难以理解的局面其原因非常简单：关键之处是，有一定才华和历练的胡兰成既懂得她，又给了她智识上的挑战。孤单惯了的张爱玲，为了这份懂得在情爱之外甚至生出了义气：即或后来与胡兰成分手，她还是给了他三十万元，这是她刚刚挣得的稿费。但自尊如张爱玲，多次三人行的尴尬和胡兰成的滥情必将带来与不管不顾的爱同样强度的愤怒和失望：她若没有磨刀霍霍向胡兰成，便一定假装镇定和微笑而在心里生出无数乱刀，一点一点将自己和自己不堪的初恋凌迟，那是一九四五年至一九四七年，依然乱世。胡兰成许给张爱玲的岁月静好、现世安稳成了一个最大的讽刺和永远无从实现的黄粱美梦。她不仅要因为这段不明不白不清不楚的感情内伤沉重，还得承受战后人们看待汉奸时谴责的目光，这都是因为她的失节。恰恰也在这一时期，张爱玲的创作数量锐减，她的艺术感觉也在急剧下滑，那些机敏俏皮之语和绮丽繁复意象也在她的小说中渐行渐远。

恋狱同样可以形容张爱玲生命中的第二段恋情。也是因为张爱玲不管政治，这回，在美国的张爱玲爱上的是一个马克思主义的信徒，赖雅。既是结识于为作家提供写作基金的文艺营，便可知一九五六年时，赖雅和张爱玲都处于经济困顿之中。这是似曾相识的场景：十多年前是三十八岁的胡兰成走向二十三岁的张爱玲，现在是六十五岁的赖雅走向三十六岁的张爱玲。有限的配偶选择范围，居无定所的漂泊感，看不到未来的茫然，对文学的共同热爱，以及要命的懂得，都是张爱玲选择赖雅的原因。并且依然是政治归政治，感情归感情。只是乱世虽然不再，但颠沛流离、苍茫变幻的乱世之感依然还在。张爱玲为她的这次选择付出沉重的写作上的代价，在照顾年老且反复中风的赖雅的劳累中、从未起色的经济状况中，她的文字越来越少，她要凭借英文写作进入美国文坛的希望也更加渺茫。

夏志清曾说："张爱玲生命里最重要的三个男人都是对不住她的。"这三个男人是她的父亲、胡兰成和赖雅。年长张爱玲很多岁的他们对不住她，不仅表现在对其情感和身体的摧折上，要命的是对张爱玲才华无意识的摧毁。他的父亲以荒唐和暴力逼迫张爱玲自立，她为此付出了才华过早开发的代价；胡兰成在内让她委顿下去，于外让她在很长一段时间声誉黯淡；赖雅不曾给张爱玲以物质上的支持，反而在体力上透支她，亦不曾以自己的经验提醒张爱玲坚持母语创作反而可能是坦途。自始至终，张爱玲都是孤身一人孤独探索，耗尽了才华也耗尽了自己。幸运的是，在此之前，文学世界中的张爱玲已经盖棺定论。

对不住张爱玲的，还有那个必将成为过去、在她心中荒凉异常的乱世。这样一个乱世无穷无尽，张爱玲一生都在以离开的方式反抗。她一再离开，离开上海，离开香港，后来离开中国，晚年在美国则以闹市隐居的方式离开人世间。但同时，她也就离开了乱世可能有的人生世相。或许也正因此，张爱玲未能给自己的小说世界一个宽阔的视阈。二十世纪七十年代，张爱玲还在坚持写作《同学少年都不贱》《小团圆》等小说，大胆拓展人性题材的伦理边界和情爱边界，但，也仅见其深。其实就像文学史中的许多作家，他的优长便是他的局限，张爱玲也是如此。而在写作和生活之间，成就张爱玲的，可能也摧毁她，比如，终其一生，她都没有走出深重的时代之殇，尽管，世界一直无声辽阔。

原载于《草原》2015 年第 9 期

时代之殇中的朱安

这里是孕育诸多人杰，更见证无数时代之殇的北京。清秋，我站在西三条鲁迅故居的光影中。这所故居由鲁迅自己设计，九十多年前，他在此写下向自己内心和前路艰难求索的散文诗集《野草》，暂居两年却在思忖良久之后，鲁迅离开居留了十多年的北京，挣脱将近二十年的、早成空壳的婚姻，向自己的新生活走去。

而在北京故居里终老，并在他们的婚姻中居住了最长时间的人，是他的原配夫人朱安。虽然在鲁迅离开北京后，两人山南水北再无交集，但这对夫妻在一个时代中生活，他们各自握着手中命运给予的门第、容颜、教育经历和性情，应对无处不在的时代时，他们都曾无力服从，也都曾奋力相搏，可步调却从未一致，这让这对夫妻在婚姻缔结之期就已分道扬镳，此后无论生活和命运，都是如此。

一九〇六年到一九三六年，在他们咫尺天涯般的三十年时光里，西方的理念、现代的意识所构筑的新生活似乎已然在望，事实上却遥遥无期，封建性的观念和意识的改变绝非一时一日，再加上军阀混战与异族入侵对思想启蒙进程的阻隔，远处与异域难以到来的微光更映衬着当世之时一切的滞重与混乱。“铁屋子”，这是鲁迅对他的时代的描述，恰恰说出了那个时代的时代之殇：无边黑暗、无形阻隔以及无望未来，所有人就都处在其中，包括鲁迅和朱安。这是鲁迅和朱安作为夫妻唯一的共同财产，一个泥沙俱下、漏洞百出的时代。他们都在时代新旧交替的历史进程中，也被笼罩在忽明忽暗的时代所投下的陆离暗影中。

“铁屋子”的形象说法说出的，还有人与时代的关系。鲁迅和时代的关系是，它既曾极大地伤害过他，而他却也在遍体鳞伤的同时将所有中伤与绞杀，转化为写作的养料，其间爱恨交织、光影斑驳。然而最终的结果是，无论作为作家还是作为男性，鲁迅都在与时代的搏击中主导着自己的生活和生命。他所留下的几百万文字，是这个内质如钢铁般的文化英雄留下的与时代作战的证物，他能批判同时也记录着时代的不堪与荒诞，时代之殇也就在最终极的意义上于他无伤。

一生都在“铁屋子”之中，甚至在鲁迅逝世之后又独自生活了十一年的是朱安。鲁迅说她是一件来自母亲的礼物，她是一件无声的礼物，又是“铁屋子”一样时代的无辜牺牲。在她生活的动荡年代，时代的伤害又在她这里全都被她驯顺地吞下，她暗暗自苦、不声不响，背影纤细安静，直至 1947 年去世。她被她的时代吞没，留给世人的只是留在别人的传记或是报道文字中的三句话。

第一句话是，“大先生都不同我讲话”。按照常理，一个母亲送儿子成年礼物，哪怕这礼物是给儿子选的一个媳妇，不会差。更何况，这件礼物关乎家族的未来和日常生计的正常运转。在鲁迅母亲鲁瑞目光所及的范围内，朱安是最优选择。她家境小康，性情温顺，倒是鲁迅的故家，在鲁迅十多岁后就随着父亲病重和祖父入狱而家道中落，只是鲁迅在离开故乡后一路远走，凭官费留学到了日本，也算是这个曾经的翰林之家门楣生辉，哪怕再败落，也风骨自存。朱安不识字，还是小脚，但不识字、小脚在那个时代是婚配过程中的加分项而不是相反。这么看来，双方可谓门当户对。这样的婚姻在那个时代正常而稳妥，朱安对自己的未来，应该有的是良好的想象。

父母之命订下的亲事，在鲁迅这里是一杯毒酒。他几次三番，说自己误进了母亲的毒酒，但实际上，也未必是误进，而是不得不喝，并且也像母亲预料的，是一定会喝。鲁迅不会悖逆母亲，这是儿子和妈妈之间未曾明言的共识。在鲁迅十三岁时，他的家庭遭逢大难，之后就是在世人的冷眼中奔波，感受这一切的不仅有鲁迅，体验更深刻的应该是他的母亲。鲁迅的母亲那时要照顾病情日渐沉重、后来终于不治的丈夫，关照在狱中喜怒无常的公公，还要抚养三个尚未成年的儿子。日子是如何过下去的，中间又是怎样含辛茹苦，自不必多说。在鲁迅十八岁离开家之前，家庭堕入困顿的五年中，那些在当铺、药铺、监狱、他人的讥刺之间奔波的最艰难的日子里，是鲁迅和母亲一天一天咬牙过来的。他和母亲的关系，天然的情感联系而外，又被家道中落的变故夯实得非同寻常地紧密，这紧密的感情，再加上孝顺的传统文化已经深入几乎是每一个从旧式文化中生长起来的知识青年内心深处，一九〇六年，被母亲以一封“母病速归”的家书从日本骗回绍兴结婚的新青年鲁迅，只能服从于这份婚姻。因为倘若反抗，于情于理，都会伤透母亲的心，而这个败落中还勉力支撑的家庭，也需要一场喜事，扫去多年的晦气。

但这服从又那么不甘，在几乎所有的仪式上，鲁迅都像任人摆布的木偶一样，或许当年二十五岁的鲁迅，在内心深处早把自己的这场婚礼变成了自己的葬礼，并且也把作为共同体的对方朱安，早已送葬。这不甘又在他的生命中萦绕不去，甚至在二十年后写作的《孤独者》中，他还在借魏连殳的孝道故事浇心中块垒。多年来，这杯毒酒横亘在他的胃肠之间，难以消弭也无从化解。他对母亲有多少怨气，就会对朱安有多少怨气，而可能些许扭转两人感情局面的因素，朱安又什么都没有，她相貌平常、大字不识、低眉顺眼，在已经见过大江大河的鲁迅那里，她作为旧女子的优势就又全都是她的劣势。

鲁迅和朱安几乎没有交流，哪怕仅是言语的交流。所以在鲁瑞作为婆婆问朱安，为什么他们没有子嗣时，朱安会这么回答，“大先生都不同我讲话”，这回答几近顶撞，顶撞的是长期与自己相伴，问她原因的婆婆。鲁迅和朱安其实说过一次话，那一次，两人同处一室，鲁迅主动开头聊天，他说日本有一种东西很好吃，话音还未落，朱安就忙不迭地答：“是的是的，很好吃，我也吃过。”这一答立刻把天儿活活聊死。鲁迅站起，拂袖而去，去到母亲鲁瑞那里，抱怨朱安自作聪明。朱安哪是自作聪明，不过是迫不及待地迎合而已。她的迎合里，是卑微而真实的爱；鲁迅的拂袖而去里，是居高临下也真实的不爱。

朱安说过的话还有一句，“我生是周家的人，死是周家的鬼”。这句话听着惊天动地，放在鲁迅的不爱和朱安的无路之间，尤其显得苍凉。

朱安说这第二句话时，鲁迅和大弟周作人失和至决裂。决裂又到了鲁迅要搬出和大弟、二弟、母亲、朱安共住着的八道湾胡同的大院子的程度。这一搬出，本来潜藏在有序生活表象之下的尴尬暗疾完全暴露。朱安的去留成了最大的问题。鲁迅的母亲当然可以留下来，因为她也是周作人的母亲，作人和树人一样，应该赡养她，然而朱安怎么办？这是她来到周家的第十七个年头，作为女性，人到中年，她以为她这么服侍着鲁瑞，就可以把余生的日子过下去。可是鲁迅不能再待在母亲身边，却让朱安是鲁迅的妻子这一身份异常凸显。

既是鲁迅的妻子，便没有理由在周家兄弟失和之际依然留在弟弟周作人的大院子里，而这时，鲁迅也来问，朱安怎么打算。将自己的生死都同鲁迅和他的周家绑起来，这回答在批判了一辈子封建纲常伦理的鲁迅听来，应是百感交集吧，既愚昧，但又有同舟共济的忠诚。处在众叛亲离境地中的鲁迅，需要这样的回答。这一次，也是生平的唯一一次，鲁迅带上了朱安，别寻他处生活。

在鲁迅和朱安的婚后，鲁迅的几次辗转里，朱安是不存在的，鲁迅从绍兴回日本，没有带上她；从绍兴到杭州，没有带上她；在 1912 年从绍兴到北京时，也没有带上她。这一次，鲁迅不可能不带朱安，他也不会借机与朱安解除婚约，他从情感上可以厌弃她，却不会伤害她。因为，目光锐利者如鲁迅亦深知，朱安没有错，错的是时代，这么多年，他们之间的不爱，没有得到改善或是消弭，反而因为时代一日千里的进步而越发显得清晰。鲁迅不能与朱安解除婚约还因为，倘若如此，鲁迅就将在周家周全侍奉母亲、单薄善良的朱安彻底地送上了人生的绝境，一个被休的、毫无谋生能力的中年女性在那个时代的命运，其恐怖黑暗程度可以想象。

当然，即便鲁迅带上了朱安，也并不意味着他们的感情可以重来或是建立，因为真正意义上的夫妻感情在他们之间从未产生。更何况后来，许广平像一道强烈的春光，在鲁迅暗淡甚至阴郁的生命中几乎从天而降。现在已经难以考察许广平出现后对朱安的冲击，只是高大热烈的许广平，多时替鲁迅抄稿、改稿，他们的书信往来，彼此的昵称，都具体化着这份迟来感情的炽烈。不爱可以掩饰得了，爱，难于掩饰。

这一次，朱安眼睁睁地看着身处政治、情感旋涡的鲁迅，做出生命中最重要的选择，他离开了居住多年的北京。鲁迅没有带上她，可能此时，她也已经感知一切，只是再一次平静也无奈地接受他的离开。朱安的隐忍豁达，或者也可能因为，在他们婚姻缔结的第二十个年头上，鲁迅早已耗尽了朱安的耐心与期待，又或者是朱安也明了，处在这种尴尬局面之中的三个人，都没有错？伴着鲁瑞，自己的婆婆，朱安在北京把自己的日子过下去，而鲁迅南至厦门，到广州，最终携着许广平，回到上海。在上海，给了许广平一个完整的家。鲁迅和朱安，从此各自天涯。

“我也是鲁迅的遗物”，朱安说这话时，已经是二十世纪四十年代中期。她心里的亲人，鲁迅已离开他热爱也憎恶的人间多年，鲁瑞也已故去。鲁瑞曾在生前要求周作人把赡养费在自己逝去后留给朱安，但这些来自于与鲁迅决裂多年的周作人的资助在飞涨的物价之前杯水车薪；而战火连天，许广平代鲁迅给予朱安的资金支持也难以为继。近古稀之年的朱安此时头发花白，生活清苦甚至孤单无助。许是生活所迫，当她放出口风，要把自己拥有着的数量巨大的鲁迅藏书处理一部分时，好奇者甚众，生平第一次，众目睽睽，朱安站在旋涡之中。

接到许广平委婉劝说的来信，面对登门采访也是试图阻止的记者，朱安是平静的。尽管她知道自己可能被视为不识大体，可又如何？她深知日日需仓皇应付的生活是巨兽，而活着其实是难题。上门而来准备谴责朱安的记者，没能用上那些早已备好的义正词严的谴责，因为他们看着她喝着几近于清水的稀粥，菜则是几根咸菜，她在他们的窥探之下，有条不紊地说，你们要我善待鲁迅的遗物，我也是鲁迅的遗物。这是这一生，朱安对自己婚姻的再一次说明，也最大化地暴露了她作为旧式女子的认知，她是他的，不管他是否承认和接收。可能是因为感情，又或者也可能来自于认知，朱安从来没有在日新月异的时代面前改变这一认识，显示着迂执，然而比起那些城头变换大王旗的不断改变信仰和情感的人，她又高贵、坚定得多。甚至为了这个信念，她在生命的许多日出与日落间甘愿自苦，不折不挠，即便战争和饥寒逼上门来。最终，鲁迅的书她也一直很好地留存着，不言不语。尽管，这些书没有解决她的任何问题，甚至就是这些书，拉开了他们之间的距离，让觉醒者鲁迅从来没有爱过她。

不知这故居对她而言，是否也是一间万难打破的“铁屋子“？或许，她不具备从上帝般的视角俯瞰时代的能力，从未觉醒，但她宁可自苦而决不苟取，时代之殇中，这难能可贵，值得珍视。她做到了她作为一个妻子能够做到的一切。朱安逆来顺受，却也不移不折，用自己作为女性至为珍贵的善良、生命、青春和情感，为变化的、前进的时代买单。

不是一个朱安，而是许多个朱安，就这么在历史中悄无声息地走来，又毫无动静地离去。她守着自己的本分不曾越过雷池半步，却也同样失去了看重的一切。比起那些能够说出自己苦痛的女性知识分子，她们甚至都来不及哀叹，便被时代碾压或是凌迟。这也是时代的另一面，或者说，是时代本身。朱安们在这个时代中不是随波逐流，而是端然而立。不识字的朱安，用不被爱人认可的坚守和风干的情感，写下了自己充满悲剧性的生命故事。

原载于《草原》2018 年第 9 期

80后

1980'S

安　宁　中国作家协会会员，山东人。已出版作品二十五部。代表作：《我们正在消失的乡村生活》《遗忘在乡下的植物》《乡野闲人》《迁徙记》。曾获首届华语青年作家奖、冰心散文奖、叶圣陶教师文学奖、内蒙古文学创作“索龙嘎”奖、广西文学奖、草原文学奖、银雀文学奖主奖等多种奖项。作品《走亲戚》入选2015年度全国散文排行榜，入围第十七届百花文学奖。同时有繁体版图书《试婚》在台湾等地发行。在《人民文学》《十月》《天涯》等发表小说散文剧本评论四百余万字。现为内蒙古大学文学与新闻传播学院副教授，内蒙古评论家协会副主席。

雨雪霏霏

雨

雨淅淅沥沥地下着，把人的心，都淋得湿漉漉的。

我坐在屋檐下看书，心却穿过重重的雨幕，飞到天空上去。如果从空中俯视我们的村庄，一定是被水雾氤氲环绕，犹如仙境一样的吧？至于这仙境里，有没有小孩子在哭，或者像我一样，因为周一的学费还没有着落而愁肠百结，那谁知道呢？因为雨，家家户户的哀愁似乎都变得轻了，不复过去当街打骂的酣畅与决绝。就连人家屋顶上的炊烟，也被雨洗了一般，愈发地轻盈、洁净，接近于一种虚无纯净的蓝。

一切都浸润在雨里。一只穿破了打算扔掉的布鞋，在一小片水洼中横着，它恨自己不是船，永远没有办法驶出家门。这是春天的雨，缓慢，抒情，滴滴答答，敲打着这永无绝灭似的虚空。弟弟的玩具线箍，没有来得及捡拾，便胡乱地丢在梧桐树下。如果雨一直这样下着，或许它会像井沿边那几根堆放在一起的榆树木头，在背阴处，悄无声息地长出黑色的木耳。那些木耳总是在人还没有发现的时候，就忽然间一簇簇冒了出来。它们在雨中黑得发亮，好像那些被砍伐掉的榆树，都成了精，生出无数黑色的眼睛。有时候，在它们的周围，也会长出一些白色的小蘑菇，鲜嫩可人，湿润润的，采下来洗洗，丢到汤里去，香气很快便溢满了屋子，就连经年的旧墙壁，红砖铺成的地面，也似乎被这雨水滋润过的蘑菇的清香，给浸润了；人喝完汤水好久，坐在房间里望着雨惆怅，还会觉得有一朵一朵的蘑菇，在雨水中盛开。

蜗牛更不必说了，它们早就在潮湿的泥土里，嗅到了春天的气息。也或许，它们还在梦中，就已听到雨水打在窗棂上发出的滴滴答答的响声。那声音在梦中如此遥远，又那样亲近，一只蜗牛隐匿在这苍茫的雨幕之中，睁开眼睛，伸了一个懒腰，才用触角小心翼翼地碰了一下草茎上的雨珠，知道外面已经是温暖的春天，也便放心地钻出泥土，朝昔日它们喜欢的树上、墙上或者井沿上爬去。

我和弟弟穿着雨衣，在墙根下观察一只刚刚钻出泥土的蜗牛。这只蛰伏了一整个冬天的蜗牛，被雨水一冲，身体便似绸缎一样柔软、光亮。当它慢慢向上攀爬的时候，这匹闪烁着金子一样光泽的绸缎，好像有了呼吸。这呼吸如此动人心魄，是大海一样深沉的力量，一股一股地向前，推动着这生机勃勃的力。我着迷于蜗牛身体里蕴蓄的丰沛饱满的热情，注视着它爬过一根腐朽的木头，越过一块滑腻的长满青苔的石头，稍稍喘了喘气，又攀上一株细细的香椿的幼苗，在一片叶子上，摇摇晃晃地停了下来。原本有许多雨珠，聚集在那片叶子上的，被这只蜗牛占据地盘后，它们便纷纷坠落下来。恰好一只蚂蚁路过，对这场突如其来的“大雨”躲闪不及，只好认栽，在一小片水洼中艰难地游了好久，才挣扎着爬上岸去，气喘吁吁地抖一抖满身的雨水，而后拖着沉重的躯体，消失在某一座干枯的柴草垛下。

等我目送那只蚂蚁离去之后，弟弟已经用小木棍，将那只试图安静地蹲踞在香椿树叶上，欣赏无边雨幕的蜗牛，给拨弄到了地上。

我有些生气，训斥他：再这样，小心半夜鬼来敲门，将你拉去变成一只蜗牛！

弟弟本来笑嘻嘻地想继续玩弄那只缩进壳去的蜗牛，听我这样一吓，立刻惊恐地呆愣住，并将手里的木棍迅速地丢开，好像小鬼已经冷冷地缠上身来。

这时雨下得更大了一些，细细密密地，将天地包裹住。我的双脚蹲得有些发麻，便站起身来，想要走到院子的门楼下。弟弟却哀戚着一张脸，怯怯地望着我。我不理他，“啪嗒啪嗒”地踩着雨水，走向门口。

几只母鸡也躲在门楼下避雨。它们蹲在地上，安静地注视着雨水顺着青砖的墙壁，不停地滑落。这让它们看上去更像是一群哲学家。鸡的眼睛里看到的这个世界，是怎样的呢？跟我一样是静谧又哀愁的吗？我不清楚。我只是学着它们的样子，放低身体，却将视线朝向永无止境的天空，那里正有雨，绵绵不绝地落下。

弟弟不知何时也学了母鸡的样子，蹲踞在我的身边。他显然无心欣赏这静美的雨天，不停地抬头看我，脸上依旧是怯怯的。我早已忘了那只被他弄翻在地的蜗牛，不关心它最终去了哪里。我更不关心此刻的弟弟在想些什么，甚至觉得他跟我并肩靠在一起，有些多余，也有一份被刻意讨好的厌烦。他的脸上照例脏兮兮的，一粒鼻屎摇摇欲坠地挂在鼻尖上，让他看上去像小丑一样可笑。

我不想搭理他，于是侧过脸去，无聊地数着从巷子口走过的人。

我首先看到一个胖大的女人，穿着黑色肥大的雨靴，戴着破旧的斗篷，挺着圆鼓鼓的肚子，慢吞吞地经过巷口。那是柱子家的女人，没多少钱，却生了一张富贵阔气的脸，走到哪儿，都长柱子的面子。她喜欢自言自语，并没有什么人与她在雨天里说话，她却一个人边走边絮叨着什么。已经过去巷口有一段距离了，还听见她的声音，穿过重重的雨幕，鼓荡着我的耳膜。

随后又见裁缝家的男人大旺，提着两只胶鞋，骂骂咧咧地走过。他的大半个身子都湿透了，衣服上满是稀泥，一看就是刚刚倒霉地跌进一个水坑。大旺用尽世间所有难听的词汇，恶毒地诅咒着这一场雨，好像他今天的好运全部被这雨给冲走了。我猜想大旺的屁股一定在嗞嗞啦啦地疼着，他的脚也大约崴了，于是走路的时候，便一瘸一拐，惹得旁边的一条狗都忍不住驻足，悲悯地注视着他。

邻居胖婶恰好走出巷子，看到大旺滑稽的样子，她红润润的大胖脸上，即刻荡起一圈开心的涟漪，笑嘻嘻朝巷口喊：“哎，大旺，小心回家阿秀嫂给你缝衣服，一针戳到屁股上！”

大仓家的女人很斯文，她打伞站在街口，听了这话，竟有些害羞起来，好像这话跟她有什么关系似的。大旺瞥见好看的大仓女人楚楚可怜地站在斜对面，本来想放肆地笑骂几句胖婶的，却将那些黄色的笑话全都憋在了心里，只从喉咙里咕哝出一句不痛不痒的话来：“这雨，真不知下到什么时候！”

胖婶没有得到期待中的回复，便有些无聊，仰头看了一会儿灰蒙蒙的天空，踩着漏气的雨靴，“扑哧扑哧”地朝田里走去。

我的脖子扭得有些酸了，一回头，见弟弟还可怜兮兮地看着我，那一粒鼻屎，被他油光可鉴的袖子给擦到了下巴上。我被他看得有些发毛，又厌烦他这条跟屁虫，忍不住瞪眼道：“你蹲在这里干吗？快回屋里待着去！”

房间里静悄悄的。母亲正在睡觉，父亲在编着菜筐，除了挂钟滴滴答答的响声，在提醒着人时间的流逝，一切便都好像在雨声里静止住了。我知道弟弟和我一样，不喜欢父亲编筐的时候在房间里待着，怕一不留神，扫过桌椅的柳条，忽然间没长眼睛，抽到自己的屁股上去。那滋味可比大旺摔进水沟时要疼得多，保证能留下一条长长的红肿的印痕，十天半个月也别想消去。

但我却只想一个人在门楼下待着，安静地听一听雨声，想一想明天去学校，从父母手里讨要不到学费，该怎么在众目睽睽之下，跟老师开口解释拖延上缴的理由。于是我看弟弟，便百般地不顺眼，像要甩掉脚上一块软塌塌的泥巴一样，一脸怒气地将他远远地甩开去。

弟弟却粘住了我似的，跟我靠得更近了一些。在连吃了我几个白眼之后，他终于哀哀地开了口：“姐姐，那只蜗牛爬到墙上去了，是我帮它爬上去的……”

我早已忘了那只可怜的蜗牛，也并不关心这样一个雨天，它究竟会爬去哪里。一只蜗牛的命运，与我对学费的焦虑相比，是那么不值一提。甚至，即便弟弟一不小心将它踩死在这雨天里，我也不过是蹙一下眉，继续去想自己的心事吧。

一只蜗牛终归是一只蜗牛罢了。

我想远远地躲开弟弟，不搭理他的任何讨好。可是在这密密雨幕包裹住的天地里，我却无处可去。像那些男人女人们一样，跑到田地里看一眼麦子长势如何吗？我根本就不关心正在拔节中的尚且换不来学费的麦子；或者去苹果园里看一看白色的花朵，有没有被雨水打落在地。即便是一夜风雨将它们全部扫荡，那跟我又有什么关系呢？

眼前的这个雨天，因为明天学费的烦恼，再无最初时那样美好动人。

雨到黄昏的时候，不但没有停下的意思，反而更大了一些。整个世界似乎都被斜飞的雨雾给笼罩住了。

倚在卧室门口的我，看着即将编完莱筐的父亲和开始收拾锅灶做饭的母亲，终于鼓足勇气，开了口："爹，娘，我们老师说，星期一必须把学费交上……"

"什么？必须？哪有什么必须的事！就说家里没借到钱，过段时间再说！"

父亲边说边用力地将镰刀砸在最后一根柳条上，那根粗壮的柳条立刻像楔子砸进了卯里，结实地嵌入柳筐。

我的眼泪哗一下涌了出来。但更多的泪水则如隐匿的江河，在心底翻滚、动荡，想要寻到一个出口，喷薄而出，却惧怕出口处有父亲的柳条毫不留情地抽打过来。于是我将所有的呜咽，化成无声的隐秘的哭泣。我低着头，看着湿漉漉的球鞋，我想要躲开父母，却因为不知接下来会发生怎样的恐慌，而定在了原地，挪不动脚。

在雨里撒尿的弟弟，抖着一身的雨水，啊啊大叫着跑了进来。他一定想要给家人分享他最新的发现，比如一条蚯蚓爬出地面，一条毛毛虫啪嗒一声落在他的脚上，但他却敏感地嗅到了房间里正在发酵的阴郁。于是他立刻化成一团空气，逃进卧室里去。与我擦肩而过的时候，他斜侧着身，试图将自己缩小成一根毫毛，以便可以不碰触到我，并将我的眼泪晃落一地。但隔着一厘米的距离，我还是感觉到了他冰凉的手臂和潮湿的裤管。我忽然有些怀念蹲在门楼底下，凄凄哀哀地看着我，希望我能搭理他，给他说一句什么的弟弟。我又因为这样的怀念，而怨恨此刻叛徒一样只顾自我安危的他。

下一秒，将会有怎样的惊雷炸响呢？我战战兢兢地等着，却又希望什么也不要发生，就像骗人的电视剧里演的，父亲挨家挨户地求人借到学费，母亲则做了好吃的饭菜，为即将住校一周的我送行。

雨下得越发地大了。隐隐地，有雷声自远处传来。房间里暗了下来，却没有人起身将灯打开。我听到雷声翻滚着，咆哮着，千军万马似的，朝庭院里奔涌而来。我心底的恐惧，愈发地深了。我想起无数个雨夜，雷声在屋顶上炸响，一道刺眼的光，将黑暗中的一切照亮，犹如白昼。我还想起很久以前，村里的一个老头，就被雷劈死在雨夜之中。那个老头一定在某个雨夜里，害死过人吧。人们都这样说。

在我试图抵御更多关于雷声的恐怖联想时，弟弟忽然从卧室里走出，小心翼翼地挪到母亲身边。

我听见他小声地向母亲撒娇："娘，我饿了……"

若在往常，母亲一定会笑骂他几句"饿死鬼"，并找出一点吃的，将他打发掉的。可是那一刻，在全家人压抑的沉默之中，母亲忽然将切面条的菜刀一把剁在案板上，而后大声吼道："要钱的要钱，讨吃的讨吃，一个个全是没本事挣不到钱的废物！"

一切都被这句话给点燃并引爆了。

父亲将编好的菜筐暴怒地扔到庭院里去。他还疯狂地扔别的东西，斧子、镰刀、剪子、椅子、鞋子，好像这些东西都像母亲一样，在阴森森地嘲笑他没有本事，又挣不到钱。昏暗的光线中，看得到青筋在父亲的脸上，一条条地暴突着。那是一些随时会飞下来，缠绕在脖颈上，让人窒息而死的毒蛇。在不知道毒蛇会将谁击中以前，我如一片秋天的树叶，瑟瑟发抖。我想要躲藏起来，却发现除了站在原地，无处可去。整个世界都被风雨雷电笼罩住了，村庄成为一个巨大的牢笼，而我，不过是一只仓皇逃窜的老鼠。

母亲天生没有安全感，她生下来似乎就是为了喋喋不休地唠叨与抱怨。她嫁给了无用的父亲，又在风雨之夜，相继生下了三个胆小无助的孩子，她对于生活不息的热望与渴求，被困顿的生活一日日削减，到最后，她只剩下暴躁与绝望。

父亲和母亲在吵架上，真是天生的一对，他们的结合，想来是上天注定。炸响的雷声，将他们变成斗牛场上两头急红了眼的公牛。在父亲挑衅地迈出暴力的第一步后，母亲也不甘示弱，将擀面杖朝着父亲准确地砸过来。父亲一侧身，擀面杖“嘭”一声落在对面的墙壁上，并将镜子给“哗啦”一声砸碎在地。那镜子里立刻映出无数个斗志昂扬的公牛，他们像千年的仇人一样，凶残地厮杀着，疯狂地啃咬着。父亲抓住了母亲的头发，母亲则咬住了父亲的胳膊。他们的双脚还互相狠踹着对方，嘴里同时发出污言秽语，为这场战争助威。

弟弟躲在我的后面，“嘤嘤”地哭泣。我顾不上他，事实上我也已经吓得尿了裤子。在危险尚未改换方向，击中我和弟弟之前，我于划破屋顶的惊雷中，看到父母扭打在一起的样子，还能产生滑稽的联想。我忽然想起他们同样如此扭打的某个雨夜。只是，那一场战争，发生在暧昧的床上，他们赤身裸体，像两条野狗凶狠地撕咬着。我很奇怪为何母亲会发出隐秘但明显快乐的哼叫声。我在对面的床上，目睹了这场战争的开始与结束。最后，父亲像战败的公鸡，瘫倒在床上，大口大口地喘着粗气，并很快在轰隆隆的雷声中，响起了鼾声。

尽管不知道他们时常在深夜里进行的扭打，究竟是为了什么，但我却知道，那些厮杀跟此刻的战争是不一样的。它们在空气中弥漫出迥异的气息，一个是私密的、躁动的、甜腻的，一个则是暴力的、残酷的、辛辣的。在我还没有用狗一样灵敏的鼻子，嗅出更多一些它们之间区别的时候，我的脸上忽然被父亲操起的一根柳条，给抽中了。

我在那个瞬间有些晕眩，觉得自己跟一个被父亲扔进雨里的破鞋没有什么区别，生下来的职责就是供父亲暴力摔打虐待的。我在尚未通过高考逃出村庄以前，我得忍着，紧咬了牙关屈辱地忍着。

我竟然还能头脑清晰地想到更多一些，比如明天我还要不要厚着脸皮上学？没有讨到学费被同学嘲笑、老师同情也就罢了，更重要的是，脸上这道屈辱的疤痕，该如何向人解释？

我想我应该打开电灯，让父母在灯光下酣畅淋漓地打仗，这样他们就能看清彼此杀气腾腾的样子，也包括看清留在我脸上的战果。

不过我很快意识到，这战果是多么不值一提。受了惊吓的弟弟，忽然放声大哭起来，他还很不识趣地从我身后跑了出来，带着一种试图以哭声震慑住父母的盲目自信。可惜，他高估了自己。父亲被弟弟尖锐的哭声给弄得没了吵架的激情，于是大踏步走过来，用鹰爪一把提溜起弟弟的衣领，丢出门外。

死鱼一样被扔进雨中的弟弟，终于在一道劈下的闪电中，瞬间停止了哭泣。

父亲和母亲厮打到最后，都挂了彩。但因为下雨，招徕不了观众，便觉得无趣，也就偃旗息鼓，改日再战。那些被扔掉的盆盆罐罐、镰刀斧头，因为碍着面子，要冷硬到底，于是谁都不愿意收拾旧山河，两个人一南一北地躺倒在同一张床上，又恨恨地互踹一脚屁股，这才骂骂咧咧地背对着背睡去。

房间里瞬间安静下来。我坐在自己卧室的窗前，于漆黑中，静静听着院子里，雨点打在搪瓷盆子上发出的“叮叮当当”的声响。雨明显慢了下来，好像它们也跟雷电大战了一场，疲惫不堪，想要睡去。起初，它们打在盆沿上，是“啪啪啪啪”的快速声响。后来，它们气息变得匀速，便成了温柔的小夜曲。接着，它们厌倦了，有一声没一声地滴落在浓墨一样的夜色里，又很快地消失掉。最后，它们终于与无边的夜色，交融在一起。

想到明天需要向同学解释脸上的伤痕，我便无法入睡。一阵风吹过，窗前的梧桐树上，有雨纷纷落下。那雨落在深夜，听上去有些森然；似乎有千万只脚，正悄无声息地穿过铺满潮湿树叶的小路。那些脚要去往哪里呢，它们在静夜里，要走多远，才肯停歇下来？它们踏遍整个雨夜中的村庄，是不是要去寻找另外一只走丢了的脚？一只脚如果被另外一只脚踩到，会不会疼得尖叫起来，然后又忽然怕打扰了整个村庄的睡眠，于是跟被扔进泥水里的弟弟一样，戛然而止？

所有人都忘记了弟弟的存在。

我不知道他究竟是怎么从一摊泥里羞耻地爬起来，又巧妙地躲过凶猛的父亲，隐匿在某个无人发现的角落，一直等到雨停下来，他才从坚硬的壳里探出头来，蠕动到我的身后，而后幽幽地唤我：“姐姐……”

我吓得快要尿了裤子，回头看见是他，心里升起一阵烦厌，本想吼他一句，又怕惊动父母卷土重来，便只好压低了嗓门呵斥道：“不去睡觉，跑这里来干什么?!”

“姐姐……”他嗫嚅着，声音里满是恐惧。

我心烦意乱：“快说，你到底想干什么?!”

“姐姐……半夜小鬼会不会来敲门，真的……把我变成一只蜗牛?”

我想骂他神经病，哪儿来的这些胡思乱想，忽然间听到窗外有雨“哗啦啦”地从梧桐树叶上飞旋而下，我就在那时，想起白天我和他穿着雨衣，蹲在墙根下，观看一只蜗牛爬上香椿树叶时，我吓唬他的那句话。

他竟然在雨中打了一个滚后，还没有忘记我施的咒语。

如果我很快乐，我会对弟弟说：“傻小子，哪有的事，姐姐在逗你玩呢!”

如果我很平静，我会敷衍他说：“你这么无趣，鬼才懒得搭理你!”

偏偏，我正在不知明天如何上学的羞耻中，于是我恶狠狠地诅咒他说：“当然会来敲门！当然会将你变成蜗牛！而且，是一只丑陋的没有壳的蜗牛!”

当我说完这句，我发现内心涌起邪恶的快乐与复仇的快感。我注视着一脸恐惧的弟弟，想到明天可以朝老师、同学撒谎，脸上的伤痕来自弟弟无意中的碰撞，我终于开心地笑了起来。

那一晚，我睡得很沉，跟一头长眠的猪一样，以永久地从这个世界消失掉的虚空，沉沉地睡去。至于可怜的被所有人忘记的弟弟，跟我有什么关系呢?

第二天起床后，没有人再提及昨天的事故。院子里已经收拾干净，不过也或许，那些凌乱的被父亲扔掉的家具物什，是由一个小鬼悄无声息地给收拢到原位的。否则，以父亲的嚣张和母亲的霸道，在握手言和之前，谁也不会主动低头。

雨并没有完全地停下，抬头，会有蒙蒙细雨飘在脸上。但这样的雨，对于乡下人来说，完全可以忽略不计。我知道再提及学费，是一件愚蠢的事。只要关于伤痕的谎言能够骗过所有同学，他们嘲讽我最后一个上缴学费，又有什么关系呢?脸面终究比金钱，更为重要。

每次家庭大战，都至少会持续一个星期的冷战。所以我并不指望出门前，会有谁来嘘寒问暖。我很自觉地翻出一个冷硬的馒头，又切了一块咸菜疙瘩，便坐在马扎上，就着一杯温吞的白开水，缩着手脚，不声不响地将馒头吞进肚子里。我听见院子里一只鸡跳上锅台，并将锅盖“哐当”一声弄翻在地；锅盖落在水泥台上，发出空洞虚弱的响声，好像那锅盖也饿瘦了，没有力气在半空里挣扎。那只鸡一定没有寻到吃食，对着张开苍茫大嘴的锅呆愣了片刻，便跳了下去。落在地上的锅盖，自然也为这只纵身一跃的鸡，又来了一声空荡的伴奏。

我吃得有些快，于是很没出息地打起嗝来。我一边打，一边想着离开后，父母静坐“绝食”，谁也不肯下厨做饭的样子，忍不住笑了起来。不过我很快将另外一半笑声，给强行塞回了肚子里。因为我隔着房门，看到刚刚从茅厕出来的母亲，恶狠狠地朝我看过来。

我还是尽快躲到学校里去吧，那里才是温暖又安全的角落。我擦掉嘴边一块黑色的咸菜渣，想。

推着自行车出门的时候，一只刚刚下完蛋的母鸡，用响亮的“咯咯哒”的报喜声，欢送我的离去。我披了窸窣作响的塑料雨衣，走到庭院门口，忍不住看了一眼那棵低矮的香椿树苗，那里空荡荡的，只有细细的雨，在静默无声地飘落。那只将弟弟吓住的蜗牛呢？会不会真的变成了鬼，并在夜里出没？

我还瞥见水井旁堆积的榆树木头上，已经长出了密密一丛木耳。将它们用热水焯一下，酱油里拌一拌，一定无比美味吧？我咽了一口唾液，无限神往地想。

我唯独没有瞥见弟弟。

我不知道他躲在什么地方，昨晚有没有睡好，我离开以后的时间里，他一个人该怎样跟这寂寥的雨天和无边无沿的冷战对抗。

我推着车子，慢吞吞地走在巷子里。我忽然有些不想离开这条巷子，我希望它会像童话里那样，无限地延伸下去，永远不会与村庄的大道相接。我不知道我在等待什么，但我却清楚内心的期待。

一百多米的巷子，还是走到了头。就在我准备跨上车子离去的时候，弟弟忽然从拐角处冲出来，站在了我的面前。

他的脸上明显是一夜未眠的困倦，但他却努力地打起精神，犹豫着叫我："姐姐……"

我的心，陡然又冷硬起来。

"还不快回家，站在雨里做什么?!"

他低低"哦"了一声，却并没有离去的意思。

我不想理他，推车绕过，车轮差一点轧到他的左脚。那只脚蜷缩在一只顶破了的黑色绒面的布鞋里，卑微地擦过满是泥水的车轮。

跨上车子的时候，我用余光瞥了一眼身后的弟弟，他依然站在那里，带着胆怯和满腹无处可以倾诉的心事。

车子已经驶出几米了，我终于回头，冲弟弟喊："笨蛋，小鬼不会把你拉去变成蜗牛的……"

我不知道弟弟有没有听到，那时他已经转了身，飞奔回了巷子。

我听见雨，细细的雨，落在大地上的声音。那声音犹如万千生长中的蚕，伏在广袤苍茫的田野里，啃噬着桑叶，没有休止，也永无绝灭……

雪

雪没完没了地下，一场接着一场。好像这个冬天，雪对于大地的思念，从未有过休止。

大道上人烟稀少。似乎一场大雪过后，村子里的人全都消失掉了。空中弥漫着清冷的气息，一切都被冰封在了厚厚的雪中，连同昔日那些打情骂俏的男人女人。阳光静静地洒在屋顶上，光秃的树杈上，瑟瑟发抖的玉米秸上，低矮的土墙上，再或灰色的窗台上。因为有雪，这些灰扑扑的事物，便看上去闪烁着晶莹的光泽。于是村庄便不再是过去鸡飞狗跳的样子，转而覆上一层童话般的梦幻。走在路上的人，都是小心翼翼的，似乎雪的下面藏着另外一个神秘的世界。有时候人打开门，看到满院子的雪，会有些犹豫，要不要踏上去，将这画一样的庭院给破坏掉。

母亲总是深深地吸一口气，发一会儿呆，这才"咯吱咯吱"地踩着这世上最干净的雪，给冻了一宿的鸡鸭牛羊们喂食。父亲在天井里说话的声音，也变得轻了。似乎像夏天那样扯开大嗓门训斥我们兄妹三个，是一件不合时宜的事。鸡变得懒惰起来，知道院子里什么也寻找不到，也便蜷缩在鸡窝的一角，注视着这一片洁白的天地。

整个村庄，于是封存在这样的静寂之中。隔着结了冰花的玻璃，朝窗外看的每一个人，眼睛里都充满了孩子一样的好奇，似乎这个村庄不再是昔日他们习以为常的热气腾腾的居所。那些爱闲言碎语的人，也变得温情脉脉起来。房间里熊熊燃烧着的火炉周围，是一家老小。知道这时候吵架，没有多少人围观，男人女人们也就偃旗息鼓，将所有的烦恼都化作一块块乌黑发亮的煤，投进轰隆作响的炉膛里。那里正有一辆漫长的火车，从地心的深处“咣当咣当”地驶来。它发出的声音，在寂静的夜里如此巨大无边，以至于依然在困顿的生活中受着煎熬的人们，手烤在红通通的火焰之上，忽然间就忘记了这个世间所有的苦痛。

昆虫全都蛰伏在泥土之下。厚厚的积雪覆盖着泥土，这个时候，如果谁能将整个大地用巨大的斧凿挖开，一定会看到密密麻麻的昆虫，比如蚂蚁、苍蝇、蚊子、金蝉、蚕蛹等，全都沉寂在深深的睡梦之中。没有什么力量，能够将它们唤醒。它们犹如死亡般的身体里，依然积蓄着生存的浩荡的力量。除了春天，没有什么能够打扰一只虫子的冬眠。它们隐匿在这场弥漫了整个冬天的大雪之中，不关心人类的一切。

被人类遗忘掉的，还有农田、庄稼、果园。如果没有炊烟从高高的屋顶上方的烟囱里徐徐地飘出，大雪中的村庄就是一个被世界封存的角落。人类蜷缩在棉被里，犹如昆虫蜷缩在泥土之中。最好这一觉睡去，一直到春天才会苏醒。可是，这只能是人类的理想。袅袅飘出的炊烟，将村庄的日常琐碎，缓缓揭开了一角。一切都像瓦片上因为热气而融化的雪，沿着房檐“滴答滴答”地落下。而那些缓慢的，没有来得及落下的，便成为透明的冰溜，整齐地挂在屋檐下，给仰头看它的孩子，平添一份单纯的喜乐。

最初的时候，雪每天都安安静静地飘着。人们穿着棉袄，在雪里慢慢走着，并不觉得那雪落在脸上，或者钻入领子里，有多么凉。脚下“咯吱咯吱”的响声，听起来倒像是傍晚寺庙里的钟声，一下一下地，将人的思绪拉得很远。小孩子在斜坡上“嗖嗖”地滑着玩，倒地时屁股摔得“嘶嘶”地疼，都不觉得有什么。揉一揉红肿的手心，继续吸着长长的“鼻涕虫”，乐此不疲地上上下下。女人们到人家去串门，走到门口，总是很有礼貌地跺一跺脚上的雪，这才漾着一脸笑，推开被炉火烤得暖烘烘的厚重的门，向人寒暄问好。

但腊月一到，雪再飘起来，就带了一把把锋利的刀片，于是小孩子细皮嫩肉的手，就成了冻萝卜，还是红心的。脸蛋自然也抹了胭脂一样，红通通的。一觉醒来，露在棉被外面的耳朵，常常也冻得胖大了一圈。这时女人们再让小孩子去庭院里跑跑腿，做点诸如喂鸡喂鸭的活计，他们没准就哼哼唧唧起来。当然，哼唧完了还是该干的就干，否则爹娘一个“铁板烧”过来，不比雪刀子差上多少。

这时的老人们，喘息声也缓慢下来。似乎那些气息都留在了秋天收割完毕的田地里，并跟着麦子和蚯蚓一起，被这一场场没完没了的雪埋在了冰封的地下。于是，他们便借着仅剩一半的气力，苟延残喘着，一日日挨着不知何时会有终结的雪天。

在冬天，老人们常常觉得自己是多余的。大部分时间，一家人都集聚在房间内，剥玉米，编条货，打牌，说闲言碎语，或者烤着一块又一块的碳，听着评书打发漫长无边的时日。老人们碍手碍脚地在房间里走来走去，什么也做不了，听着“呼哧呼哧”的粗重的喘息声，自己也觉得心烦，不吉利，便知趣地回到阴冷的小黑屋里，躲在两层棉被底下，瑟瑟缩缩地回忆着那些陈年旧事。也只有谁家的媳妇来串门了，礼节性地给长辈问个好，他们才堆上一脸的笑，哎哎地应着来人的问话，又任其打量一下自己蜡黄的脸上，死人一样的气色。

没有人说什么，女人们离开暗黑的偏房，继续跟这一家的主妇谈论家常。当然，出门前总会说一句吉祥的话：“您老看上去气色还不错嘛!”裹在厚重棉袄和棉被里的老人，听完一句话也没有，他们知道所有的吉祥话都是用来骗人的。

年已经不远了，于是人们说话便专挑吉利的字眼，谁也不会轻易吐出与死有关的词来。可是，老人自己却预感到死神正穿越风雪，一天一天逼近。

每年风雪大起来的腊月，村里总有一两个老人熬不住这寒冬；即便以一种给儿女装面子的好强，硬撑着，也还是没有熬过去。在杀猪宰羊过大年的欢庆声中，那一两个老人的儿女们，便一脸羞愧地找人商量置办丧事。于是天一阴下来，女人们烤着炉火，看着粉皮在铁箅子上“嗞嗞啦啦”地蓬松着，总要叹一口气，说，不知今年又赶上谁家办事。

这一年的腊月，母亲说了两三次，张家奶奶怕是熬不过这个冬天了。张家奶奶是母亲从赤脚医生转行学习接生时的师父。按照辈分，我要叫她老奶奶。因为有这层关系，逢年过节，母亲都要带上我去给张家奶奶磕头拜寿。她似乎永远都不会老，总是穿一身喜庆的红，端端正正地坐在太师椅上，接受我和母亲的拜贺。因为辈分大，又接生了村里大部分孩子，所以他们家便总是人来人往，很是热闹。每年去磕头，地上的蒲团都好像薄了一层。又因天冷潮湿，蒲团跪下去，便总是潮乎乎的。我因此抗拒，不想去。虽然张家奶奶总有几颗大白兔奶糖给我留着，可我还是怕她仅存的那几颗牙，它们站在她笑嘻嘻的嘴巴边上，漏着嗖嗖的风，那风是外面的雪天里吹过来的，又冷又凉，还有阴森森的鬼气。

对，我就是怕张家奶奶身上弥漫着的鬼气，才抗拒母亲每年都为了礼节，生拉硬拽上我，去给她拜寿。我从蒲团上抬起头来，仰望一脸威严的张家奶奶时，她脑袋上的挂钟，还会冷不丁来上一响。那是半点的钟声，我却总会吓一跳，似乎有什么人催促着我，揪扯着我，前往某个比风雪天还要让我惧怕的地方。

人们都在房间里说着贺寿的话，那些话都是假的。连过年的对联上也写着假话，什么寿比南山不老松，福如东海长流水。村里倒是有一棵槐树，比任何活在世上的人都要年老。人们路过的时候，总是怀着惧怕和敬畏，谁家出了不吉利的事，或者赶上倒霉年月，都要去祭拜一下，好像那棵槐树能够帮他们免灾，或者是槐树本身给他们带来了烦恼，需要求它发发善心。人们对带着几颗稀疏牙齿一年年活下去的张家奶奶，也是这样的敬畏和惧怕吧。怎么说，全村大部分孩子，甚至包括孩子的爹娘，都是经由她一双枯朽的手来到这个世间的。尽管来到之后，有一半人在困顿中艰难地熬着，熬到墙头坍塌了一半，还是没有熬上好日子。还有那么几个更倒霉的，张家奶奶也引以为耻，半辈子连老婆都没有娶上。可是，这又有什么呢？哪个村子里的人，不是一天天在风雪地里走着，也不知会不会走到一个有温暖火炉的房间里去，可是，终归还在走着，还在“呼哧呼哧”地喘着这世上仅存的半口气。

雪来了一场又一场，张家奶奶家的窗户都快被堵严了。人从外面大道上路过，想瞥一眼张家堂屋里又有谁来拜寿了，却什么也看不清楚。大雪以想要从村庄里带走什么的气势，漫天地飞舞。张家奶奶板着一张脸，接受着一个又一个晚辈的祝福。间或，她枯瘦的身体会剧烈地咳嗽起来，她于是背转过身，用手捂着皱缩的嘴，压抑着全身的颤抖。那口浓稠的痰，到底是吐出来了，可是上面沾满了黑色的血迹。张家奶奶的儿女都吓坏了，赶着上来递水送茶。跪在蒲团上的人，尴尬地挺着一张脸，不知道该继续跪下去，还是起来送几句安慰。张家奶奶却撕下一张孙子的作业本，擦掉那口骇人的痰，淡淡一笑：“一口命而已，有什么好担心的？这辈子，我在大雪天里，送走了多少人的命？”

一屋子的人都讪讪地，不知道该说些什么。风夹着雪花，从门缝里“嗖嗖”地钻进来。又在一股浓重的老年人的酸腥味中，止住了脚步，融化在粗笨的木门旁边。

张家奶奶这一辈子帮我们村里的女人们堕掉了多少尚未出生的婴儿呢，大约连她自己都记不清了。那些大雪纷飞的夜晚，她颠着小脚，一个人走在路上，想着刚刚堕掉的那个胎儿，它已经有了人的小巧的模样，却尚未睁开眼睛，就被她无情地从子宫里刮掉，连一件衣服也没有穿，便丢进了坑里，并被冷硬的泥土覆盖，继而消失在大雪之中。张家奶奶在漆黑的夜晚走回家中的时候，一定有过惧怕吧，她杀掉了那么多的孩子，如果它们都活在这个世上，也已经娶妻生子，儿孙满堂地前来给她拜寿了吧？到如今，她在人间所有的气力也即将耗尽，跟那些婴儿一样，前往另外一个世界。

或许，在我们的村庄里，也只有张家奶奶不惧怕前往另外一个世界。她掌管着全村人的生，也决定着尚未来到人间的婴儿的死。她的脸上永远是一副生死不惧的表情，似乎她早就明白躺在棺材里，跟而今躺在床上一样，不过是换了一个地方睡去。所以她才气定神闲又略带不屑地对跪着的子孙们说：“一口命而已，有什么好担心的？”

张家奶奶的这口命，在这个冬天，却不是那么硬了。每个前去拜寿的人，都这样说。

只是千万别死在大年夜里，到时候谁愿意去挖土埋了她，多不吉利？豆苗娘这样不咸不淡地吐出一句。

豆苗娘接连生了五个孩子，都是女儿，最后被村里强行拉去结扎，她才善罢甘休。但她却将生不了儿子的这口气，算在了张家奶奶的头上。好像那些经由张家奶奶的手生下的女儿们，全是她半路使了坏，将她们传宗接代的“把儿”给砍了去。她每次都是在春天里种下一棵芽，又在深冬收获一株草。张家奶奶也厌烦了她，若不是她阵痛的声音隔着几条街都能听得见，她宁可充耳不闻，也不想前往接生。她似乎算准了豆苗娘这辈子没有生儿子的命，所以每次去都是冷着脸，蹙着眉。也只有下一场大雪，会让她心情好一些，并在接生完后回到家中，一个人对窗喝一小杯白酒，才对着窗外的大雪长舒一口气。

那时，全村人都笼罩在一股热烈的过年的气氛之中。杀猪宰羊，裁剪新衣，置办年货。大道上的雪便因此凌乱起来，满是歪七扭八的脚印。男人女人们像忙一件天底下最重要的事情一样，在认真地忙着年。就连我们小孩子也在街巷中奔跑着瞎忙，似乎奔跑也是年的一部分。

唯有老人们缩在房间里或者被窝里，哆哆嗦嗦地于大雪天中，熬着这个不知道是否能够熬过去的年。他们害怕雪天，似乎雪是漫天铺开的孝布，有着不祥的征兆。雪埋葬了整个大地，也将他们对于春天的希望给埋葬掉。子孙们在雪天里是欣喜的，眼看着明年又是一场丰收。他们却怕，怕死在这一场素白之中。死也就死了，不外乎是一条命，但死在年关却着实让人懊恼，一辈子的明事理都毁在这口气上。不管这个老人昔日怎么得人尊重，不懂得挑个好时节咽气，不仅老人自己觉得愧疚，做儿女的也连带觉得心烦，想着要麻烦村里老少爷们置办这场丧事，就觉得丧气。初二回娘家的女人们也因此觉得沾染了一些晦气似的，这一年都没个好日子。

而掌管着全村人生的张家奶奶，却无法掌控自己的死。每个前去走访的人，回来都要在自己家里絮叨一阵，怕是张家奶奶熬不过这个年了。说着说着，自然就扯到这大雪天里如何置办丧事，如何参加丧礼，如何避开这股丧气。与张家奶奶近亲的，自然唉声叹气，说这个年是过不好了，怕是这一年都冲不走这股子晦气。不是近亲的，就替近亲们着急，不知道这个年如何才能过得去，好像年很长很长，要在大雪天里无休无止地走很久一样。大人们的愁事总是漫长无边，我们小孩子倒是不愁，况且死是什么，我们也不太明白，觉得人死了，跟猫死狗死鸡鸭死似乎没有什么不同。唯一不同的就是人死了会很热闹，全村人都会去看，都会参与其中，好像我们每个人都跟这个死去的人有着非同寻常的关系一样。但谁也没有我们小孩子喜欢丧事，因为可以抢着将花圈送到坟地里去，从主家挣上五毛零花钱。这可比喜事吃一块糖开心多了，况且五毛钱能买多少糖块啊！那简直是我们自己开的一个小金库，不，是小金矿！可是，如果赶上大雪天，又是可以讨得到压岁钱的过年时节，这花圈我们就老不情愿去抢着抬了。想想吧，为了那五毛钱，可能要丢掉五块十块压岁钱，这代价着实有点大。

张家奶奶就是在这样儿女亲戚村人的冷飕飕的抱怨声中，眼睁睁看着死亡一点点在大雪天里逼近她的床边的。张家奶奶一定知道自己的这口命，是要在大年夜里离开的。她也一定硬挺着，想要熬过除夕那一天。她不能死在大年夜里，死在喜庆的鞭炮声中，那样全村人都会怨恨她。于是她在人来拜访时，一定要挣扎着坐起，而且穿得干干净净的，连头发也梳得一丝不乱，似乎她依然是那个掌管着我们出生的威严的使者，谁若是不敬，她就能将这个人重新送进娘胎里“回炉改造”。我们是什么样子的，只有她有发言权。可不，那些光溜溜来到世间的村人们，谁敢在张家奶奶面前炫耀自己？谁炫耀都会招来她的鄙夷一笑。当然，张家奶奶的笑从来都不鄙夷，她的笑永远都是淡淡的、平静的、慈悲的，那笑跟庙里菩萨脸上的表情一模一样。除了乖乖地跪在蒲团上，磕个响头，道一声您老人家寿比南山、福如东海，谁敢在这样的表情面前造次放肆呢？而拥有着这样高位的张家奶奶，又怎么能用死亡给自己这高洁的一生染上一点污渍？

她不敢。所以她一定要挺过那最后的大雪纷飞的除夕之夜，要听见钟声在十二点敲响，全村的饺子都“扑通扑通”热烈地跳进沸腾的锅里，快乐地翻滚。

可是，老天爷偏偏不让张家奶奶如愿。除夕那天，村子里灯火通明，一家一家较劲似的炸响着鞭炮。但在十二点的钟声尚未敲响之前，这样的鞭炮声不过是预热罢了。我们小孩子在巷子里跑来跑去，男孩子在大道上比赛谁的“蹿天猴”蹿得最高，女孩子则比赛谁的“烟花棒”在夜晚最亮。“摔炮”也有趣，摔到对面墙上便清脆地炸响。张家奶奶家位于村子的中央，于是她家的砖墙上便满是摔炮的痕迹。就连沿墙根的雪地里，也插满了燃放完后的“蹿天猴”，一根一根，像香台上的香，静默无声地瞪视着夜空。

同龄的根柱放得最欢实，他胆子大，敢把鞭炮拿在手里，点燃了捻子，还故意等那捻子快要燃完了，才得意扬扬地扔出去，并在炸响的那一刻享受来自同伴的欢呼声。他起初是专往雪地里扔的，后来不知怎么的，想要恶作剧，扔到人家院子里去。他第一个扔的，是来福家，来福老实巴交，只在家闷头学习，大年夜也不例外。来福叔叔痴傻，奶奶年迈，来福爹又好脾气，所以一个响鞭扔进去，院子里除了来福爹吓得“哎哟”一声，就没了别的动静。根柱于是在我们的叫好声中，愈发得意起来，小响鞭一个紧挨着一个扔进人家的院子里，或者猪圈里，再或屋顶上。扔到兴头上，他两个鞭炮同时扔进了右手边的院子里，那里住着的是费了九牛二虎之力，才将根柱从娘肚子里拽出来的张家奶奶。

鞭炮炸响之后，院子里紧跟着响起的，既不是张家奶奶骂人的大嗓门，也不是张家子孙的惊吓声，而是一声响亮的哭声。那哭声在雪夜中格外地凌乱，好像一挂乱了阵法的鞭炮，忽高忽低地在半空里炸响，一会儿悠长，一会儿急促，忙乱不休。这完全在根柱的意料之外。我们起初也都以为鞭炮落到了张家人的脑袋上，挂了花，心里为根柱一阵紧张。但随后那哭声大了起来，而且没有休止的意思，一群孩子便慌了神，纷纷收拾了炮仗，跑回了家。根柱当然也乱了阵法，将手里的鞭炮朝雪窝里一扔，便踏着我们的脚印朝家狂奔。

母亲正围着炉子炖菜，看见我气喘吁吁回来，便张口训斥：“大过年的，跑这么慌干吗？还少了你一口饺子？”

我“呼哧呼哧”地喘着气，过了好大一会儿，才结结巴巴地说：“娘，根柱……把……张家奶奶全家……炸得……哭起来了……都……

哭个不停……”

啥？母亲瞪眼看着我，她的脸上起初是迷惑，继而是震惊。

“你这孩子，大过年的，胡说八道什么?!”

我有些委屈：“他们全家……真的……哭起来了……不信你去听听……”

母亲果真打开房门，侧耳倾听。可是，她听到的是十二点的钟声，一下一下地响起来了。继而震耳欲聋的鞭炮声，包围了整个天地。

村庄在夜色中震颤了一下，而后便消失在纷纷扬扬的大雪之中。

还不去下饺子啊！从门外点燃鞭炮跑进来的父亲朝母亲大喊。

母亲呆立在将整个世界都包裹住的一片莹白之中，一句话也没有说。满天炸响的烟花照亮了她苍白的脸，我看到一滴饱满的眼泪，从她的眼角倏然滑落。

那一年的除夕，张家奶奶“蹬腿”的消息比“蹿天猴”还要快地抵达了每一家的庭院。在张家奶奶的儿孙们忙着给她穿孝衣的时候，沾亲带故的人家也面露忧烦，不知该如何协调走亲访友和置办丧事的关系。若在平日办个丧事，如果主家不来“打扰”，心里是要存一肚子气的，这气一整年也不能消散，疙疙瘩瘩地，或许一辈子都得记着这点仇。可现在是喜庆的大年，别说是亲戚，就是火化场里给多少钱，怕也没人愿意靠近焚尸炉。况且奔丧完去谁家走亲戚都不高兴，好像这死人的晦气会瘟疫一样黏附在每个人身上。但凡出生或者生孩子时，接受过张家奶奶“洗礼”的，自然也要随份子，去吃这场“白事”。想到原本应该欢天喜地拖着自家孩子走亲访友挣压岁钱，却被张家奶奶的“魂”给揪扯着脱不了身，便老大不高兴。可是不高兴还不能表现出来，于是只能在守岁的除夕叹口气，抱怨一句：“不早不晚，怎么偏偏赶在这时候?”

作为张家奶奶的“关门弟子”，母亲自然不能这样说。她的忧愁显然更为真诚。她甚至因为张家奶奶将接生这项伟大事业传承给了自己，若自己将来死的时候，同样不懂礼数，遭人抱怨，而忧心忡忡。于是她便将一碗饺子全端到香台上去，供奉给魂灵正在升天的张家奶奶。

很快，纷纷扬扬的大雪将饺子给覆盖住了。我几次用棉袄袖子擦拭房门上的玻璃，透过黑黢黢的夜色，看那碗饺子是否真的被成了“鬼魂”的张家奶奶给吃掉了。可是，那里始终是一碗冒尖的白雪，在越来越稀疏的鞭炮声中，孤独静默地站着。

大年初一，张家奶奶家门庭冷落。每个走在雪地里去拜年的人，途经门前，都下意识地歪头看一眼。院子里空空荡荡的，连一只麻雀也没有，好像它们也知道此时来这个庭院，一年的好运都将丢掉。在经过了一夜的悲痛之后，张家奶奶的儿女们已经能够控制自己的悲伤。于是被雪覆盖的庭院里，便静悄悄的，有着一种寻常的朴质。似乎生活并未因此发生任何改变，一切都在白色的背景上缓慢流淌，鸡在打鸣，鸭在踱步，狗在雪地上追逐着鸟雀，干枯的树枝将影子投射在低矮的泥墙上。这是新的一天，与过去无数个时日并未有多少区别的新的一天。

熬过了这一个年节的老人们，心怀着侥幸，感谢老天让自己多活了一个年头。尽管有可能过了十五，也跟张家奶奶一起去阎王那里报到；可是，终归是跨了年头，没有给儿女带来多少拖累，也不曾让他们像张家奶奶的子孙们那样为难。所以，留下来的老人便穿了簇新的衣服，打起精神，迎接着一拨又一拨晚辈们的磕头祝寿，并顺便与人感叹一下张家奶奶死不逢时。

于是，整个村子都在隐秘地颤动着，为张家奶奶带来的这一棘手的事件。如果不与张家奶奶的子孙们同住一个村子、一个巷子，或者紧挨着一堵墙，人们怕是要奔走相告起来。在一场雪都能够让村庄兴奋的枯燥的冬日，一个人的死亡，尤其是像张家奶奶这样掌管着全村人“生”的元老的死亡，更是为无聊的生活注入了一股新鲜的鸡血。

三天后，张家奶奶的骨灰盒穿过走亲访友的热闹人群，被子孙们悄无声息地抱了回来。而唢呐班子与葬礼队伍也稀稀拉拉地组建起来。不知是因为下雪，还是人们都约好了，或者大家真的都在忙着走亲访友，张家奶奶出殡的这天，门庭冷落。每一个顶着雪花去吊唁的人，都低着头，弓着腰，紧缩着身子，偷偷摸摸地，好像要去做什么见不得人的事。当然，如果不是红白喜事欠下人情，没有人会在喜庆的年节里，去参加一场晦气的葬礼。所以去还人情的人，也便猫一样潜入张家奶奶的庭院，又溜着墙根侧身出来，走上一段，与那断断续续、不怎么起劲的唢呐声离得远了，这才长舒一口气，似乎卸掉了一个很重的包袱。

黄昏的时候，张家奶奶出殡。出门的人，愈发得少。就连那些平日里争抢花圈抬的小孩子们，也好像消失掉了。整个村庄安静得如同在大雪中睡了过去。不，是死了过去。人的呼吸也变得微弱起来。大地上的一切都在雪中肃穆着，似乎它们更懂得一个人死去的悲伤。风在暮色中“呼呼”地吹过来，那些洒落的土黄色的纸钱，便在村庄的上空飞舞。人踩着雪，“咯吱咯吱”地走在其中，会内心惊惧，好像张家奶奶的鬼魂从冰冷的坟墓里飘了出来，并随着满天的雪花飞进每一个庭院，而后隔着紧闭的门窗永无休止地敲击着，拍打着，叩问着那些隐匿在房间里的人。没有人给她回答。

只有雪，漫天飞舞的雪，覆盖了整个村庄……

原载于《草原》2019 年第 1 期

布谷，布谷

在所有鸟的叫声里，我最喜欢布谷鸟的声音。那能穿越无数个村庄的“布谷布谷”的歌唱，好像来自永远无人能够抵达的茂密的森林，那里道路险峻，野兽出没，群鸟翱翔。它们是大地上的精灵，只需一声辽远的呼唤，就将万物瞬间推进热烈的夏天。村庄里对农事再愚钝的人，听见布谷鸟从大地深处穿越而来的叫声，都会下意识地抬头，看看云蒸霞蔚的天空，自言自语地说一句：“麦收就要到了。”

但我不关心麦收，那是大人们的事。我只想寻找一只布谷鸟。它的叫声让我在春天里觉得忧伤。它究竟在呼唤什么呢？一声一声，那么执拗。好像它生在这个世间的所有使命，就是为了追寻一些什么。

大路的两边是粗壮的杨树，也不知是什么年月种下的，一棵紧挨着一棵，枝叶相触在云里，形成两堵绿色的墙。风吹过来，墙便涌动起来，发出“哗啦哗啦”的声响，像有千万只手抚过静寂的江河。如果我变成一条小小的蚯蚓，一头扎进大地的深处，一定还可以看到这两排高大挺拔的杨树，它们遒劲有力的根，正热烈缠绕在一起，用力地从泥土里吸取着浓郁的汁液。这是地下暗涌的河流，沉默无声，却又浩浩荡荡。而在更高的风起云涌的地方，正有布谷鸟苍凉的鸣叫，从巨大的虚空中，一声声传来。

我发誓要找到那一只布谷鸟，问问它究竟来自何处？为何每年的春天都要飞到我们的村庄，站在我从来都追寻不到的地方，悲伤地鸣叫，好像它曾经在这里，丢掉了自己的灵魂。

我于是一直一直走，穿越疯狂拔节的无边无际的麦田。最后，我走到了与邻村交界的河边。那条河叫沙河，每年的秋冬时节，它都会枯萎断流，裸露出河床，于是惨白的太阳下，遍地都是孤寂的沙子。我不知沙河从哪里来，又最终抵达何处。反正很久很久以前，它就环绕住了村庄，成为所有小孩子捡来的地方。

我问母亲："娘，我从哪儿来？"

"从沙河里捡来的。"母亲顶着满头的豆秸碎屑，漫不经心地回复我。

弟弟也问，那么我呢？

当然也是从沙河里捡来的。母亲拍打拍打围裙上的白面，随口应付弟弟。

姐姐朝锅底下撒了一把棉花秸，不屑一顾地"哼"了一声。她已经十六岁了，不懂得死，却朦胧地知道了生。她从骨子里瞧不起我和弟弟，就像我从骨子里对一字不识的弟弟也充满了鄙夷。

此刻，我站在沙河边，看到水正欢快地从某一个遥远的地方奔来。这是春天，大地早已解冻，河水在阳光下闪烁着耀眼的光泽，那里一定漂浮着晶莹的冰粒，从冬天历经漫长的跋涉，依然没有融化的冰粒。因为当我蹲下身去，将手浸入河中，我立刻感觉到沁骨的凉。那是来自源头的凉。我想如果我能一直逆流而上，一定可以寻到一个了无人烟的地方。在那里，村庄停止了脚步，炊烟灭绝了印记，一切声音都消失不见。无边的河流正从神秘的山谷里喷涌而出。而在山谷的上空，我会看到那只穿越无数的时空，最终抵达我们村庄的布谷鸟。

可是，我却停在邻村的对岸，再也没有向前。

那时，黄昏已经降临，田野里吃草的牛正“哞哞”地呼唤着孩子，跟它一起回家。村庄被夕阳环拥着，宛若襁褓中天真微笑的婴儿，向着世界袒露毫无保留的纯真与赤诚。邻村的街巷上，女人们正在穿梭来往，寻找着一天没有着家的儿子或者男人。一群鸭子拍打着湿漉漉的翅膀，排队走上岸边。河水缓慢下来，大约奔波了一天，它们也觉得累了，需要安静地休息一晚，才能在黎明的微光中，继续奔腾向前。

而那只鸣叫了一天的布谷鸟，始终没有出现。

我到家的时候，弟弟正坐在院子里，就着黄昏最后的光，用铅笔刀专心致志地削着一根拇指粗的树杈。母亲喊他吃饭，一连好多声，他都没有回应。他完全沉浸在他的伟大的事业里，尽管我并不明白，他将一根树枝削得溜光水滑，究竟要做什么。

很快，我便弄清了他的意图，原来是要做一把不知用来射人还是打鸟的弹弓。村子里差不多每一个像他这样大的男孩，都有一把弹弓，用榆树或者柳树的木杈，外加一根从旮旯里翻出的废旧自行车车胎，便能够百步穿杨。

“你做弹弓打什么？”我瞪他。

“就是玩。”他正打磨得带劲，听见我问，怯怯地回了一句。

“哼，你肯定是跟着别人行凶，打了麻雀烤着吃！”我一口咬定。

“没，我……最怕吃麻雀了……”他红着脸为自己辩解。

“还狡辩！蚂蚱、青蛙、豆虫，你比耗子还厉害，逮啥吃啥！”

弟弟终于在铁打的罪行面前不说话了。他低着头，用力刮着弹弓的手，慢了下来。他并不敢直视我，但我却感觉到他的视线落在了我的球鞋上。他就这样心不在焉地为他的武器做着最后的打磨，然后在我终于懒得搭理他，转身离开的时候，他“哎哟”叫了起来。

我看见一滴鲜红的血从他的左手拇指上涌了出来，并渗入到新鲜的刚刚刮掉树皮的榆木弹弓上。

我本想骂他一句“活该”的，看他疼得龇牙咧嘴的样子，便忍住了。母亲正绣着花样，扭头看见，叹了口气，去院子里掐了一小片芦荟丢给他。弟弟将芦荟叶子细细捻着，很快有黄褐色的汁液滴落在伤口上，那殷红的血便慢慢淡了颜色。而滴落在弹弓上的那一滴却渗透进去，变成难以祛除的黯红。

天慢慢热起来了。正午的时候，整个村庄的人都陷入昏睡之中。只有弟弟，每天提着弹弓，在村外的小路上游来晃去。他射杀一切感兴趣的东西：树叶、花朵、苍蝇、蝗虫、蚂蚱、麻雀、斑鸠、鸽子。我在路上遇到过他，一个人隐在一棵粗壮的柳树后，眼睛犀利地注视着茂密枝叶间某个闪闪发光的地方，那里正有一只麻雀，在欢快地叫着，丝毫没有注意到步步逼近的危险。

片刻后，我听到一声惨叫。那叫声不是来自麻雀，而是弟弟。因为技术不佳，石子击打在了树干上，又迅速弹了回来，并落在弟弟的手臂上。那枚锋利的石子当然不会轻饶了他。而他的惨叫，也惊动了那只怡然自得的麻雀，让它迅速地飞离，隐没在有万千细碎的金子跳跃的稻田里。

麦收正在逼近。布谷鸟的叫声，也愈发地响亮、频繁，似乎它们就近在咫尺。那叫声催得人心慌，至少让大人们着急起来，好像一场大战即将来临。只有弟弟这样毫无用处又让大人们觉得碍事的小孩子，才会有闲情逸致，每天在乡间小路上四处摇晃。他已经可以很熟练地使用弹弓，看到眼前飞过一只苍蝇，会气定神闲地掏出石子，迅速断其性命。那把沾染过他自己鲜血的弹弓，究竟打死过多少苍蝇、飞虫、青蛙或者麻雀，我并不清楚，但从他看到麻雀时，贪婪地咽下口水的细微动作上，我却知道，他已经迷恋上了这种杀生的游戏。

我忽然间有些恐慌，在一声声激荡着鼓膜的“布谷——布谷——”的叫声里。我怀疑我还没有来得及见到那只神秘的布谷鸟，弟弟就将其残忍地射杀在旷野之中。

到底有多少只布谷鸟，在村庄里啼叫呢？我数不清。但我总是固执地认为，所有的叫声都来自同一只布谷鸟。每年的春天，它都从遥远的南方飞越几千里，抵达我们的村庄，只为催熟铺天盖地的麦浪。而一旦使命完成，它就消失不见。没有人知道它们去往何处，就像无人知晓它们来自何方。它们从不像麻雀或者屋檐下的燕子，喜欢扎堆生活。它们总是孤独的一只，在广袤的平原上，在无人注意的高高的大树上，发出悲凉的鸣叫。老人们说，布谷鸟是一个苦命的女人，因被人虐待，哭泣而死，后化身为鸟，在死去的春天里，日日悲鸣。

只是它们提醒着日渐丰腴、成熟的大地，提醒着人类对于五谷丰登生活的向往，却始终与人保持着距离。似乎传说中生而为人的布谷鸟，在受尽了人间的苦痛之后，再不肯信任人类，于是用高高飞翔的姿态，保持着对这片曾经眷恋的土地若即若离的忧伤注视。

可是，人类并不因此而放过它们。很显然，弟弟与他的同伴在布谷鸟可以穿透一切尘埃的啼叫声中，忽然生出了好奇，想要知道这样一种鸟，究竟与麻雀、燕子或者鸽子有什么不同。于是他们掉转了弹弓的矛头，在日头盛烈的正午，大人们都昏沉睡下的时候，满怀着无处发泄的热情，开始了寻找一只布谷鸟的旅程。

而我，坐在偶尔有一两声蝉鸣漏下的庭院里，侧耳倾听着从太阳升起的地方，传来的布谷鸟的鸣叫，忽然生出强烈的预感。早晚它们中都会有一只惨死在弟弟和他的同伴的弹弓之下。

这让我觉得绝望。在这个村庄里，难道只有我认为布谷鸟的叫声是来自生命深处，来自大地深处，来自我永远不会抵达的神秘的山林深处吗？难道所有人都是瞎子，只埋头于对田地的耕种与收割，而丝毫不关心一只鸟来自于何方，栖息于何处，又老死在哪一个角落吗？难道它们不是属于村庄的一个部分，不是抚慰了春种秋收所有人间烦恼的精灵吗？

整个村庄都在烈日下沉沉睡着，没有人听到我的心正不安地跳动。在村人正午短暂的睡梦之中，就连唤醒大地的布谷鸟的声音也无法进入。所有的人都陷入短暂的“死亡”，除了弟弟。

弟弟是一个人悄无声息地溜出家门的。我听见他的脚步声，幽灵一样消失在南墙根下。一只猫不知是不是做了一个噩梦，忽然从陈年的麦秸垛上跳了下来，但很快它又神秘地消失掉了。院子重新陷入安静之中，可以听到一只蚂蚁屏着呼吸踩过一片树叶的声音。一只麻雀“啪嗒”一声将“天屎”遗落人间。父亲在房间里翻了一下身，嘟囔一句什么，又打着呼噜睡去。我回身进屋，躺在凉椅上，看着房梁下两只眯眼睡去的燕子出神。窗外，布谷鸟响彻大地的鸣叫，正一声一声传来。

我在这样的叫声中，想象弟弟带着威严的弹弓，一脸孤傲地游荡在田野里。风一阵一阵地吹过来，撩拨着他脑后细长的“八岁毛”，也撩拨着他嗜杀的欲望。这一次，他想要射杀的，不再是随处可见、永远也消灭不尽的麻雀，而是从未现身过，却将叫声传遍整个北方的布谷鸟。

于是我做了一个噩梦。梦里渗入弟弟弹弓上的那滴已经发黑的血，忽然间变成红色的暴雨，弟弟在没有遮掩的大道上，疯狂地奔走、呼号，却始终没有人前来相救。天地间除了呼啸而至的血雨，就是穿透重重红色雨幕的布谷鸟的悲鸣，复仇一样的悲鸣……

我很快从梦中惊醒。窗外依然是燥热的，天空有些阴沉，好像真的要有一场红色的血雨倾盆而下。我擦擦额头的冷汗，忽然想去寻找弟弟。

我走遍了整个村庄，又将东西南北四条大道都飞快地搜寻了一遍，我还爬到高高的土坡上去，俯视起伏的麦田，试图在金黄的麦浪中发现苍蝇一样隐匿的弟弟。我又穿过无边的苹果园，寻找那双瘦弱的小腿。可是，一无所获。

事实上，整个的村庄都陷在沉入湖底一样深深的睡眠中。那些平日里跟弟弟呼来喊去的男孩们，此刻也正在自家的床上四体横陈，呼呼大睡。

“布谷——布谷——”那嘹亮的叫声，又响起来了。我忽然忆起寻找布谷鸟未果的那个午后，我想我要跟随着这只杳无踪迹的布谷鸟的鸣叫，一直走，一直走。只要跨过那条河流，我一定可以找到梦中哀啼的布谷鸟。当然，更能够找到在血雨中呼号的弟弟。

我最终在一大片桑园旁边，遇到了弟弟。桑园距离沙河，只有百步之遥。有邻村的女人踩着石头蹚过河来，去村头哑巴家买黄豆芽。又有男人去白胡子家的小卖铺采购几把镰刀，或者捎一块磨刀石。来来往往的路人里，只有一个背弓的老头，赶着一头黑牛，闲闲地扫了一眼蹲在地上的弟弟。

可惜了一只布谷鸟，叫得好好的，一个石子过来，就没了命。

老头自言自语地一边嘟囔，一边挥一下手中的鞭子，以便让那只试图钻进桑园的黑牛回归正道。

而片刻前还一脸迷惑的弟弟，忽然就在这句话之后惊慌起来。

弟弟想要逃走，却一起身看到幽灵一样站在身后的我。

“姐姐……我……想打一只毛毛虫……却……”

弟弟涨红着一张脸，支支吾吾地，想要解释一些什么，最后却被我冷冷的逼视给吓住了。就连他的“八岁毛”，也惊在了半空。

忽然，天空中一阵喧哗。我抬头，见一群鸽子正呼啦啦路过，并朝炊烟缭绕的地方飞去。

就在我仰头注视着鸽子飞过大片大片晚霞的时候，弟弟已经随着赶牛的老头一起消失掉了。

我蹲下身去，久久地注视着那只寻找了很久的布谷鸟。它已经奄奄一息，眼中带着知晓自己将不久于人世的哀伤，麻灰的身体，在轻微地颤动。它的小小的脑袋，枕在一块坚硬的石头上。我轻轻地将石头挪开，那上面已经沾染上红色的印记。它的脑袋很快地低下去。它在这个世间最后的力气，就是那样平静地，孤独地看我一眼。

沙河的水，依然在“哗哗”地向前流淌。这是村庄最普通的一个黄昏。牛在大道上“哞哞”地叫着，粪便从它们的身后热气腾腾地坠落下来。女人们也在热烈地叫着，呼唤她们的“牛犊”们回家吃饭。夕阳将扛着锄头的农人的影子，拉得很长很长。

没有人为一只布谷鸟的死亡，觉得悲伤。

一切都在喧哗之中。这让人无法喘息的喧哗。

原载于《人民文学》2019 年第 6 期

大风吹过古老的村庄

起风了。

我坐在一株梧桐树下看天。天空上的云朵在跟着风走，起先是一小朵一小朵的，像春天落在沟渠里的柳絮，风一来，就溜着沟沿走，谁也不搭理谁，谁也不依恋谁。那些细碎的云朵，它们没有来处，也不知去向。地上的人并不晓得这一朵云和那一朵云的区别，甚至还没有抬起头来看它们一眼，南来北往的风就将它们全吹散了。后来，云朵就越聚越多，风起云涌，大半个天空很快就被它们占据了。

风有些着了急，试图以更大的力将云朵重新吹散。可是云朵却深深地在天空扎下根去，盘根错节，枝繁叶茂，任由风有再浩荡的力量，也终于奈何不了它们。

弟弟起初在树下玩泥巴，风将他皱巴巴的衣服一次次地吹起，执拗地要寻找一些什么，可是最终连一粒糖也没有找到，于是便无聊地将衣角无数次地掀起，放下，掀起，又放下。弟弟着了迷似的，沉浸在泥塑的坦克大炮中，嘴里发出“嘟嘟嘟”的机关枪声，还有一连串“嘭嘭嘭”爆炸的声响。他连一只蚂蚁爬上脚踝都没有注意，更不用说那一股不知从何处而来的风的撩拨。

风还在持续地吹着。它们越过连绵不断的山，吹过空空荡荡的田野，拂过被砍倒在地的玉米，试图带走一枚野果，不能如愿，只好恋恋不舍地将其丢弃，又继续向前，扫荡孕育中的大地。田间的草被风吹得快要枯了，可还是拼尽全力从泥土里钻出最后的一抹绿。那绿在风里瑟瑟地抖着，左右摇摆，不确定要不要继续向半空里流动。风冷着脸，原本想将这已荒芜的草连根拔起，却使不上劲，于是便“呼哧呼哧”地喘着气，沿着一大片草兜兜转转了许久，到底还是觉得无趣，伏下身体，蛇一样“嗖嗖”地擦着草尖向前。

后来，风就抵达了一片久已无人照管的桑园，看到了坐在梧桐树下的我，还有在自编自导自演的战争中“呜呜”喊叫不停的弟弟。他的裤子上满是泥，脸上只剩下一双黑亮的眼睛。因为太瘦了，他整个人就隐匿在衣服里，消失不见。于是风吹过来，只听见衣服绕着一截树桩一样，“啪嗒啪嗒”地响着。

风一定试图带走我和弟弟，于是它们在这小小的山坡上，逡巡逗留了许久。相比起我卷曲细软的头发，它们显然对弟弟的“坚船利炮”更感兴趣；它们叉着腰，居高临下地斜睨着弟弟，并将他用草茎做成的旗帜一次次地拔起。风还在半空里发出怪异的笑声，那笑声长了脚，阴阴地从四下里聚拢来，俯视着再一次将草茎插到船上的弟弟。风当然笑嘻嘻地又吹跑了那无用的旗帜，并在恶作剧后，“哗啦”一下四散开去。风散开的时候，同时卷走了那根草。于是那草就沿着山坡，一路打着滚，踏上未知的旅程。弟弟生了气，停下激烈的战斗，跑去追赶他的旗帜。风哼着小曲，嘘嘘地笑着，嘲弄着弟弟，并将他的所爱吹得更远，一直到那根草落进了沟渠，并打着旋顺水漂向更远的地方。

弟弟在沟渠旁，站了好久，才垂头丧气地返身回来。他已经没有热情再开始另外一场战争，尽管处处都是草，他完全可以随手扯一根新的草茎，重新投入战斗。他就在一步步朝山坡上走来的时候，忽然间看到了天边风起云涌的壮美景色。五岁的他，迎着风，张着嘴巴，傻子一样呆愣在原地。他的口水顺着唇角流淌下来，好像他在看的不是大朵大朵的云，而是一大锅“咕咚咕咚”冒着热气的猪头肉。他还不知道“美”是什么，也不知该如何表达，于是他就“啊啊”地朝我叫着，喊着：“姐姐，快看，云要打仗了！”

无数的云聚集在一起，要跟谁打仗呢？当然是风。风浩浩荡荡地在秋天的田野里吹着，以一种收缴一切战利品的骄傲的姿态。这时候的它们早已将村庄的大道，人家的房顶，迎门墙上剥落了颜色的不老松，庭院里的鸡鸭猪狗，全给扫荡了一遍。风明显不屑于在墙角旮旯里小家子气地兜来转去，它们是有大志向的，它们要有气贯长虹的豪迈，要有吞云吐雾的气势。于是风扭头冲向云霄，开启了一场在遥远天边的战斗。

我和弟弟抬头看着天边的云，直看得脖子都疼了，风还没有散去。风一定也有些累了，在黄昏里慢了下来。凉意自脚踝处，蛇一样一寸一寸地漫溢上来。那是风带来的凉，来自更为遥远的北方大地。在更北的北方，有什么呢？森林、沙漠、河流、戈壁，还是荒原？风从那里吹过，要马不停蹄地行经多少个日日夜夜，才能最终抵达这个小小的村庄，并搅动一场与云朵的战争，且恰好让我和弟弟看到？

那时的我去过的最远的地方，不过是热闹的县城。我连火车也没有坐过，只从父亲的口中听说他常去送货的地方，要经过一段长长的铁轨。我于是便想象着火车呼啸而来时，风将路上的草屑卷起，落在父亲的衣领上。他微闭起眼睛，躲避着半空飞舞的尘埃。风将震耳欲聋的声音，强行灌入他的耳中。或许，父亲会像个孩子一样，用手指堵住双耳，并微微地张开嘴，好奇地注视着这庞然大物的离去。在那样的片刻，火车带走了他在尘世的哀愁，那些穷困的日子也暂时地被忘却，或抛弃在某个灰暗的角落。一切都忽然地生了翼翅，带着似乎从未有过梦想的父亲，奔向色彩瑰丽的远方，奔向他也曾经想要驰骋天下的未来。风将一切鸡零狗碎、柴米油盐的日子推远，父亲的自行车后架上驮着的麦子、地瓜、粉皮，都自动隐匿。在铁轨上的风快要消失的时候，父亲或许有过瞬间的冲动，想要追赶那列远去的火车，或者变成任何一个车窗内曾经给过他注视的旅客，而不管他们是否跟他一样陷在日常的琐碎中。他只想去远方，猎猎的大风吹来的远方。就像那一刻，跟着天边的云朵，一起飞往虚空之地的我和弟弟。

天一黑下来，风就被关在了房间之外。我在窗前的灯下，做着无休无止的模拟试卷。我不知道人一天天长大，为什么也要一场场考试，但我却明白，这一场场考试可以将我送往大学里去。大学在哪儿呢，当然是在远方。想到这一点，我便将心继续沉入试卷中。窗外的世界也慢慢浸入湖水一样的安静里，于是风的声音便愈发地清晰起来。

院子里有搪瓷盆碰到水泥台子的声音，那是母亲在洗手。她刚刚给牛铡完睡前的最后一次草，并将刷锅水倒入猪盆里，用力地搅拌着猪食。猪们早早地就听到了，扒着猪圈的墙，站起来向外看着。弟弟拿着木棍用力敲打着一头想要“出人头地”的猪。那猪于是无奈地重新回到猪槽旁边，并用“哼哼”表达着心中的不满。我透过窗户，看到手电筒清冷的光里，母亲正将一盆冒着热气的猪食“哗哗”倒入槽中。

她的一缕头发被秋天的冷风不停地吹着，好像墙头上一株摇摆的草。随后便是猪们一头扎进槽里猛吃的声音。墙角的虫子要隔上许久，才会在风里发出一两声低低的鸣叫；那叫声有些冷清，是一场热闹过后孤独的自言自语，无人搭理，也不奢求附和。

在父亲将自行车推进房间里来，弟弟也将尿罐端到床前的时候，院子里终于安静下来。整个村庄里只剩下风的声音。风从一条巷子穿入另一条巷子，犹如一条冷飕飕的蛇。巷子里黑漆漆的，但风不需要眼睛，就能准确地从这家门洞里进去，越过低矮的土墙，再进入另外一个人家的窗户。巷子是瘦长的，门是紧闭的，窗户也关得严严的，风于是只能孤单地在黑夜里穿行，掀掀这家的锅盖，翻翻那家的鸡窝，躺在床上尚未睡着的人便会听到院子里偶尔发出一声奇怪的声响，像是有人翻墙而入。但随即那声响便消失不见，人等了好久，只听见风在庭院里穿梭来往，将玉米秸吹得扑簌簌响，也便放下心来，拉过被子蒙在头上，便呼呼睡去。

当整个村庄的人都睡了，风还在大街小巷上游荡。那时候的风，一定是孤独的。从巷子里钻出的风，遇到从大道上来的风，它们会不会说些什么呢？聊一聊它们曾经进入的某一户人家里，男人女人在暗夜中发生的争吵，或者老人与孩子低低的哭泣。还有一条瘦弱的老狗蜷缩在门口的水泥地上，有气无力地喘息。

夜晚的风一定比白天的风，更为孤独。它们不再愤怒地撕扯什么，因为没有人会关注这样的表演。于是它们便成了游走在村庄夜色中的梦游者，被梦境牵引着，沿着村庄的街巷面无表情地游走。

我终于在昏黄的灯下做完了试卷。那时，所有的星星都隐匿了，夜空上只有一轮被风吹瘦了的月亮，细细的，摇摇晃晃地悬挂在村庄的上空，好像瞌睡人的眼睛。月亮看到了什么呢？它一定洞穿了整个村庄的秘密，知道谁家的孩子，比我还要用功地半夜苦读；知道哪个始终嫁不出去的老姑娘夜夜辗转反侧，无法入眠。它在高高的夜空上被秋天的风一直吹着，会不会觉得冷呢？没有人会给月亮盖一床棉被，当然，也没有人会给我盖。父母已经沉沉地睡去，临睡前被训斥一顿的弟弟大约在做一个美好的梦，竟然笑了起来。那笑声如此短促，像一滴露珠倏然从梦中滑落。而要早起到镇上做工的姐姐，也已起了轻微的鼾声。她将被子裹满了全身，不给我留一点进入的缝隙。清幽的月光透过窗户，照在褪色的被子上，一切都是旧的，床、柜子、桌子、椅子、箩筐。一切也都是凉的。

我在上床前，猫在院子的一角，撒睡前最后的一泡尿。风把尿吹到了我的脚上，风还从后背冷飕飕地爬上来，并一次次掀动着我的衣领。我的影子被窗口射出的灯光，拉得很长，长到快要落进鸡窝里去了。我怯怯地看着那团灰黑的影子在地上飘来荡去，觉得它好像从我的身体里分离出来，变成暗黑中一个恐怖的鬼魂。风很合时宜地发出一阵阵诡异的呼啸声，树叶也在扑簌簌地响着。忽然间一只鸡惊叫起来，一个黑影倏然从鸡窝旁逃窜。那是一只夜半觅食的黄鼠狼，它大约被我给吓住了，很快消失在黑暗之中，只剩下同样受了惊吓的一窝鸡蹲在架子上瑟瑟发抖。我的心“咚咚”跳着，趿拉着鞋子，迅速地闪进门里，并将黑暗中的一切都用插销紧紧地插在了门外。

我浑身起了鸡皮疙瘩，也不知是吓得，还是冻得。我很快钻入了被窝，又下意识地靠近姐姐温热的身体，但朦胧睡梦中的姐姐却厌烦地踹我一脚，便翻了一下身继续睡去。我的屁股有些疼，却又不知该向谁倾诉这深夜里的疼痛，只能自己孤独地揉着，而后蒙了头，闭眼睡去。

窗外的风正越过辽阔的大地，包围了整个村庄。

午饭过后，父亲将半袋麦子放在二八自行车后座上。弟弟兴奋地围过来看，又隔着尼龙袋子，将麦粒捏得“咯吱”作响，好像即将去上学的是他，而不是我。

我要去送姐姐！弟弟向父亲请示。

那就送你姐到公路口吧。

我可驮不动你。我抗议道。

那我就跑着！我要跟洋车赛跑！我还要跟风赛跑！弟弟的胸脯高高地挺着，一副自信满满能超越风的样子。

我只好用沉默表达同意。

弟弟立刻化成一股风，将我的书包从房间里提出来，他还装了一个大大的烧饼，于是书包便鼓鼓囊囊的，丑了几分。我看了心烦，将烧饼掏出来，气呼呼地扔回房间里去。弟弟却依旧笑嘻嘻的，看我出来推动车子，他便瞬间飞奔至大门口，又忽然停住脚步，回头注视我推着车子摇摇晃晃地向他走去。

我想甩掉弟弟，便在走出巷口后，趁他不注意，跳上自行车奋力蹬了起来。风有些大，又是顶风，于是我的计划执行起来便有些吃力。但我却硬起心肠，不打算回头去看弟弟。我只听见他跟在我的车子后，快乐地奔跑着，嘴里还发出“啊啊啊”的喊叫声。风在耳边“呼呼”地响着，风也一定在奋力向后扯拽着弟弟的双脚。我听见弟弟在“呼哧呼哧”地喘着粗气，他的脸一定也是红红的吧，我想。我能感觉到他在车后几米的位置，却始终追赶不上。但他越来越近的喘息声却又告诉我，他一定可以将我追上。于是我又故意加快了蹬车的速度，但风也跟我较劲一般，把我用力地向后拖拽着。车子摇摇晃晃，半袋麦子眼看也要坠落下来，我有些泄气，恨不能跳下来，自己扛起麦子走人，将一堆废铁留给讨人嫌的弟弟。可是我又不想在他面前丢掉最后的颜面，便硬撑着，低头弯腰费力地蹬着车，好像那个倒霉的骆驼祥子。

忽然之间，车子变得轻了起来，犹如生了翼翅一般，我几乎想要高声歌唱，并放慢车速，怡然自得地欣赏一下风吹过秋天大地的美，或者深情地嗅一嗅泥土里散发出的成熟谷物的芳香。至于那个总是留着长长鼻涕的脏兮兮的弟弟，我才懒得理他。最好他化作一阵风，从我的面前彻底地消失掉。

可是没有，他依然在后面撒欢地奔跑着。只是，他在推着后车架奔跑。我低头看到他的双脚，小马驹一样欢快地跳跃着，脚上的布鞋照例顶出一个洞来，看得见倔强的大脚趾笑嘻嘻地探出头来。风将他包围着，但他有的是乘风破浪的力量，我觉得身后的弟弟变成了一尾鱼，于波涛之中奋力地向前。风一次次将他推回到岸边，他又一次次执拗地跃入汪洋之中。他甚至对这样的游戏乐此不疲，并用大声地呼喊表达他内心的快乐。

“姐姐，我们一起跟风比赛吧！”

但他并不等我的回复，便跳到车子的前面去。这次，我看到了他奔跑的样子，瘦瘦的，两条小腿在裤管里荡来荡去，好像那里是两股无形的风。后背与前胸上的衣服快要贴到一起了。我觉得弟弟又从鱼变成了纤细的纸片人，或者一只柔弱的蝴蝶，一阵小小的风都能将他从这个村庄里吹走。可是他却丝毫不觉得自己的弱小和卑微，他的内心里涌动着强大的力量，这力量大到不仅仅可以对抗那一刻的风，还能对抗整个世界。

是的，那一小段路，他追赶的不是我，也不是风，他在追赶他自己，一个被我嫌弃的小小的自己。

他就那样在我的前面跑啊跑，跑啊跑，有那么一刻，我甚至希望这条乡间的小路永远都不要有尽头，就像这个世界上的风也永无休止一样。我跟着他，奔跑到哪里去呢？我不知道。我也不关心。我只想这样注视着他瘦小的背影，倾听着他清晰的"呼哧呼哧"的喘息声，就像我们是在一条时光隧道里无休无止地奔跑，而这条隧道的尽头，则是成年之后不复昔日亲密的我们。

风果然在很多年后，将我和弟弟像蒲公英一样吹散了。我跟随着风，去往北方以北，那里是所有风的源头，无数支风，犹如千军万马从沙漠、草原、戈壁一起出发，向着无尽的南方奔去。当我站在荒凉的戈壁滩上，看到沙蓬被大风裹挟着漫山遍野地流浪，什么东西将它们拦住，它们就停留下来，将种子播撒在那里。一株沙蓬草究竟能走多远呢？当它们的双脚被石块、泥土、沙蒿、柠条或者大树牵绊住的时候，它们的心底浮起的，究竟是宿命一样的悲伤，还是终于寻到归宿的欢喜？有谁会关心一株沙蓬一生颠沛流离的命运呢？它们没有双脚，却借助风，在北方大地上游荡。如果幸运，一株沙蓬会遇到湿润的泥土，生儿育女，繁衍不息；而后将它们的流浪精神，完美地复制给后代。于是秋天一来，沙蓬这一大地上的浪漫种族，便跟随着风开始了一场大规模的迁徙。它们穿过山野、戈壁、荒原，越过黄河、沙漠、村庄。它们一定比一个人漫长的一生，历经过更多的风景。它们看到过一头牛行走在草原，一个人赶着马车孤独前行，一个鸟巢在半空中摇摇欲坠，一株树被雷劈开，死在荒野。它们在风里互相追逐着奔走的时候，一株沙蓬会不会给另外的一株说会话？会不会像我和弟弟在村庄大道上一前一后地飞驰，互不言语？如果某一天它们走丢了，是不是永远不会再有相见的日期？爬山调里唱：“我是一棵沙蓬草，哪搭挂住哪搭好。”这歌声里，蕴蓄了怎样一种对于命运的顺遂与无奈啊！

当我在蒙古高原上写下这些文字，又想起那个孤独的午后，我和弟弟站在风里看天上的云。风最终将那些形形色色的云全部带走，不留印痕。风也带走了村庄里许多的人，他们或者寂寞地死去，或者沙蓬一样流浪进城市。风最终将一个老去的村庄，丢给了我。

而这时，如果我回到村庄，蹲在墙根下，眯起眼睛，晒晒太阳，我一定又可以听到风的声音。那声音自荒凉的塞外吹来，抵达这堵墙的时候，已经是春天。风暖洋洋的，在我耳边温柔地说着什么。去年的玉米秸在风里扑簌簌地响着，它们已经响干响干的，一点火花都可以让它们瞬间“呼隆呼隆”地燃烧起来。空气中有一种甜蜜的、好闻的又热烈的味道，那味道似乎来自遥远的童年，在我还是一个孩子的时候。那时，我依偎在母亲的怀里，小猪一样拱啊拱，拱啊拱，最终，我寻到了世间最幸福的源头——母亲的乳房。

那一刻，风停下来。

整个世界，都是我的。

原载于《上海文学》2018年第10期

照日格图，蒙古族，青年作家、译者。

照日格图

出版《蒙古国文学经典·小说卷》《月光曲》等译著十余本。散文作品见《草原》《民族文学》《美文》等期刊。获内蒙古文学创作“索龙嘎”奖、民族文学年度翻译奖等。

伤　口

一

异物闯入时，身体本能的反应是，向后躲。我的左脚尽管本能地躲了近二十厘米，但依然无法躲过闯入者。火柴头大小的一块玻璃，扎进了脚踝的右下方。一阵手忙脚乱，伴着惊叫声。我愣在那里，任凭一阵阵细小的疼痛向我袭来时，已有人脱去了我的鞋袜，看到鲜血直流，更是改成了大呼小叫，急急忙忙找来碘伏擦拭，翻箱倒柜拿出洁白蓬松的纱布，贴在伤口上包了两层，撕三条细条的医用胶布将纱布固定在我的脚踝下方。

当我坐在沙发上，思考如何穿上鞋回家时，疼痛还在继续。我看到包了两层的纱布，从里面出现了一点红晕，起初是圆形，最后扩展成了无规则的形状。大概谁都知道此事无碍，于是和往常一样该聊聊，该笑笑。而我根本舍不得破坏他们融洽的氛围，勉强跟着他们聊，跟着他们笑。我常常聊着聊着大脑就被脚上的疼痛提醒一次，导致语序出错，或者伴有短暂的停顿。好在我是客人，这家的主人并没有责怪我的迟钝和可允许范围之内的胡言乱语。

朋友出了一本诗集，我赴约为其祝贺。聊到一半时，我们聊起了台湾诗人余光中。他的书柜里刚好有一套我最喜欢的余光中诗文集，收录了先生的所有诗文。朋友书多，余光中的那套书放在书柜的最里层，外层摆满了他新买来的书。我当然不肯罢休，打开书柜，将他新买的书一一搬出来放在地上，将手伸到书柜里，手刚碰到那套书第一册的右上角时，书柜的一块玻璃突然坠下，落在离我的脚大约二十厘米的地方。玻璃随即发出清脆的响声，碎成了无数个玻璃碴，其中最小的一个，成了我左脚的闯入者。而此刻，窗外是炎炎夏季，因为都不是见外之人，所以也无须西装革履，我刚好穿一件宽松舒适的短裤和一双凉拖赴约，给了那块小玻璃可乘之机。

朋友执意不让我动弹，他把那一套书全部拿出来放在我面前，并承诺如果我特别喜欢，就可以送给我。一个爱书之人做到如此慷慨，心里不知装着多少愧疚感。我当然不能因为受了一点伤，就得寸进尺地收下他的书，随意翻一翻，便物归原主了。等我要下地行走时，才发现脚踝下的伤口已经不再疼痛。在朋友家吃饱喝足之后，我别扭地穿上凉拖，一瘸一拐地下了楼，同样一瘸一拐地回了家。过了一天，我撕开了那三条医用胶布，揭开纱布，将那块被染成殷红色的纱布扔进了垃圾桶。看到我的脚，只是被一块玻璃割开了个小口子，而且上面已经结了暗红色的疤，我就没再管它。我穿上鞋，忙着去上班、聚会、游泳和旅游。那个小伤口，经常日伏夜出，藏在我的袜子里跟着我。

两年后，也是一年的炎炎夏季，我独自去游泳。看到游泳池里人满为患，我立刻没有了下水的兴致。我百无聊赖地坐在游泳池边上看自己的脚，突然注意到了左脚踝下的小小伤口。过去这么多年，我身上的好多伤口，比它深的伤口都已渐渐愈合，没有愈合的伤口，在明眼处的，我亦加紧敷药，让它们消失得无影无踪。而那个小小的伤口，竟然像一位忠诚的卫士，一直跟着我。我立刻来了兴致，伸手去摸，它比周围的肉都硬一点，似乎是想证明自己有多顽强和倔强。因为周围人多，为免尴尬，我没再触碰它。晚上回到家，我上床打开台灯仔细观察。它的形状像一张藏着好多秘密，却未说只字的嘴巴，在我眼下紧闭着。

我再一次伸手去摸，发现那里与我脚上的其他部分的确不一样，两年里，它依然保持着自己闯入者的模样。它像一块嵌入我体内的金属，抑或来自外星的陨石，虽然只是小小的一块，还是与我的身体格格不入。它的倔强，引起了我的极大兴趣。第二天，我便去找我一位学医的朋友，脱了袜子，给他看我的伤口。他是一位富有经验的外科医生，摸了摸伤口，听了它的存在史后说，伤口里藏着一块小小的玻璃，而我现在已无须为此担心，因为那块玻璃已与我的身体融为一体，成了我身体的一部分。如果现在执意将它取出，定会成为一个新的伤口。他还说，一般情况下，这样的玻璃如果未取出，就会成为新的痛面，甚至可以在体内游走，跟你玩捉迷藏。嵌入我身体的那个小小的“火柴头”，它没有游走，没有化脓，只是乖乖地躺在原地，像进入了长期的冬眠。它对我身体的友好，引发了我的身体对它更大的友好。它一直安静地待在属于它的领地，不急不躁，而我的身体，脚踝附近的组织接纳了这个闯入者，给了它一张可以安睡的温床。如果不脱去袜子仔细观察，我甚至不知道在黑暗的深处，藏着这样一位不愿醒来的闯入者。

多年后，脚踝下的伤口依然像一张小嘴。不知长久的沉默会不会让它感到持续的充实？或者，它在某种威逼利诱下成为嘴大漏风的陈述者，先于我，说出我们之间所有的秘密？

二

眼前模模糊糊，只能看到白色的天花板。天花板也不是纯白色，它有点发黄，甚至有点发红，血红。我只能感知眼睑下的一点光亮和周围人说话的声音。那声音就像在一个粗大的水管里流着一点点细水，回声非常大。水流声从遥远的地方传过来，即使流到了我耳边，我还是听不清楚。身下的炕有一点凉，没铺褥子。伸手去摸，周围什么也没有。我想要攥拳时，双手不听使唤。每一根手指都在和我作对，我只要求它们慢慢弯曲一下，它们却不肯，以一种松弛的状态随意伸展。看来我能做到的，只能是躺着不动，保持现状。渐渐地，流水声包围了我，我漂浮在水流湍急的江面上。江面空无一物，让人难以保持陆地上的平衡，我的一个微笑的动作，都足以让我葬身江底。江水带着因束缚而产生巨大恐惧的我，走了很远。

是时候睁开眼了。我努力睁眼，感知到了一线光亮。因为太细，还算温和，不至于刺眼。我努力把眼睛睁得再大一点。看清楚了，原来校长也在。这是我第一次这么近距离地看到校长。平时，他只在我们做课间操时出现，喜欢在大喇叭里喊话训人。这次近距离看他，竟然看出了一种少有的和蔼。围着我的，还有几个大人物，教导主任、班主任和我的叔婶。我再一次闭上眼睛，想要把漂浮在江面上的我和眼前的大人物们连接起来。我再怎么努力，也找不到一个线索，将眼前的人和脑海里的事联系到一起。

水。又是水。婶子递给我一杯凉奶茶，我睁开眼睛，接过奶茶，“咕咚咕咚”喝了下去。心里舒服了一些，至少燃烧在心里的那团火，渐渐熄灭了。天花板从红色变成黄色，再从黄色变成白色。水……课间操结束后，我去位于学校东南角的水房喝水。然后发生了什么？校长和教导主任看到我喝了水，都说，这孩子醒了。我觉得我此时应该在教室，而不是躺在这里。在我的潜意识里，今天并非周末，对，不是周末。第三节课，应该是汉语文课，老师说过，今天要讲新课，昨天下课时，还留作业让我们在家里预习。我挣扎着坐起来，艰难地冒出了一句：“我要去上学。”有一双有力的大手压在我胸口上，示意让我躺着休息。这一定是叔叔的手。有一次我迷恋电子游戏机夜不归家，领教过这双手的厉害。我嘴里喊着上学，再一次准备坐起来时，那双手又压在我胸口上，让我躺下。我再也没有挣扎。

水管里的流水声，此刻变得清晰了一些。我听见校长说：“听说这孩子学习成绩不错，可别误了他的前途。”我听到婶子在抽泣，她说：“他的父母在乡下，委托我们照顾他，出了这样的事，真叫人难过。如果这孩子醒不过来，或者脑子出了什么问题，那就去哪儿也说不清楚了。”他们还在聊，那些清晰的话语此刻又成了水管里的流水声，我听不清楚。

我再一次醒来时，看了看墙上的石英钟，现在是下午四点。校长和教导主任都走了，只有叔婶陪着我。他们问我想吃什么，但我什么也不想吃，甚至不想喝水，我只想静静地躺着。大概又过了一个小时，叔婶给我端来了我最爱吃的“康师傅”，我努力睁开眼，吃了半碗。要在平时，吃两碗都不够。有时记忆也不是那么可靠，我努力地想把上午的我和现在的我衔接起来，努力了几次皆无果。看来只能听别人讲述了。

我做完第二节课后的课间操，准备去水房喝水。从操场到水房，要绕过主席台。主席台不过是一个水泥台子，但是上面都架着碗口粗的钢管。这钢管平时没有什么用，只有在六一儿童节或者重大节日时，上面搭上毡子、帆布或塑料布，以保障主席台上的人不会被日晒雨淋。坐在主席台上的是校领导和老师，全校学生当中，只有小广播员能享受这待遇。当我走到主席台下时，我们班以淘气和力气大著称的一位男同学晃动了钢管。那天的钢管的确有点接触不良，碗口粗的一根钢管从近三米的高空中坠下，砸伤了两个学生，其中一个，被钢管的底部碰到头，好在只是皮外伤，去医院缝了几针，下午便去上学了。而砸在我头上的，是钢管的中部，头上没有明显的外伤，但彻彻底底被砸晕了。

这些是婶子在一周后转述给我的。凭借着她的讲述，我衔接了几天前的我和现在的我。现在的问题是，大约在一周之内见过的人，学过的课文，玩过的游戏，都被我忘得一干二净，似乎那一周的时间里我从未参与其中。来家里看望我的同学们非常确切地说，上周我确确实实坐在班级里和他们一起听课，还时不时地被老师叫起来朗读课文，我的作文还被当作范文由语文老师当堂朗读给大家听。那根沉重的钢管在接触我头部的一瞬间，从我的人生履历里偷走了我为期一周的经历。那些记忆，或许会一直躺在钢管里，与那个钢管生出褐色的锈迹；抑或是在一场雨的冲刷下，从钢管回到大地的怀里，成为埋入地下的无数个人和事的一部分。

第二天，我坐在二八式自行车宽大的后座上，被叔叔带到旗（县）医院，做了各种各样的检查，包括脑部 CT。事实证明，我的大脑没有受损，甚至没有被砸成轻微脑震荡。至今我还留着那天拍的一张一寸免冠相。在那张照片上，我头顶的头发微微隆起，说明在我的头上起了个不大不小的包。每天上午在医院输液时，叔叔故意让我背诵语文课本里的诗词。只要老师要求背诵的，我皆能背诵。除了上周学的，数学题亦是如此。叔叔怕这样的内伤会影响我的未来，带我去海拉尔做了同样的 CT，还准备去沈阳或哈尔滨等大城市去治疗。海拉尔的医生告诉叔叔，这个孩子，除了脑袋上鼓了个包，大脑没受什么影响。大夫的答案越肯定，叔叔就更紧追不舍地问一周内发生的事。他的提问，我十有八九都答不上来。越这样，他问得就越详细，就好像我从未受过伤，是否回答，全凭心情决定。

听到消息的第一时间，父亲骑着自行车从八十里外的苏木（乡镇）逆风赶来看我。他执意认为我这样倒霉是因为我在不认太多字时通读了《封神演义》。父亲说，那本书里有那么多神仙的名字，被我这样的小毛孩叫来叫去，甚至常常念错，那些神仙才惩罚我一下。神仙想从我的头脑中拭去的那些名字，我至今还记得，只是那一周的事情却再也想不起来了。

后来，在十天之后，我在众人的目光之下回到学校继续上课。在一个月后的期末考试里，我的主科成绩都在九十分以上，总分是全年级第一。这个成绩，也让校领导和父母心上的一块石头落了地。其最重要的证明是，那个学年我被评为校级“三好学生”。后来，亦有人替我惋惜，夸大我在受伤前后的不同，甚至有人说我在受伤之前具有过目不忘的本领。面对他们，我常常付之一笑。这个话题被我周围的人聊了许久，甚至在十年后我考上大学时，还以那次事件作为谈资，说如果我没有经历那次脑部伤害，就可以轻松考取清华北大。这当然只是他们的美好愿望。

我伸手去摸，现在还能摸到头上的那个包。妻子还说我头顶有一小处不长头发，是那次意外伤害留给我的证据。当我偶尔头疼时，我也会把罪魁祸首归咎到三十年前发生的那次伤害身上。那次的伤口让日后的我变得更加勤奋，就好像自己真的是那只被折断了双翼的老鹰，需努力才能达到别人已经达到的高度。我头顶的伤，只留给上天和足够亲密的人看。在他们的眼下，我的缺点才足够安全，甚至让我拥有成为小孩撒娇一回的理由。

现在的我记住了好多人和事，也忘记了好多人和事。对于那些，我提不起任何兴趣。我好奇的是，三十年前从我的脑海里删除的那一周里，到底发生了怎样的故事？主动和被动忘记一些人和事，是伤口所致，还是本能的表现？

三

夜里没有开灯。深夜里的确不适合开灯。开了灯，电灯发出的光亮会隔断夜的黑，将人锁定在有光亮的狭小空间里。关了灯的屋子里，夜的黑连成一片，那样空旷，给人以安慰。这天晚上，孩子还是没睡，也不盖被子，被子只要盖到她身上，就被她迅速蹬开。孩子很困，但睡不着。这样的黑夜，她熬过了四年多，每一个夜晚都显得那么漫长。孩子在朦朦胧胧中偶尔大喊一声，声音听着有些刺耳。在她看来，那是司空见惯的事，孩子如若不喊不叫，她反而觉得黑夜死寂沉沉，因而产生一种莫名的恐惧感。在黑夜里哪怕有一点点时间，让她想想孩子出生前的美好时光，她都觉得那是老天的恩赐。等孩子让她和丈夫手忙脚乱时，这一点点空间都会变成一种奢侈的享受。

表弟媳给我讲述这些时，我们刚刚吃完晚饭，她也用白水煮的面条喂饱了自己的女儿。在一天前，她、表弟和老姨，坐了二十几个小时的火车硬座，带着孩子来到我家。市里的一家医院有联合义诊活动，那家医院的专家，联同北京一家著名医院的专家，给五十位患者做手术，费用可以用他们当地的医疗卡报销。等他们来到我居住的城市时，正赶上节日，北京的专家做了两例手术，便匆匆赶回家过节。市里的那家医院说要让孩子先住院，用口服药稳定孩子的动脉血压后，才决定手术做不做。

表弟媳带着一脸的疲惫，给我讲述她的女儿。她的女儿有先天性心脏病，用病历单上的话说，就是完全型房室间隔缺损，共同房室瓣反流。虽然不太懂这些专业性很强的文字，但我能从孩子脸上的表情看得出她很难受。为了这个孩子，表弟和表弟媳这几年走遍了沈阳、长春、北京等大城市的医院，而每一家医院给他们的答案都不容乐观。孩子出生后，表弟变得更加沉默寡言，他亦最溺爱这个孩子，甚至会把孩子的脚丫全部含进嘴里。孩子的脸上出现笑容时，老姨、表弟和表弟媳才笑一笑，这是他们唯一能笑的时候。就像在夏日闷热的傍晚，从开着的窗子吹进来一股凉爽的风。

办理住院手续时，表弟面对这家自己第一次来的医院，动作麻利得惊人，不到二十分钟，他便跑上跑下办理好了所有的手续，并预付了押金。此时孩子还在医院门口的树荫下跑来跑去，似乎世间的痛苦与她无关。起初，她有些怕我，逗了两次，她就变得愿意接近我，甚至还好奇地摸摸我的耳朵和眼镜。我亦喜欢摸摸她的小手。如果不是心里带着伤口，这个孩子和我的女儿，我牵过的所有孩子的手都没有什么区别。

住院后，医生建议先用药物给孩子降血压，必要时采用吸氧等手段，等孩子的血压平稳后，再决定做不做手术。即使手术，也并非一次能完成，需要三次手术，才能让孩子的心脏恢复正常。当我怯怯懦懦地，又带着对生命的好奇问医生如果不做手术，这个孩子的寿命有多长时，医生说最长可以维持二十年，但他们临床上遇到的经验，比这个理论值要少很多。如果孩子的手术成功，她的寿命就可以和正常人一样长。医生说出这样的结果时，表弟和表弟媳的脸上没有一丝哀伤，或许这是他们早已知道的结果；医生在陈述这些时没有太多的表情，似乎他告诉我的只是一组临床数字。

我下意识地颤了一下。平时睡觉雷打不动的我，自从当了父亲之后，只要女儿咳嗽一声，就会从睡梦中醒来。面对整夜整夜睡不着的那个孩子，她的父母和奶奶一定熬过了一个又一个漫长的黑夜。他们对光亮的渴望，大概是我们永远无法体会的。那天送孩子去住院时，医生看了一眼表弟媳说，她的嘴唇也和她的孩子一样发紫，可能同样需要住院吸氧，而表弟媳只是笑了笑，并没有说什么。在给孩子抽取动脉血的前一天，表弟媳有些担心地告诉我，抽血时，孩子一定会无比哭闹。她故作轻松地说，孩子进过无数家医院，对医院的那一套做法早已了如指掌。每当医生来治疗时，她会百般阻挠。果然如她所料，第二天因为孩子的哭闹，抽血工作没能正常进行，而接下来的吸氧工作，也只能在孩子睡觉时偷偷进行。孩子一旦醒来，就极不配合。好像她生而为人，就有一套自己的生活路线，而其他所有人看似好心的帮助，对她而言只是一种变相的阻挠。孩子终归是孩子，身为父母和奶奶的大人，却无法依照孩子的意愿放之任之。他们只能选择最传统的治疗方式，试图把孩子从身体的疼痛中解救出来。面对孩子遭受的临时痛苦，他们只能背过脸去。他们最理想的状态是，经过三次手术之后，孩子动脉血压降低，心脏功能正常化。

然而……这只是看得见的伤口。

在北京那家著名的医院，孩子同时被查出 12 号染色体异常。也就是说，这个孩子的智力，比其他孩子低下，将来即使身体康复，也有身高障碍和语言障碍。这是一道看不见的伤口，且伤得很深。在那些不开灯的黑夜里，表弟和他的妻子一定想过孩子身体上的一切疼痛都得到恢复后，这个伤口要怎样医治。心脏的问题只要手术得当，就能痊愈。而她的这个病情与生俱来，目前没有治疗办法。每每聊到这里，他们一定幻想过“奇迹”二字，或者在这样片刻的安静中天永远不亮，谁也看不见谁的黑夜一直延续。在黑暗笼罩世界时，世界只有一个层次，而光亮一来，天一亮，世界又恢复了它白天固有的层次。在这个层次与光亮里，有一些人必定更苦，要走更曲折而漫长的路。在那些带着伤口的人看来，黑夜唯一的好处是，可以不必寻路，哪怕下一刻即将破晓，而此刻是破晓后躁动前的安宁，片刻的安宁。

小伤口会给生活增添另类回忆，而伤口无限大时，就像一张大嘴，专门吞噬柔弱而美好的部分。面对残缺和伤口，尤其那些事不关己的伤口，大多会成为人们的谈资，不会让人感到切肤之痛；成为谈资的那些伤口，也往往发生在过去，只要一结疤，疤去无痕后，人们就好了伤疤忘了疼。那些曾经依附于你的身体，如今早已离开你的伤疤，以一种曾经的存在出现在我们的记忆里。

老姨、表弟和表弟媳回去了。孩子的手术没做成。医生说，做手术，连一半的可能性都没有。表弟的右手臂上，有一道细长的伤口。问其由来，他笑笑说，是被树枝刮伤的。伤口一粗一细，像毒蛇一样并行地在他的手臂上。不问便知，这是表弟媳抓伤的。出现在表弟手臂上的，亦是淤积在他妻子内心的伤口。面对伤口，表弟没有涂药，也没有治疗。带着伤口行走，才能更好地感知微风的吹拂和阳光的温暖。

原载于《草原》2019 年第 9 期

马莲花开

一

书上说，回忆和怀念是人已老去的标志。那母亲真是老了。她总回忆说："那年我二十一岁，正值炎热的七月，一路上都是 mielang。"话语间腼腆如少女。母亲说的 mielang，是蒙古特色的"汉语"，指马莲。二十一岁，是她出嫁的年龄。

家里的照片一沓一沓的，母亲年轻时的照片却仅存了一张。在那张照片上，父亲站在中间，左边是大叔和二叔，右边是母亲。父亲和两个叔叔的表情较为严肃，只有母亲的嘴角泛出了微笑。背景是堆得跟小山似的草垛。可以判断出这张照片拍摄于二十世纪七十年代末或八十年代初。几年前，她还带着几分自豪说："照这张照片时你还没生出来呢。"但是最近她却不再说了，或者是她意识到自己越来越老了。

看着那张有些泛黄的照片，听着母亲简单的讲述，我努力去想象母亲结婚时的场景：一九六九年七月，天气燥热。天刚刚亮，母亲已无睡意。她穿上自己压在箱底儿的衣服，衣服是大红的，她很早以前就买下来了，在家里放了一两年，却一直未曾舍得穿过。她的父亲坐在炕上并不言语。只听说住在西艾力①里的那个小伙子家境也很贫穷，但他是艾力的大队长，手里多少还有点权力。将母亲从巴彦塔拉②艾力接到大约四十里以外的布日嘎斯图艾力③的是一辆马车，褐色的马有些老了，但却非常温顺老实。赶车的老板也不急不躁，与马一样沉默不语。她的两个妹妹只送她出了家门口便转身回去了。她并不说话，只是觉得这样的新娘当得有些委屈。背后是无边的空旷和寂寞，她只能坐在车上看道两

---

① 艾力：蒙古语，意为"村"。

② 巴彦塔拉：蒙古语，意为"富饶的草原"。

③ 布日嘎斯图艾力：蒙古语，意为"长柳条的村"。

旁一簇一簇的马莲，这时候应该是马莲快结果的时候了。马莲多好，到哪里都能扎下根，而自己的前途却是一片茫然。

她见到那个个子中等、相貌也不出众的男人时，有些失望。男人的脸上有喜悦的表情，和她同样不善言辞。

没有拖拖拉拉的婚礼场面，母亲的婚礼很安静。而这样的安静却将她的寂寞拉得更长。二十一岁，对于一个女人来说，还是一个羞涩又稚嫩的年龄，而她却嫁给了一个只见过一次面，都没有好好说过话的男人。这个男人不仅家境穷困，还不善言辞，更不会取悦女人。

母亲说，刚结婚那阵子她经常一个人走到艾力东头去看漫山遍野的马莲。虽然盛夏的马莲已没有了深蓝色的花，它们还是那么倔强地生长着，犹如母亲当时的孤独和倔强。女儿的出生让母亲终于开始慢慢融入到了这个家庭。只是那个女孩儿三岁便不幸夭折，让二十五岁的母亲一度日日以泪洗面。后来母亲回忆，每天起床她就期盼这一天赶紧过去，因为只有睡觉的时候那种痛苦才会缩到最小。母亲还说："你姐姐夭折那年大旱，春夏之交艾力东边的马莲都没有开花，似乎预示着某个时期的结束。"

好在母亲的寂寞和痛苦没有无限制地继续下去，一年后我便出生了。因为失去了姐姐，加之我体弱多病，母亲常常背着我，踏着一簇簇的马莲去找大夫给我看病。后来母亲跟我说："更要命的是你常常在深夜发高烧，我背着你去找大夫，不知道被马莲绊倒过多少次。"又过了一年，弟弟也出生了。母亲以为她会这样一辈子和马莲一样扎根于这方水土，过着安安稳稳的日子，没有任何的波澜。

十七年前的那个冬天，家在呼伦贝尔的叔叔给父亲来信，要我们全家搬到呼伦贝尔定居。叔叔说，相对于老家繁重的农活儿，呼伦贝尔的牧民会轻松一些。叔叔还说，比起我们居住的那个艾力，呼伦贝尔还有更好的教育条件，对两个孩子来说这可都是难得的机会。第二年春天，正值马莲花开的季节，父亲卖了房子和家里所有能卖掉的东西，又托运了一些东西，带着爷爷、奶奶、母亲、弟弟和我登上了开往呼伦贝尔的火车。火车轰隆隆地走了一天一夜，才终于抵达了目的地。全家人在叔叔家暂住几天之后，便被安置到离叔叔家不远的一个叫锡尼河的苏木①。

父母一下子便从勤劳能干的农民，变成了草原上的新手。父亲必须扔下曾经让他引以为豪的农具，和当地牧民一样学会打草、挤奶。而母亲要学的东西就更多了，她必须学会挤奶，而且面对二十几头牛，她也需要迅速提高挤奶的速度和质量。她还要学会骑自行车，和当地的好多女人一样，将鲜牛奶装进奶桶，再送到位于苏木南侧的收奶站去。那年弟弟九岁，已经学会了骑自行车，他常常笑话母亲把自行车骑得像夏天从苏木小卖店门口经过的醉鬼一样摇摇晃晃。但母亲不到一个月就学会了骑自行车，还能驮着五十公斤重的牛奶在苏木凹凸不平的土路上来去自如。她也很快学会了在夏天做奶豆腐，冬天做奶皮等里里外外的全部本事，仅用了一年的时间，便成功从农民转变成一个合格的牧民。

只是，有些东西却始终没变。

每天早上我和弟弟还没有醒来的时候，母亲就忙着给我们熬奶茶。母亲熬的奶茶好喝是邻里们公认的。只是她自己几乎不喝。她和哲里木一带的妇女一样，会在早饭前沏一杯浓得发黑的红茶喝。直到现在，在呼伦贝尔生活了近二十年的母亲还是喝不惯奶茶。我常常对母亲说，等自己在呼和浩特安顿好生活之后，一定接她去那里居住。但母亲却常常摇头，而且回答得也很坚决："你不要让年过半百的我再重新适应一种新的生活，那太难了。"

二

十七年前的那次搬家，模糊了母亲对"故乡"的感觉。

入冬后，呼伦贝尔冷得要命。那时我和弟弟都还小，母亲就说："如果在老家就好了，老家可没这么冷。"等到后来母亲适应了天寒地冻的呼伦贝尔之后，这样的话便很难从她的嘴里听到了。她常常冒着零下三十多度的寒冷去挤奶。我和弟弟上学生活拮据时，她也去给邻居家

① 苏木：蒙古语，在行政区划里，相当于乡。

挤奶，换取少得可怜的报酬。对于这些艰苦，母亲讲起来总是很淡然，她说："这点冷算啥？如果手冻得不行，就放进挤好的牛奶里暖一暖就好了。"小时候母亲挤完牛奶，用纱布过滤后会给我和弟弟每人盛一碗喝。刚挤完的牛奶不像现在都市里的袋装牛奶那样冰凉，接触到嘴唇时有一种暖暖的温度。我一直以为自己是第一个感知这样温度的人，后来才知道母亲在挤奶时早已感受到了这种温度，而且还是在零下三十多度的寒冷下，所以她对牛奶的温度比我更为敏感。

给我们盛牛奶喝时，母亲有时也会念叨："你新花姨的孩子阿拉坦嘎日迪在这儿的话，我也会给他一碗牛奶喝。"母亲没有一个亲戚在呼伦贝尔，连远亲都没有。我上小学的时候，母亲会给我讲她亲戚的一些陈年旧事儿，后来就很少讲了。好像那些人随着时光的推移，已经从她的记忆中被一一删去了。翻老照片的时候，她也很少再做解释，只有我们主动问照片上的人是谁，她才会轻描淡写地告诉我们这是谁家的孩子。

有一年舅舅来我们家暂住，那时正逢牛奶收购价很低，加上我和弟弟都在旗里上学，家里的生活特别拮据。母亲说："家里的情况你也看到了，一个大男人应该去找点事儿做，不能一天到晚都待在家里。"平时母亲对来家里的客人都客客气气，对自己近十年未曾谋面的弟弟如此"狠心"，让包括父亲、我和弟弟在内的人都觉得不可理解。周末我从旗里回家，都晚上十一点了舅舅还没有回来，母亲便开始念叨："这么一个大活人，我们这儿又不是啥大城市，他能跑哪儿去，这么晚还不回来？"那天舅舅很晚才回来，母亲赶紧给他热饭。舅舅只吃了一小碗米饭就说自己已吃饱，不再吃了。母亲把他的碗抢过去，盛了满满一碗饭，说："我们家还没穷到让你吃不饱饭，姐让你出去找活儿做，是想让你活得像个人样，这么大的人了，也该管管自己了。这些年我不在你身边是我的不好，但是你也不能任着你性子来。"那次母亲走到厨房里，擦了很长时间的眼泪。舅舅没住多长时间就回去了，因为他说无法适应呼伦贝尔的寒冷。送舅舅去海拉尔车站时，母亲又哭了，因为她很清楚下一次见到弟弟，就不知是何年何月了。

舅舅这个男人没有适应的生活，母亲却在这里稳稳地扎下了根。现在母亲老了，常常像个孩子。那年春节回家我问她："舅舅那么个大男人都适应不了的生活，你怎么就能一直住下来？"母亲笑了，说："他还没成家，心里就没有一个居所。我就不一样，你和你弟弟在哪儿，哪儿就是妈的家。"

母亲还说："这儿也有 mielang，春天我看到那深蓝色的花，就不觉得自己在这儿没有亲人了，那花儿和咱们老家的一样，跟我出嫁那年看到的一样。"说完母亲便一直看着窗外，不再言语。

三

母亲基本不看电视，因为她听不大懂汉语，所以也并不怎么关注热播的连续剧和当下流行的歌曲。她最喜欢的娱乐方式，是趁闲暇到邻居家天南海北地聊上一会儿。剩下的时间都用来挤牛奶、送牛奶、放牛犊，做奶食品等琐碎的事上。是这些无休止的家务活，一日日填满了母亲的内心，让她无暇想起她的老家和住在老家的那些亲人。

我常常无法理解大半辈子都没有过任何娱乐活动的母亲，为何从不觉得生命和生活过于单调。她喜欢讲我和弟弟小时候的事儿给我们听，说着说着，就说起了她老家的那些亲人，和她年轻时在哲里木经历的那些往事。讲到动情处，她常常就忘了继续手中的活儿。等她的故事告一段落，她才想起还有好多事没做，赶紧起身去忙。

我读小学三年级时，家里买了一台录音机。我和弟弟试图在一盒磁带里，录下我们所有会唱的歌曲。大人们被我们的歌声打动了，在旗乌兰牧骑（红色文化工作队）当过临时工的叔叔首先掺和进来，唱了一首《雕花的马鞍》。父亲在叔叔的邀请下，也唱了一首我们小时候经常听到的蒙古族民歌《四海》。我们让母亲也唱一首，但母亲立刻像个孩子一样推托，说自己这辈子一首歌也不会唱。我们也就没再邀请，忙着去唱自己的。

做晚饭时，我在里屋写作业，隐隐约约听到外面有人在唱歌。歌声不大，却很亲切。我知道一定是母亲在唱，但是我怕再听不到她的歌，就轻手轻脚地走过去偷听。母亲像一个即将上台的演员一样，一遍遍对词，顺旋律，然后一遍遍地唱。当时也没听懂母亲在唱哪首民歌，但能听出那首歌的旋律很忧伤，像是情歌或者思念亲人的歌。这是我从母亲嘴里听到的第一首也是唯一的一首歌。

等我工作后求助于一位研究民歌的朋友，凭着小时候记下的旋律给他唱那首歌。朋友从浩瀚的蒙古族歌海里找了近半个月，才找出了母亲十几年前“排练”的民歌。那天，母亲唱的歌名字叫《海丽海丹》，是哲里木一带的民歌。看到歌词之后，我终于读懂了母亲将那首歌“排练”一遍遍的真正原因。《海丽海丹》的歌词大意是：

长在悬崖峭壁上的是
海棠和那莲花哟
若是那骄阳当午来
难免打蔫和干旱
从小失去双亲的人儿是
海丽海丹姐妹哟
想起她们的父母亲来
心生思念起悲伤

母亲一定在我们红红火火地一首接一首唱到尽兴时，想起了马莲花开的那年夏天，和她远在哲里木的亲人。而这样的感伤，在我们一浪高过一浪的歌声中，一定敲响了她心中最敏感、最感伤的音符。自从我们全家搬到呼伦贝尔之后，母亲和她的两个妹妹几乎失去了联系，只有老家来人的时候，才能打听到她们的消息。母亲深爱并思念她远在老家的两个妹妹，但却始终将这种思念藏在心底，对谁都不轻易袒露，包括我和弟弟。

家里的那台录音机买回来还不到一周，就被我和弟弟给弄坏了，母亲的歌声也自然没有被录进去。从此以后，母亲又恢复了往日的沉默，很少关注音乐，自己更不会唱歌。我有一天突然听到了腾格尔演唱的《马兰花》，觉得旋律很好听，就让母亲也听。母亲问我马兰花是什么花？我说是 mielang。母亲笑了，说这歌挺好听。

四

每年春天院子里都会长出一两簇马莲，父亲说院子里长草不好看，让我和弟弟赶紧铲除。父亲说住人的院子里都长满了草，显得多荒凉。母亲却不让，她说 mielang 虽然没别的花好看，却也不娇贵，在哪儿都能生根，老家哲里木那里有，呼伦贝尔也有，好像哪儿都有吧？为了母亲这句话我查阅了相关书籍，书上记载：马莲不仅分布在内蒙古，在江苏、湖南等南方省市也有它们的足迹，它们其貌不扬，却可以入药，而且几乎浑身都是宝。

马莲的叶子和开的花都不算好看，却从不孤独，总是成群结队地长在一起。但喜欢马莲的母亲虽然也有顽强的生命力，在呼伦贝尔却没有一个亲人，也没有任何娱乐地生活了大半辈子。她从不说她寂寞，也不轻易袒露自己的思念，只是家里的人谁都知道，虽然十七年过去了，母亲依然把呼伦贝尔当成“异乡”，一颗心也没有真正地融入那里的生活，所以她常常感觉寂寞。

我工作以后试图用物质上的优越来弥补她心中的空缺，却发现她需要的永远是那么少。而她心里真正需要的，我们则又无法给予。现在母亲最高兴的事，是春天走到离家不远的伊敏河边看马莲。河边的马莲长势最好，尤其是在六月。马莲成片开花时，会呈现出忧伤的天蓝色，似乎在用微笑的花朵撑起一方思念的蓝天。

我和弟弟让母亲回老家与她日夜思念的亲人见面，但母亲回来之后，却并没有流露出多少兴奋，依旧那样少言寡语。母亲说，多年的异地生活，已经让她和亲人之间没有了过多的话语。母亲还说，跟他们说的话还没有和你娜日娜姨说的话多。娜日娜姨是我们在呼伦贝尔的邻居。

其实我和弟弟都知道，母亲的孤单不是距离所能弥补的。马莲的花开花落中，承载的不仅仅是她对某一个人遥远的思念，更有她对所有逝去的韶光和青春的追忆。我突然觉得母亲是一个忧伤的诗人，她的生活平淡，却也充满诗意，犹如年复一年花开花落的马莲。

原载于《民族文学》2011 年第 1 期

野果三枚

山丁子

我家在锡尼河西苏木最东边。从院子里望去，能看到伊敏河湾那边的山丁子树。那片林子里的树并不高，也算不得密集，但很多时候它却是草原上的标记。

傍晚时分正是各家找牛犊的时候。淘气的牛犊们边吃草边看着翻过土坡赶回家的乳牛们。一旦发现它们母亲的蛛丝马迹，就趁人们不注意一路狂奔而去。哪家的主人在那时打个盹儿或者手头忙着其他事儿，乳牛就有可能被拦路的牛犊吸光了奶汁。如若照看牛犊的是一个孩子，少不了被大人们责骂。当然，大人们也有闪失的时候。去奶站的路上听到谁家的奶桶在自行车上空响得厉害，就基本可以断定他家的牛犊今天饱餐了一顿，只留给主人少量的牛奶换钱。所以，在夏日下午的四五点钟，每家每户都会有一个人出来找牛犊。如若碰到正在着急的邻居，他们很愿意告诉对方，大约在什么地方见过他家的牛犊。此时，山丁子树就会起大作用。在一望无际的草原上，找一个地标并非易事。但有了山丁子树，这一切就变得容易。他会说，在苏木东边的山丁子树下躺着几头牛犊，你去看看，是不是你家的。抑或说，我好像看到山丁子树的北边有一群牛犊啊，你去看看，你们家的黑白花好像在那儿呢。而听此话的人，定会摸着山丁子树的方向而去，赶回自家的牛犊。

小时候，我和几个小伙伴经常在山丁子林里玩捉迷藏。那里的树不多，草却长得齐腰高，我们蹲下或者趴下，就不容易被人发现。趴在湿润清凉的杂草上，强忍着蚊虫的叮咬，等那个正在找我们的人喊投降，是多么惬意的事。为了增加难度，有人还会爬上山丁子树，在那里一动不动地坐上整整一下午。微风吹过，树梢摇曳，给炎炎夏日和耐心的孩子们送上一丝清凉，让人觉得惬意至极。那些粗大的树枝不会像其他树木突然裂开，将一个正在得意的孩子无情地摔在地上。等那边的人喊投降之后，他才从树上慢慢滑下来，与小伙伴们分享树上的感受和经验。我们几个人偶尔会并排躺在树荫下，看看头顶蓝蓝的天，看看正在缓慢挪动的白云，听不远处的伊敏河水拍打着河岸。

夏天的山丁子完全不能吃。树上结着一些青绿色的果实，摘下一颗放在口中，那种酸涩的味道会在你口腔内萦绕一整天。我们当中的有些人似乎天生就有表演天赋，手拿一颗山丁子，放在嘴里一嚼，用力一吸，紧闭双眼张大嘴巴流露出酸涩无比的表情。总有一两个人，看过表演之后对夏日的山丁子便敬而远之，不再采撷。

十月初，呼伦贝尔有些地方已下过第一场雪。在我的印象中，那些天总是吹着冷风，很难再见到夏日的宁静。十月初，也是采山丁子的最佳时节。那时的山丁子虽还未完全熟透，挂在开始落叶的树枝上，红彤彤的一片。锡尼河西苏木的人们三五成群，有的骑着自行车，有的步行，向苏木东边的土坡出发。那里聚集着一大片山丁子树。也有人比较心急，刚到九月中旬或下旬就忙着采撷。那时候的山丁子刚红了半边脸，依然有一股酸涩的味道。可他们有办法。他们在水里加点白砂糖或糖精，把采来的山丁子放在里面一煮，山丁子就有了酸酸甜甜的味道。我上小学时，校门口总有这样的山丁子卖，一毛钱一小勺。那时候苏木商店里的零食品种少得可怜，我们却效仿校门口那位阿姨的做法，做出了同样酸酸甜甜的煮山丁子。在十月，我们甚至还能在苏木的砂石路上看到三五个妇女和孩子骑着自行车排成小长龙，艰难地逆坡而上。他们的自行车上都挂着一个奶桶。平时用来运牛奶的奶桶此刻成了盛山丁子的最好容器。各家奶桶的大小不同，去采撷山丁子的人们也并不急着盆满钵满，只要够吃，就已足够。

读小学时，我曾坐在母亲的自行车后面和其他几个女人一起去采山丁子。到达目的地之后，她们把自行车并排停在一起，拿出家里做针线活儿的剪刀或者孩子在学校做手工用的剪刀开始剪山丁子那细细的梗子，让它落在树下铺好的衣服上。如若对方是一个采山丁子的高手，山丁子会三三两两地落在衣服上，发出轻微的沙沙声，像是草原上暴雨来临前试探性的几滴前奏。等一棵树上手所能及的山丁子基本被采完，她们就裹起衣服将山丁子倒进奶桶中，再换一棵树继续采撷。

采山丁子的女人们双手非常麻利，嘴巴也不会停着。她们一起聊苏木里发生的趣事，聊各自的男人和孩子，聊生活的不易和艰辛。说到动情处，有人会停下手中的活开始手舞足蹈。也有一些人，说到伤情处不禁泪下。不得不承认，对于一个像我家那样的蒙古族家庭而言，女人做的事情比男人要多很多。对于那些整日被繁重的家庭劳动缠身的女人们而言，采山丁子像是一次朋友间的聚会，可以诉衷肠，可以嗔怪，也可以选择只听不说，静静地干活儿。那天，母亲和其他三个女人的奶桶都没有装满山丁子。太阳偏西时，年龄偏大的那位女人说了一句，差不多了，这些足够我们家今年吃了。其他女人看看自己的奶桶，也不再采撷。她们坐在地上再聊一会儿，就骑着自行车回家。走在前面的那个女人开始哼唱一首民歌，其他的女人也轻轻哼唱起来，一路欢歌。她们家里的琐事处理起来并不像采山丁子那样简单。

也有痛心的时候。有一次我和母亲去采山丁子。路上母亲告诉我，今年春夏雨水足，一串串山丁子都压弯了树枝。我知山丁子树质地很硬，莫说是山丁子，我们的小伙伴爬上去也安然无恙，她只是用夸张的语言告诉我一个事实而已。母亲还说，等采回来之后，让我拿一些分给我家在旗里的同学和老师们吃。到了地方，母亲和我都傻眼了。那里的山丁子早已被人采过，而那些人懒得站在树下采撷，将树枝折断堆在一起，自己则舒舒服服地蹲坐在地上，将那些红红的小果实装入囊中。母亲说，这些人一定不是锡尼河西苏木的人。苏木里的人不会这样采山丁子。那次母亲甚至拿着那些被人掰断的树枝，贴到树上仔细比对。退后几步一看，那些活着的山丁子树依然孤傲，在风中摇曳着，似乎它不是那场“洗劫”的亲历者。树叶开始发黄发干的那些断枝则躺在地上，像极了奄奄一息的英雄，母亲和我怎样心痛，也不能给它们新的希望和生命。第二年春天学校放假时母亲告诉我，去年遭到“洗劫”的那些山丁子树，死了三棵。母亲说，这下好了，谁也别想再采了。她的声音很低，低到只有我听见。

山丁子的吃法很多。如果你是一个不大追求生活精细度的人，甚至不洗就可以把山丁子送入口中。锡尼河西苏木的人却并不满足于此。山丁子饼和山丁子果酱是最常见的两种加工方法。把采回来的山丁子晒软一些，将其捣碎，加一点白糖，再用手将它拍成馅饼的形状，山丁子饼就做好了。冰箱还没有在锡尼河西苏木普及的时候，人们把山丁子饼晒干，就能存放一冬天。也有人将其捣碎，加入水和白糖，做成了山丁子果酱。即使在各种果酱屡见不鲜的今天，锡尼河西苏木的好多家庭依然做山丁子饼，依然存山丁子果酱。过年过节，抑或有尊贵客人来访，他们就将山丁子饼或山丁子果酱拿出来招待客人。那种酸酸甜甜的味道，似乎只有家乡和大自然才能给你。所以，我常常能从超市里的瓶装果酱中，吃出机器和流水生产线的味道。并非我多么挑剔，是山丁子果酱够自然，够朴实，值得回味。

也并不是每一年大自然都会如此慷慨。那一年春夏无雨，锡尼河西苏木的牧民从外地买回来捆草，才让牲畜勉强过冬。冬天，我站在伊敏河边饮牛。在呼和浩特求学定居之后，我只能在冬天才回一趟锡尼河西苏木。父亲说，夏天的干旱几乎让伊敏河断流，你们前些年经常游泳的地方，水位竟然淹没不过膝盖。看着河的对岸，我想起父亲的话和儿时的伙伴。河的对岸有几棵山丁子树。我知道干旱之年没有山丁子，内心的倔强却让我强烈地怀念那种酸酸的味道。我想去看看那几棵树，找山丁子吃，哪怕只找到一颗山顶丁子也足够。夏日奄奄一息的伊敏河此时被皑皑白雪覆盖着，或许它正在酝酿着什么。山丁子树光秃秃的，没有一个果实，一片叶子也没有。我开始扒树下的积雪。小时候我们经常能通过这样的方式吃到冰凉酸爽的小野果。可我扒开了周围的很大一片积雪，依然一无所获。那一整天，我都很失落。或许我已没有资格再尝到家乡的味道了吧。

没想到父亲比我还要倔强一些。为了让我每次回家时能够有山丁子吃，次年春天他拖着因高血压变得笨重的腿脚，去东边的土坡，挖了一棵山丁子树回来，栽在院子里。父亲说那年雨水丰足，院子里的杂草长势逼人，唯独那棵山丁子树没有活下来。后来回家，我见过那棵山丁子树，光秃秃的树枝支向天空，没有一片树叶。这棵在无人照看的土坡上疯长的树，在备受呵护的院子里死去了。父亲连忙自责，说，不行了，老了。我却在那棵树渐渐枯干的躯体上看到了两个字：高贵。或许，一个离开了自己故土的人，注定与这两个字无缘。

臭李子

在蒙古语里，形容一个人的眼睛像“臭李子一样黑”是一个标准的比喻。上小学三年级，这个比喻句已成为全班同学的“作文宝典”之一。我们的“宝典”还有：作文要分三段来写，“总—分—总”是拿分最高的形式。还有一个百试不厌的故事：搬来一位新同学，与“我”成为邻居，“我”弄坏他（她）的玩具（文具），二人闹翻，他（她）送我小礼物，来不及道歉时对方就已搬家，现在很怀念。

全班同学都能把这个标准比喻句运用自如，住在镇上的同学对臭李子的印象依然模糊。只有我们这些在嘎查、苏木里长大的孩子，才亲眼见过臭李子。住在镇上的同学，虽然作文写得好，可他们并没有见过那个黑黑圆圆的小精灵。

我家东边有一条南北方向的铁路，路基很高。小时候，我们需要“四脚着地”，费力地爬好一会儿，才能爬上去。铁路很老，铁轨已锈迹斑斑，呈现出暗褐色，枕木是长方形的木头，大概是我上初中的那一年，才被换成水泥的。隐隐约约听大人们说过，如果把五分钱的硬币放在铁轨上，火车轰隆隆驶过，那枚硬币就会成为天然的戒指，再也不用去求住在苏木西边的老银匠，交了钱还得等上一个月才能取到货。我试过几次，全部失败。不仅没有戒指，连那枚硬币也不翼而飞，再也找不到。要知道，两枚硬币就是一根可口的冰棍呢。后来和我们一起玩大的恩和告诉我们，火车的前面设有一个小铲子，会清除铁轨上的任何东西，包括那枚价值半个冰棍的五分硬币。

玩累了，我们就沿着铁路去找臭李子。如果有充足的时间，就可以一直沿着铁路走到位于苏木东北边的土山上，那里有成片的臭李子树。我们更愿意就地取材。沿着铁路走半个小时，还不到铁路桥，路的右侧长着一棵臭李子树。每一次去，那棵树不是开着黄绿色的花朵，就是结了绿色的果实，中看不中吃。那一次，恩和觉得不能白走一遭，就顺手摘了一枚绿绿的球状果实放在嘴里。他紧闭双眼，咀嚼，咽下口水，把嘴里的东西吐出来，坐在那里好一阵子才缓过来，说，太苦太酸啦。恩和能耐苦味是出了名的。前几天，他闹肚子在床上打滚，他的父亲去苏木卫生院，从蒙医那里给他取来褐色的小药丸。药丸不能直接服用，需要捣碎，含在嘴里，过上一分钟才可以用水冲服。当时医生就说，如果孩子无法服用，可以在药里加一点白糖，冲淡一下苦味。恩和却并不叫苦，药含在嘴里表情非常自然，脖子一仰，一汤勺蒙药就被他灌进了肚里。为了证明这药够苦，他曾悄悄偷一粒出来，让我舔一舔。我的舌头刚碰那褐色的药丸，就险些呕吐。恩和笑了，说："我一天吃三次，每一次都是三个大药丸。"现在看到他吃臭李子的样子，我们几个人根本就没有动手去摘，它一定苦涩至极，难以下咽。我们爬到树上嬉闹，坐在树荫下讲故事。在"高处不胜寒"的路基旁还有这么一个让我们嬉闹的地方，实属大自然的恩赐。臭李子树并不高，我们爬上树，顺着铁路向南望去，看看远处有没有火车驶来，颇有大将风范。火车一天经过这里一次，时间不大固定。有时候，我们刚刚起床，就看到火车满载乌黑的煤块，像一条长虫那样蠕动着向北驶去；有时趁中午我们去伊敏河洗澡，正往家走，火车鸣笛一声，衔着巨大的罐子向北驶去；更多时候是下午，火车像是在完成一个艰巨的使命，顶着夏日烈烈的太阳慵懒地穿过草原。大人们说这是从伊敏煤矿拉煤去海拉尔的火车。孩子们再追问，大人们就说这些煤从海拉尔被拉到全国各地，用来取暖和发电。从臭李子树上看到从南边驶来的火车，我们便跳下树去，在路基旁"埋伏"，准备袭击——这些都是从电影《铁道游击队》里学来的本事。那天的火车有些可怜，没有蚯蚓般长长的身段，只有一个火车头向我们驶来。司机从驾驶室看到我们，也像是一个老战士，脱帽致敬。没有了后面的车厢，火车看起来有些搞笑。去年冬天，恩和家一头乳牛的尾巴被冻掉，我们还嘲笑了好几天。这次在臭李子树旁看到没有尾巴的火车，显得更滑稽。

知道我们会在臭李子树上闹腾，出门之前大人们总会嘱咐一声，现在是臭李子树开花的季节，可别把树上的花朵都抖落了，如果那样，八月的时候别想还有臭李子吃。我们当然不会从早闹到晚。中午时分，我们躺在臭李子树下，看天上的云彩，听近处田鼠的"吱吱"叫声，远处伊敏河潺潺的流水声。躺在路基上，我们重复昨晚电视剧里的内容，说那个武打片里老道士给英雄开出的药丸像臭李子，比臭李子大一些。偶尔也聊班里的女生，说形容一个女生的眼睛黑得像臭李子并不准确。恩和说，老师看见现在的臭李子就知道它并不是每时每刻都是黑的。他还说，如果我们班萨如拉的眼睛和树上的臭李子一样，又小又绿，那多可怕？明明是白天，我们却都被他的言语吓到，打了一个寒战。如果家里人并不催着我们找牛犊，我们会在臭李子树下美美地睡上一觉，下午再去伊敏河洗澡。

整个夏天，我们隔三岔五就去一趟铁路旁的那棵臭李子树旁，打探消息。如果那棵树上的臭李子开始变黑，就可以断定北边山上的臭李子林，正等着我们去采撷。臭李子树有时也会欺骗我们。看着树上的臭李子明明已经乌黑一片，有了成熟的样子，你伸手摘一颗放到嘴里，才知道那只是假象。臭李子还没有熟，里面的果肉还是绿的，苦涩难咽。回家和母亲提及此事，母亲说，大自然都数好了数等着人们，那些着急从她怀里采撷甜蜜的人，只能尝到苦涩。

七月末，是采臭李子的时候。人们无暇顾及铁路旁孤独的那棵臭李子树，都去北边的土山上采，那里有成片的臭李子林。大人比我们这些孩子更有经验，每到一棵树下，先伸手摘一枚尝一尝，确定成熟的不只是表皮，这才放心继续去摘。孩子们没有一个是专心干活儿的。他们首先要喂饱自己的肚子。臭李子微微有毒，不可吃得过量。大人们一再叮嘱，可我们还是不管不顾。吃到牙齿都被臭李子的墨色果汁染黑，才善罢甘休。采臭李子，手指也被果汁染成了黑色。原来，并不是只有近墨者黑才黑，采摘臭李子也可以让自己成为一个文化人。现在想来，那的确也需要文化。大自然告诉我们的那些朴实的道理，在书本上无法深刻体会，当你置身于大自然的怀抱，才能深刻感悟其中的道理。看着满山的臭李子，大人们知道如果想在冬天有臭李子吃，一刻也不能放松。或许明天的一场大雨，就让这些大自然的黑精灵落在地上，从人类的美味转变成了松鼠和鸟类的美食。大自然不会因为人类掌握了某些技能，就让臭李子为他们多停留一些日子。臭李子掉到地上，松鼠和鸟类也要抓紧。不然，掉在地上的臭李子就又重回大地的怀抱，与大地融为一体了。

大人们小心翼翼地采摘，会留一些臭李子给山上的鸟类和其他动物。采回家的臭李子分给大家吃。吃不完就将它捣碎，加一些白糖和奶油，制成果酱储藏。吃过臭李子果酱的人，不会再羡慕超市里琳琅满目的各色果酱。那些五颜六色的果酱，口感过甜，甜得单纯，甜得让人腻味。臭李子这样近乎执拗的野果，不会因为一点白糖的加入，就改变其本色。那些自制的臭李子果酱，就算你加了适量的白糖，依然能品尝出一点苦涩的味道。锡尼河西苏木的人们也不会在制作果酱时为了追求甜味添加过多的白糖。生活的味道本来就是苦中带甜，甜中带涩的，为何要刻意改变？

后来小伙伴们渐渐长大，谈起了恋爱。苏尔塔拉图热恋时正值秋末，女友送他一瓶自制的臭李子果酱。他不是重色轻友之人，将女友的劳动成果拿给我们这些儿时的伙伴分享。吃着果酱，我又想起小学时常用的那个标准比喻句。或许，用臭李子来比喻一个人的眼睛，说的不仅仅是颜色，还有味道。臭李子从苦涩变甜的过程，和追求爱情的过程却有几分相似。家乡人在臭李子和眼睛之间画上某种等号，是因眼睛像臭李子一样，不同的季节给人不同的味道，也是要人们像珍惜眼睛一样珍惜大自然的一切，包括那枚看起来并不惹眼的黑色小野果。

狗葡萄

吃葡萄，那是很久以后的事情了。

十岁之前，我并不知道葡萄还可以长那么大。我对葡萄的印象，完全来自一个叫龙葵的小野果。因为这个野果有一个我们早已叫惯了的蒙古语名字：狗葡萄。大概是因为它虽然形似紫葡萄，却比紫葡萄黑很多，又不像葡萄树那样有专人为它支架，梳理每一个枝叶的走向，如若遇到好的主人还可以给它施肥浇水，百般呵护。狗葡萄没有这种命，只要雨水充足，院子、田地、沟边、屋后都是它的家乡。它就那么悄悄地生长，悄悄地开出不起眼的白色小花，在我们不经意间又结了黄豆般大小的绿色果实。那个绿色的果实，真的是“狗不理”，就连乡间饿极了的麻雀，也不会眷顾它。眷顾它的，只有我们这些淘气的孩子。手和嘴巴寂寞相交的时候，我们几个坐在屋檐下聊天的孩子就会从身边采几颗绿绿的狗葡萄扔进嘴里。扔进嘴里也不会急着嚼，急着吞。我们把它放嘴里不为吃，只是为了缓解来自嘴巴和手的寂寞。绿色的狗葡萄在我们的嘴里被呼来唤去，变得和嘴里的味道一样时我们就把它吐出来，继续聊我们的天。很多时候我们的聊天内容也很无聊，不过是东家的牛犊、西家的羊羔而已。好在我们都给它们取了一个个可爱的名字："邋遢鬼""秃头""羞羞女"等等。有时候，爸爸妈妈也会用那些牛羊的特征来叫我们。八岁那年夏天特别热，恩和被大人们剃光了头，他妈妈就喊他是"秃头"。他们家有一头牛犊迟迟不长犄角，所以他妈妈也经常这样喊那头牛犊。那时候我们分不清大人们到底喜欢牛犊多一些还是喜欢自己的孩子多一些，到后来才知道他们是更爱我们的，虽然他们也同样疼爱牛犊。牛犊和我们几个孩子一样，鲁莽和可爱，都能给他们带去不少的快乐。我们动起倔来也像一头牛犊。有人往嘴里放了绿色的狗葡萄，就想尝尝，刚一咬，就赶紧吐出来。那次恩和说，世界上没有比这个更难吃的东西了，比没熟的山丁子、臭李子还要难吃。

于是我们晒着太阳聊着天，等待狗葡萄成熟的那天。狗葡萄是野路子，从结果子到成熟也不按照套路出牌。一场大雨袭来，我们几个孩子在家里写了几页暑假作业便跑出来，那枚前几天还绿绿的圆形小果子就换成了乌黑的颜色。一株狗葡萄的枝枝叶叶间，总有几枚小果子还没来得及成熟，那是它不想让我们看到自己成熟的一面，看上去还绿绿的，用手一摸才知道背着太阳的那一半已开始变黑。狗葡萄这样羞涩的性格倒是不太像一枚野果。那些平时对狗葡萄爱答不理的麻雀和喜鹊此时早已抢在我们面前，最大最甜、果汁最多的几个早被它们吃完了，吃完它们也飞走了。于是，我们还要等待余下的绿果子快点成熟。

可这么一等，时间就被拉长了。眼看着近处的蝉鸣和远处的蛙声越来越少，早晚温差越来越大时，那些狗葡萄依然坚持着自己夏天的本色。因为已临近开学，我们的作业压力也越来越重，没有几天清闲的日子了。最忙的时候，我们派一个小伙伴守着那株狗葡萄，好让它在最好吃的时候落入我们的嘴里，而不是那些麻雀或喜鹊。此时喜鹊和麻雀也懒得搭理我们这几个孩子，临近秋天，它们能够找到太多的美食，乡间这几颗不起眼的小野果已不再是它们的目标。除了守住阵地，我们也积极探索新的领地。哪里长了一株狗葡萄，哪里就是我们的阵地。等我们每个人都有一株狗葡萄时，一切就像苏木里的秋天一样安静了。秋天，苏木里的男人们都去草地打草，平时热热闹闹的家里没了男人，而留守在家里的女人也忙得不可开交，再没有闲暇去串门聊天说闲话，更没有时间理会小孩的心思。大人们只相信艰苦的劳动才能让他们和他们的畜群安全过冬，不像我们，只要几个狗葡萄，日子就可以闪闪发亮。

还真有吃饱的时候。在某一个阳光依然灼热的下午，我去找牛犊。在一个自认为偏僻的地方小解后，突然发现那里长了好多株狗葡萄。可能狗葡萄天生羞涩才选择在这里长大成熟，也可以很庸俗地解释为这里经常有人和我一样大小解，所以就成了狗葡萄的沃土。总之那是我最开心的时候。我定会左右看看，确定没有被恩和他们发现之后再悄悄地跑过去，趁大人不注意从家里拿一个玻璃杯出来，把自己认为成色最好的狗葡萄摘了放进玻璃杯里，直到再也放不下。我就像在品一杯葡萄酒，拿着一杯狗葡萄举杯。在阳光的帮助下，一杯成熟的狗葡萄和一杯红酒还真有几分相似。我却忘记了喝红酒时的优雅，头一仰，把狗葡萄灌进嘴里，满足地嚼几下再咽下去。吃上两杯，就再也吃不动了。接着我才呼朋引伴，告诉他们我发现了一个足以让他们兴奋好几天的“宝藏”。他们也并不挑剔，将我剩下的那些狗葡萄能吃的都吃光，嘴里还说自己守着的那株还没熟透一半。有资料显示龙葵微毒，可我们几个却从未中过毒。大概大自然也知道比起城里的孩子，我们没有什么水果可以吃，我们想吃什么，就只能依靠大自然和自己那双眼睛，而不是人声鼎沸的早市或水果市场。

后来我去旗里上学，再去市里，后来到首府求学和工作，吃了包括紫葡萄、马奶提子等在内的不少水果，它们甚至成了我们家餐桌上的必备品。当我用“吃葡萄不吐葡萄皮”这样的绕口令哄女儿连皮一同吃下葡萄时，经常想起儿时的牧区生活和吃过的狗葡萄。总觉得那个颗粒小、颜色乌黑的小东西比现在的任何一种葡萄都好吃。或许，只有我们叫它狗葡萄，而它的本身可能并不是葡萄家族的一员。物品的名称和实质有时会有很大的差别，就像我每次回家，亲戚们都喜欢说我是城里人。其实，到现在也不曾适应自己生活了十五年的这座城市，在这里我经常迷路，偶尔迷茫。当我暂时离开这里回到草原，闻到混合着牛粪味儿的草香时，心境才能回到孩提时代，回到儿时的草原。而我的女儿，现在对着卡片能够叫出她见过和没见过的种种水果，那些水果很多都来自国外，有的她品尝过，更多的水果都是我和她妈妈告诉她的。只是那近百种水果的卡片中，没有一个学名叫龙葵，俗名叫狗葡萄的野果。它和它的名字一样，是那么不起眼，高大上的教学卡片怎么会留下它的足迹？

前几天，我下班后步行回家，在路边看到了一株狗葡萄，它还没有开花。我在它的周围找了半天，也没找到第二株狗葡萄。狗葡萄的种子一定是在某一种鸟儿的腹内生活了一天半天，才移民到城里来的吧。一株狗葡萄孤单的状态竟然有点像现在的我。儿时我在家乡缺乏玩具和水果，却从未缺过小伙伴。我们在吵吵闹闹中一起从大自然的怀抱里找吃的，一起在大雨中奔跑，一起看彩虹，一起长大。长大之后，我也被一只神奇的鸟儿带到城市里，过上了没有儿时伙伴的生活。在夜深人静的时候，我经常听见他们在呼唤我，叫我回去寻找一株狗葡萄背后的童年。我却已没有能力将自己的童年原原本本地转述给我的女儿，让她也听得懂。给了我躯体和思想的家乡，我似乎正在背对他；我给了身躯和思想的女儿，她无法体会我为何会像那一株城里的狗葡萄般失去了“野”，失去了本真的我。

狗葡萄没有葡萄架，所以一直在我们触手可及的地方，而家乡呢，我一直将他放在心里，却一天天聆听着他渐行渐远的脚步声。

现在的我需要那么一个下午，阳光依然强烈，我手里拿着玻璃杯，里面装满了儿时的狗葡萄。

我举起杯，一饮而尽。

原载于《美文》2016 年第 9 期

李亚强 1989年生，内蒙古作协会员，作品散见于《诗刊》《散文选刊》《美文》《草原》《青年作家》《山东文学》《散文百家》《广西文学》《作品》《鹿鸣》等杂志，曾获第二届河北省散文大赛三等奖、第十二届内蒙古文学创作“索龙嘎”奖。

我另外的一条路

一

当两片厚重的白云将村子遮盖住的时候，我正在打麦场的一棵杏树的枝丫上，细细的枝头上突兀地挂着一颗熟透了的果子，黄澄澄的，似乎比我吃过的任何一颗都大。麦子已经收完了，杏树已经一贫如洗，成为名副其实的杏树而没有任何果子。

不知道是二弟还是三弟，在放驴经过打麦场的时候，看到了摇曳的风掀开浓密的树叶，露出了那一颗诱人而又孤独的杏子。秋天马上就要到了，一颗杏子坚守在整棵杏树上。雨下过一场又一场，风早上吹完晚上吹，很难想象这颗杏子是怎么能够留存到现在。

但是我们关注的并不是这个，我们关注的是如何把这颗杏子摘下来，如何三个人一起分食。二弟从家里搬来了木梯，但是木梯的高度显然够不着长着杏子的那根枝丫，三弟爬上了树梢，踩着粗壮的树枝去摘，还差着一臂膀的距离，他又使劲用脚跺，但是那颗杏子岿然不动。

第一次，我们感到了绝望，这种绝望是由内而外的，是具体的，但是又找不到解决的办法。在村里，我们弟兄三人可以做任何事，但是面对一颗杏子却无能为力。最后我爬上杏树，摇摇晃晃踩着那根细细的枝丫，用两个手指的力量摘下了那颗杏子，几乎也就是在一瞬间，在二弟和三弟的惊呼声中，我与枝丫一起以最快的速度离开杏树。

然而这并不影响我的生活，在此之前，我就曾经因为摘悬崖边的一颗酸梨子坠入十几米高的悬崖，也曾因为站在矮墙上摘杏子而掉进打麦场下面的深水沟，这些都没有为我的生活带来任何的改变。胳膊上缠着绷带，但是我依然可以与二弟三弟去野地里放驴，依然可以翻过三米多高的围墙去别人家的果园里摘梨，依然可以在秋天干净的麦田里烧土豆。这样的偶然事件在我的童年里就像一个逗号，连停顿都不是。

整个夏天到秋天，放驴是我们的全部生活，家里的两头驴成为全村毛色最好的驴，随便赶到哪个山沟，都能消磨一上午或者一下午的时间。驴有驴的时间，我们有我们的时间。驴的大部分时间在吃草，少部分时间在静静地站立，不吃草也不嚎叫，就那么静静地站着，风轻轻吹过驴光滑的脊背，又吹到绿油油的草坡上。还有一部分时间，它们总是趁人不注意，偷偷溜到草坡上面或者下面的麦田里或者土豆地里。

而我们的时间则有一大把，土豆已经撑破土皮，随便摸上几苗，就够我们饕餮一顿。地鼠在向阳的山坡上直起身子，观察着周围的动静，盯住他们钻进哪个洞口，挖上十几分钟就能逮住这些永远唇包不住牙的家伙。鹞子在悬崖上安家，腰里绑上绳子就能下到悬崖边，抓出窝里的鸟蛋或者幼雏。

那时候，我们都以为这个经常被白云笼罩、居住几十户人家的村子就是世界的全部，我们就身处这个世界的核心，世界上的人也就这么多。我们熟悉这世界上的一切，谁家有几个孩子几口人，谁家有几头驴几只鸡，谁家的哪片地里种啥庄稼。我们可以在这个世界里闭着眼睛也能找到回家的路，也可以找到这个世界里最隐秘的所在。我们也都以为世界上所有的路都是村口的那一条，可以通往镇里，可以通往麦田，也可以通往外公家。

但是我们显然低估了路的多种可能性，夏收的时候，父母亲天蒙蒙亮就已经动身，扛上镰刀埋身一人高的麦田里。在这个村庄里，最勤劳的人不是被鸡叫醒的，而是被泥土里散发出的香味叫醒，这些香味来自远远近近的麦子和稻谷，熟睡着的农民在漆黑的夜里睁开眼睛，循着这股香味，拿上镰刀出门。

临走前总是要交代还在睡梦中的我们弟兄三人，到晌午的时候去地里送干粮。等祖母烙好了油饼，烧好了鸡蛋汤，我们弟兄三人提着一瓦罐鸡蛋汤和几张油饼上路。走出村子，整个村庄都是静悄悄的，人们都远行了，留下一座空荡荡的村庄，任凭风吹，任凭布谷鸟啼叫。粮食在远远近近的麦地里熟透，把人叫走了，驴也跟着走了，狗静静地趴在窝前，十几只狗守着一个村庄，但是又都不吭一声。狗们喜欢在没人的时候沉默寡言，它们不想用急躁的呼唤，让远处地里的主人停下手中的镰刀。狗在等待粮食归来，村庄也在等待粮食归来。

穿过一大片一大片的麦田，洋芋刚开出蓝紫色的花朵，玉米正在抽穗，布谷鸟不断提醒着麦子已经黄透。我们的行走是有指向的，指向父母劳作的一垧地里，但是这垧地在什么位置，却不在我们幼小的心里。站在一个个交叉路口处，远远近近一样的山头，一样的云彩，一样的麦田，一样匆忙收割的农人。

路第一次把复杂多变的一面呈现给幼小的我们，如何选择才能抵达，或者如何选择才能更快抵达，是摆在我们面前更难的一道题。黄土高原的盘山路错综交织着，通向一个又一个未知的方向，通向我们无法抵达的更远处。

那是七岁的一个早晨，二弟六岁，三弟四岁。

二

杏树长在比路高一层的地里，杏树下面是生长茂盛的苜蓿地，每到麦黄的时候，三棵树上的杏子齐刷刷成熟。三棵杏树就像我们弟兄三人，在苜蓿地里自由地生长，接受阳光，接受雨露，也接受南来北往的风。我们弟兄三人每人一棵树，在自己的杏树上，自己就是王，每一颗杏子都在等待着我们的检阅。吃饱了我们躺在苜蓿地里抓蚂蚱、逗蛐蛐，或者干脆躺着看天，看大片大片的白云在蓝天上自由迁徙，偶尔有小片的白云，在天空中飘着飘着就消失了。

更多的时候，我喜欢在树上待着，在杏树的老枝上坐着，看苜蓿地下面的乡村小路上偶尔经过的行人，看远处层层叠叠的山，看对面山上黄澄澄的麦田，看已经弯腰在地里收割的农人。当然，还有每天中午或者晚上，背着书包经过的学生，他们三三两两在乡村小路上走走停停、打打闹闹，一会儿排成一队，一会儿又分散开来，这时候总是莫名地觉得怅惘。

直到有一天，父亲把一个新买的书包递到我跟前，母亲给我换了新做的布鞋和衣服，二弟和三弟站在一边看着我，他们并不知道父母亲这样做的意义。但是我知道，苜蓿地下面的那条路，今后将多了我的脚印，三棵杏树上，今后必将缺少一个王。

村小学离家三公里，在春天鲜花盛开、秋天核桃满山的牡丹山下，两排低矮老旧的教室，一排同样低矮老旧的教师办公室兼宿舍，学校后面是一大片荒芜的园子，园子里除了野草没有任何其他植物。父亲把我和同龄的堂弟领到校长室，浓眉大眼的老校长戴着一顶解放帽，两只眼睛上下打量着我俩，我俩则局促地看着校长室内的一切，做饭的案板，白色的粉笔，红色的墨水瓶，铁质的水桶。最后，校长告诉父亲，一年级的班里学生已经招够了，只能插进一个学生，于是堂弟被排除在外，成为下一个一年级的学生。

当我成为这个学校一年级学生的时候，教室前面两个花园里的野菊花开得正艳，黄得有些刺眼，还有一些不知名的野花藏于其间，经常有不安分的孩子跳进砖砌的花园墙，摘一朵野菊花或者不知名的野花出来，藏在书包里。

上课铃声是一个大铃铛，藏在校长室外的屋檐下，教室后墙上的窗户很高，踩着桌子才能看到那个铃铛。我仔细观察过那个铃铛，与驴脖子上挂的铃铛并无二致，只是要比驴的铃铛大几圈。每当上课或者下课的时候，老校长都要站在铃铛下，一手叉腰一手扬起扯住铃铛下面的小铜舌，有规律地晃动十下，不多不少，长短一致，与驴脖子间铃铛不规律的响动完全不同。

那时候是村子里孩子最多的时候，一个班四十多个人，家最远的距离近十公里，最近的就在校门口，我家在最近与最远之间。中间要经过一个村子、一个防空洞、两条山沟，路就在山脚下，路边是经年的杨柳树，路下面是成片的庄稼地，秋天的时候只剩下玉米、土豆和荞麦，还有麦子收割后突兀出来的坟地。

春夏交接的时候，牡丹山上开满了漫山遍野的牡丹花和狗尾巴花，课间总有同学要去山上采几朵牡丹或者一把狗尾巴花下来，总有好事的同学要偷偷告诉老师，于是总有同学在放学后站在那一排教师宿舍前不能回家，一直到夕阳从西面的山上滑下去，炊烟逐渐笼罩整个小山沟。

我就是经常在夕阳下山后回家的同学中的一个，暮色降临，乡村公路上的一切影影绰绰，抑制不住心中的慌乱，大家高声说笑，深一脚浅一脚地往家走去。父亲或者母亲在苜蓿地等着我，看到苜蓿地，看到那三棵在暮色中只剩轮廓的杏树，心中悬起的石头才能落下。

短短的几公里路，却有人走不完，三年级的时候，班里的一个座位突然空了，好几天后才知道坐在那个座位上的女生在某一个夜里突然死去。从此便有一只鸟，每天在她家门前哀号，村里人都说鸟的叫声是在呼唤她，于是我们再也不敢去那个村子。

有一个叫南国宁的同学，平时有些结巴，两门功课的总成绩加一起达不到六十分，语文课上总是不能完整背下来一首古诗，背诵的时候更加结巴，脸涨得通红，同桌小声提醒也不管用。教室后面的烂桌腿，尽数落在他身上，像一个摇摇欲坠的大厦，终于在四年级的时候，他不再走这条路，他的桌椅上开始落满尘土，一直到没人再能想起这个人。也就是这个时候，班里的另一个女生去了外地打工，从此我们再也没有见过这个人，仿佛她从这个世界蒸发了，最后到升初中的时候，只有不到二十个人。

学校门口的小卖部常年开着，里面售卖着各色零食，而我常年身上没有钱，连新书的书皮都买不起。父亲买来牛皮纸，裁成书本大小，一个一个套上，外面写上名字、班级。又买来整张的白纸，裁成作业本大小，用针线缝成作业本，再用牛皮纸做封面。

等我上到三年级的时候，两个弟弟也都开始上学，家里的开销一下紧张起来，每学期十几元的学费都成了问题，父亲的砖瓦生意已经不复存在。逢周末镇里赶集的时候，时常能够听见邻村的班主任王新民在路过我家的时候，呼喊父亲的名字讨要学费，父亲装作听不见。我偷偷摸摸跑出门，在门前的矮墙下偷偷向下望，身高将近一米九的王新民正在向坡上的我家这里张望。

像通往学校的那条路，突然分岔出一条通往金黄色的麦田，王新民的呼喊为我指出了另外一条路，身体里的另外一个我似乎已然踏上了那条路，但是最终我没能走向金黄色的麦田，而是走向了夕阳落下去的那座山前头。

三

一条路铺展开来的时候，就意味着众多的指向，这种指向可以是明确的，也可以是不明确的。比如从家到镇里的学校，可以翻过一座山，也可以顺着河流的方向一路往西，每一条路都可以通向学校，于是四面八方的学生都从各个山沟里走出来，来到这所镇里唯一的中学。这意味着，我要走更长的路，要穿过整条河槽，在碎石子铺成的小路上行走一个多小时才能到达学校，中途经过三个村庄、一条河。

其实这条路并不好走，有一年冬天的时候，一个同学骑着自行车从结冰的河上飞驰而过，但是并没有想象中那样真正飞驰而过，实际上，他连人带车掉进了冰窟，最后只能托其他同学请假自己回家换衣服。又有一年夏天，村里的几个高年级学生，骑着自行车竞相追逐的时候，其中一个掉到干硬的河槽里，自行车的刹车把深深插进他的上嘴唇，到现在依然留着抹不去的疤。

而更多的人，只能靠步行。冬天天还没亮的时候，吃过早饭就要出门，河槽边的白杨树下总有影影绰绰的身影，伴随着沙沙的扫树叶声，那是早起的村民在储备冬天烧炕的柴火。没有钟表的年代，总有同学看错了天色，凌晨三四点便向学校走去。

后来，父亲终于把结婚时置办的红旗自行车翻了出来，补了车胎，换了刹车闸，我便可以骑着自行车去上学了。为此，我在村里的山梁上与堂哥训练了一个暑假，摔了无数个跟头，最后终于能够在大二八自行车的三角架里伸进一条腿弯腰骑行。

即便如此，这辆自行车也只陪伴了我半年，经常出各种故障的自行车非但没有加快我上学的步伐，修自行车的时间反而占用了我上学的时间。在迟到几次后，我终于将它抛弃在一边。我似乎已经明白，有些路，只能用脚去走，没有更多的捷径。

红砖墙、绿门窗的教室排列整齐，校园里是修建齐整的松树，比杨柳看上去更加赏心悦目。操场没有硬化，但是比小学的大了一倍还多。操场东面就是厕所，男厕、女厕、男教师厕所、女教师厕所，每隔一段时间，就能看到附近的村民挑着粪桶前来淘粪。

作为镇里唯一的中学，这里已经使用上了电铃，声音刺耳而又紧促，连续的高音持续一两分钟，整个镇子都能听到电铃声嘶力竭的呼喊。电铃齐整地将每天的时间划分成几个时间段，我们在这些时间段里，听从电铃的指挥，在教室正襟危坐或者在教室外撒欢。

每年开学的时候，我们弟兄三人总要去学校周围的山上转几天，每天背上空空的书包，向学校的方向走去，但是最终在通往学校的岔路口上了山。我们坐在山上看山下的学校里人来人往，听学校的上下课铃声响了一遍又一遍，久久没有一句话，直到夕阳落到更远的山背后，直到每一个背着书包的同学都离开校园。出镇子的路在西面，那里每天都有面包车运送着出行或者归来的人，那条路却通向我们所不知道的远方。

是的，我们交不起学费，领不到散发着油墨香的新课本，通往学校的这段路似乎为我们竖上了“此路不通”的提示，尽管这段路只有短短的几公里，尽管我们几分钟就可以跑过去。

在学校的老师看来，这是最正常不过的事情，每年开学都有空下来的座位，空下来的座位会保留一段时间，直到那个桌椅再也没有原来的温度、覆盖上薄薄一层灰土的时候，桌椅将会被收走放进学校的仓库里，连同刻在桌子上的名字、考试答案和深深浅浅的“三八线”。

最终我们还是坐在了教室里，尽管那张桌椅已经做好了被收进学校仓库的准备。为此，父亲做了艰难的努力，卖了家中本来紧张的口粮，张口向亲戚借钱。当我在一个早晨，被父亲叫到土炕前，他从枕头底下拿出那些崭新的人民币，沾着唾沫数了又数之后交到我手上时，我仿佛看到那条通往学校的土路鲜花盛开，彩蝶飞舞。

无论如何，一条路敞开了，总有走下去的千万种方式，但是也有千万种不走下去的理由。很多人也找到了这样的理由或者被迫接受了各种各样的理由。

我们从来都没有听说过的体检，让一张板凳从此空了下来。某一天午后，校长突然通知要给学生进行体检，体检的方式是用细针扎一下耳垂，挤出几滴血。直到一个名叫张国良的同学被通知不能再来上学，我们才知道那是在化验从来没有听说过的乙型肝炎。班里有个叫韩琛的同学，坐在最后一排，突然有一天跟着父母去了我们没有听说过的城市，从此杳无音信。班里的另外一个已经忘记名字的同学，跟了村里的村民学武术而放下了课本，虽然后来他也没有靠武术混来一碗饭。

这些桌椅突然空下来，没有人觉得奇怪，而我时常会不经意望向它们。空荡荡的地方，像一条断头路，走到这里突然没有了结尾，另一条路上却多了行人，总有一条路给人准备着。

而走下去的理由，只有一个，那沟壑丛生的黄土高原，养育了我的黄土高原，很多村人一辈子都没有走出来过的黄土高原，并不是每一个人的归宿，至少不是我的归宿。当我看到天空中的飞机拉着长长的白线从小小的村庄上空轰鸣而过，当我看到电视中的城市高楼林立、车水马龙，当我看到那些贫瘠的土地上一年年生长着营养不良的庄稼，我知道，必将有另外一条路，等待着我去涉足。

四

桶里的水已经结了冰，从电热毯暖热的被窝里爬出来，没有时间烧水，也为了节省煤气，直接倒一盆洗脸，冰碴子刮过脸庞，又瞬间融化，脸上火辣辣地疼。就一口家里带来的馒头咸菜，赶紧背上书包往学校跑。路边的柳树死气沉沉垂着干枯的枝丫，像一组无序的音符，给我凌乱而焦急的脚步伴奏。

风从耳边吹过的时候，我总是想起那个阴雨连绵的秋天，父亲开着农用三轮车将我送到了县城，湿漉漉的街道嘈杂混乱，整个县城的音响店都播放着《2002年的第一场雪》和《两只蝴蝶》。顺着县城唯一的一条主干道几乎走到了尽头，才是我们最终的目的地。在此之前，父亲为我和表哥租了县城边上的一间土坯房，隔壁就是一家醋厂，穿过村子往南走就是穿城而过的一条河，每年象征性地流着一小股臭气熏天的河水。置办了煤气灶、锅碗瓢盆等一应物什，像模像样的生活就这样毫无准备地开始了。房门口的大丽花开得热烈而奔放，这间房子里的租客每三年换一拨，但是大丽花却年年没心没肺地开放，从不管人间之事。

就像每年种在黄土地里的庄稼，父亲扔下我开着三轮车就离开了。那时候我还不会抽烟，跟表哥坐在屋门口，久久没有一句话，一直到天色完全暗下来，再也看不清门前大丽花的模样。我知道，在这里，我要用三年的时间去适应，要用三年的时间去走一条看不见未来的路。也许三年后我将和二弟、三弟一样，再去走他们所走的那条路。

县二中就在国道下面，新盖的教学楼高大而气派，北面就是一座山，我曾经爬上过这座山的山顶，小小的县城就在脚下，而县二中则是更小的存在。我就在这个更小的存在里，度过了漫长而又艰难的三年。

从县城到村里，需要翻过一座更大的山。破旧的老班车在黄土高原的盘山路上徐徐爬升或者下坡，窗外是一座连着一座的大山，各自为政的梯田看上去毫无章法，随意装点在山坡上。秋天是一片破败萧瑟，冬天则是大雪茫茫。

每周，我都要从这条路上走一个来回，父亲开着三轮车将我送到镇上，我再从镇上坐车到县城。一周十元钱的生活费，是父亲一把一把从地里刨出来的，三元钱一趟的交通费，也是一笔不小的开支，这就意味着，我每周只有四元钱的生活费可供支配。

秋天的一个周末，我借了同学的自行车，准备骑着自行车回家。正午的阳光正好，小县城的天空瓦蓝瓦蓝，路边的庄稼地只剩下光秃秃的玉米秆，直端端立在地里。骑自行车可以不走公路，有一条道路较窄的捷径，热火朝天的秋收已经结束，庄稼人的一年已经走到了末尾，路上见不到几个行人。我一个人推着自行车上山，慢慢把县城扔在身后，扔在看不见的山背后。

多么酣畅的孤独（或许说孤独并不合适），一个人，一辆自行车。影子走在我前面，无论我走多快都永远超不过它的步伐，直到我躺在干枯的山坡上，把它压在身下，天空才在眼前辽阔起来——那些无序排列的云朵，各自朝着各自的方向漂流（如果天空是一片汪洋的话）。我想过喊住那些散漫的白云，但是一张口那些声音总是复归丹田，人有人的命，白云也有白云的命。白云走着走着就会消散在瓦蓝瓦蓝的天空里，再也找不见它们的踪影，人又何尝不是。

面对天空，面对自己，我肯定还想了些什么。但是那些柔和的秋风都将他们一一偷走了，藏在了我不知道的地方。

多年后，我一个人骑着摩托车去看望一个朋友，在深深的峡谷里，在耳边呼啸的风里，我又一次找到了那样的感觉，可以肯定的是，当一个人在行走的时候（如果骑摩托、自行车也算行走的话），内心的纯净不亚于头顶上的蓝天，灵魂在高处游走，又不告诉你去往何方，空空如也的身体带着你，在茫茫的思绪里前行。

等我走进那个小山村的时候，暮色笼盖四野，夜虫嘶鸣，心静如斯。路并不在脚下，而是在你看不见的高处。

高考前夕的一个傍晚，夏天的炎热刚刚来到这个小县城不久，夕阳从西面的小山坡缓缓落下，街道上点起昏暗的街灯。那一年，家里刚安上有线电话，我在小县城里的公共电话亭里给家里打电话，那时候正是夏收的紧要关头，父亲刚刚放下镰刀端起饭碗。得知我即将高考，父亲通过班车捎来了五十元生活费，这是额外的，作为在高考期间改善生活的费用。电话那头，父亲擦着了火柴点上了烟，我能想象到他望着县城的方向，攥紧拳头，他说："不用紧张，考上大学了砸锅卖铁我供你，考不上跟我回来种地。"

这是一道选择题，父亲曾经也做过，但是显然他并没有做好，还是留在了祖先翻了又翻的黄土地里。而此时，二弟和三弟也相继做出了选择。

二弟勉强上完了初中，初中毕业的时候没有考上县里的高中。在我们那所中学，每年能考上县里高中的，其实不超过十个人，显然他没能成为这十个人中的一分子。这也意味着，通过上学走出去的这条路已经完全封闭，二弟选择直截了当地走出去，跟着村里人去了河西走廊打工。而此时，他还并不清楚这条路的尽头在何处，直到如今，他也并不清楚这条路要走到何时何地。

而三弟在上完小学的时候，决绝地烧掉了自己的书包和课本，微弱的火光逐渐在三弟的注视下暗淡下去，像一个人的一生，刚刚燃烧起一股希望之火，又被瞬间浇灭。三弟去了北京的服装厂，在那些声音嘈杂的流水车间里，燃烧着大把大把的青春。

但是多年后当我们再说起这些，二弟和三弟并没有后悔，不管是生活选择了他们，还是他们选择了生活，他们早就学会了如何与这些和善或者不和善的生活相安若素。

而我还没有学会，或者说不愿意学会。

五

进入一座城市和离开一座城市都需要勇气，往往离开一座城市的脚步会更加决绝，仿佛一滴跌入黄河的雨水，又在阳光下蒸腾挥发，不会留下一丝波澜，黄河水依旧滚滚向东流，更多的雨滴还要跌进来，也有更多的雨滴会在东流的过程中蒸腾挥发。这样的跌落与挥发之间，就是一座城市的历史。

我在刚到兰州的那个秋日的午后，怀着激动的心情来到北滨河路，银滩黄河大桥就在西侧，湿地公园里的芦苇长到了一人多高，黄河就在两座山之间逶迤蛇行，看上去浑浊而又平静，只有不时腾空而起的野鸭，带给水面短暂的生机。现在已经很难想起，第一次面对黄河，我到底想了些什么，但是可以确定的是，我就是这样通过一条河，进入这座城市。

桃海市场就在学校西侧，那里像一座不夜城，彻夜灯火辉煌，附近学校的学生都在这里找到了更多高于学习、高于生活的所在，餐馆、酒吧、网吧、KTV、台球厅依次排开，等待着学生们的光顾。我被高中同班、又一起考进这所大学的同学带进这里的网吧的时候，每一个能开音响的地方，都在播放着陈楚生的《有没有人告诉你》，让我想起二〇〇四年那个潮湿的秋天，想起那辆时风牌农用三轮车，想起坐在前排没有一句话的父亲，想起县城那个出租屋和门口热烈开放的大丽花，当然，还有那个在心里默默喜欢着的女孩。

那是二〇〇七年，生活从这里开始，有了多重的指向和可能。这种指向有的是明确的，有的是不明确的，就像绵延在兰州城的南北两山，每一条支脉都通向不明确的远处，每一条支脉又都汇集在一起。

而我所有的指向都汇集在安宁西路 6 号，这个并不怎么起眼的高校。学校后面就是一片桃林、枣林，夹杂着苹果树、梨树，山上兀自生长的树木，一年年生长、凋落，全然不管山下的人。

于是我学会了上网，学会了喝酒，学会了抽烟，学会了在网吧里过夜，然后在第二天凌晨，带着一双通红的眼睛飘飘然如一副空壳一般飘进大学校门，再飘进宿舍楼。那些夜晚像摇晃的酒杯，带着些许迷离的成分和色彩。

更多的夜晚，我们喜欢在宿舍里坐下，提上几扎啤酒，买上几包烟，用一副扑克开始一场没有终点的狂欢，关灯了继续点蜡。在那些畅快淋漓的结尾，在烟雾升腾中，我似乎已经明白，我属于农村的那半生已经画上了句点，虽然我还说着蹩脚的普通话，虽然我还保留着农村的饮食习惯，虽然我骨子里还流着小山沟里的血。

大学的最后一年，我搬出住了三年的宿舍，意味着我的大学生活在这里基本结束。虽然我偶尔还要夹着书本到马路对面的学校去上课，但是更多的时间，我并不在那个几平方米的小出租屋，先让自己窘迫的生活有个出路，从 KTV 到啤酒厂，最后到一家报社，我不断变换着自己的生活方式和抉择。

楼高千尺，路通八方，我经常在城市里迷路，每一条路都通向不同的方向，但是每一条路又都通往同一个方向，这样的选择每一天都在拷问着我。

于是从广东、广西、陕西再到内蒙古，我最终还是坐上通往包头的绿皮火车。凌晨的火车寂静得如同那个小山沟夜虫嘶鸣的傍晚，车窗外不时经过点点灯火的城市，更多的是无边的黑暗，没有任何内容，像一张空白的纸，像我一个人独行的那些时光。那时候，我还并不明确，这座城市留给我的将是怎样的一条路，但是至少这座城市给我留了一条路。

这也是父亲的欣慰所在，他也曾经走过不同的路，在内蒙古挖煤，在新疆搞建筑，在陕西卖年画，但是没有一条路给他走下去的理由，直到如今他再也走不动路，行走成了他一生最难的事。我则是他血液里的另外一条路，以体面的方式不断向外延伸。

就这样，我一个人维持着自己的生活现场。每天穿过不同的街道，接触不同的人，领着微薄的薪水，过着每天近似雷同的生活，直到我在这座城市娶妻生子。

六

杂草丛生的庄稼地，再也长不出一棵庄稼，父母还在地里辛勤耕耘，白云大片大片从村庄上空飘过，河湾里荡着粼粼波光，忽明忽暗。庄稼地就在对面的山坡上，父母肯定在其中的某一垧地里，消耗着一生中的一天。

我们兄弟三人蹲在一条三岔路口，不说任何一句话，不走向任何一条路，就那样蹲着。

我从这个梦里醒来的时候，是在冬天凌晨的出租屋，在这个城市最隐秘的城中村，从衣服口袋里摸索着掏出一支烟，点上火，在灯火明灭中，听见那些夜行的蟑螂在东冲西突，我能想象到这些生物行走的路线，消失的暗处。窗外的街道，路灯彻夜长明，醉酒的汉子说着模糊不清的语言，踉踉跄跄消失在道路拐弯处。

这么多年了，这个梦像循环播放的电影，时不时进入我的梦乡。这个梦的指向性是多么明确，又是多么模糊。如今，我在内蒙古，二弟在北京，三弟则去了贵州，我们蹲着的那个三岔路口还在遥远的甘肃。多么富有戏剧性的一家子人，从一个原点出发，不断向外辐射，多年以后，我们在各自所在的城市生根发芽，谁能记得那个小山村曾经有这样的弟兄三人呢？

直到十多年后，我们在北京的一家小饭馆里坐下，二弟抽着七元钱的红塔山，三弟刚从不到五平方米的小饭馆里抽出身来，我们才知道，这世界上的路并不是只有家门口的那一条，每个人的脚下都有一条甚至多条。

我们打开了啤酒，二弟半个身子支在餐桌上，小心翼翼地看着菜单上的菜名，嘴里念叨着菜的价格，这个比我们服装厂门口的那家贵，三个菜我们够吃吗？服务员不耐烦地望向窗外。窗外尘土飞扬的大街上不时有小摩的飞驰而过，偶尔有下班的服装厂工人结伴而行。三弟给我讲述着今天又多卖了十几份炒粉。当我的目光落在三弟并不合身的新西服上时，他本能地整理了下衣领，前几天刚买的，他说，有点短了，皮鞋还可以。圆桌下面，他将脚伸出来，一双黑色的尖头皮鞋立即映出饭店的顶灯、白色的墙壁。

北京，郊区，三条路的交叉口的一个小饭馆，我们弟兄三人，第一次在那个村子以外，坐在一起。简单的几道菜上齐，我们打开啤酒，各自往杯子里倒酒，一时竟不知道说些什么。三弟说这顿饭我请，我们经常来这里吃。我和二弟都知道，这顿饭他要卖一天的炒粉才能挣回来。而在此之前，我在千里之外的一座城市干着体面的工作，二弟在嘈杂的服装厂里裁剪着布料，在北京郊区大大小小的服装厂里辗转。三弟在服装厂待了两年后，决定自己出来卖凉皮，如果不是城管收走了他的电动三轮车，至今他还可能在那些服装厂门外叫卖着凉皮。后来他才借了点钱，在这个三岔路口，众多的服装厂聚集地中心地带，租了这样一个小铺面卖炒粉。

几瓶啤酒下肚，二弟和三弟开始放松下来，话也多了起来，我们想起了秋天来临前的那颗杏子，想起了苜蓿地里的三棵杏树，想起了村子里的那条小路，想起了七岁早晨那条路带给我们的艰难的抉择。

每年夏收麦黄的时候，我总能想起苜蓿地里的那三棵杏树。三棵树形状各异，结下的果实也大小、酸甜不同，杏黄时间也不尽相同。而那三棵杏树上的“王”，早已不知所终，一年年任风吹日晒，任杏子跌落在地腐烂成泥。母亲在电话里告诉我，苜蓿地越长越稀疏，杂草却越长越茂盛。母亲念叨着，是那几棵杏树遮挡了阳光，有一年过年的时候，二弟和三弟带着锯子去了苜蓿地，亲手锯掉了两棵杏树，只留下最西面的那棵，孤零零立在风中。

苜蓿地下面，一条已经硬化了的小路，弯弯绕绕通向远方。

而我知道，我在这个世界上一定还有另外一条路，但是我没有去走，路不会荒下，只要存在就有人去走。我另外的一条路，有人替我走了，是那些从路上走散的同学，是我的两个弟弟，也是我的父亲，更是那些我见过或者没有见过的陌生人，或许我能叫上他们的名字，或许我永远也叫不上他们的名字。

原载于《草原》2019 年第 5 期

夜　晚

一

我从梦里醒来的时候，凌晨三点，屋里黑漆漆一片，只有手机充电器上的微光，挂在两面墙之间细绳上的衣服，如魅影一般映照在屋顶，头皮一阵发麻。梦里是故乡的黄昏，一个人在早已干枯的河畔前行，微陡的坡上草枯黄，回头的一瞬间，一位面容模糊的老人从眼前飘过……

颤抖的双手按不住“咚咚”的心跳，摸索着打开床头的灯。屋子的轮廓一下显现，铺着报纸的长桌上堆积着沉甸甸的各色书籍，惊慌的蟑螂左冲右突，迅速消失在暗处，逼仄的卫生间水声嘀嗒不止。小矮桌上凌乱地摆放着锅碗瓢盆，半瓶没有喝完的啤酒，破旧的床头柜上，一本没有合上的书依着几十元的小皮包，包里是录音笔、采访本、香烟。

天气冷加上噩梦，身体战栗不已，下床拿起半瓶啤酒，咕咚咚几口下肚，屋内的暖气冰凉，几片象征性的暖气片永远没有被窝的温度高，啤酒就像冰镇过一样，桶里的水早已经结成冰碴。点起烟，有些呛鼻，拉开窗帘，窗户上一层不规则的冰花，哈气、擦拭，逼仄的小院轮廓立即显现。这是一座盖有南北两栋三层小洋楼的院子，租客杂七杂八，连房东也搞不清租客到底是什么职业。白天，这些操着各地方言的租客各自奔向自己的前程，散落在这座城市的各个或明或暗的角落。院子空空落落，巷子里偶尔会有收破烂的悠长的声调婉转。晚上，巷子里就热闹起来，院子里也热闹起来，锅碗瓢盆碰撞的声音此起彼伏，孩子的哭喊声，大人的咒骂声，新闻联播的声音，混合成一股杂音，飘荡在院子上空。不一会儿就能闻见东西南北各色菜的香味，江浙菜的甜味、川湘菜的辣味、鲁菜的咸腻味，这个时候的院子是最具生活气息的。

这个小院居住着二十几户如我一样的天南海北的外地人，而在这个零点五平方公里的土地上，这样的小院落有上万家，流动人口两万多人。也正是因为如此，经常在夜里会有辖区派出所民警到访，蛮横地敲开门，环视一圈屋内，然后让你掏出身份证登记。

有一段时间，我的身份证丢失，正在老家补办，这让半夜到访的民警警惕起来，不断查问详细信息，我也开始紧张起来，似乎巷子里的一件案子就与我相关。原本就不怎么利索的普通话，这时候更加有些吃力、咬字不清，民警的嗓门开始高起来，语气也变得不和蔼，这时候才想起小皮包里的记者证，急忙掏出来递给对方，翻开看了又看，在我和照片之间不断比对，最后才说出一句："晚报的记者，为啥住在这里？"

是啊，为啥住在这里？楼上的一对河南夫妇会说便宜，因为这里每月的房租水电费加起来才二百多元；隔壁的四川夫妻俩会说方便，因为他们的小卖部就在门口的巷子里；三楼的一个在饭店打工的小伙子则一脸茫然，为啥住在这里，他也不知道为啥，搬来搬去还是在这个巷子里。这个疑问也成为我很久一段时间内思考而又无解的问题，从上学到工作，一次次的选择，最终以定位式的准确维度将我安排在这里，不住在这里又能住在哪里呢？

二〇一一年，我在赵家营村的一场梦醒后，决定逃离。

二

七十八平方米的房屋，原本两室一厅，老房东至今骄傲不已。这是包钢集团二十世纪处级领导才能分到的房子，几十年过去，这里成为这个城市最古老的存在。后来屋子被分成三室一厅，老旧的房屋格局导致客厅无法利用，长期成为我们堆放杂物的地方。好在有单独的厨房和卫生间，这是我对城市生活最起码的要求，有厨房，就有家的味道。

二〇一二年，和报社的另外两个同事合租了这里的房子，成为我在这座城市的第二个住处。我觉得，与这座城市的感情上升了一步。虽然是老小区，但是这里交通生活方便，向北不到一千米，就是一个较大的菜市场，我每天都要去那里买菜，把日子当日子来过。门口就是公交车站，直通火车站，我似乎随时都在准备回家，这一趟公交车为我永远敞开大门。这让我感激不已。往西过两个路口，就是一个超市，偶尔我也会推着购物车，在超市里走上一圈，买几个比菜市场贵一倍的土豆或者洋葱。往东一公里，则是这个城市最繁华的所在，我在无聊的时候，也会尽可能地去靠近这个繁华地，看看人流、车流。

来自东北的同事烧得一手好菜，周末时我们会围坐在客厅里，夏天提上几扎啤酒，冬天拎上两瓶白酒，一顿饭吃一下午或者一个晚上。更多的时候，是我们各自的相安若素，东北的同事每周都去游泳，甘肃的老乡兼同事流连在各种人际交往场合。我一个人守着出租屋，偶尔利用一个下午的时间擦擦厨房的地板和案台，打扫一下几个月没扫过的客厅，给客厅的几盆行将枯萎的花浇点水。然后出门向北奔向菜市场，给自己做一顿家乡的面片。

然后剩下的是大段大段的时间，时间多么廉价，如同一幅只有框架的素描，没有可以填充的内容，看不清颜面，看不清脚步，如同我在这个城市看不见的未来一样。

一个人最难熬的是时间，心静不下来，书无从看起。自行车就在楼下，向西骑行不到两公里，就是昆都仑河——这座城市的一条人造河。每年都有很多人，一头扎进三四米深的河里，直到被人从水里捞上泛白的尸体，才能知道这个人卑微或者不平凡的事迹。河东岸是一长条景观带，夏天有各色的花，树木葱茏，长条椅子上，一直都有甜蜜的情侣相拥而坐。

听着歌，我在昆都仑河东边的人行道上骑行一圈，坐在河边的长椅上抽烟，等着夕阳下山，然后在街灯全部点亮的时候回家。

老屋窗户窄小，光线暗淡，屋内的家具也粘上了经年的尘埃，有些灰暗的色调。淡黄色的木质地板，时常提醒着房东曾经显赫的身份，客厅电视墙上是一面长宽各有两米左右的大镜子，电视没有接入有线，成为名副其实的摆设。我时常坐在电视对面的旧沙发上，呆呆看着镜子里的自己，越看越陌生。

目光无神，情绪低落，种种迹象表明，我被一种名为孤独的症状缠绕。

不可抑制，如在大四为工作煎熬的那段时间一样，我开始喝酒，甚至有些酗酒。家里堆满了各色的酒，本地产的啤酒、白酒，超市买来的红酒，随时等待让我一醉方休。我也随时能够找到理由，与他们发生联系。白酒刺喉，越喝越顺畅，就着一包花生米或者一部烂到家的国产电影，一两个小时的光阴就能一瓶下肚，然后昏昏沉沉睡去，直到屋子里的光线变得明亮起来。

二〇一二年，在那个光线暗淡的出租屋，我不断品尝着一杯名叫孤独的酒。

三

在大学毕业之后到找到工作之间的相当长一段时间内，我的户口和我一样，在空中飘着，没有着落。我就这样飘着，一会儿落在事故现场，一会儿落在出租屋里，一会儿落在城市车流不息的街道上，更多的时候，是落在心里，落在空荡荡的心里。

每天骑着自行车去采访，自己都觉得搞笑，身上随时带着的是一个人的户口簿。因为上大学农转非，毕业打回原籍还是非农户口，落不进原来的家庭户，只能单另被分离出来。没有本地户口，加上刚来没有记者证，整个就是一个黑户，每次采访心虚得像冬天的萝卜。每周总有那么几次，我要给主任打电话，要介绍信，盖着单位红章的，一些单位才能接受采访，这是对一个新记者的考验，我懂。等到那个名字在报纸上出现的时间够久，以后名字就是一张无形的记者证。

我做过努力，想把户口落到单位户上，主任跟我说，自从上一批开始，报社才开始招收外地人，所以一直都是以本地人为主，并没有集体户，也就是说外地职工无法办理落户手续。我理解为拒绝，是一个单位，一座城市对外来人的拒绝，这样的拒绝让人心生绝望、压抑、无助等负面情绪。因为这一纸户口，有时候就是差距，就是我和这座城市之间的距离。

但这总归还是不影响我实际的生活，购物没人要我本地户口，坐车没人要我本地户口，喝酒也没有人要我本地户口。我也从来没有因为本地人或者外地人而吃亏或占便宜。所以在很多时候，我还是能够随心所欲地去生活，操着一口蹩脚的普通话采访、交流，必要时争吵。

但是后来我逐渐感受到了户口的强大和带给人的绝望。

报社没有编制，工作就像一包随身带在身边的铺盖卷，说不定什么时候就会卷铺盖走人。所以那时候总是想，要是有一个编制多好。报了几次公务员和事业单位考试，最终报名审核直接被卡，原因就在户口。最后一次报考公务员被卡，我垂头丧气地骑着自行车去昆都仑河边散步，这座城市的一条景观河，不会流动，风吹不动，雨注不满，岸边的杨柳依依，每一个人踱着悠闲的脚步，那是本地人所有的。外地人都是匆匆的，迈出去的每一步都是小心翼翼的。一直看到太阳从河面上走下去，我扔下烟头，给父亲打电话，我要迁户口。

说起来容易，落户其实也不易，单位没有集体户可以接收，需要自己找单位。问了身边仅有的几个朋友，竟没有一个可以办理落户手续。落户最简单的三种方式：买房、单位挂靠、集体户，我一种都沾不上。最后才在酒桌上找到一位内部人，在她的指点下一步步办理手续，寄回老家，然后老家再寄回其余文件，交钱落户，成功挂靠在人才交流中心，成为本地户口。

等上半个多月，新身份证拿到手，不禁有些戚戚然，户口与身份就像一道墙，墙里墙外本无区别，但是总在关键的时刻，这道无形的墙成为一种区分。

祖母在电话里也有些伤感，她觉得从小长在自己身边的孙子突然就这样离开了，从这个家庭的户口上消失，从此没有踪迹，若干年后，谁还能知道远在他乡的这个人。我一时无语凝咽，其实她不知道的是，这个户口可能要陪我在这座城市走更远的路。

四

暗夜降临，电厂的烟囱耸入云天，黑烟顺着风的方向飘动，一会儿向东一会儿向西，一会儿则一路向南飘去，城郊的夜深沉寂静。我站在电厂门口，几盏路灯的阴影下，等她。几个小时前，因为一些琐事，我们几乎清算了所有的感情，抛出了最恶毒的话语。我扔下工作，乘坐公共汽车来临河，心情晦暗如电厂上方的天空。

包头与临河之间，坐火车隔着乌拉特前旗、五原县两个小站，沿途经过葵花地、瓜田、荒漠、盐碱地、小镇、村庄、洗煤厂、小湖。坐汽车沿着大青山一路往西，直到巍峨的大青山与平地接壤，融为河套平原的一部分，山顶的植被绿了又枯萎，枯萎了又变绿。包头与临河之间，只有两个多小时的距离，这个距离是我可以企及的，可以奔走的，也是必须奔走的。这两个小时的时间，有时候足够我酝酿一个坏情绪，也足够我酝酿一个好心情。

女友在临河工作，每周仅有的两天休息时间要在我与父母之间权衡，而我则需要在工作和女友之间权衡。两个多小时的车程虽不是银河，却成为我们之间的一道阻隔，这道阻隔成为时常的磕磕绊绊。

我们在电厂门口的重重树影里大声理论，在一个不属于我俩任何一个人的城市郊区理论，那些恶毒的话语像失控的箭，直插对方的心脏，我们彼此却为此扭曲地快慰着。她哭着离开，我站在路灯打下的树影里不知所措，一场没法收场的吵架让人陡然慌乱，我抓着电厂的防护门颤抖不已，她不回头的影子被路灯拉得好长。零下二十多度的气温让所有生物慌张，一只流浪狗匆匆从眼前窜过，天上星星稀疏得像被滤网筛过一样。等她再次出来的时候，我们激烈地相拥，用最温柔的话语为对方拔去那些穿在心头的箭。

争吵依然无法避免，就像平淡生活里的刺，时不时出来刺痛我们平静的心。生活理念的不同、地域文化的不同、行为方式的不同，都成为我们争吵的原因。最激烈的一次，我接纳了一头狮子在内心咆哮，手机在酒店的地毯上飞溅出不规则的碎片，每一个碎片都是一把怒火，指向已经并不明确的吵架理由。她吓得蜷曲在一角，这时我才意识到自己的失控，抱住她颤抖的身体。

当然更多的时候是晴天，临河这座小得不能再小的小城，接纳了她，接纳了我们未来生活的大半部分。我们时常在这个城市像主人翁一样逛街、吃饭、看电影，住遍了这里的每一个酒店旅馆，熟悉了这座城市的每一条街道。

从二〇一四年底开始，我频繁在包头与临河之间奔走。火车和汽车就像两条最长的街道，连接着包头与临河，连接着我和女友。这一年我开始注意，大青山上的雪终年不化，河套平原一年四季分明，春季种葵，夏季打瓜，秋季牧羊，冬季的雪落满方方正正的瓜田。

五

大包小包的行李整理了一整天，堆在床头、书柜的书，衣柜里的积攒，厨房里的锅碗瓢盆，还有隐藏在各个角落的杂物，被一一翻出来，找出大号的手提袋，一件件往进塞，整理完所有的物品，将近十个大袋子，被褥铺盖还在床上。我坐在空荡荡的屋里抽烟，两年多了，这个屋子和我刚来时没有什么变化，只有淡黄色的地板被电脑椅磨出了条条裂纹，卧室的门因为一次上锁被踹开到现在都留着伤痕，卧室的灯管几个月前换成了新的，这些都是我在这个屋子留下的生活的痕迹。

新租的屋子离单位更远，骑自行车四十分钟的路程，但是距离女友家近了不少，这是让人欣慰的。东面、南面临街，卧室窗户朝南，冬日阳光温和，夏天烈日暴躁，客厅宽敞明亮，房屋南北通透，必要的时候，可以随时邀请穿堂风进屋一坐。第一次来这儿看房子，我就决定了，就在这儿，谈好价格，利用国庆假期搬家。

收拾好房子，请女友过来看，家具虽旧，但房子总归是新的，深秋的阳光照进卧室，新铺的床单，新换的被套，宽大的窗户，六楼的视野开阔，躺在床上，女友不无感慨，要是这是我们的房子该多好。是啊，这要是我们的房子该多好。

在这个城市租房五年，换了三个住处，越搬越多的行李不断提醒我，到了该在这个城市落脚的时候了。

决定在这个城市买房，是一个艰难的过程，很多次路过那些拔地而起的新楼盘，都要忍不住望几眼，留意一下宣传展板上的价格，然后对比自己微薄的工资，最后只能作罢。相比于大城市来说，这里的房价并不高，即便如此，我这几年的积蓄也不够一套房的首付。曾经一度我想过买一套二手房居住，而且也和女友实地去看了，价格适中、位置优越，最后因为过不了心里的那道坎而作罢。二手房总归是别人住过的，怎么装修，那个屋子都是别人留下来的气味、温度，房子如人，恋旧。

这一年，几乎看遍了这个城市所有的新楼盘，这是一个漫长的过程，是自己与自己抗衡的过程，房子的位置、价格、未来的升值空间，都需要综合去考虑。怎么选，都是与自己的那点工资较劲，两个月的工资不吃不喝购买一平方米住房，得等多少年，这个城市的一盏灯火是我自己点燃呢？

这一年的年底，我手提包里拿着七万元现金，如同千金巨石，让我步履维艰，沉甸甸的。那是我在这个城市立足的本钱。我和女友拿出四万元，父亲从老家贷款两万元，从舅舅处借一万元，这些钱是首付款的尾款，在此之前，我已经倾尽所有，预交了四万元首付款。十一万元，需要我骑着自行车在这个城市跑多少新闻，费多少周折，似乎已经无从计算。

房子在城郊位置。这几年，城市周边的一些农村开始拆迁，一些新楼盘在这些郊区扎根，价格较低，成为一些普通工薪阶层的选择。考虑到实际因素和未来不可控因素，最后选择在这些地方购房，托了关系找了人，一个月工资购买一平方米。好在，这个价位我还可以承受。

不止一次，在房子没有交工前，我蹬着自行车去楼盘，在只有框架的楼里思绪万千，阳台朝南，卧室朝西，客厅宽敞明亮，虽然不是南北通透，虽然卫生间和厨房窄小，但一想到这是我未来的家，心里就止不住地激动。建筑工人在楼体外进行粉刷，唱着明亮的网络情歌，我在屋子里一次次筹划着装修的风格，家具的摆放位置。

女友从网上购买了一套待上色的油画，每天在工作之余细致地涂画。那是一幅格调高雅的油画，左侧两瓶法国红酒，半杯红酒颜色鲜明，旁边是一捧开得明艳的鲜花，水果零散地摆在一边。她说，等到咱们房子装修的时候，这幅油画就挂在餐厅，吃饭时看看，得多有食欲。

领上钥匙的那一晚，我做了一个长长的梦——在这座城市最大的城中草原里，我趴在草地上，看着一棵破土而出的小树苗，在风雨飘摇里成长，被风吹得一会儿匍匐在地面，一会儿左摇右晃，五年，它长成一棵参天大树，在数百米的高空俯瞰着城市里那些熟悉的街道、建筑……

原载于《美文（上半月）》2016年第4期

租房札记

胃里的故乡

我在包头的城中村落脚的时候，太阳刚从北回归线折返，站在城中村高高低低的小洋楼前，阳光直勾勾倾斜下来，地上的蚂蚁都无处躲藏，三三两两的行人说说笑笑从城中村横七竖八的小巷里突然冒出来，或者突然消失在小巷里。堂弟将我引进一条巷子，然后拐进一扇暗红色的大铁门，扛着行李来到三楼的一间小屋子，只有几平方米，一张床占去了大半的地方，行李放在地上，房间一下子满了。

城中村实在不大，但是其地理位置却异常优越，处于两个核心市区的中间位置，四条马路将村子围城一个正方形，从空中看去，是高高低低的小平房，几条小路串联着这个村子。

与所有的城中村一样，这里接纳着太多的阴暗和肮脏、希望和梦想，谁也不知道住在隔壁的那个晚归的女人从事的是什么工作，也不知道那个住在楼上每天天还没亮就出门的小伙子在哪里上班。我们每天都在为生活奔波，当城市的夜幕降临的时候，我们都要回到这里，在同一个屋檐下生活，没有高低贵贱，都是几平方米小平房里的一员。

很多人来这座城市的第一个住处都在这里，房租便宜，交通方便，生活成本低。我也并不例外，当我如一粒尘土在这座城市落下脚之后，这里成为我无法逃避的选择。朝院内开的窗户终年光线暗淡，像我和堂弟经常去打台球的地下室，带给人窒息和绝望之感。

下楼出了逼仄狭窄的巷子，东西向的一条小马路穿过城中村，马路两边排开的是各种杂货店、台球厅、彩票站，更多的是小饭馆和小旅馆。随便拐进一家小饭馆，都可以暂时慰藉碌碌饥肠，但是这个城市的饭菜，却如这个城市的风沙一样，凛冽而又粗狂。就是在这个巷子里的某个小饭馆，我第一次和堂弟坐在门口的饭桌上，只有几张桌子的小饭馆，没有一位顾客，服务员和老板、厨师坐在一起边嗑瓜子边聊天。堂弟接过菜单，随便点了两个菜、两碗米饭，好几十元的费用让我咋舌不已，几十元足够我在兰州的牛肉面馆吃上一个星期的牛肉面。

我决定自己做饭。

堂弟在酒店工作，因为特殊的上班时间（下午两点下班、晚上九点下班），他当然不可能自己在出租屋做饭，但是作为一名厨师，他还是买了做饭的一应物什，锅碗瓢盆菜刀面板，油盐酱醋米面齐全。这些都为我提供了方便，每天下班之后的大把大把的时间够我去做一顿便宜而又适口的饭菜。堂弟在包头工作多年，也吃腻了酒店的饭菜，但是他早已经忘记了家乡饭菜的味道，他对此也抱以极大的兴趣和关注。

我蹲在门口的脚地上，一口电炒锅对着窄窄的过道，洗净切好的土豆、西红柿、菠菜、葱姜蒜摆在一块小方桌上。六月的太阳端正地照在院子中央，下班回来的邻居拖着疲惫的影子穿过院子中央晾晒的衣服，从逼仄的楼梯走上来，我下意识向屋里挪挪锅，挪挪身子，对着熟悉或者陌生的面孔笑笑，他们也往往要看看我锅里的饭菜，下意识地嗅嗅鼻子。这个院子每天都有人搬走，每天都有人搬进来，从一进这个院子，我想啥时候自己也能扛着行李，从这个院子里走出去，然后再也不会来这里看一眼。

邻居是一对河南小夫妻，每天我都能闻到屋里飘出的牛肉烩面的味道。楼下的四川小伙，门口挂着红火的辣椒，爆炒的辛辣直冲楼上，往下看一眼都觉得眼睛发疼。对面的房东家则时常飘荡着羊肉的香味，是的，羊肉，在这座城市里，羊肉与土豆一样普遍。并不大的小院里，每天飘荡着天南海北的味道，也夹杂着天南海北的方言。

而我却在这一方小小的天地里不知所措，面没问题，菜没问题。出租屋只有自来水，一只塑料桶接了放在地上，冬天早上起来里面全是冰碴，洗脸的时候甚至割脸。浑浊的黄河经过这座城市，经过加工处理后进入我们的日常生活，我便想起兰州黄河里漂浮的泛白的死尸，这水便有了异样的味道。我从门口的小卖部买来桶装矿泉水，用矿泉水揉面，做饭，但是依然没有家乡的味道。在异乡能吃到一顿家乡饭，是非常奢侈的一件事，我为此而深感焦灼。后来我在那些散装的调料里发现了问题，从上高中时期寄宿开始，我就开始自己做饭，似乎早有人知道了这类人群的需求，所以生产了诸如十三香之类的调料，比例已经调配好，做饭时只需放几勺即可，不用考虑搭配比例问题。

为此，我跑遍了附近所有的超市，没有家乡的调料，只有种类分明的散装调料。这些调料在超市的柜台上摆放在一起，但是又彼此隔阂着，就像我在这个城市的生活，像一个城里人一样上班、下班、做饭、睡觉，但是又被一些莫名的东西隔阂着。

我的同班同学文昌比我先来到这个城市，他已经能够适应这里的饮食，并在日常的烟火生活中自得其乐。比如，有一天他告诉我，菜炒熟了，回头去盛米饭，却发现米粒还颗粒分明地泡在水里，他第一时间不是去按下煮饭的键，而是给我打电话，在电话里笑得前仰后合。

文化的认同和融合首先是饮食和语言的融合，但是我在一顿饭里，却始终与这座城市格格不入。堂弟说，巷子里有几家牛肉面馆，有时间可以去尝尝。

出了巷子向西不到十米，就是一家牛肉面馆，老旧的门脸，只有一个服务员每天忙前忙后。实际上，整个饭馆也只有厨师、老板和服务员三个人。实际上，来这个牛肉面馆吃饭的，每天也就那么几个人。他们与我一样，寄居在这城中村里，与我不同的是，我每天骑着自行车，在这座城市的大街小巷游走，而他们只能在这个小小的饭馆里，张望门外的马路。一碗牛肉面，清汤里面的几片香菜，几块筷子头那么大的牛肉丁，没有看上去让人食欲大增的红辣椒，也没有白嫩可口的萝卜片，是的，这只是牛肉加面而已。即便如此，我还是经常去。后来，饭馆门上贴上了饭馆转租的纸条。我第一次用蹩脚的普通话与老板交流，老板用同样蹩脚的普通话与我对话：开不下去了，相较于牛肉面，包头人更爱吃的是饸饹面。我明白，饭馆与人一样，也有水土不服的时候，只是，饭馆水土不服可以改头换面做其他，人却不能，只能硬着头皮适应。

再后来，牛肉面馆果真变成了饸饹面馆，老板还是那个老板，每天门庭若市，但是我从来没有进去过一回。

行走的苜蓿

我决定从家里带调料过来，从家里带土豆面粉过来，从家里带猪肉臊子、酸菜浆水、苦荞面过来，与其说带回来的是食材，不如说带回来的是对家乡的一份念想。吃上一碗浆水面，就能想起故乡的山山峁峁来。

每年过完年回到我所在的城市，母亲大包小包都要装得满满的，上下火车成了最费力的事情。但是带回来的这些东西，却一下子改变了饭菜的味道，有了家乡的风味。堂弟每天下班不再在酒店吃饭，而是回到出租屋吃我做的家乡饭。

有一次给母亲打电话，不知提起啥，我在电话里说，好多年没有吃过苜蓿菜了，然后就想到了满目的苜蓿，在初春的风里柔软地摇曳。作为甘肃东南部黄土高原地区春天最早的“蔬菜”（严格意义上只是畜草而已），苜蓿早在杨柳和麦苗之前，带给大地一抹翠绿。驴子最早闻见苜蓿发芽的味道，在蜗居了一冬的驴圈里一声嚎叫，农人就知道苜蓿发芽了，几场春雨过后，提着笸箩赶到苜蓿地里，半个小时的工夫，就能摘回一筐。

当我们说起这些，我的涎水在喉部咽了又咽。

苜蓿其实不是菜，是一种畜草，作为冬天改善驴子伙食的草料，每次都拌在麦秸秆里，作为点缀。在那些缺吃少喝的年月，人跟天抢食吃、跟地抢食吃、跟畜生抢食吃很普遍，只要能吃的野菜，没有一样能被放过。我们一家七口人，每年产下的粮食都接不上第二年新粮下来，白面馍馍也都是在重要的节日才能吃上，平时是糜子面馒头或者高粱面锅盔。买不起蔬菜，一整个冬天就靠一窖土豆和几捆大葱维持，除了过年，整个冬天的饭菜里很少能看见绿色。但是当苜蓿长出来，生活就有了希望，新长的苜蓿脆嫩、饱含水分，掐断后指甲上还留着翠绿的汁液，那是可以果腹也可以当作蔬菜的食粮。

生活就是这样，带给你绝望，也带给你希望，在漫长的冬天快要撑不下去的时候，春天悄悄把苜蓿送到大地上。苜蓿可以凉拌，也可以炒菜，还可以与土豆一起做成汤菜。春天的饭桌上，苜蓿几乎是唯一的一点绿。

在县城上高中的时候，春天来临的时候，母亲每周都要托班车给我带些苜蓿菜、土豆、大葱。从上大学开始，我开始远离故乡的春天和秋天，苜蓿长出来了我吃不上，杏子黄了我吃不上，玉米熟了我也吃不上，甚至刚从地里刨出来，煮一锅皮都可以裂开花的土豆也吃不上。我只能与故乡的麦收和雪花有交集。

多少年没有尝过苜蓿的味道了，我甚至都忘了那些嫩绿的新芽经过唇齿间的感觉。

母亲说，我给你寄些去。但是谈何容易啊，甘肃与内蒙古之间隔着十六个小时火车、五个小时汽车的距离。苜蓿不会行走，不像我，可以坐着火车、汽车不远千里来到这座城市生活。但是，在半个多月后，一大包新采的苜蓿被母亲细心地打包后，被送到我的办公桌上，同事以为家里寄来了什么稀罕的特产，纷纷过来围观，但是当我打开包裹，看到苜蓿的一瞬间，不禁都兴味索然。

但是于我，一种莫名的情愫陡然而生。从遥远的甘肃寄到内蒙古，一千多公里的距离，这些苜蓿在行走中丢失了水分，丢失了柔软的身姿，越来越接近草的本质。这包苜蓿更像是我在城市的影子，粗涩、干瘪、没有卖相。家里寄来一包草，这让同事有些不解，但是我却视为珍宝。

下班回到出租屋，将苜蓿倒在面盆里，外边一层已经全部发黄，就像秋天收割风干后作为畜草的苜蓿一样，只有里面的一小部分还保持着嫩绿的颜色，但是也像经了霜的土豆叶子一样，看上去萎靡不振。但是我依然为此欣喜不已，坐在三楼的楼梯口，在太阳下仔细挑出那些还能被作为菜的苜蓿。下班回来的堂弟也为此惊喜不已，多少年没有吃过苜蓿，早已经忘了那初春的味道。

初春的包头风沙肆虐，春雨下在别的地方，小草刚小心翼翼探出头颅。但是有谁知道呢，在这个各色人等杂居的小院里，居然有两个人坐在楼梯口，细心地挑拣着一千多公里外的春色。挑拣完后，堂弟将他们放在电炒锅里焯了，拌上醋，佐以食盐调料，配上胡麻油烧熟后浇的春韭段，捣碎的蒜泥拌进去，熟悉而又久违的味道扑鼻而来。

那天，像过节一样，我和堂弟买了酒，做了揪面片，在满院子天南海北的饭菜味里，一小口一小口吃完了那盘苜蓿菜。一包行走的苜蓿，从数千公里之外，浩浩荡荡走进我们依然饥饿的胃里，我为此感到欣慰而又难过。

三个人的兔子

Z 说，改天我给你们炖兔子吧，我在军队炖兔子特别好吃。我们都没有当真，点头应和着喝干了杯中的酒。

搬出城中村后，我和单位的两个同事合租了一套离单位稍近的房子，每人一间屋子，客厅、厨房、卫生间共用。虽然都是外地人，虽然都是报社的临时工，虽然都拿着为数不多的工资，但是年轻的心却从来没有为明天而担忧，在一段时间内，我们把生活过成了生活的样子，每天正常上下班，买菜回家做饭，周末时可以三个人一起吃一顿饭，喝一顿酒。

后来，甘肃同事南下广东谋生，东北同事也选择离开这个屋子。两个同事搬走后，偌大的房子就剩下我一个人，曾经热闹的屋子一下子安静下来，形影相吊的日子并不好过。最关键的是原本三个人承担的房租，从他们离开的那一天起，成了我一个人的，数数自己每个月的工资，然后对比这高额的房租，我惶恐不已。在房租还没有到期之前必须找到合租者，否则到时候我也得搬走。在网上发布了招租信息，每天都有很多人联系，但是看完老旧的屋子和过时的家具，都摇着头离开了。

后来东东找到了我。东东老家宁夏，毕业于本地的一所高校，学土木工程专业的他本该是在设计院工作，可是他所在的一家私人设计院后来倒闭。他在舅母的一家小设计院打杂，因为业务较少，做一些零碎的工作。他骑着一辆破旧的山地自行车到我家楼下，朝东的一间小屋，紧邻着客厅，屋子虽小，冬天暖气最热，也可以占用客厅的巨大空间，每月五百元。年龄相仿，又都是外地人，住在一起没有隔阂。

他说，上一个房东基本是个变态，不到三十岁却每天在家，靠着一套旧房子维持生活，每天拖拉着一双拖鞋晃来晃去，每个月的房租、水电费都要斤斤计较。最后他要搬走，房东押着一个月的房租，死活不给。“我都想扇他一耳光，活得不像个男人。”东东说这话的时候，我能看到他脖子间的青筋在一突一突的。

东东基本不做饭，作为典型的工科男，他的生活是一整套模式，一般情况下雷打不动，上班时间固定，下班时间固定，晚上回家煮方便面，或者带回一碗面，边玩游戏边吃饭，往往都是吃一半，倒一半。游戏几乎成了他下班后的全部生活，而且他可以通过游戏来挣钱，虽然一个月只能收入一两百块钱，但是他觉得很满意。

后来来了一位南方小个子青年 Z，生得俊秀，普通话并不标准而且说话语速快。他说自己本来与人合伙开一个家具城，后来因为各种原因家具城倒闭，投入资金打了水漂，所以无奈出来租房。

我们并不知道他说的真假，楼下一个穿大红衣服的女子开车帮他搬家却是我们能够看见的，与 Z 一样，那女子身高并不高，齐耳短发显得精明干练。见到我们只是笑笑，并没有过多的言语，在住进来的一年多时间里，这个女的时常出现在我们共同拥有的这套房子内，房子本来不大，几间屋子距离太近，以至于晚上的呻吟声也让人听得真真切切。Z 也并不忌讳，时常还会给我们讲一些床笫秘术，往后见了那女子，我们都有些脸红。

后来我们才知道，Z 和那女子都有家庭和孩子。

搬进来的第一天晚上，他做了一桌子菜，买了两瓶白酒，请我和东东在他屋里吃饭，味道偏辣，是典型的湘菜做法。几杯酒下肚，他告诉我们，他是一名特种兵，转业后到地方工作，后来又辞职创业，然后投资失败，现在又在寻找新的投资项目。我和东东相视而笑，饭后东东悄悄跟我说，我觉得他在部队就是个伙夫，饭做得不错，但是我没见过个子这么低的特种兵。说完我俩偷着乐。

也就是在那次酒桌上，小个子说他要给我们做一顿炖兔子，起因是东东的女友在一家獭兔养殖企业工作，我并没有当真。好久一段时间后，东东女友真的从企业带回来一只剥了皮的獭兔。

Z将兔子剁成块，盛了一小盆，撒上盐在水里去腥。晚上下班的时候，一打开门就能闻见一股香味飘来，肉已炖得烂熟，酒菜上桌，三个人在一起吃了最后一顿饭。

随后，东东工作调动，追随女友而去。随后，我也搬离了那个小区，Z也不知所踪，搬家的那天，我又看到那个开着红色小轿车的女人来到楼下，将Z打包的行李装了满满一车。

在楼顶抽一支烟

那一支烟，我抽得很缓慢，像我即将离开这里的最后时光，是缓慢的。这种缓慢是一种别样的情感，不是留恋，也不是毅然决然。烟火明灭，小区里的流浪狗不时来回嚎叫呼朋引伴，下夜班的邻居将车子小心地锁在楼道口，高大的白杨树在秋风中翻弄着即将凋落的叶子。

离开的前一天晚上，顺着施工搭好的架子，我爬上了三楼的楼顶。从来没有站在这样一个高度，去看看生活了三年的小区，包括自己所在的这栋楼。往东是繁华的街道和高楼，往西是硬度十足的工业基地。独独这个小区，成了例外，低矮的楼房，苏联式建筑，与世隔绝的样子。

没有人注意到坐在楼顶上的我，就好像没有人注意到小区里有这样一个人，白天骑着自行车去上班，夜晚在其中的一间屋子里悄然入眠。城市的生活就是这样无声无息，没有人能惊扰到自己，也没有人能被别人惊扰，就连夫妻间的吵架摔碗砸锅，也不会在这无声无息中惊起多大的波澜。

坐在楼顶上，点起一支烟，明月当空，小区外的街道车流不息，小区里万家灯火。我还记得刚来这个小区时的样子，从城中村的小出租屋搬到这里，一辆三轮车拉着我所有的家当：锅碗瓢盆、鞋帽衣物、两箱子沉甸甸的书籍。三轮车在前面，我在后面骑着自行车不远不近地跟着，最后三轮车停在一栋老旧的楼房前。那些装在车上的物什，一件件搬下来，堆在单元门入口处，递给三轮车师傅一根烟，师傅眯缝着烟看着我堆在地上的行李，接过我递过去的三十元车费，问我为啥要搬到这么老旧的小区。五百元一个月，便宜！说出这句话的时候，我暗暗与赵家营两百元一个月的房租做了对比，但是不管如何，这里总归是楼房，有能洗澡的卫生间，有单独做饭的厨房，这就够了。是的，就是这么简单，还要什么呢？

住进去的第一个晚上，收拾好一应物什，合租的同事还没有搬来，七十多平方米的屋子里仅我一人，屋子显得有些空荡荡，昏暗的灯光也是凄冷的色调，拉上窗帘，屋外的一切都被隔绝。虽然已经过了冬天，但是在这个屋子里，荒凉如长在心里的草，异常茂盛。好久没住人了，年纪大了腿脚不便，我们搬到有电梯的高楼了，屋子干净，也没发生过乱七八糟的事。这是老房东给我的交代。作为这个城市最古老的小区，这里的房屋格局老旧，进门一道长廊，两边分别是客厅、卧室。正对的是卫生间，狭小而又昏暗，右侧是厨房，窗户被钉死，窗外的白杨树遮挡住了射进屋里的阳光，春天的时候杨絮顺着窗户的缝隙钻进来，落在抽油烟机上，厚厚一层。长廊两头拴着两根晾衣的铁丝，墙上的油漆脱落得有些斑驳，让我想起老房东的牙，在说话的时候，总有些音顺着那些没牙的地方偷偷溜走。

让我欣喜的是屋子里还有一套乳白色的书柜，虽然老旧，但也已足够，我的那些经常放在箱子里的书，总算有了好的去处。柜子上有一台老式的石英钟，拧紧发条，滴滴答答的声音在屋子里回荡，强势而又柔软，像缓慢而又迅速消逝的时光。

我的屋子在阴面，打开窗就能看到小区杂草丛生的广场和广场上被藤蔓覆盖的一条长廊，再往东是这个城市最繁华的商业区，灯红酒绿，车水马龙。多好啊，夏天的傍晚，我可以坐在被藤蔓覆盖的长廊下纳凉，也可以走出小区，在川流不息的马路边散步。

就这样，我在这个小区悄无声息地扎下脚跟，一如在城中村里一样，不知道什么时候搬走，不知道前后左右的邻居是谁。实际上，我也做好了长期在这里生活下去的准备，置办全了锅碗瓢盆、油盐酱醋，厨房不大，但却承接了我对城市生活所有美好的希冀。我花了一个下午的时间，将厨房打扫出来，落满尘土的玻璃被擦得干干净净，抽油烟机也擦拭如新，摆上做饭的瓶瓶罐罐，生活立马有了不一样的味道。我甚至将经年的地砖，也用铁刷子逐一清洗一遍。

一切迹象表明，我准备在这里常住，但是最终我还是选择了离开。当我收拾完所有的行李，站在空荡荡的屋子里，甚至有些恍惚，像我刚开始来到这个屋子一样，打量着屋子里的一切陈设，一切仿佛都是陌生的样子，但实际上我已经在这里度过了三个春秋，从一开始的三个人一直住到最后只剩我一个人。剩下的人需要勇气，独自面对黑暗，面对屋子里遗留下的一切，面对曾经的记忆和生活过的气息。

扔下烟头，乘着夜幕，叫来出租车，那些打包好的行李，一件件从屋子里搬出，关灯出门的一瞬间，我听到一声叹息，很轻，但是我听见了。

原载于《广西文学》2018 年第 2 期

河套三章

狗的腰能有多细?

在河套平原的腹地，有一种尖嘴巴的狗，眼角有点发红，耳朵小小的。与其他的狗相比，具有很明显的特点，它的身体和腿都特长，全身通黑，尾巴不长，腰却像大黄蜂一样细。当时刚看到这种狗的时候我就感叹，居然还能有这种长相的狗。真没见过这样的“瘦狗”，其实在方言里，我们形容那种闲不住来回晃悠惹人嫌的人为瘦狗，而且在说这话的时候，一定会加上一系列的象声词。

但这确实是不同寻常的瘦狗，搭配完全不成比例。我家曾养着几头驴，身材匀称，皮毛光滑，是整个村里最好的驴子。在贫穷的年代，父亲最怕被人偷的就是这几头驴。但是大叔家的两头驴，不知道是基因的缘故还是什么原因造成的，却是全村驴里的奇葩，腿特长，腰特细，看起来就像一个做坏了的木马，失去了比例。

我想，要是按照人的标准来说，其实这样长腿细腰的，应该是一个美人的坯子。不知道在动物的审美观里，这种人的标准是否适用?

大姐对我的这种无知却表达了不屑：这是村里人养的猎兔的狗，性情善良，但是追起野兔来却是不要命的。在秋收过后的很长一段时间内，很多村民靠这个挣钱呢，一只猎兔狗一个秋季到冬季能够挣回几亩地的收成。

这种狗也能追野兔？我是担心它的腰被闪断。

搞笑的是，大姐家的一只小宠物狗当时生了一窝小崽，这只黑色的猎兔狗好像很感兴趣，总是时不时拖着大黄蜂似的细腰，前来参观。这只当了母亲的宠物狗却凶狠异常，猎兔狗还没有到跟前，它一阵狂吠，吓得猎兔狗夹腿落荒而逃。

非但如此，几乎村里的每一条小狗它都惹不起，总是一副夹着尾巴做狗的样子，似乎就能惹得起野兔。起初我见到这类的猎兔狗，总是要远远地避开，后来发现它也是躲着人走。有一次，我在傍晚的时候去屋后的菜地里摘西红柿，突然它从后面走过来，我一回头看到它正从我身边经过，吓了一跳，它也吓了一跳，"呜呜"叫着跑了。

但我是没有见过这种狗追野兔的，我在河套平原上劳作的时候，还不是秋天，而是火热的夏天。所以我始终没能见过这种猎兔狗在追野兔时的飒爽英姿。

我还是想说说一只狗的腰能有多细的问题。我一直想找个机会量一量这狗的腰到底有多细。

外甥说："这种狗的腰绝对没有我的胳膊粗。"

我看了看他一百三十以上的腰围，不得不承认这是一句最实在的废话：十只狗绑起来能不能有你的腰粗还不一定。

其实这只说明两个问题：要么人比狗吃得好，要么狗比人注意保持完美体型。我没法和狗讨论这个问题，最终也没有办法量一量狗的腰到底有多细，但是我曾经骑着摩托车，结结实实和这种狗来过一次赛跑。

想不起来是源于一次什么样的机会，在两条平行的乡间小路上，我骑着摩托车准备在夕阳落山前扛一桶淡水回来，家里通的自来水含碱量太大，无法饮用。在离村子不到十公里的一处荒滩上，却有一眼淡水井。我就是这样奔驰在通往淡水井的路上，这只狗不知道是因为什么在对面的小路上同样奔驰。它没有看我，我却时不时回头看看它，我骑多快，它跑多快，五个档都挂上了，它还能与我保持同步。

在夏末的乡间小路上，会不会有一个村民碰见我，然后用惊讶的眼神目送我和猎兔狗以相同的速度扎进夕阳的余晖里，然后感慨：这遛狗的，真霸气。

你说兔子能够跑过摩托车吗？姐说兔子可没有和摩托车比过赛。后来我想，在即将进入秋收的季节，河套平原上掩藏在玉米地里、葵花地里的野兔们也将无处遁形，就是因为和我这一次的拉练式的赛跑，可能又有多少只野兔被这只狗叼回到主人家里。

羊在肚子里

有一年暑假，我突发奇想，买了火车站票来到河套平原的大姐家。那年确切地说是大二，来的时候也并不是我一个人，还有另一位同班同学。我俩的想法一致，目标一致：啥都不缺就缺钱，打工挣钱。我花一百八十元买的摩托罗拉手机还附带赠送一百元话费，当时后壳子得用纸垫着才能让电池与手机良好接触。我得有钱买一部手机。

在姐夫的推荐下，我们跟着村里的一个小老板开始盖房子的营生，其实也就是打吊顶，我俩是小工，凡是不需要大工干的活都是我俩承担。第一次去干活的地方是在乌拉山脚下的一户人家，门口拴着一条大黑狗，旁边的果园里有一条早熟梨的枝丫能够伸到狗窝旁边。当然，这不是重点。那一年雨少，天热，吊顶的铁模子被太阳烤晒后能把手烫起个包。活儿挺累，但是有盼头。

第一次快干完活的那天，我们还在屋顶挥汗如雨的时候，主人就开始在院子里杀羊宰鸡，随后肉味就顺着淡淡的风飘过来，沃恩好不容易把涎水收进肚子里，干完最后的这一把活。干活的时候人少，吃饭时几乎来了半村人。一位当地的工友说，这是规矩，谁家都这样。两个屋子满满当当坐了人，羊肉很快端上来，啤酒很快开了瓶。

呵，我当时都忘了自己第一口吃得是羊肉还是土豆。甚至，我都忘了当时羊肉的味道，盐多了盐少了，肉炖得烂不烂，统统不知道了。我面前就是一群羊，在浩浩荡荡通往我的肠胃的过程中，被我的目光肢解，然后变成一块块羊肉，慰藉了肠胃深处的饥饿和馋。

俗话说“吃饭要有饿样”，但是那天我却吃出了仇样，仿佛那一碗羊肉与我有仇，我必须要将它彻底消灭，一丝肉丁也不能剩下，半块土豆也不留下，就着啤酒一气呵成。

在坐火车途经河套平原的时候，我曾经看到过车窗外的羊群，说实话并不洁白，洁白的就不是羊群而是云朵了。这些羊群只能在你的眼睛里泛起光芒，或者在你的诗句里出现，你再不可能与它有交集。

与一只羊有交集能有多难？你站在羊群里，随便用手一指，就是那只，吃草最快的那只，揪出来炖了。如果你仅是说说，这就是草原上著名的饮食“手指羊”了，指指而已。除非你扔下一千块钱，没有人会支持你这样的豪爽。

姐家养着二十多只羊，一年到头也只能吃一两只羊。在更多的时候，姐夫还是吃着猪肉、鱼肉、鸡肉，蹲在厨房门口，看着几米外的羊圈。所以，村里有人家里盖房，必定会有很多人前去帮忙，只为了能在吊顶的那天与主人家的那只羊有一些交集。

劳动维系着人与羊的若即若离的关系，付出劳动得到报酬，羊就是最具体的，能看得见吃得到的。这对村民们的生活改善是重要的补充。哪一年村子里盖的房子越多，哪一年村民身上长的肉也最多。所以，我们每去一个村子，先要看看这个村子人的高矮胖瘦，就能知道这个村子今年新盖了多少房屋，吊了多少房顶。

我们很幸运，一周就能与一只羊产生交集。但是自从那次吃完两碗羊肉后，有一群羊就住在我的肚子里，它们会时常出来提醒我，一顿新鲜的羊肉在不远的一个村子里飘香，但是我不能多吃，因为我的肚子里已经住不下那么多的羊。

我不吃羊肉了，引起了我同学的疑问：“你咋尽吃土豆，好好的羊肉不吃？”我说出了上述具有诗意的表述，他狡黠地说：“那是你第一次吃伤了。”

村里应该有姑娘

我们干活的时候，除非到了中午或者晚上快收工的时候，因为饥饿顾不得想其他事。除此之外的任何时候，我们都想着同一个问题：村里应该有姑娘，漂亮的姑娘。我的心思是纯洁的，就是因为长时间见不到一个三十岁以下的年轻女子，审美出现了严重倒退。

但是另外一名三十多岁还没有结婚的工友 Z 却没有那么纯洁。他知道男女之事，但是整天却闲闲的，任何一个话题都能被他引到男女问题上。

我们在房顶上准备吊顶的前期工作，大梁已经架起，铁模子已经安好。我们正在编制钢结构网，天上飘来两朵洁白的云，除非天上有飞机经过，我们才会抬起头看天，一般都是在低头干活，顶多看看村庄周围的地形。正在我们干活的当儿，Z 大喊一声，你们看，天上的那两朵白云像啥？

能像啥，不就是两朵白云嘛。像两团棉花。Z 说，其实像女人的乳房。另外几个与他一起干活多年的工友开始调侃了，你见过吗？连媳妇都没有，知道啥呀？

一阵哄笑过后继续干活，对枯燥的工地生活来说，其实也是一种不错的调味品。

我和同学在所有工友里比较特殊，因为我俩的文化水平是最高的。一般人们不称呼我俩的姓名，直接叫大学生，这让 Z 很是羡慕。

大学里有很多漂亮姑娘吧，我有一次去巴彦淖尔市去玩，看到河套大学的学生放学，那个女女漂亮呀。在吃饭的当儿或者回工棚休息的时候，Z 就在我俩跟前念叨。其实我们更感兴趣的是为啥他还没有找上媳妇。说起这事他就没话了，但是有一次我们中午吃完饭去一条河渠里游泳的时候，他和我们一样赤身坐在只有二十多厘米深的河水里，他说在自己所在的那个村甚至那个县，重男轻女的思想是非常严重的，所以女孩本身就少，后来似乎完全倒转过来了，女孩少反而更吃香，男孩多反而成了灾患一般，一个村里好几个老男孩硬硬熬成了光棍汉。Z 是家里的老大，念书不成，只能出来在工地上打工，打工的大多又是男人，没有机会与未婚女子接触，最后也成了光棍中的一名。

他说这话的时候是无奈的，却把自己逗得“咯咯”笑。从此以后，我便理解了他有时候语言上的自我安慰和意淫。

Z 说，金贵的姑娘都去城里上学或者打工去了，哪里还有在村子里待着的，即便是暑假也没有几个。因为本身就不多嘛。我那时候还期待着，我或许能够穿着肮脏的工衣，在某一个陌生的村子里碰见一位美丽的姑娘，然后进行长足的发展。我同学说我的想法比 Z 想要媳妇更加无耻，最后我便打消了这个想法，但是觉得村里没有一个姑娘，荒废了一帮子人的审美，确实是一件挺大的损失。

在我们快开学将要离开的时候，Z 说家里给介绍了对象，在巴彦淖尔市的一家超市里打工，开口要一辆车，一套在市里的房子，还有四万元的彩礼。不知道他那些年积攒下来的钱够不够娶这个媳妇。

原载于《青年作家》2013 年第 12 期

权　蓉　编辑、作家，内蒙古大学第六届文学创作高级研究班学员。作品发表在《少年文艺》《儿童文学》《散文》《读者》《草原》《格言》《青年文摘》《作品》《骏马》等刊物和文摘选本。《读者》签约作家。曾获“周庄杯”全国儿童文学短篇小说大赛三等奖。

落　词

六月水

在六月水，六念成陆。

出去的人们再多，普通话说得再好，说起六月水三个字，还是陆月水。

没办法，家乡话是根无形的绳子，总会在人名和地名上把人拴得牢牢的，你要发另一个音，好像说的就不再是那个人那个地儿，而且自己说出来，还要往往吓自己一跳。

越是在外面混得久的人，回来越是满口家乡话，反倒是出去半年一年的小年轻，回来一张口，音调、腔调都改了。后者被人们视作“二洋盘”，拿作例子教育孩子，说“你要出去回来像那谁谁谁，给我变得洋不洋，道不道的，小心扒了你的皮”。

如果小时候你叫二狗子，只要回了六月水，就还是有人叫你二狗子。粗枝大叶的，叫了就叫了；心思细密的，叫完才幡然悔悟地说，呀，都这么大了，还叫你这个。不过第二天见了，还是叫二狗子，哈哈一笑，说你大名叫什么来着，一急，给忘了。

不过江家是大家族，如果父老乡亲不小心把那里面的谁叫了声二狗子，就要惴惴不安好久，所以就算不知道他们的大名，这样的错误也不会再犯。

二洋盘

除了对江家的人，六月水对出去的其他人都是带着挑剔的，不是“洋盘”，就是“二洋盘”。

混得不错的，叫人“洋盘”。男人们抽着人家递过来的烟，看一眼牌子，说“嗯，抽的云烟，二狗子，你‘洋盘’了嗦”。递烟的人笑一笑，一推手，哪里哪里，心里却高兴，被当面叫“洋盘”，无疑是认同和夸奖。

对“二洋盘”的人，人们当面都不说的，比对“洋盘”的夸赞还要大几番。像采家女儿过年回来穿了个短裤却又穿双黑色的贴肉袜子，被女人们拉着手夸的，说城里人就是时髦，这袜子都是高腰的。私下一堆女人却戳人脊梁骨，说洋不洋道不道的，冬天还穿个短裤，夏天是不是要穿个棉裤。

当然，“二洋盘”们却不会管别人，该干啥干啥，该咋穿还咋穿。何况随着时间流转，孩子们一茬茬长大，“二洋盘”源源不断，而当年的“二洋盘”也慢慢磨成了“洋盘”。

洋不洋，道不道。

当年红家的三儿子每天早上蹲院子里刷牙，就被人们这样说。

其实你真要追究，六月水的人也说不清楚洋和道的标准是啥。六月水没有的，就是洋，六月水有的，就是道。一个个总严苛地觉得人家学洋没有学到家，又和原有的不同，便说成洋不洋，道不道。

最开始，大家对洋和道的大致标准是一致的，而慢慢地，这洋和道的标准就有了严重的分野。像龙家老头老太，当初看回六月水的谁都用这六个字来评价。前两年她坐飞机去广州看了趟新出生的孙子，回来便什么都只道是寻常，而且遇到别人说谁“洋不洋，道不道”的时候，她就站到那里说，那有啥，我们上次坐飞机去广州……

每次每次地说，听得人们耳朵起了茧，再有在外面打拼的人回六月水，人们就挤眉弄眼地对那些“洋盘”和“二洋盘”们说：“你什么时候接你爹娘坐飞机去你那里，也让我们看看嘛！”

看　嘴

六月水这个地方不大，但都是分野而居，最近的两家也还要隔一两块自留地。往往两家好的时候，吃饭都端着碗去串门，但一时怄气了，气性也大。孩子们不知大人心，还是照常去玩，要正去时，那家在吃饭，这可就不得了，这孩子的母亲非得去抓回来，还要一边走一边打，一边打一边骂，说家里还养不起你，要你去人家家里看嘴？

那家也气，明知道是在出自家的气，却也只能见她打她的孩子，反击不了。只有等两家又好了，哪天坐一处聊天，再把这事翻出来，说你那天打孩子可是使劲儿，又不是仇人，你打那么狠，犯得着吗？这家女人就讪讪地笑，不说话。这样，两家算是扯平，再不提了。

小孩们也挺能用这个词，哪个家里有在外面的“洋盘”“二洋盘”们回来，买了时新礼物，这小孩子拿着新玩具穿着新衣服摇身一变，成了孩子王。就联合几个孩子把自己看不惯眼的孩子孤立出去，还要给人取个绰号，叫“看嘴子”。除了侯家的孩子没有这个机会，其他孩子倒都风光过几回。

也有自己讨这个词来说的，六月水的竹子多，慈竹、斑竹、墨竹、水竹，应有尽有，旁边的九月水要用竹子，就来六月水的亲戚家讨要。见着问完好，主家还没问来意，他们就自己说了：“来你家看个嘴，要几根竹子。”主家一拍手，这说的是哪家话，要编啥，我带你去看了砍。来人说：“不劳动你，篾匠来砍，篾匠来砍。”

篾　匠

在六月水，篾念“迷”，篾匠叫“迷匠”，专门做竹编的。

六月水这一带需要的竹器很多：

大铁锅做米饭，米到八分熟，要滤出汤去，把米回锅去干蒸，滤米的，叫筲箕。

人们晒粮食或者养蚕用的，圆的，一个人就能端走，叫簸箕。

大一点的，还有挡折子和垫子，这俩都是竹席一样长方形的铺在地上的用具，却各有各的叫法——主要是一个大，一个小。一个精致玲珑，比席子大不了多少；一个铺开却能占一间屋。不是所有篾匠都能将这俩器具的编法拿下，人们议论某个篾匠，便说这一句，连个垫子（挡折子）都编不了！

和不会这手艺的老百姓不同，教授的师父们不在乎这种粗枝大叶的用具，他们在乎的是另一种器具——青竹席。青竹席选的竹子要好，劈的竹篾要极薄极韧、宽窄全部匀称、不毛不破，上面还要编出吉祥的花纹，断口和收口都看不出。听说篾匠只要给师父编一领让他满意的青竹席，就能出师。

不过篾匠们展示编席子实力的机会很少，他们多半靠编常用的筛子来显示自己的手工。筛子分很多种：吊筛、漏筛、手筛，孔洞不一样大，大到滤麦穗子，小到滤细糠。手筛的孔洞越细，编的那个篾匠就越受尊崇。

六月水既能编青竹席又能编手筛的是老苟，六月水的姑娘陪嫁若有一领老苟编的青竹席，那是无上的荣耀。后来时代不同了，再加上老苟老了眼神不怎么好，编竹席这样细致的手艺便不做了，给人做些家常惯用的莒兜子（淘洗红薯的）、背篼。在主家吃住两天，用的大小竹器就做好一堆，工钱收得也低，人们说他图啥，他笑笑，说比我个老不死的在家里死了没人知道强。

六月水还有一个又不会编青竹席又不会编手筛却也受欢迎的篾匠，他的拿手活儿是笼床。当年六月水结婚送礼讲究蒸一副蟠馍送礼。一副八个。蟠馍是什么概念？蒸的时候，把发好的面分成八份，一个称半斤左右的发面。把面团揉成圆的，在上面切一个十字小口，蒸好了的，这四个口裂开，涂上红，叫开口笑。蟠馍，取蟠桃的意思。一次蒸这么大的八个，就得用笼床。蒸蟠馍费事，揉面就不说了，关键是太大，很多家的蟠馍都是没有蒸熟的；蒸熟了的，还要讲究蟠馍是不是笑开了。有的家里媳妇蒸不好蟠馍，又怕婆婆说，就怪到笼床上去。

老苟和会做笼床的兴子都收老后，六月水的竹编就没落了。淘洗滤蒸的竹编器物，除了老辈人还在用，年轻人都用塑料、不锈钢做的，他们不喜竹子器物用得年长后那种赭黄色的老旧，老辈人也不喜塑料、不锈钢那种生硬没有烟火气的质感。

倒是有年过年看《新西游记》，里面蒸唐僧师徒，人们看了那大个儿笼床，都想起了兴子，说他要不收老，哪家的笼床还没坏，翻新翻新，蒸一笼床夹沙肉，就是够六月水全部人吃的一道菜。

收 老

收老，在六月水，说的是死，老年人的死。

阎王爷或者别的什么把人的老收去了，就像六月水的农人们在秋天收割粮食，收完后，还有许多环节——晾晒、磨粉、煮食……反正不像一个死字，太凛冽，硬生生地没有了后手，不管结没结束，愿不愿意，就将这人直接给尘埃落定。而收老，后续绵延，想象无限。

在六月水收老的人，大都是一辈子没有离开过这个地方，七八十岁，寿终正寝。每到腊月，这个岁数的老人们碰面，彼此嘱咐，今年要收人走，你要保重。哪天六月水忽然响起一阵鞭炮炸裂的声音，老人们望着那个方向，平静地说一句，谁谁收老了，在放告丧炮。然后继续忙着手上的活儿，也看不出悲喜。

当然，也并不是谁都这样凛然地面对死亡，像白五，一日日地惊惧，实在忍不了时，就骂家里都是不孝子，说自己活起是苗草，死了是个宝，全家就等着自己收老。

走 阴

六月水有寿终正寝的收老，也有少亡和凶死异乡的。

人们对前者，虽也伤心，却是喜丧，伤伤心就过了。后者不行，迈不过那道坎，于是就得找专司走阴的人。

走阴，说这人能去阴间，找到你牵挂的死者，问出你想知道的问题，把那些他未说的话传回来。或者少亡人和凶死客不平，回家里作祟，他们就专治邪祟，保家宅平安。

六月水走阴的是一个男人，早年是铁匠，后来病了一场，好到大半时，就会走阴。可能是外来的和尚会念经，六月水的人不常找他，觉得他半路出来，术法有限；九月水也有走阴的，叫龙坯子，不过挨得近，找他有砸铁匠的饭碗之嫌，人们也不太找；于是下河的陈寡妇后来者居上，倒有了六月水走阴的专用身份。

铁匠和龙坯子有些看不上陈寡妇，觉得她搭起帕帕儿就走阴，是骗子，日白精。

六月水的人们倒不作评判，他们觉得他们仨的事是鬼神的事，妄议是大忌。但有时不免凑一起又要多嘴几句，说那陈寡妇的婆婆是观花婆，说不得是家传的呢。

日　白

日白，说话聊大天儿，后来主要说人扯谎。

其实陈寡妇离得远，日白不日白都不干六月水的事，是有回江家的儿子回来祭祖，不知搭的哪条线，请了陈寡妇的婆婆。那老太太祈福完，还给观了趟花，说江家在阴间的花树繁茂得很，现在能看到的，都是成大气候的。江二大喜，给了一笔钱，说三年后回来，再请她来一观。

江家在六月水历来关火，江二这次一夸，那老太太立马成了红人，只可惜，那个腊月却收了老。所以人们自然就把眼睛盯到陈寡妇那里了。

铁匠和龙坯子说人搭起帕帕儿就走阴，不过真实情况是，陈寡妇跟着她婆婆也历练过几年，至于关火不关火，那就不知道了。

倒是红三说得有道理，他们怎么斗，三个人也是唱戏的腔厨子的汤，都是阎王殿前讲圣谕，在劝鬼的，我们这些自己碗的饭还吹不冷，就莫要操心别人。

关　火

早前六月水的砖瓦都是自己在土窑里烧出来的，烧一个对时——二十四小时，最后关火闭窑七天，然后再出砖瓦。关火影响砖瓦的质量，所以关火不关火，这个人的重要程度不言而喻。

关火，厉不厉害，有没有用。

那年国家出一部分钱，地方集一部分资，往下面修柏油公路，七月水集资修的，九月水有个出去的老板一个人出的钱，也修了。到了六月水，人少地盘大，集资不够，愣是放了黄，没有修成。

本来大面儿上看，六月水关火的人很多，三百六十行，行行都有，但到关键时刻，细细一挑，挑一个是个瘟猪子，挑一个还是个瘟猪子，甚至连大家推崇的江家也不过尔尔。

过两年，政策下来，又修路，结果差一颗米，还是放黄了。

六月水的老人气得直跳脚，说羞死仙人板板，六月水就没有一个关火的。

都以为公鸡下蛋没有指望了，谁知第四年，却是当年老看嘴的那个侯家的侯二回来拿钱补了一部分修了条路。

老人们直点头，那么多的“二洋盘”，没有一个“瘟猪子”先生关火。

瘟猪子

六月水的猪是没有害过瘟的，但丝毫不影响他们将这词拿来对人评判。使用这词最多最权威最直接的人，是六月水小学的宫老师。

谁念书跟不上，或者他觉得差了，就送人一号：瘟猪子。

侯二却被叫“瘟猪子”先生，因为用瘟猪子说他还不够，是一群瘟猪子里的先生。侯二回来拿钱修了路，人们以为宫老师就会改口，谁知道路修好剪彩那天，宫老师直接都没到场，三请四请都没来。

事后一个酒局，宫老师喝多了，才多说了两句，说你们给“瘟猪子”先生三张纸画个人脑壳，给大脸面，但我是真人面前不烧假香，看不上就是看不上。

侯二也撇脱，对此并无什么不满，反对来给他报听这话的人说：“我的确从小就是个‘瘟猪子’。”

撇　脱

不管是洋的、道的，还是“洋盘”“二洋盘”，很多人吃了两盏酒，就爱标榜，说自己是最撇脱不过的。然而是真心宽还是假爽快，那就真的是自知了，不过六月水的人都爱判评一番这个事情。

他们看别人，那是个个有自己的一套理论，只差没贴个“火眼金睛”匾额。

比如水家的大儿子和早家的二女儿结了亲，两人一起出去打工，那年过年，那二女儿却带了一个外省小伙子回来。早家把水家定礼什么的退了，水家也没大吵大闹。人们就评判，这水家是真撇脱。

比如红家老二做生意亏了好几十万，回六月水又大借一次，还是亏了。后来人们听说，其实他哪是做什么生意，都用去吃喝嫖赌了。红二回来一喝酒，就拍桌子叫嚣，说老子是最撇脱不过的人。人们下来撇撇嘴，他呀，失悔的日子在后头。

失　悔

失悔，后悔之意。失，丢了、找不到、没有掌握住……

比起后悔，它没有豁达看穿沧桑之后的回转，纯粹的计较得失俗气甚至市侩。

但真能响当当地说自己失悔的，六月水是找不出几个人的。

这种激越的走投无路的萧条凛冽，也就编篾的老苟说过一次。

老苟年轻时在六月水当了个小头头，有人说他和某个女人不清不楚，这话到了他妻子耳朵里。妻子去找他闹，大庭广众之下，他失了面子，给了她一巴掌，结果妻子想不开自杀了。

因为他妻子死了，谁传的闲话追究不出来，他和那个女人不清不楚的关系倒成了铁板钉钉。过了许多年，六月水知道当年事情的人越来越老，也越来越少，老苟自己都没有反驳，自然也没谁给他平反。

真假倒不重要了，反正都是谈资。

那天六月水还有一个因为吵架自杀的女人，她在路边的桐子树上上吊，本来吊得要死了，可一个知青路过，看见将她解下来，做人工呼吸给救活了。那个当年的女人现在八十多了，跟人提起这件事极其骄傲地说，我才不像老苟家那个短命的。

这句话传到老苟那里，气得他直骂那个老不死的。

杨二出来做活路，有次不知道怎么说到老苟，便对人说："老苟昨天晚上哭了，说他可失悔自己的那一巴掌。"

这话一出，自有闲人跑去问说没说，老苟没承认，也没反驳。

活　路

活路，对接一个时髦的词的话，叫工作。

"二洋盘"们回六月水，最不喜欢的就是这词，明明是份体面的工作，从六月水的人口里问出来，就成了，你在做啥活路？

活路，自然像是杨二这样的人的事情，和他们这些人怎么沾得上边。

杨二脑子坏了，不能干细活儿，都是粗笨的，干活不偷懒，也不歇气儿，背东西的话，装满一股风就跑了个来回。也使性子，不高兴撂了手里的东西就走，有时还哭闹。他来家帮工，管吃管住，一天五十块钱。

不过他不大识钱，不会算账，有不厚道的人把十块当五十给他算，也乐呵呵地接了。他找人帮自己缝个布袋子，把钱装进去，满了，寄存到他信得过的人家里；再缝一个袋子，挣钱，装满，寄存，如此往复。

老苟活着时，就是杨二寄存钱次数最多的人。

六月水里有人说老苟的闲话，意思是你一个有儿有女的贪一个脑子不清楚的人的钱，连个凭证也没有。有的人替老苟辩解，说杨二连钱都认不明白哪里还认识什么凭证。那说闲话的说，别的人总得知道杨二到底在他那里存了多少吧……

老苟不理这些，杨二拿钱去他就收着，顺便给杨二洗个澡换身衣服。

后来老苟收老，六月水的人们不再提他。只有脑子不清楚的杨二有时候抱个布袋子去存钱，到院子里转一圈找不到人，愣怔地坐会儿，又抱个袋子愣头愣脑地出来去找另一家存钱的人。夏天一场急雨过后，没了老苟照料的老房子彻底坍塌了，侯二拿钱修的那条公路要从屋基上过，正好省去了拆房子的麻烦。

杨二离开六月水去了别处做工，人们有时还要想念他一番，觉得他活路做得好，又不债害人，是个好的。

债　害

在六月水，对这辈子是来讨债的人不说讨债鬼，只说是个债害，大概就是讨债的害人精的意思，不轻易用，但近年也用出来过。

一个说的是早家的黑狗。

这黑狗是六月水里出了名的恶犬。

有个来收早稻的外乡人不识天颜，路过院子边时朝狂吠的它吐了口口水，结果它挣脱狗链子追了出去，一口咬在人腿上拖行了四五米。路边好几个赤手空拳的人见了也不敢去救，最后看着实在惨烈，合伙劈了路边一棵树，扛着才给它扫开。这狗平时都是乱吠，这么多年也只实实在在地下过这一次口，但属于一战成名的主儿。

水家养了只猫，有天路过早家时，被那家的大黑狗一掌给拍死了。水家拿块白毛巾将那猫尸平托放在一梨木小案上，要抬着给早家送去。看热闹的孩子顺手再从家偷只碗盛了一浅底水给供上，完全是送葬的架势。

人们吃完饭也不看电视也不打麻将，连不和的婆媳都一起伸着脖子等早家的人应答。这事在隔好远的九月水都给散了开，人们纷纷致电他们六月水的亲戚来一探究竟。

两家早前结亲没成，但也算撇脱。结果，闹成这么一个局面，都是那黑狗来债害人。

另一个说的是品家的疯子。

品家这疯子是六月水第一个去上过高学的人。

早些年戴个眼镜，识文断字知书达理，谁家有个红白喜事，还去给人写对子、做祭文、当主事。有时兴致来了，在大场合里给人唱《断桥会》，一人当许仙、白素贞、小青三人，身段、步伐、神态赢得满堂彩。初来六月水不知其底细的人，都觉得品疯子是个可造的栋梁之材，的确，待人接物没什么可指摘的。但只要待上个十天半个月，就不再说这话了。

他见着穿红色衣服的人就上去追打，或者自己去路边的一些供奉的菩萨、土地爷的身上扯下供的红布红绸披挂在自己身上，去他选中的某家喊打喊杀地要替天行道。他变成这样，听说是某回走在街上，看见了某个姑娘喜欢得不能自已，结果害了相思病，人就变得神思不属，无法自控。

反正，这事儿六月水的人是不能理解他的，难得的统一，没在这上面打什么谄嘴。毕竟他两个儿子都很大了，还学个纯情少年自作自受，闹了这么一出。

高　学

高学，说的是读书的学校的高低，但又不只是指这个，毕竟学识不一定全从这上面来。所以和“洋道”一样，在六月水，它也没有一个清楚、统一的标准。就连宫老师，标准也是忽高忽低。只念了初中就出去做活路的，他说人家是高学出来的；读了硕士，还要读博的，他也说人家还在读高学。

真要细究，大约高学这一说，不在学，而在于高，在于说的人认为你高——人品高、做事圆范、经由得妥帖；这里头还有一点，说高学，得是别人说，自己说是上不了算的。若自己说了，别人就觉得这人的脑子给读傻了。

圆　范

一个人做事，对他的最高评价，就是这两个字。

圆满是基本，能为范才是上乘。

一对比，六月水的要求还是很苛刻的。

丧　德

可苛刻的六月水，在说另一面的时候，却又显得过于文雅。

他们在谴责一个人的时候，明明恶极，却轻飘飘地用丧德这两个字。

丧，永久地失去；德，在洋和道大比胜出的年代，这个字太难归置且意味深长。

侯家的夫妇因病相继离世，留下的几个孩子孤苦无依，侯三那时小，他大哥扶灵，他在一旁还跑跳着让抱。帮忙的女人们擦着泪，叹惜侯三的可怜，她们说，这娃儿太丧德了。

这样看去时，德真的是人生长河里砥流的基石。

丧德，到底是什么呢，我们不能一眼看见，只能用尺度去衡量。

老子说，大德无德。

杀

杀，和“了”字一起用来说消失的东西。

比如水库里的水、家里囤的粮、心里的热情……

他们这样计量杀了的东西，好似这样一说，这些也就成了“生”，好让旁人去领会失去时这里边的苦痛。但人们是领悟不了的，因为这些如常地附着在生活中，司空见惯。

只有那些行将就木的老人才深有体会，像丁五保户，一回想到他那些杀了的光阴，就在黑夜里直称唤。

谄嘴与称唤

六月水形容说话有很多种，形容喊叫亦有很多种。

谄嘴，和单纯的劝解不一样，它说的是有目的地说些不同意见的话以达到自己的目的。也不像说嘴，在这里一比，“说嘴”不怀好意的程度轻。称唤，和词语色彩不重的呻吟也不一样，它说的是一个人难受时痛苦到极致发出的声音。

人生和境遇构成的平面直角坐标系里，谄嘴和称唤无疑在第三象限，这两个词用到同一个人身上，就构成了民间直白的好恶。如同那所有的民间故事，这个版本就是，某个人年轻做过太多打谄嘴的事，年老就一定瘫附在一处称唤，叫天不应，叫地不灵。

越来越多的“洋盘”早就勘破了六月水里这种因果好恶，但是说起某个人时，还是不由得要用这两个词，仿佛只有它们，才能说得尽一个人在世上的恶毒，才能说得清老天对一个人的报复。

光　生

想起来，应该是极其光彩体面的人和事，才当得起这两个字。

你看，俗话说：“龙生龙，凤生凤，老鼠的儿子会打洞。”龙凤的真身我们没见过，但是从各处的认知都能勾勒出个大致，而老鼠自不必说。那么光呢？光是什么样子？光生而来，又会是什么样子？留待给我们遐想的余地太大了。

这么大的词，没有多少用得起的地方，所以，后来反倒用在些小处。

像是早家的黑狗，人们说它毛滑光生。早家女儿新找的丈夫，回六月水挨着一包一包地敬烟，人们说这下早家不狗儿麻糖，脸面光生了。

狗儿麻糖

狗儿与麻糖搭在一起，没有什么好的。

狗扯麻糖，黏嘴，越扯越扯不顺，反倒乱七八糟的一团。

早家的女儿娇俏，早前和水家的儿子定了亲，后来退了。结果头婚的时候，却不是早前她找的那个外省人，听说是个家缠万贯的侏儒，六月水的人们一口咬定早家女儿是为了财才嫁的。证据就是每年回来，都是早家女儿带了东西自己回来，从不见她丈夫的身影。人们说，终究是没有感情，何况是个憨憨，回来丢人现眼。这些话他们不在穿金戴银的早家女儿面前说，还要看看她那些饰品的款式，当一回看嘴的。过了两年，早家女儿又回来，身边跟的是个人高马大的年轻人，甚至和老人们聊到兴起，还说出几句六月水的话。自然不标准，但足以让这些老骂“二洋盘”的老人满意了。嘴里抽上他敬的烟，口袋里还要装一包，早家女儿那些狗儿麻糖的往事，就全数勾销了。

这些事到底是不是狗儿麻糖的，采家是知道些的，因为两家的女儿从小长到大，感情极好。早家女儿头婚的时候，采家女儿还专门飞去做了伴娘。那丈夫的确是个侏儒，却是有感情的，后来是那人自己疑神疑鬼，今天担心她跟了司机，明天担心她跟了客户，重挫之下，伤心离的婚。

麻糖在如今的六月水做得极少，因为过程烦琐，极其淘神，所以小起的一辈都没有吃过古法打出来的麻糖，这个词也是长久不用。之前，它还在女儿们回到六月水时腾起一阵，后来女儿们都成了三月里的菜薹，长心了，知道怎么应付，它大概也就长久地沉坠在某处，不再泛起。

淘　神

淘神，说的是费心思，且做的必得是件大事，算起来，等级咋也得在劳驾之上。

和人打交道就已经费事，何况是神，偏又用了淘洗的淘字去配。

和德差不多，神也宽泛得无边无际，而且遇着的神不同，淘神的境遇便是万千。

但到底淘的哪个神，没来头，难以考证。

不过泥菩萨过河，自身难保，所以淘的肯定不是这个神。

到后来，和光生一样，越是大词，越往下降落，落到后来，所辖区域极其细小。现在他们都礼貌周到地说谢谢，有卫道不愿说谢谢的，也说让你费心。让你淘神这个说法，只在老一辈的嘴里偶尔出没。

六月水现在新长起来的孩子，大概真的以为淘神会是什么节日里的习俗吧。

原载于《草原》2019 年第 6 期

山居老人们的葬礼

一场未至的葬礼

林家老爷子退了休，就从工厂住了半辈子的宿舍里搬回了山里养老，之前和家人一直两地，朝夕相处的日子不多，现在一下结束长远的分居状态，大家都不习惯。别人家是磨合了很多年过的日子，他们是过了几十年的日子，临老了才开始磨合，整个家里就变成了战场。

老爷子之前一直是家里的霸主，脾气臭，现在老了，还这样。两个儿子的儿子都上初中了，自然没有人听。吵到后来，本来搬出去的儿子两家搬得更远，留下老两口成日里的兵戎相见。

有天老爷子出去参加朋友的生日宴，见别人家儿子谦恭和顺，回去就忍不住打电话让儿子们回来陪他几天。一个答复说工作忙，等闲了或有长假期了就回去。另一个口不择言，说，我们当年也这样求你。一口气给老爷子梗在了心口。

老爷子憋了这口气，便自己打理自己的身后事，找了风水先生看地探穴，把自己的落葬之处定下来，然后开始做棺材、打碑、修坟圈前的青石院子。村里是有老人给自己安排身后事的，但只是做做寿棺，打碑这些事情哪有自己做的，又不是武曌。

老太太背地里给儿子打电话，说老爷子在家如此这般大兴土木，要回来劝解关照云云。儿子们倒是安心了，说他只要不三天两头和你吵架，自己找点儿事情不挺好的，随他折腾去吧，那么大的人，咋也知道轻重。

过了两天，为了木匠用漆的事情，老太太和老爷子吵架，舌战不过，一时就将儿子这话添油加醋给怼了过去，老爷子被气得一哆嗦，自己给他们减轻负担，这些狗东西不回来看看，竟然教训自己不知道轻重！

山里都按家族分有坟山，一个姓的一片，林家是大姓，家族也大，往前数三四辈的坟头都还留着。老爷子指挥着在旁边空地上给自己做坟打碑的石匠队伍，说你们把这一片坟都给我算算，取料打碑要多少钱。

年长日久，那些老坟坟头小，数量又多，可是一单大活儿。石匠们自然高兴，连声说老爷子大气仁义，那么多大家族的老坟，有几个能这样给立碑，而且林家前几辈都过了，到您这儿给惦记着办了，别说这林家家族，就这方圆百里，您也是独一份。

石匠们又快速又活络地给算出来价钱，哪个坟坟头太小，打碑的钱就不算，算是折扣，碑全部打完的那天，磕头敬告的时候，他们送多少挂鞭炮，算是随仪。老爷子一一记下，说他考虑考虑就来商量。

这事本来就是先算了算，没下定，可架不住风头大，没两下就吹进了老太太的耳朵。一个碑就算三千块钱，那一大群的下来，十多万可就没了，老太太气得是一佛出世，二佛升天。平时口角之战，都是她下风，这次却是豁出去了，连骂带挠，没给留个好脸。

自从回来长住后，老两口经常拌嘴，邻居们都见惯不惊的。这次没想到却是战斗，拉架的拉架，扶伤的扶伤。所以甫一结束，这次战况，就跟前一波要给祖先立碑的事迹相辅相成地出现在了山前山后。

老爷子顶着一脸血痕，又恨又气地见着那些自己真真假假的故事随风流传。还有各式的评说，说他明明一个小退休工人还退休市长样的折腾，说他年轻时候不咋见儿子们的面，老了时候还不管儿子颜面……

儿子们也听说了这事，但还是都没回来，在电话里遥遥地息事宁人了一下，不外乎这件事爹错三分妈错七分，那件事爹错七分妈错三分。老爷子想起这兄弟俩小时候打架，每每告状过来，他也这样公正持重地评述，还真是风水轮流转。

为了这个家节省开支，一个人在城里鳏夫一样地待了大半辈子，现在回来，这个不疼，那个不爱。再想想自己也斯斯文文的一生，老都老了，还被家里人这样大张旗鼓地生挫面皮，顿觉人生不过如此。

林家老爷子确定给先祖们立碑的消息还是石匠们给放出来的，老太太见拦不住又急又气，儿子们倒是云淡风轻，说反正是他自己辛苦挣的钱，想怎么舒坦地花就花吧。

老爷子的墓地完工了，石匠们开始做旁边的活儿，他又一盆水倒进滚油锅里。让石匠在他那块原本留白准备以后写碑文的墓碑錾上他自己几易其稿写的生平，立碑的落款也就他自己名字，再无他人。

要给自己办葬礼，日子就定在这大片碑立完做敬告仪式那天，一连二事。到时棺材里放件衣服放本书，封棺建坟立碑做个衣冠冢，他以后真死了，就火一烧，骨灰撒进海里。

一个人儿孙满堂，且活得好好的，就要给自己办葬礼，在这方圆百里，这下是真真儿的独一份了。儿子们打电话问老太太情况，要算着日子回来阻止，老太太却万念俱灰，说跟了他一辈子，石碑上连自己的名字都没有。

这次人们也议论，他却置之不理，一有年轻人回去，就给个大致时间，邀请其届时参加他的葬礼。他也邀请了我，还笑嘻嘻地说，这个不收礼。又忍不住怪那帮石匠，都大半年了，总有事耽误，完全没有原来那么能出活儿，和之前说好的不一样。

一场突来的葬礼

初始，石匠们干劲十足，毕竟接了林家老爷子那么大的一单活儿。后来知道他要自己给自己举行葬礼，太惊世骇俗，领工的罗头就有点不敢完工，借故推了几次，当成个慢做的急活儿。因为这样，有天天还没亮，林家老太爷就打电话让罗头去一趟。

天色暗，骑着摩托车的罗头走到洪家屋后时，车冲到了旁边的沟里，又拖又拉的好一阵儿，才将车子弄上来，去了林家，好说歹说地才将完工的工期搪塞了过去。回来经过洪家的时候，见洪家的小儿子站公路边上脸色灰白地说，早上你车路过的声音，让我妈喝药死了。

不沾天不沾地的一句话，差点让石匠又开进了沟里。前一年洪家老爷子就去世了，但洪家子女齐全，老太太四世同堂，家里也没个忤逆不孝的，而且她身子骨一直不错，平时也没听到过什么风声，怎么就想不开喝药了？而且还和自己有关。石匠越想越心惊，心说这大早上的，被林家老爷子催去半条命，现又被这家老太太吓去半条命了。

洪家小儿子却不是站那里找他算账的，说因为老太太突然去世，现下葬的期太赶，找他先组织石匠班子打坟地里用的石头。

老太太独居开伙，哪个儿子也没有跟，但就住在二儿子和小儿子院子里，平时出出进进都有人能看见她。

开春，小儿子一家说要去打工，老太太有点舍不得，问他们不去打工行吗？小儿子说待在这村里，也没有个其他收入，还是得出去打工挣些钱才行。老太太也知道这情形，再说也说不下去，依依不舍地说："那你要去，就把我安排了再走。"

小儿子拍拍她的手，说："没事，有大哥二哥们在家，我也不走太远，时常也回来看你。"这话就算揭过去了。

家人都觉得可能是老伴去了，老太太这两天又这里不舒服那里难受，自然就想大家都在身边陪着，大家体谅她，所以也就见天陪着，出去打工的事情再也没提。

这天早上，小儿子来问老太太早饭想吃什么，他好去给做。老太太在床上坐着，直勾勾地看着他问："原来你没走啊！"站门口的小儿子一头雾水，说："我走哪里去？"老太太说："打工啊，你不是说要去打工吗？"小儿子一笑，说："你不是不想我去打工吗，现在不打算去了。"

老太太"哇"的一下哭起来，说："我以为你要去打工不告诉我，偷偷摸摸地走。"

小儿子更奇怪，说："妈你是怎么想的，我哪里会偷偷摸摸地走，走也要告诉你一声啊。"

老太太哭得更伤心，原来早一点的时候，石匠的摩托车经过屋后面，突突地响了好长一阵子，老太太醒来听见，以为是一起约着打工的人来接儿子的，一时想不开就喝了自己备的农药。喝了坐床上赌气，却见小儿子来问吃什么，现在这么一说，她知道自己误会了，才讲自己如何如何，当然，包括刚刚喝了药的事。

小儿子立时是三魂去了七魄，赶紧招呼一大家子人来，倒酸水的倒酸水，催吐的催吐，联系医院叫救护车的叫救护车，可是已经晚了，救护车走到半道，人就咽气了。

小儿子去村里找人帮忙来家里办老太太的葬礼，人都不信，说前两天还见她精神抖擞的，你们家黄猫那么厉害，她抱在怀里，那猫动都不动一下。小儿子说她是早上自己喝药没的，人们更不信，说你们对她那么好，怎么会喝药，再说了，大早上的喝药，睡糊涂了……

毕竟是离世，做儿子的也不能红口白牙地咒自己的娘，人们便半信半疑地应了。

走一处解释一次，走一处解释一次，小儿子想到老太太说的那句“把我安排了再走”，竟然一语成谶了。在村里没走到五处，就坐人家院子里哭得崩溃了，那家主人赶紧劝着，说你都要找谁帮忙，我去给你招呼其他人来，你歇会儿顺顺气，赶紧回家去吧。

本来村里的白事喜事帮忙的班子都是齐活的，循着惯例去找就行。只是刚开春，大多办喜事的都是提前订的日子，这老太太的突发状况正和一处喜事撞了期，帮忙的人都是紧着安排匀兑，才给这边的白事挪了些人出来。

即便突然，老太太的葬礼也办得隆重，家族里人多，祭奠仪式的时候，灵堂前面跪了一大片。娘家来的人话也没有多说，都是一帮孝顺孩子，没亏了吃，没亏了穿，甚至也没亏了陪伴。现在她自己一气之下喝药死了，留下多少话柄，让人戳这一家子的脊梁骨。

连被叫来吃饭的童老三都在酒席上狂笑，说这家老太太是自己赶着找死，真是活了那句古话——老寿星上吊。人们看着童老三，更不由感慨，连童老三都这样乐呵呵地过着，这老太太实在是自己寻不快活。

办完这场葬礼，村里出去打工的都出去了，小儿子没走，说早知道这样，直接告诉她不去了就好了。旁人劝也劝不住，见他日渐消瘦，都说这是心病，还是等他病过这一场解了心结才行。

还有个有心病的人，那就是罗石匠，老太太下葬那天，坟地里用的石料的钱他一分没收，说这阴差阳错的，就算给老太太凑个送行的石梯吧。而且有好长一段时间，他摩托车都不骑了。

一场等待的葬礼

本来童老三一直活得很亮堂，慢慢地，就糊涂了。不过他不觉得自己糊涂，他说："我和你们一起等我死。"这话说得，人们都是自己活自己的，他死了于别人有什么相干，再说了，谁会好端端地盼个人死。

所以，人们觉得童老三糊涂了，看他也带点心结，怕他颤巍巍地死在了自己面前，又怕他颤巍巍地跑到别处没人烟的地方死了，没人看见。

不过幸好，他一直都好好儿地活着。

童老三在童家其实排五，只因为他早年间没能结婚，临近四十，才被人介绍到一家没了丈夫的人家做了上门汉。这家死去的男人排老三，他去了后，人们就两者一合，给他冠了个"童老三"的名儿。

他自己膝下没再生养，一心养育这家原本的一儿三女，有人暗暗让他还是要留个后，不然以后别白做了多年的苦工。可家里实在紧巴，这几个萝卜头都难拉扯，这事儿也就作罢。

在一年年的春播秋收里，孩子们长大成家了，童老三的背也弯了。

也许是因为长年住在一起，儿子和儿媳有些惫懒，三个女儿和女婿是一个赛一个的孝顺，老两口瞧这架势，就干脆分了家单过。

一直这样也行，偏老太太中风跌了一跤卧床不起，养得差不多时又跌了一次，不久就撒手人寰。儿媳当家，不让儿子接童老三过去，说好的时候就要分家走，现在就想合回来，不行。吵来闹去的，童老三干脆就一个人过着，孤家寡人就孤家寡人吧。

童老三识药草，乡邻们要挖药引子，都得靠他辨一辨才放心。所以儿子一家举家搬到外面打工不回来，他跟前也还是有些人在打转。

有时没人上门去，他也走出门往别人家溜达溜达，看看花，看看草，看看种的庄稼和新接的羊羔。谁家有个红白喜事，也会找他去管事，负责供应整个场合的茶水。完事后主人答谢，他也一直笑眯眯的，并不像别人下来后挑拣主家的长短。

到底是什么时候，童老三变得糊涂起来的，没有几个人能说清。毕竟连轮流去给他洗浆补订的女儿女婿也说不出来。他们猜测，是他家电视坏了以后，他一个人待得待出了毛病。或者是他摔了一跤，把肩胛骨折了的那次，在家养久了出的毛病。

可也有人觉得不是，说看他四处走走看看、指点别人的样子，不像个糊涂的；拿存折去银行取钱，也利利索索的。大家统一不了意见，只是隐隐觉得童老三有哪里变了些。

有天半夜，童老三突然开始在家拖着调子唱戏，黑魆魆的山里，粗声哑气的一嗓子起来，又拖着大一声小一腔的，吓得跟前住的人们直哆嗦。几个胆大的结伴去他家敲门，他不给开门，也不搭腔，就这样直唱到天亮。

听到这事，隔天小女儿就回来，给他买了个随身收音机，说他自己一个人太孤单了，有个出响动的东西陪着他，也能高兴些。童老三就抱着这个收音机，声音开到最大，再不离身。

童老三管这个收音机叫“响响”，他要和谁好或者看重谁，就将它推到你面前，让你摆弄着听一会儿。只是他的好意人们难以领受，实在是他开的声音太大，谁让关小声点也不听。

原来童老三是早睡早起，现在却魔怔了，夜里两三点，说放他这个“响响”就放着，没有节目，就自己扯着嗓子唱，唱到他想停下来才停。邻居们有些着恼，却又拿他没办法。经了七八次，终于有邻居打电话去给他儿媳，让回来治治半夜鬼哭狼嚎的老头儿。

童老三的“响响”被儿媳回来给砸了，连带买这收音机的小女儿也被嫂子一顿喝骂。邻居们觉得儿媳做得有点过，可想起童老三不分时间场合的嚎唱又觉得这样才能一劳永逸。童老三什么也没说，只站在儿子一家驱车远去的灰尘里发怔。

那天夜里，童老三不见了。毕竟邻居们一直竖起耳朵瞪大眼睛关注他的动静，见事发不好，结伴着组队去找。七八个人，耗了一夜，哪里也没他的影子。人们想着干脆等白天聚多点人再往远处走着去寻寻，却没想到洪家老太太突然没了，让帮忙去办葬礼。

洪家老太太去世的中午，也不知道童老三打哪来的，就见他弓着腰出现在人们面前。一夜之间，人缩下去一大截，大家问昨夜去了哪里，他不搭话，只问洪家这次要不要他烧茶水。

童老三虽然在酒席上狂笑，可人们还是暗暗议论，这回他突然老迈得这么厉害，不会真的说不定哪天就去了。这下人们都将他原来说的话当了真，看顾着他，怕他突然消失在人们的视线里，颤巍巍地跑到没人烟的地方躲起来，一个人等死。

原载于《文苑》2017 年第 9 期

对弈荒野向晚钟

教我们体育的老师总是不够硬气，不是被别的老师把课霸占了，就是在上课时被承包了其中一个小食堂的师娘叫去炒菜打下手。往往被安排在上午和下午最后一节的体育课常常处于两个极端，要么圈禁，要么放养。

体育课地位落后，处于“失业”边缘的体育老师们便被德育处征去抓逃课违纪，一抓一个准，不是因为体育老师身手敏捷，而是学校所在的小镇很小，什么都只一家，网吧、电影院、租书店……晚自习他们去走一圈守株待兔就行。

待兔的其他老师们都很勇猛，收获颇丰，只有我们体育老师总是四处漏洞，不是大声说话惊了人，就是大意地不知道还有后门。几次之后，这种联查也不让他去了。

某个初夏的上午，一个奥运冠军回家顺便回校访问，校领导集体全程陪同，整个教学楼的阳台窗户上全是围观沸腾的学生。

等到热闹散去，班里的体育生说，那个冠军就是教我们体育的这个老师当年挖掘培养起来的。大家半信半疑，因为刚刚那个盛大的场面完全没有见他出现。

衣锦还乡者和伯乐难道不应该在操场上旋转着转圈庆贺，对那些当年不看好的甲乙丙丁们横眉冷对吗？最好当年还有落井下石的，要专门站到他们面前去昂首挺胸地示威……不过事实证明，我们这些幼稚幻想打倒不了语文，打倒不了数学，更打倒不了英语、综合，反倒是被上课铃打断。还有随着铃声走进来的化学老师，对与有荣焉的我们说，都收心上课，奥运冠军才有几个。

但因为奥运冠军的这次归来，我们老师热爱体育的心又被激了起来，由放养似的场面变成了备战训练，他的体育课也由“准备活动完了就自由活动”变成“运动量太小的就给我检讨”。而且和我们保持一样的训练节奏，最爱干的事情是跟体育尖子们比赛跑步。有时比得太尽兴，下课了还没结束，其他班下课的学生在教学楼上起哄，他是不管的，只是风一般地在操场上继续奔跑。

学校举行运动会，有女子篮球赛，我们班一上场队伍就散了，因为对手竟然不按理出牌。明明抢的目标是篮球，她们却拖住人又掐又咬。在场外指导的体育老师让暂停，对围上来的队员们恨铁不成钢地说：“你们不能掐人、咬人、踢人吗？这是战场啊。”

不过最终女子篮球赛没有比下去，因为惨烈的场面让在场外加油的男生们都瑟瑟发抖。直到我毕业，这项赛事都没再恢复开赛。

也就这次运动会，体育老师坐在排球架子中间的座位上当排球比赛的裁判，谁知道打得激烈酣畅的时候，排球扯了横线，直接朝他脸砸去。我们也没有想到体育老师的身手如此不堪一击，没有把球挡回，而是直接从裁判席上摔了下去。

体育老师这一摔伤，体育课就被正大光明地交回给了班主任，并秉着公平公正的原则，均衡地分给了其他科目，偶尔留出那么几节，把我们交给隔壁班的体育老师合并着一起上。

隔壁班的新老师很年轻，不过对占课一类的也随大流，不争不抢。但轮到一节，就非常会利用，加上课外活动进来组合成一节大课，他的体育课在操场上待的时间不多，常用来野外活动，这对封闭式管理的学生太有吸引力了。我们让他代课时也就跟着出去放风，大家爬到山顶后便鬼哭狼嚎地吼，他坐在远处抽烟，笑骂我们小屁孩。

我们爬的山就在学校后面，顺着峭壁上蜿蜒的石台阶走，走完上去是小路，再爬一截，就是很宽敞的一片地方；再往复着陡峭，上去，又一截宽敞但小一些的一片平地。这样往上走五六段，最后才到达最上面的顶端。山脚下的教学楼早已经变成了个小圈，倒是旁边的水库和学校农场反倒更显眼。

农场是给我们上劳动课的，四季农时的作物、各种家禽都有，大家独对里面的橘子园感兴趣。因为校服口袋里不能装苜蓿、圆菜、莴苣、红薯……但橘子却可以摘了放进口袋带走。每年橘子红了的季节就是邻座们鄙视我的季节，他们完全不相信竟然有人是真不摘橘子就老实上劳动课的，而且还有一套扎实的理论，他们说："劳动的果实都不摘，有没有好好体会学校安排劳动课的意义。"

我也奇怪，穿同样的校服，走同样的路线去拔草，为什么他们课后能噼里啪啦地变戏法似的从校服里掏出十几个橘子出来。于是在他们可怜的目光下，一人送给我几个橘子，最后一数，我的"劳动果实"竟然最多。

在山顶虽然看得远，但也再没什么远处，因为远处云遮雾罩的也是脚下这样差不多的山。盘卧的小镇在这层叠绵延的山中，支撑着我们的落脚点，对再远的路没有太多探索，所以没有期望，也没有恐惧。就连全市排名，都不如小镇上新建了一个溜冰场更能一针见血地刺得我们两眼放光。

老师们常常恨铁不成钢地教育我们要努力奋进，别人明不明白我不知道，我是有些懵懂的。有时上一刻打定主意要悬梁刺股，下一刻又忍不住心猿意马。只有一样是我长情地坚持着的，那就是勤奋地去图书馆借书。

好不容易迎来体育课，我们都没要老师督促就麻溜地爬到了山顶，到下山的时候，正赶上日落，不知谁提议，说看看再下山，两个班里大半的人都留了下来。突然，新体育老师说，那些像不像荒野？放眼一望，夕阳下，我们每个人的脸庞都金闪闪的，但我们脚下，甚至山下的学校小镇，都在一片蓝黑的幕里晃悠，淡淡的轮廓无声息地准备朝黑暗沉进去。大概就是那一刻，我对未来才有了很务实的捕捉，结束了在小镇之中的浑浑噩噩，开始思考怎么去往外面的世界。

秋天的周末午后，和图书馆在同一长串楼里的一间教师宿舍起火，某个老师让人砸了图书馆把书搬出去，免得烧起来火上添纸。结果留校的学生在火警到达之前用盆舀着花园里小池塘的水就将火灭了，起火灾的东头烧得半间屋不到，离它老远的西头的图书馆倒完全给毁了——书摔破的、踩脏的、水洇的、趁火打劫的……不咋看书的邻座们说那个老师是防患于未然，有先见之明，但我一直偏执地认为他毁了我的图书馆，和女子篮球比赛一样，到我毕业时，图书馆因为重建都还没开。

再等橘子红时，提前准备的艺考、招飞的气氛让我不自觉地绷紧了高考倒计时的弦，日子也一扫往日散漫，并向我露出人生的刀锋。

有朋友午间找我闲聊，后来好几天一直都没有碰见，忍不住去他班里问，才知道他已重病退学。那天就是走之前来和我告别的，现在我偶然想起，还会隐隐难过，因为当时我们说的竟然是和平常一样的话，我都没有好好说过再见。

我的邻座和别人冲突动了手，被德育处负责老师要求写检讨，他硬着头不从，几天的拉锯战后，一怒之下退了学。那时空军招飞已过，就等高考，他是我们学校唯一一个过了前期审查和体检的。那几天里，我一直劝，让他低头，不要冲动，可最终都输给了他的“凭什么，我没错”。

平时很内敛安静的朋友，忍不住去跟自己喜欢的男生告白，那个样样出众的男生毫无悬念地给出“大家还是做同学吧”的回复。那时才发现，暗恋只要被打破，就再回不到相安无事的时候，她不觉得自己是他众多仰慕者中的一个，只认自己是表白失败了的那一个。冲刺阶段选择不统一复习，要回家备考，结果状态太差，连考场都没去。

……

还有我们的体育老师，他在痊愈后没有再回来上时有时无的课，辞职走了，这个在学校里格格不入的不硬气的体育老师在引来短暂的讨论后，就被忘了。那时，我还完全不了解，这是一个成年人在荒野中跋涉的模样。

可能这就是成长，不管你在荒野还是城堡、在正午还是黄昏、在起点还是途中，每个人都有开关。那开关不管对错，只管触碰某处的心窍，让你突然间拨开迷雾，将脚伸出来，要去走自己的路。

有一年从北京回成都，因为有雾，上了飞机又让下机去等。下来的时候，在机舱中竟意外看见了当年隔壁班的那个体育老师。显然，他早已经不记得偶然上过几次课的我，等待的时候一直和他的同伴谈经营连锁健身房的事。想来想去，我还是没和他打招呼，我们在延误两小时后搭同一班飞机到了目的地后再次各奔东西。

还记得我们的校歌，第一句歌词是“权家寨下的一片热土”，一唱大家就看我，十分不服，问为什么校歌要用我的姓来起头。当时年少的我傻站着无话可说，现在我早已知道，那不过是巧合。

原载于《读者》（校园版）2019 年第 10 期

赵佳昌　1985年生，内蒙古赤峰人，医生，散文作家。作品见于《散文》《草原》《文学港》《伊犁河》《牡丹》《人民日报》《光明日报》《人民日报》（海外版）等报刊。多篇散文作品被选为中学生语文试卷阅读题。

锈迹斑驳

现在，每当我想起大学的时光，总有种韶华飞逝的伤感。回望来路，在医学院里度过的五年时光被塑成了蜡像，永远定格。而今，每当我和那个蜡像对视的时候，总有些陌生的东西跳出来。我怀疑那些事情是否真的存在过，可是我又能把它们从记忆的深处打捞上来。这样说来，它们的真实性是不容怀疑的，只不过它们被我放在大脑的某个隐秘的角落，渐渐锈钝了，开始慢慢地腐蚀，可能用不了多久就真的会消失得无影无踪。

比如此刻出现在我脑海中的是一面墙，对我来说，它存在的价值只是为了我能够寻找到某种意象，否则在五年的大学生活里，我可以想起来的事情有很多，完全不会为它留有丝毫的空间。它就是一个被我搁置在角落里的东西，不经意间把它翻腾了出来。那面墙在实验楼的后面，是学校北面的界墙。阳光从实验楼的前面照过来，被楼房挡住了去路。因此，那面墙终日里面对着一个巨大的暗影。暗影带着咄咄逼人的气势，让它在暗无天日的境地里挣扎。墙的身上爬满了很多铁丝，是夏日里爬山虎依附的藤条。然而在深秋阴暗潮湿的小路上，爬山虎的枯叶散碎了一地的忧伤。在狭小潮湿的空间里，钢铁失去了坚硬的意志，腐烂自己的同时也把消颓的锈色涂染到墙壁的身上。那是些深浅不一、大小不等的锈斑，从远处看过去，斑斑驳驳。

因为那条小路幽僻暗淡，所以很少有人从那里走，如果不是因为去实验楼的路近，我也很少从那里经过。第一学年某个秋天的下午，我按照于泰画出的路线走在那条小路上。我为这面锈迹斑驳的墙感到惊讶，它与校园格格不入。它的锈钝和晦暗像校园深处潜藏的毒瘤，我甚至固执地认为那些锈迹是一块块癞疮，说不准什么时候就会传遍整个身体。我加快脚步，从转弯处拐进了实验楼，替于泰上一节可能会点名的实验课。那节课上，我极不情愿地逼着我忘掉自己是谁，同时又不断地强化着“于泰”这个概念，以便应对随时袭来的点名。

于泰是高我一年级的同系学长，我住236寝室，他住239，从地理位置上讲，两个寝室斜对着，时间一长，彼此肯定会有接触认识的机会。但我第一次认识他的时候并不知道他就住在239宿舍，我们的第一次见面源于他与许翔博的一次争论。他和许翔博的争论声吸引了我的注意，内容是一款游戏。开始的时候，他们只是相互指出对方的错误，打怪使他们变得斗志昂扬，到后来他们的声音越来越高，声浪毫不客气地穿过宿舍的门冲击着我的耳朵，我以为许翔博跟别人吵了起来，于是快步走了过去。一个中等个子、四方脸的清瘦男生进入我的视线，他的脸涨得通红，两只眼睛亢奋地向前突着，像只火力全开的公鸡。这场争论发展到当时的程度已经极具火药味了，我阻止了事态继续向前发展。“爱争论”成为于泰给我的最初印象。事后证明我对他的评价是正确的，因为他总会和不同的人争论，内容大多以游戏为主。

因为好争论，所以他每次跟我说话的时候总会带着过来人的口吻，努力制造着盛气凌人的氛围，他以为只有这样才能让我信服。看我不说话一直在听，他每每又都极为满意地结束了他的发言。事实上，如果当于泰以学长的身份讲出一些道理的时候，它们都是正确的，我也非常认可他的观点，比如如何处理与同学之间的关系，如何提前做好有步骤的期末复习等。可我却很反对他的做事态度，比如那次替课，我第一次说了很多反驳他的话，但最后我还是去了。

很多时候我们都被事物的表象所迷惑，比如明明知道于泰说的很多话用在他身上根本站不住脚，但我还是觉得就道理本身而言它们是值得发扬的，有的时候他说的话甚至会让我茅塞顿开。五年中，我在很多人身上都找到了于泰的影子，他们用那些至理名言劝导着别人，然后被劝者又用同样的话去劝导另外一些人，有的人醒悟了，因循着做了下去，而更多的人却只能成为名不副实的说教者，最终完成的是自我欺骗。说过的那些话被干脆地扔进幽暗的角落，慢慢地，会烂得不剩皮毛。我这样想着的时候，它就从抽象世界里具体出来，在一方狭小的空间里，阴暗的光线营造出阴郁的气息，潮湿的空气拴住了前行者脚步，使人们陡生倦意。

光明书屋就是一方狭小的空间，我依循着于泰的指引找到了它，它隐匿在食堂三楼的东南角，离主楼楼梯很远。这一层是商场，在一、二楼用完餐的学生经常来到三楼买东西，所以每天都会熙熙攘攘的。商家们极具蛊惑性的演说，讨价还价的拉锯战，好一派嘈杂的场面，可唯独光明书屋这里是安静的。说是书屋，其实只是一个只有五平方米的报刊亭，里面摆放着英语四、六级试题，西医综合考研讲义，各种都市爱情小说，体育画报以及寥寥几本文学杂志。书屋的头上悬挂着一盏低瓦数的白炽灯，洒下灰白的光，让人困意丛生。老板是个中年女人，不像其他店主那样站在门口招揽买主，她正拄着头坐在一把木质的椅子上想心事，当我走到了她的身边时，她才反应过来，而后很温和地问我选什么书。我发现了一本我高中时期就经常读的文学杂志，在这个小书屋里能找到它的身影真让我意想不到。那天我是她的第一位顾客，从那以后，我和光明书屋结下了不解之缘。

我和光明书屋之间有了一个从没说出口但却彼此坚守的信约，每个月的月初我都会来买当月新出版的杂志。这个信约是从我第三次来到这里时形成的。看到了我，她依旧热情地跟我打着招呼，也许书屋本就应该拥有一些文雅的气息，老板是个很安静的人，连打招呼都显得安静。只是微微一笑，彼此点了点头，还没等我说话，她转身从架子上取下了那本杂志。那本杂志被她挂在了最显眼的位置上，老板说这是她有意为之，在鲜有人读文学的年代，我相信了她的话。

于泰也经常光顾这家书屋。和我不同的是，他要不要来这里完全随性为之，没有固定的时间，买走的东西也不一样，有的时候拿走两张体育画报，有的时候买两本减价处理的玄幻小说。他的时间就是在打怪、看小说与准备补考中度过的。大把的时间像流水一样从他的身体里穿过去，他就像一张千疮百孔的网，能被留住的只有网绳里那点可怜的水分。

我想到了一辆久也不用的自行车，它放在阴暗的库房里闲置了两年。骑到一个斜坡上时双手齐下，却怎么也捏不动自行车的手闸，只能任由它冲下去。于泰的生活状态和这辆自行车差不多。某些夜深人静的夜晚，他也曾为自己荒废学业懊悔不已。然而第二天太阳升起的时候，他又不自觉地回到原来的生活状态中，任由自己偏离正确的方向越来越远。在我读大四的那年，于泰经历了一场考试，不出意料的是他并没有取得读研究生的资格，离最低的标准线依然距离遥远。

光明书屋那里，我们依旧如约相聚。每次看到它，都会带给我萧条的感觉。老板依旧坐在那里发呆，也很少能见到三五成群的人来这里买书。我不明白为什么在文化底蕴深厚的校园里，它却被人们束之高阁，像个被遗忘的符号。我们依旧彼此点头微笑。我已经在这里买了四年的杂志，彼此早就习惯了这种交流方式。因为不忙，我便在里面坐了一会儿，由买书攀谈开来。我问她在学校里开书屋每个月能挣多少钱。她说除去房租及进货的成本，每个月剩下不到两千块钱，丈夫身体不好，需要常年吃药，儿子正在外地念大学也需要钱，说到这里，她的脸上拂过苦笑的面容。片刻之后，她又有些兴奋地说她的儿子读的是名牌大学的师范专业，每年都能拿到奖学金，这让她很骄傲。她很乐于谈论儿子，因为这是唯一能够让她自豪的事情了。

大四快要结束的那个六月，我再次来到光明书屋时眼前的景象让我大吃一惊。两侧墙壁上的杂志已经被老板整整齐齐地放进箱子里，正对面的墙上还有一本杂志挂在那里，正是我要买的那本。那本杂志在墙上静静地望着书屋的门口，像是在等待着什么。它不就是在等我吗？老板说这期杂志来得早，已经挂在这里有几天了。她希望我能如约来这里取走它，如果今天不来，那以后我可能再也看不到它了。她在一旁收拾书柜里的书，动作轻柔，每拿起一本时总会用袖子在上面轻轻拂两下。我问她这是怎么回事，她说两天以后这里会变成卖化妆品的商店。他的丈夫因为脑出血住院，没有人照顾，所以她只能关了书屋。我说了很多安慰的话，希望她可以打起精神振作起来，可我又知道空洞的安慰是苍白无力的，非但收不到效果，反而有可能徒增她的悲伤。我没有问她为什么会给书屋起这样的名字，可我知道它一直站在校园的边缘，在一个暗淡无光的空间里舔舐自己的伤痛。现在，每当我想起它的时候，都会掠过一丝隐痛，在时光的刻痕中，它的故事投射出锈样的颜色。

还没到大五的时候，我就已经感到了巨大的压力。一年以后我将走出校园，那个时候我是在读研究生，是找到了一份工作，还是在家里无所事事？一切都未可知。“未来”不光给人以希望，很多时候还会幻化成一张无形的大网罩得人喘不过气来。然而唯一的办法是，我只能硬着头皮去走这条未知的路，至于结果怎样，也只有到那时才能揭晓。

于泰和我一起报了一个考研辅导班。那次考研失利以后，他重新审视了自己。我想他一定仔细想过了曾经说过的话和做过的事，因为从那以后他再也不与别人争论了，变得安静了许多。我们都是考研大军中渺小的一员，都想通过一座独木桥到达彼岸。跟我们讲考研形势的是这个校区辅导班的负责人，我们尊敬地称他为杨老师。

矮胖的身材，一身棕色的西服，领子歪斜着，配着一张棕色的脸庞，杨老师给我们的大体印象并不美好。短小的鼻子下面是一张方形大嘴；一张嘴，牙也是棕黄色的，结合满身的烟味可以断定，他牙齿的颜色一定与他凶猛地吸烟有关。说话说到激动的时候，杨老师有些口吃，带着浓重的通化口音，每一句话都慢吞吞的，极为滞重。和大多数这类机构一样，他讲得最多的是本机构如何优秀，历史上出现过哪些高分学员，最后总结成学员们的成功与辅导机构的努力有着分不开的关系。话讲完了，开始放视频课件，杨老师迈着小方步踱步到门外，一支接一支地吸了起来。烟味飘进教室，和视频里讲课的声音一起四处弥漫。

按照杨老师的说法，他并不是十分喜欢这个职业，挣钱太少。他说自己以前可不是这样的。延边大学毕业的他在一家私企里做部门的负责人，很有工作业绩，因为老板怀疑他私拿回扣而把他辞退。他很认真地说自己绝对没有拿过回扣，他很爱那份职业，但却极为痛恨曾经的老板。说完这段话，他点燃了一支烟，怅然若失地吸着，呛得我不住地咳嗽。

辅导班的课程安排得很紧张，这需要我们有良好的基础功底和稳中求进的心态。在十几年的读书生涯中，很多人第一次切身体会到了时间不够用是一件多么可怕的事。于泰的情绪有些低落，懊悔没有珍惜五年的学习时光。我也曾经颓废过，当我醒悟的时候已经过去了两年。于泰用沉默寡言表达着自己的心情。因为剩下的时间越来越少，在考前的两个月里，我们渐渐淡出了彼此的视线，只是在路上偶尔遇见的时候简单聊几句。

有一个可喜的变化，杨老师身上的烟味不见了，虽然他依旧用广告式的宣传语作为每节课的开场白，但我依旧敏感地察觉到了这点变化。我问他为什么一下子就把烟戒得这么彻底。他兴奋地跟我说他恋爱了，所以告别了烟草里悲伤的往事。那阵子，他觉得自己是世界上最幸福的男人，每天陶醉在蜂蜜般的阳光里。在他看来，他终于结束了漂泊无依的生活，他珍惜来之不易的幸福，决心要和那个女人走进婚姻殿堂。一个下午，放完课件的杨老师向我透露了一个消息，他想去拜访一下未来的岳父岳母，问我该带些什么礼物好。我认真思索了一番，遗憾的是没能给出好的建议。

随着冬季向更深处走去，气温变得越来越低了。吉林的寒冬，大地被白茫茫的白雪覆盖，因为天气太冷，江里升起丝丝水汽，直直地向上攀升。城市变得安静起来，在不是必须外出的时候，很多人都躲在钢筋水泥筑起的巢穴里，静静地挨过每一天。时光的脚步变得缓慢，在等待气温回暖的日子里，它的脚步越发滞重了。寒冷，似乎在杨老师那里更为真切。那颗因爱情悸动的心被彻骨的凉意封冻，脸上不见了笑容，烟草的味道死灰复燃。一个远离家乡，住廉价出租屋，月收入只有三千块的三十三岁男人，被一个穿着时髦的中年妇女拒之门外。中年妇女声称，想做她的女婿，需要在中心地段拿出一套一百平方米的房子。让他没有想到的是，那个他一直爱着的人，在他最需要帮助的时候却站在了那个女人的身边。说完了这些，他有些悲伤，一个人坐在空旷的教室里静静地吸烟。烟雾缭绕在那个矮胖身体的周围，像一条条灰色的丝线把他紧紧缠绕，封存在寒冷的季节里。

和大多数人一样，我也没能通过那座独木桥。知道成绩的那天，我一个人在校园里静静地走着，思考着该何去何从。接下来的时间里，我为自己能找到一条出路劳神伤身。我把自己变成了一件亟待出售的商品，拿着一摞简历奔走于多家医院，经历着一次又一次被拒之门外的尴尬和无奈。我机械地将简历一份一份地投出去，最后像个锈钝了的机器，面无表情，但却不能停下脚步。在经历了半年苦苦的煎熬之后，我终于成为一名医生，虽然那段时间的求职生活让我刻骨铭心，但我又不愿想起它，只能让时间抚平它的印记。

关于于泰，我从许翔博口中得知他在考研的战场上又一次失利了，在四处求职无果后，于泰敲响了医药公司的大门，成了一名医药代表，开始了颓废糜烂的生活。我可以想象到当时的情景，在多少次的无奈之后，他看了看手中的求职简历，狠了狠心把它们扔进了垃圾桶里。那一刻他露出了笑容，而后一身轻松地走进了医药公司的大门。从那以后，于泰开始了灯红酒绿的生活，在每一杯酒水的浸泡中，他拼尽全力忘掉过去的一切；在每一日的辛劳奔波与强颜欢笑中，他习惯用痛苦麻痹敏感的神经。

想着这些的时候，我正走在已经阔别了大学生活的校园里。一抬头，看见的正是那面锈迹斑驳的墙壁。一个小时以前刚刚下过一场阴雨，又有一些锈迹脱落，印在墙上。心底里的那些隐痛随之蔓延开来，最后它们又汇聚到一个点上，刺痛了我的双眼。它仿佛在那里直直地看着我，投射出狰狞的目光。我转过身去，迅速地逃离，决定不再回头。

原载于《草原》2014年第4期

疼痛的隐喻

三十多年前的一个阴云密布的下午，天气沉闷，蚊虫们压低了飞行的高度，在门口盘旋。我抬头看着天上的黑云一点一点地从远处推过来。它们一层压着一层，云边像排过来的浪花。我真担心从这些黑云里会钻出西游记里的妖怪来。我等了一会儿，钻出来的不是妖怪，而是一道亮光，紧随而来的是沉闷的雷声。会不会有妖怪钻出来是我一直担心的事。我手里攥着一张烙饼，那张烙饼里卷着一根蘸了酱的大葱，是奶奶给我卷的。我咬了一口。几秒钟后，一股突如其来的辛辣感逼上了鼻梁和眼睛。我的眼睛睁不开了，用胳膊擦流出来的眼泪和鼻涕。天上又传来一声闷雷，这场大雨看来是避免不掉的了。奶奶站在家门口喊我回家。风也猛了起来，旋起尘土和树叶，也旋进了我一张一合的嘴巴里。恐惧占满了我小小的身体，逃离是我唯一能做的选择。

跑到一处斜坡时，糟糕的事情发生了。我被坡上的沙子滑倒了。我手里的那张饼顺势飞了出去，不知道落到了哪里。在与地面接触的刹那间，我觉得身体里的很多东西猛烈地震荡了一下，晃出胀满的痛感。这阵疼痛随着一声渐传渐远的闷雷声逐渐消失了。可另一种火辣辣的疼痛从我胳膊的位置上袭来。我的胳膊被沙子擦伤，那是一块浸出鲜血的伤口，布满了沙粒的划痕。疼痛让我站立不安，它从我身体的一个点出发，迅速扩大，蔓延全身。我疼得大哭起来。狂风大作，雷声滚滚。我的哭声在雷声的夹缝中传到奶奶的耳朵里。她一路小跑着来到我的跟前。抓起一把土拍在了我的胳膊上。这是农村人用来止血的土法子。奶奶牵着我回家了。过了一会儿，雷声停了。小石子大的雨滴齐整整地砸向地面，远方升起来一片水雾。多年以后，当我看到磅礴的大雨砸向地面时，会有种错觉，大地也在暗地里发出疼痛的哭喊声。

这是我关于疼痛的最早记忆。我见证过无数次的疼痛，有自己的，也有别人的。我的职业是医生，我天天生活在一群疼痛的人堆儿里。我对记忆之初的那次疼痛印象深刻。它被一把刻刀刻在我的记忆里。以至于一说到疼，我就会想起它。

我曾经于一个午后站在窗前观察每一个走进医院里的病人。他们有的捂着肚子面露苦色，可能是阑尾发了炎；有的扶着腰行动缓慢，可能是腰椎犯了病；还有的嘴里发着哀嚎被平车推进来，可能是刚刚遭遇车祸。他们都带着病痛来到医院，以期找到根除疼痛的良方。如果有一面疼痛之墙的话，他们迈进医院时的样子都可以被拍摄成照片，然后贴在这面墙上。当这堵墙都贴满照片以后，众生在疼痛面前的样子会传递出一种什么样的概念呢？我想那一定是撼人心魄的。疼痛来袭时，经历它的人会放下所有杂念来专心地应付它。不再有谎言，不再有善与恶的博弈，不再有豪言壮语，更不会有远大的理想。它牵动着所有敏感的神经。身体成为累赘，但只能哄着它，给它药物，供给它最好的营养，都是为了能够尽快送走这个瘟神。

有些疼痛在身体上留下的烙痕是能够被医治的。比如切掉一根肿胀甚至化脓的阑尾，切掉一块突出的椎间盘，骨折端用髓内钉固定起来等等。然而有些疼痛并无迹可寻。先进的医学仪器也不能发现它的踪迹。它在身体里游移，时而遁迹，时而显现，让病者痛不欲生，让医者无从下手。

我记得那是一个阳光明媚的清晨，一个中年妇女带着个十三四岁的男孩出现在我的办公室里。中年女人一脸愁容，男孩面如土色。中年女人操着西部口音说，大夫，快给这孩子看看吧，说个胃疼起来就翻身打滚的，说个吐起来马上都等不了，好几个月了。

她们的家不是本地的，她们来自于临近城市的一个草原丰美的县里。她每天和牛羊为伴，每天看着风的影子划过成片的草场。孩子在离家十几里的学校寄宿。某天的夜里，孩子开始了整个事件的第一次腹痛和呕吐。吃了几种药也不见好，两天后学校通知了中年女人。她领着孩子踏上了求医问药的迢迢之路。先是在本市看，不见好转后又到北京的大医院看。最后，一根前面带着亮灯的粗粗的管子插进了他的胃里。她说那时候自己的胃里也翻江倒海了。结论是浅表性胃炎。吃了药，前几天还不错，腹痛和呕吐的症状明显缓解。该回去了，她得继续回到那片草场上。可是走在路上的时候，孩子的身体再次惊悚地扭动起来，并且大汗淋漓。于是，她们就在那个早晨出现在了我的办公室里。

在询问漫长的病史时，男孩的腹痛发作了。他大喊一声后一只手扶着桌子，另一只手捂住肚子。他无法站立了，坐在椅子上，身体蜷缩成虾米状。他的面部夸张地扭曲，面色惨白。疼痛写满了他的脸。突如其来的疼痛钻进了他的身体，在他的身体里盘旋，几分钟后又从他的身体里游走了。像经过一条蛇一样，一片草丛在一阵慌乱后重归于平静。它来的时候惊起巨大的恐慌，走的时候又非常干脆，我们没有办法阻止它的出现和消失。

男孩的疼痛是发作性的，没有找到器质性病变。最后因为安慰剂起效而将男孩的腹痛归为精神类疾病。他离开医院的那天仍没能够摆脱那条疼痛之蛇，它仍会时不时地在他的身体里游走一圈，制造出痛不欲生的痛感体验。

我时常想起那个男孩的腹痛，进而联想到我自己的腹痛。我开始搜寻记忆里关于腹痛的事件，更多的是和饮酒有关。上大学之后，我开始接触酒，酒带给我微醺的美感，而且我发现当我感到微醺之后饮酒的闸门就被彻底打开了，之前的矜持便被我当作扭捏作态彻底抛弃，开始亢奋地一杯接一杯地豪饮下去。一顿酒桌上的较量之后，酒冷人散，我安静下来。我的胃承受了太多的负累，它一直隐忍着我拼完一顿酒，就像我媳妇一样，当着外人的面纵容我的放肆，可当我们俩独处的时候，她便把她对我的不良情绪一股脑地发泄出来。我的胃在夜深人静的时候开始了它的抗议。嗓子眼被食道和胃往下拽着，胃开始紧缩着身体，猛地一抖，那些美好的食物伴着糟糕的酒精从我的嘴里和鼻孔里喷射出来。紧随而来的是鼻腔和嗓子眼里的烧灼感。有了第一次呕吐，就有第二次、第三次，吐着吐着我感觉到胃疼了。它在我的腹腔里持续地疼着，像有气顶着。我难受焦躁。可我越焦躁，它越加重我的痛感。我躺在被窝里呻吟着。嗓子眼又被往下拽了。我趿拉上拖鞋再次向马桶挪去。每次吐完我的腹痛就会增加一分。我不敢喝水，明知道这样下去可能会脱水，可我怕水，更怕用水做成的酒。我在暗夜里发誓再也不喝酒了。可当我从这次惨痛的经历走出来以后就又坐到了酒桌上。

酒对人的魅惑是个糖衣炮弹，即便喝到胃疼，还是不能阻挡它的魅力。然而我们经历更多的疼痛并不像酒精那样能给人短暂的快乐。疼会让人长记性。比如一个待切除的毒瘤，它用疼来阻止我们身体正常的活动，它用疼时刻提醒着我们它的存在。

我身体的某个部位突出了一个核桃大小的肿物。持续的隐痛向全身蔓延。我不敢碰它，每碰一下都会有激灵激灵的痛感。我的活动受到了影响。疼痛使我无心上班。运用学过的一点专业知识，我判断要想根治它的话非得手术不可了。找了相关专业的同事看后得到了相同的结论——手术。我趴在诊疗室的床上听同事给我讲手术的必要性。那个“毒瘤”又咝咝啦啦地疼了起来。疼吧，闹吧，用不了两天你就会被我亲爱的同事们切掉的。

我被同事要求脱光衣服躺在窄窄的手术台上。那屋子有点冷，手术台是窄的，我很怕自己会掉下去。我的同事们告诉我放松。他们戴着大大的口罩和帽子，我在心里告诉自己我面对的不是寒光闪闪的手术刀，而是我亲爱的同事。当无影灯打下耀眼的白光以后，我彻底感觉不到那东西的疼了，它投降了吗？我只知道我哆嗦得更厉害了。电刀划过那个“毒瘤”时发出“嗞啦嗞啦”的声音，有轻微的痛感，是可以忍受的。我闻到一股焦煳的味道。我实习的时候曾在手术室待过。电刀划过人体表面的时候会迸发出火花，紧随火花之后的是缕缕青烟，弥漫在空气里的是焦煳的味道。现在我闻到的这个味道来自于我的身体，那个让我整日疼痛的“毒瘤”被“嗞啦嗞啦”地切掉了。

手术的过程很顺利，紧张的情绪一扫而光，我甚至可以轻描淡写地跟家里人说我在手术室的内心体验。这都不是主要的，重要的是那个“毒瘤”被切除了，从此以后它再也不会在我疼痛的神经上作祟。那是个核桃大小的东西，断面鲜红。同事用盘子端着它在我的眼前展示了几秒钟。我看着那个切下来的东西时心里掠过一丝嘲笑。它从此以后再也不能奈我何了。那个“毒瘤”在我的身上长了很多年，时而隐隐作痛。我曾不止一次下决心切掉它。可每次有这个想法的时候，它就偃旗息鼓了。这次它以前所未有的强势姿态向我挑衅。我痛下杀手，决心除掉它。就像一段明知道没有好结果但还佯装维系的情感一样，在一次又一次激烈的争吵中痛下分手的决心。我终于不用再忍受它了。

我本以为它带给我的疼痛从此不再出现，但这个想法是错误的。在我麻木的下肢逐渐苏醒以后，疼痛也逐渐浮出了水面。那是种热辣辣的疼痛，源于那个手术切口。麻醉药谢幕以后它便不再低调。我只能躺在床上，全身心地抵挡它输送过来的痛感。我开始嘲笑我自己了。我多么天真地认为切掉了它便不再遭受痛苦的折磨。可眼下我正在和疼痛做斗争。那个“毒瘤”从我的身体上被切下来以后依然来折磨我，以此让我永远记住它。我突然想起了电视剧里的一句台词，一个马上赴死的人对行刑者说，我做鬼也不会放过你。

疼痛给人的感受是不美好的。可从科学角度上讲这是人类发展为高级生命后所拥有的保护性机制。疼痛让我们懂得规避风险。当我们身体的某个部位出现病变时，往往先是以疼痛的方式来提醒我们。如刚被切掉的那个“毒瘤”。可是术后的疼痛该怎样规避呢？我努力寻找一番后发现并没有太好的解决办法。

我在病床上躺了七天后，痛感才逐渐减轻。我又想起多年前那个雨天里的经历，它留给我的只有疼痛和恐惧。那次事件以后，我依然遭遇过摔倒后的皮肤挫伤，每次都是奶奶抓过一把土拍在我的伤口上。她牵着我走在村庄的沙土路上，不一会儿我就不哭了。奶奶成为我疼痛时的安慰剂。可当我看到躺在病榻上不断呻吟的奶奶时，那阵多年前彻骨的痛感再次向我猛烈地袭来。让我无法忍受。

奶奶是因为骨折而住院的。她躺在病床上面露苦色，水米不进。她用意志和身体里的那道裂痕做斗争。可九十三岁的奶奶终究没有站起来。奶奶走的那天天上下起大雪，气温骤降，春天一下子回到冬天。出殡的那天是春分，晴空万里。我跟着奶奶的棺椁走在山上，墓地在一片山杏林中。地上的雪在我的眼睛里闪烁出绿色的、蓝色的、紫色的、黄色的光点，密密麻麻。阳光把自己解构成不同颜色的光。我真想让我的目光也能够解构多面维度的世界，好看看另一个世界的祖母。

现在，我站在窗前看夜幕下的城市。有风从窗外刮过，窗缝间透过“嗖嗖”的风声。我身体的那个部位又隐隐作痛了。这个夜幕下的城市里有很多人正在经历疼痛，他们有的住在医院，有的在家里养着，还有的因心里的疼痛游走在了无人烟的马路上。疼痛就是城市里随处行走的夜风，从这边刮到那边，从这个人的身上吹到那个人的身上。我觉得风更大了，夜里的天空黄澄澄的，天气预报显示此刻这个地区正在经历一场沙尘暴。我的疼痛在持续。窗外呼啸而起的风声正在嘶喊，喊出各种各样的痛感。

原载于《文学港》2019 年第 9 期

糖孩子

奔跑的男孩

傍晚的阳光透过窗子洒在走廊上，留下温暖的橙色。这是个暑气渐消的傍晚，身体的倦意在闲适的节奏中悄然爬了上来。病区里少了上午时乱哄哄的嘈杂。疾病收起了脚步，在孩子们的身体里暂时安静了。中午的酷热刚走，就有陪床家长的鼾声从走廊里飘过。炎热的夏季，午睡往往是从傍晚开始的。慵懒才是最好的状态，我很享受这种惬意。可突然有个声音打破了我的好状态，把我的思绪再次拽回到日常的工作中。快跑，这个声音短促有力，带着命令的口吻。紧随这个声音出现的是一个六岁男孩，从我的眼前闪了过去。他的速度很快，他冷不丁的出现使得我的视线根本无法捕捉他的身影。一个六岁男孩有这样的奔跑速度是让人吃惊的，而且还能灵巧地躲避他碰到的所有障碍，直到走廊的尽头才停下来。回来，又是那个命令的口吻。男孩按照原路跑了回去。这次我努力看清了他。他在我的视野里出现的时候是弓着身子的，头伸向前方，两条胳膊弯成两个钩子并不断地摆动着，嘴里还发出“啊啊”的叫喊声。小辉就是这个黄昏里奔跑的男孩，驱使他这样做的原因是午后开始居高不下的血糖。

小辉奔跑时躲避障碍的灵巧犹如在丛林里攀缘着的长臂猿。这种灵长类动物在丛林里任性地飞翔是靠着长臂不断抓取树枝做到的。树枝低低地压下来，当我们担心树枝断裂的时候，长臂猿的身体迅疾地弹了出去，在飞翔的过程中嘴里发出兴奋的猿鸣。小辉在走廊里奔跑的样子就像是丛林里飞翔的长臂猿，有的时候张牙舞爪，嘴里还发出怪叫。每当我担心他会和别人撞到一起的时候，他总能完成一次漂亮的躲闪。为了小辉和别人的安全，我会严厉地制止他。可是我说话的声音好像赶不上他奔跑的速度，他不跑到走廊的尽头是不会停下来的。

和现在相比，很难想象他来医院时的场景。一个夜里的十点钟，他的父亲抱着他走进了医生办公室。他只剩下喘气的力气了。他的呼吸很费力，大口大口地喘着。空气黏稠的，每吸进一口和呼出一口都是那么困难。小辉的身体浸泡在拥有胶水般黏度的空气中，对旁人的呼唤没有任何反应，他身体的全部力量都用来对抗黏稠的空气了。那些进出小辉肺脏的气体拉着黏腻的丝线，不但将小辉一层层缠住，也把值班医生的神经紧紧缠住。直觉告诉我的同事，他面临的是一个非常棘手的病人。当他把小辉从昏迷中抢救过来以后打了一个恰当的比喻，他为了掌控抢救过程而挣脱那些缠住他思绪的黏丝时，如同用一双筷子使劲儿地从一盘拔丝地瓜里夹出一块那样费力。

小辉是个“糖孩子”。当晚值班的杜医生把小辉的父亲叫到跟前跟他说孩子得的是糖尿病的时候，小辉父亲的脸上平静得像一汪湖水，没有惊起听闻重病后的半点波澜。事后他对当晚的杜医生说，哥，你看得太准了，我儿子已经打了一年的胰岛素了。更让我们惊讶的是，这已经是小辉的第三次昏迷，原因是没有规律地应用胰岛素和没有严格控制饮食而导致血糖长期居高不下。前两次昏迷，他的父亲带着他去了市里的另外一家医院，这一次，他抱着只有一口气的儿子踏进了我们医院的大门。我并未问他为什么这次来我们医院而不是去之前的那家医院，但作为一名医生，我们都希望在给病人治疗疾病的同时，病人能够有个良好的依从性。总是犯同样的错误而导致反复住院，他该如何面对同一个医生。

小辉有农村孩子典型的虎头虎脑劲儿。有一天我去查房，他正在病床上摇头晃脑地摆动着自己的身体，把病床踩得“吱嘎吱嘎”响。跟他逗笑，他就会往你的身上扑过来，嘴里发出“啊啊”的叫声，在你的衣服上做撕扯状，像足了森林里的小野兽。不高兴的时候，他便收起这份活泼，躺在病床上打滚儿。比如不给他玩手机，他在病床上翻滚着，发出几声没有眼泪的哭声，平整的床单被他弄得褶皱百出，像一张皱起眉头的脸。仍不能满足玩手机的愿望时，他就站起来气势汹汹地抢夺他父亲手里的手机。而他的父亲每每在这个时候会用非常简单的方式回应他，一脚踢在小辉的屁股上。小辉这回是真的哭了，眼泪和哭声一样汹涌，不眠不休。小辉的哭声搅得病房不得安宁，且一天内会出现数次这样的哭声，这让小辉在整个病区里已经无人不知、无人不晓了。小辉的父亲也是名糖尿病患者，每天需要打四次胰岛素，这让他觉得降糖的道路遥遥无期。小辉还不能意识到这一点，他还不知道对他来说糖尿病意味着什么，他未来的控糖道路要远比父亲艰辛得多。此时的他因为没有得到父亲的智能手机而哭声震天，其他的事根本不在他的思考范围里。他的父亲责骂着自己的儿子，污言秽语，恶俗下流，引来身旁的人侧目。这是我在病房里看到的一幕，这可能就是这对糖尿病父子的日常片断，也是维系父子关系的重要方式。

小辉的任性不单单表现在对于手机的执着上，更表现在对于食物的渴望上。他总能趁大人不注意的时候在柜子里面翻找出食物，然后躲在角落里把它们认真吃完，这成为他血糖难以控制的主要原因。开始的时候，我并不知道小辉偷吃东西的事。每天四次的胰岛素是我打这场降糖战役的王牌，怎样调整，怎样组合，一直是我冥思苦想的问题，可怎么都不能让我满意。我是在一个午后发现小辉蹲在角落里偷吃东西的，那个时候小辉的父亲正躺在属于小辉的病床上鼾声四起。他的鼾声杂乱无章，打乱了午后安静的秩序，也搅得我心烦意乱。我毫不犹豫地叫醒了他，问他知不知道小辉偷吃东西的情况。我的问话显然是带着责备的语气的。小辉的父亲诚恳地看着我，哥，我也拿他没办法，看都看不住，要是不让他吃就会闹翻天的。小辉的父亲看着我，用目光迎接我，没有半点因为做错事而躲避的意思，反而像是在等待我给出解决方案。我的责问被他的目光瞬间瓦解了。我甚至宁愿他用抵触的情绪跟我说话，那样我还可以用略显强势的态度来纠正他的错误，使他意识到饮食监管的重要性。可现在，他的目光如一团软绵绵的海绵，我用再多的力气都无济于事了。

小辉父子来自三十公里外的农村。我去过那个地方，骑摩托车需要走四十多分钟，其中有十多分钟是要花费在崎岖的山路上的。小辉的父亲在城里的一家工地上打工，每两天回一次家。那个晚上，他接到家里的电话时骑上摩托车从工地向家里飞驰，没来得及换下脏兮兮的裤子。他裤腿上沾着已经干结的泥巴，衣服上也满是褶皱。他的脸清瘦，眼睛不大，却能放射出异常明晰的目光。在日后的交流中，我多次与这种目光相遇。他身材单薄，因为略带口吃，他说话的内容也和他的身材一样单薄。尤其是在和别人通电话时，他只简短地说两三个字组成的短语，然后等待电话的那头“嗡嗡嗡”地说上很长时间。他的头发杂乱无章，因为长期野外作业，他无暇顾及自己的形象，整个人看上去粗枝大叶。这粗枝大叶也表现在他对小辉血糖的监管上，比如小辉偷吃东西，他给出的态度是“默许”两个字。

与他们父子二人一起生活的还有小辉的奶奶。有一天上午，一个六十多岁、头扎老式花头巾的女人出现在了小辉的病房里。小辉叫着向奶奶冲过去。我以为小辉是见到奶奶后的兴奋，哪承想他直接奔着奶奶肩背的布兜子去了。他把兜子的拉链拉开，把兜子倒扣在病床上划拉起来。有饼干，有鸡蛋，有爆米花，有应时的脆枣。小辉抽出一块饼干就放进嘴里。我的制止声还是慢了半拍，他的嘴巴里已经发出咀嚼饼干的“嘎吱嘎吱”声了。我对小辉肆意地吃东西而家长不加干涉的做法不满。“大夫，你别生气，不给他吃，他就会闹的，谁都别想消停，在家就这样。”小辉的奶奶看着我，一脸的坦诚。她的脸上已经爬满皱纹，尤其是眼角。在眼角沟壑纵深的皱纹里，我看到了和小辉父亲一样的目光。我铩羽而归。在医生的抢救下，小辉已经从昏迷中清醒过来，可是无节制的饮食会让他面临再次昏迷的危险。他们只知道将昏迷的小辉抱进医院找医生治疗，而根本不认真思考该如何防止这种情况再次发生。

因为对食物的极大热忱，小辉吃饭的时候从来不挑食，这比很多孩子要好办一些。可麻烦的地方也在这里，他总能利用对食物敏锐的洞察力而找到吃的东西。他的父亲可以严厉地制止他抢夺手机，但是对小辉偷吃东西的事不过多干预。在他看来，小辉正处在长身体的阶段，多吃一点也没什么。我苦口婆心地劝解，可他总以诚恳的态度来迎接我的目光，让我无可奈何。那么，我只有利用手中的胰岛素来尽可能地控制小辉的血糖了。

调整了胰岛素的方案后，小辉血糖的控制情况有些好转，但仍不能做到让人满意。我决定找小辉的父亲再好好谈一谈，以做最后的努力。他安静地听着，我把饮食控制的重要性以及如何计算饮食又一次跟他详详细细做了交代。让我想不到的是，他不像以往那样来回答我了。在我要离开病房的时候，他叫住了我。“哥，这孩子真是让你操心了。”我没有看他的目光，因为我怕再一次败下阵来。

接下来就是那个暑气渐消的傍晚里发生的事了。小辉在父亲的指导下用双腿的速度来对抗血糖上升的速度。运动在一定程度上能够起到降低血糖的作用，但不一定非得以快速奔跑这种极端的方式才能做到，而且在人员稠密的病区里，小辉的奔跑可能给自己和别人带来伤害。小辉的父亲在病房的门口不断地发号施令，在他看来奔跑一刻都不应该停止。这是他为了给小辉降糖而做出的努力，他一时还想不起有什么更好的办法来替代它。为了安全，我坚决地制止了他。可小辉奔跑的样子总是在我的眼前晃动着，已经印在了我的脑海里。他弓着身子，脑袋前伸，双臂弯成两个钩子，以冲刺的姿势在我的眼前快速闪过。小辉灵巧地躲避着沿途遇到的所有人，兴奋的时候还像丛林里的猴子一样叫喊着。我想在多年以后，当我在黄昏的阳光里看到有孩子在病房的走廊里跑过时，一个在黄昏里奔跑的“糖孩子”会立刻浮现在我的记忆中。

红云朵

已经五年没见了。如果不是因为艾吉玛这个名字熟悉，单靠相貌的话，我早就认不出她了。她的妈妈还是老样子，没有太多的变化。她看到我时就开始责备起自己来，赵大夫你看看，这都怪我没管好她。边说着，手边在艾吉玛的长头发里摩挲着，眼神里落满慈爱。她的手粗大，皮肤上布着老茧，一点都不像三十多岁女人的手。那是双长年在草原上放牧的手，也是双长年挤奶和熬制奶茶的手。她摩挲着艾吉玛的头发时动作轻柔，我想她也一定是这样摩挲着她家里的马的鬃毛的。

一个晚上，已经五年没有走进医院的艾吉玛由家人抱进了医生办公室。她母亲的第一句话是，大夫，又和五年前一样了。她的汉语发音不标准，但每个字却说得很清楚。就像她当时满脸的焦急一样，看不出第二种意思。艾吉玛大口地喘着粗气，每一次喘息，胸廓都夸张地起伏着。她喘得急促，她太难受了，嗓子里飘出丝丝缕缕的呻吟声。叫她，只能是微微睁睁眼睛，很快就又昏睡了过去。抱着她的母亲像一匹高大的老马，在引导下迅速地跟着值班医生奔向抢救室。

五年前的一个夜晚，同样相貌的女人怀里抱着个孩子出现在了医生办公室里。多年后的女人并没有比五年前看上去苍老。是高原上的烈日和草原上的劲风掩盖住了一个女人五年间的衰老。她的颧骨很高，红彤彤的，是高原红的那种。在蒙古高原上，她的样子就是最典型的标准脸。她怀里的孩子很小，只有三岁，颧骨也是高的，也透着红色。女孩名叫艾吉玛。艾吉玛给我的最初印象就是大口地喘着粗气。她小小的胸腔显然是不够用的，肚子都跟着剧烈地起伏了。血糖 25 毫摩尔/升，值班医生的脑子“嗡”了一下，又是一个“糖孩子”。

后来艾吉玛清醒了，血糖降了下来，但是从此以后她需要打胰岛素生活了。她在病房里的地上跑着，发出“咯咯咯”的笑声。说起蒙古语的时候舌头翻转得非常灵活，像我曾经听过的草原上的百灵鸟的鸣叫声。叫住她，她便一动不动地看着你。眼睛大大的，露出期待的眼神，准备迎接你要跟她讲的话。她颧骨上的两朵红云在她笑起来的时候像两个红翅膀，生动可爱。她的母亲也跟着笑。蒙古高原上的红云飞满了整个病房。可一想到她此生都需要打胰岛素生活，她的母亲就安静了下来，那两片红云也立刻安静了。

艾吉玛面对医生时的表现是无畏的。草原孩子生性活泼，换到病房里依然如此。我告诉她要老老实实的，她权当没听到。抓住她，她就“咯咯咯”地笑。艾吉玛不懂汉语，我说的她听不懂，需要她母亲用蒙古语说给她听。她说的也只能靠她的母亲翻译给我。我告诉她不要乱跑，她的母亲在一旁翻译成蒙古语说给她，并加进去夸张的肢体动作，比如扬起巴掌做打人状。我没发现艾吉玛有一丝惧怕的意思。她母亲不好意思地冲我笑笑，说她就是个草原小马驹。

给艾吉玛测血糖是个艰巨的任务。通常的情况下除需要一名护士外，她的母亲和父亲也必须上阵。测血糖的时候她的身体会像泥鳅一样在大人的怀里挣脱。她并不大声号啕，像是故意对抗，每次挣脱后还发出欢快的笑声。她的挑战给我们增长了经验，后来再测血糖时，护士得先把试纸放在血糖仪上，酒精棉签要提前蘸好酒精，把血糖针提前攥在手里。然后在她父母把她的身体控制住的那一刻迅速地测下血糖。她无力反抗的时候会假装号哭两声，并没有眼泪。

三岁的艾吉玛是欢乐的。当她的笑容和清晨的第一缕阳光相遇时，这一天欢快的笑声便开始了。她把整个病房变成欢乐的海洋，是个十足的草原小精灵。测血糖的时候她虽然做挣脱的努力，但采血的时候她却无所畏惧，主动把胳膊伸到护士的眼前，做咬牙状，这一幕把护士感动到心理压力陡增，告诉自己必须一针成功。可也有例外，那就是吃饭。糖尿病患者的饮食需要严格地控制，需要精确计算各大营养素的百分比。把计算好的食物给她的母亲，像交给她一个艰巨的任务，必须把食物喂到艾吉玛的胃里。她的母亲把勺子里的饭递到她面前，她却把头一扭，失去了对饭菜所有的热情。她的父母很着急，央求她吃饭比登天还难。吃饭前她的体内已经被人为地注射进了胰岛素，如果不进食是会出危险的。无奈只能征求她的意愿重新规划这一餐的食谱。可有一次把她点的饭菜放到眼前时，她却突然换了主意，声称又想吃别的了。那一次她的母亲再也不像是驮她进门的“老马”，扬起的巴掌真的拍了下去。而那一次，艾吉玛也不再是假装地号啕了。

艾吉玛逐渐意识到了这一点，每次看到妈妈把饭食摆在她眼前时就不安起来，因为接下来的内容就是测血糖。血糖针藏在绿色的塑料管里，因为不透明所以看不到针尖，这更增加了艾吉玛的恐惧感。在指腹上擦一下酒精，然后把绿色塑料管的开口对准指腹，按一下血糖针的屁股，“咔嗒”一声，一滴红色的鲜血冒了出来。那一瞬间有一丝痛感掠过心尖。所以艾吉玛一看到饭来了的时候就开始逃跑，结局当然是被捉回来。后来不逃跑了就躲在墙角里，她知道逃跑是没用的。再后来，她不再躲了，像抽血的时候那样把手指伸出来，咬紧牙关，等待那“咔嗒”的一声。

她们来自一个水草丰美的草原。每个盛夏时节的傍晚都有微风从草尖上掠过，拨起片片草浪。阳光擦着天边的白云落在草原上，落在羊群的身上，也落进了她们的眼睛里。蒙古高原的草原是美丽的，可是对时令节气却有着灵敏的嗅觉。立秋一到，风就会把草原上的草尖吹黄。而那个时候我们依然没能从夏日的炎热里走出来。艾吉玛第一次入院的时候正是草原上的草开始泛黄的时节。这个时候草原上的牧民们开始打草，以囤积过冬的草料供牲畜食用。艾吉玛的家里有上百亩的草场，这是和她的母亲聊天时得知的。有天我值夜班的时候，她的母亲微笑着问我孩子什么时候能够出院。按照以往的经验，一个糖尿病昏迷的孩子如果顺顺利利地出院最少也得半个月的时间，因为调整胰岛素是个非常繁复的过程。她脸上的笑容停住了，颧骨上的那两片红云在夜晚的灯光下依然那么明显，只是和她的笑容一样僵住了。半个月对于她来说太长，她要尽快回到自己的草场上。对于从牧区而来的她来说，一家人的生计来源是家里养的牛羊，而牛羊过冬的草料她还没开始准备。我安慰她说如果孩子配合得好，家长学会测血糖和注射胰岛素，那么还有可能提前出院。话音一落，我看到她脸颊上的那两朵红云再次鲜活起来。

那次谈话后的第二天，艾吉玛的血糖控制情况有了突飞猛进的进步。我要探寻究竟，惊喜地发现了另一个艾吉玛。计算好的食物已经放在床头柜上，飘出丝丝缕缕的热气和诱人的香味儿。艾吉玛拿着酒精棉球在指腹上擦了两下，然后拿起血糖针在指腹上按了一下。我听到了“咔嗒”一声，一滴鲜红的血滴在她小小的手指上点亮了。血糖 5.1 毫摩尔/升，她的母亲在纸上记下数值。接着艾吉玛大口大口地吃起饭来。我简直不敢相信看到的情景，这颠覆了我对她以往的理解。我问她母亲是如何做到的。她说问艾吉玛想不想家里的小羊羔。孩子点点头。那你就得配合测血糖，还有不能挑食。艾吉玛又点点头。在草原上，她除了跟在妈妈身边，更多的是跟羊圈里的羊羔们在一起玩耍。她想着家里刚刚出生不久的像棉花一样洁白的小羊羔时“咯咯咯”地笑了。

我时常拿着艾吉玛的例子讲给其他糖尿病孩子的家长听。高原上的红云有温暖的亮色，她的例子给其他糖尿病患者带来了治疗的信心。艾吉玛再次住院是我没想到的。这次住院是因为她成了寄宿学校学生后，对血糖监管方面出现了问题。她的同学们可以放肆地享受着零食的美味。每个课间，她的同学们会拆开各种好看的零食包装袋，然后欢乐地吃起来。艾吉玛只有八岁，看着别人贪婪地享受着美食，她内心里萌发出对零食的渴望。她终究是个孩子，这渴望最终在同学们的召唤下又往前迈了一步。她品尝零食的行为变得一发不可收拾。血糖居高不下，最终她再次昏迷了。她的母亲抱着她又走进了五年没有迈进的医院。

艾吉玛醒过来的时候站在母亲身边，静静地看着我，乖巧了很多，不再像五年前那样满病房里乱跑。她依然自己测血糖，而且早就开始自己打胰岛素了。她的颧骨比以前更高，那两朵高原红比以前更加艳丽，相貌开始向着母亲的样子发展。这次惨痛的经历之后她懂事多了，表示不再对零食有任何好感。出院的那天，她们母女二人来和我道别。在朝阳的光线里，那几朵高原上的红云再次在她们的脸上洋溢起来。下午的时候，那几朵红云就会飞回到那片一望无际的草原上。我希望永远不要再飞回来。

原载于《草原》2019 年第 8 期

卡夫不卡 本名张志刚，祖籍山西五台县。文学硕士，毕业于内蒙古师范大学。内蒙古作家协会会员，内蒙古评论家协会会员，内蒙古作家协会散文委员会委员。部分诗文习作散见于《鹿鸣》《草原》《作品》《黄河》《骏马》等纸媒及微刊，散文《阴山羊话》曾被《散文》（海外版）转载。

阴山羊话

敕勒川，阴山下。天似穹庐，笼盖四野。天苍苍，野茫茫，风吹草低见牛羊。

——北朝民歌《敕勒歌》

一

夏日，闲暇漫步在北郊公园中，松林在阳光的朗照下，洒下斑驳的碎影，空地上是修剪整齐的草坪，散发着园林工人刈草后残留的清香。鸟是很少见的，偶尔听得几声喜鹊鸣叫，麻雀欢呼，也觉得无限可爱。有时抬头看见蓝色的苍穹，流云兀自舒卷，一种莫名的感觉就在心头氤氲开来。

每天在高楼林立间穿行，看惯了汽车排着长龙，听厌了嘈杂的声音，好想寻找一片寂静的地方，让自己可以清净清净。于是喜欢上了在傍晚谛听观音院的钟声，那悠长回荡的声音，听着听着，好像不远处的阴山也在发出一种声音，在暗暗地召唤着我。我被这钟声所牵系，思绪宛若脱缰的马在童年的那方天地游走。

据我爷爷说，我家的祖籍在山西五台县，但老祖宗是哪一辈走出杀虎口的，又为什么偏偏选择来到遥远的阴山下，已不得而知了。我只知道，打我记事起，就一直在阴山的怀抱里成长，那里的山风、林啸、神秘的天籁之声伴随我度过了祥和宁静的童年。虽然多年漂泊，早把青城也视作故乡，但童年生活大地上的一草一木，正如血脉相连一般割舍不断。

在青城每登高楼，必北眺阴山，喜欢长久注目于横亘于北方的这座大山，视线从远处的群山移到眼前这座熟悉而又陌生的城市，生活轨迹的转换，正如大青山给予我的，有太多想说而又说不清道不明的东西。我甚至觉得，自己至今还没有走出阴山；有时也生出幻想，这钟声如果在山中就好了。

群羊缀满山坡，低头吃草。风从山间掠过，青草微微弯了腰。眨眼间又恢复了原样，仿佛风没来过一样，草也丝毫没有减少的迹象。只有树叶缓缓摇曳，唱起了轻快的歌，才感觉到之前风的声音从耳边簌簌吹过。

大约此生注定与山有缘，多年的求索，始终没有离开过阴山的怀抱。

所幸者，北朝的《敕勒歌》至今还在传唱："敕勒川，阴山下。天似穹庐，笼盖四野。天苍苍，野茫茫，风吹草低见牛羊。"相传这首民歌是一个叫斛律金的人最早演唱的，每次吟诵，都要在心底回味许久，魂牵梦绕的感觉藕断丝连般流淌出来。这倒不仅仅是因为这方土地养育了我，更是朝夕于斯的那种亲切所致。当年阴山南麓水草丰美、牛羊成群的景象，至今让人神往，自然之美在《敕勒歌》中被定格成一幅流传千古的图画，简短的几句诗，竟深深印入草原人的心底，无论走到哪里都挥之不去。这样的意境已成为塞外遥远的记忆了，如今想在敕勒川上看到这样的景致，确实是不大容易了。

呼和浩特的宜居，得益于阴山。阴山是阻挡西伯利亚寒流的天然屏障，也是许多河流的发源地，农耕与游牧的分界也在这里，所以自古以来阴山的许多隘口都是兵家必争之地。有资料记载，白道谷就是现在坝口子一带，《木兰辞》中的"黑山头"大约指的就是阴山。阴山中段在土默川平原以北一带，远望郁郁葱葱，山色呈黛青，因此得名大青山。

山区是农牧交错地带，人们面朝黄土背朝天，日出而作，日入而息，多少年来过着靠天吃饭的日子，多种植莜麦、马铃薯等耐旱作物，几乎家家户户都养殖牛羊。对于从小生活在大青山中的我来说，除了山石和植物，牛羊就是最亲密的伙伴了。岁月飘忽，对故乡的疏离，儿时好多人与事都渐渐模糊，而与羊有关的往事却时时在我眼前浮现。

当年，我的祖辈为什么会选择来到阴山呢？难道是被土默川上回荡的《敕勒歌》所吸引？这种假设的可能性大概为零。兴许是为了躲避战乱和饥荒，走西口来到了阴山。穷途末路的投奔，是它荒凉而宽厚的怀抱接纳了我的先辈们。望着苍莽的山脊，想着阴山对我们的厚谊，它恍如一个巨大的摇篮，摇出了悠然自在的生活，摇出了一代又一代阴山的后辈儿孙。为了生活，先辈们在大青山里熬过了多少个烈日炎炎的夏天，为了生活，他们又度过了多少个寒风萧瑟的冬日，风霜雨雪几十年，就那么在大青山的怀里扎下根儿来了。二十世纪七十年代末，父亲当了民办教师，过起了半农半牧、半耕半读的生活，因此我从小便混迹于田间地头，不得不终日与羊为伍。

羊这种动物，用我妈的话来说就是“黄眼睛东西”，永远让人对它充满了矛盾——既爱又恨。我爱它温顺的性格，也恨它执拗起来的无所顾忌；我喜欢它的灵巧敏捷，也讨厌它的愚蠢盲目；我爱羊肉的鲜美无比，也对宰羊充满了难忘的记忆；我恨它让父辈们遭受那么多的苦与累，但又对羊不得不充满了敬意。

是羊——这流动的财富，让我们在那段岁月里对生活燃起了希冀。

二

提起放羊，总会联想到自由散漫的状态，把它与无目的的生活联系在一起。当班主任带不好学生，用内蒙古西部方言说就是“放了羊”。在草原上可以骑马牧羊，在山区放羊就没那么容易了。上山下山，翻坡架梁，全凭人的两条腿，折腾一白天，回来倒头便能睡着，打雷也醒不来。而城里人据说睡不着觉很普遍，所以流行睡觉时候数绵羊，一只绵羊，两只绵羊，三只绵羊……我的朋友一次失眠，数到三百只绵羊都没有睡着，这与放羊的日子不可同日而语。

哼几曲山歌，打几声口哨，都是放羊人的拿手戏。“长久在心上拖着伤痛的人类，常常是只吹口哨的。”契诃夫这句话让我经常想起牧羊人宫三旦的口哨声。傍晚归来的羊群踏着疏懒的碎步，宫三旦拖着沉重的腿脚，这时候口哨声当然是免不了的，那是感情自然而然地流露。至于是孤独散漫的，还是满足自豪的，我们只能从口哨声里辨别，而三旦心里是最清楚的。

每年春夏之交，羊吃了一冬的枯草，嘴里寡淡无味，渴望青草到了忍无可忍的地步。当向阳的地方的尖草偷偷冒出嫩芽，“老哇爪”微微泛出绿意，满坡的山樱桃即将开出粉红色的花，羊闻着青草嫩芽的香味，总会没命似地疯跑，去寻那刚刚露头的青草，这就是所谓“跑青”。尤其是到了田间地头，羊极其活跃，没有经验的羊倌儿绝对控制不了羊群，它们会像饿虎扑食一样跑进地里糟蹋青苗，刚刚轰走这边，那边又突袭进去，让你首尾不能相顾，眼睁睁看着好端端的一片庄稼地被毁坏，那真叫欲哭无泪啊！羊的那种疯狂的状态最令人生厌，我多次被气得大哭。后来也理解了，这时的羊其实是极虚弱的，需要摄入大量食物补充体能，那是动物的本能，人还穷则思变呢，何况是动物！

北方旱季的太阳也有着毒辣的舌头，燎得你皮肤生疼。当扑鼻的热浪裹挟着羊群散发出的骚臭味向你袭来时，一时又无处躲闪，那你可就倒霉了。为了防止羊受热得病，夏天早晨要晾羊，从羊圈里把羊赶到一片没有草的空地上通风透气，等一会儿羊卧踏实了，就开始反刍。羊慢慢悠悠咀嚼着肚子里的青草，回味着昨日的味道，其神态着实令人羡慕，我以为羊的优雅，正体现在反刍时的悠闲。

夏秋之际的山里，水草丰美，满眼的绿，铁杆蒿轻轻摇着头，白草在微风吹拂下翻着银浪，背阴坡里的白桦透着清新的气息，山脚下的小溪无声地流淌着，正是给羊抓膘的好时节。想要抓膘，合理地饮水非常关键。羊只有在夏季喝足了水，秋天才容易上膘，否则秋冬季节很难把羊养肥。但因为夏季雨水多，羊容易口淡，它们喜欢大口大口啃食碱土，回家的羊路壕是必经之路，两边黄土其厚无比，每天由于羊的疯狂啃食，在土圪楞上形成一个个凹面圆形的坑，活像黄土梁的一个个小酒窝。

这时节羊喝水明显减少了，这就需要“啖羊”了。

在村东口一片空旷的地方，搬来许多平整的大石头，相隔三五步均匀分布开来，石头一律平面朝上，在上面洒毛盐，以备羊来舔食。我们村里人少，大家公用这个地方，我们叫它“啖羊盘”。啖羊盘的石块因为多年雨水和盐的腐蚀，形成了一个个很可爱的小坑，我对这里熟悉极了，当年每块石头的样子至今都清晰记得，玩累了，可坐可躺，那也是我们儿时的一方乐园。还有石门山口那眼水井，夏天会从井口源源不断溢出泉水来，甘甜异常，我们常常俯下身子作牛饮，一饱口福；冬天水位略降，从冰面上凿一个窟窿眼取水，即使寒风刺骨，喝了它肚子也不会疼，可见是天然的矿泉水，这时就不得不赞叹自然造化的神奇了。

夏季的羊群每隔十天半月就口淡了，需要赶到啖羊盘上。啖羊在村里实在算一件隆重的事情，全家老少往往一齐出动，左呼右赶，簇拥着几百只羊向啖羊盘走去。羊群似乎也有感应，觉得它们的节日到了，显得格外兴奋，其实早已闻到了盐味，它们的鼻子多灵呀！快要到啖羊盘时，羊群会发疯似的向前冲，这时甩起响亮的鞭子也难以吓退它们，几百只羊蜂拥向前，羊头攒动，那情景真是十分壮观。人身在其中，更觉得羊汇聚的力量是如此惊人。那时我们并不害怕，现在想来，万一不慎摔倒，几百只羊从身上踏过去，会不会酿成踩踏事件呢？

等到羊开始舔舐盐巴，就变得安稳多了，它们的呼吸混合着舔舐盐巴的声音如海潮般漫过你的耳畔，这时候需要不断地撒盐，直到它们尽兴之后，漫不经心地吃周边的绿草了，才算是意兴阑珊了。啖过的羊显得尤为安稳，吃草都非常认真，温柔极了，回家的路上也不再啃食碱土了。江南水乡牧童骑黄牛那种悠闲，幼时特别羡慕，放羊难得有那种感觉，忙里偷闲，其实最是逍遥了。

三

山羊的灵巧也是有名的，有时可到“登峰造极”的程度。高高的石崖，人从下面看了都胆寒，而山羊在上面从容觅食，行走自如，甚至有顽皮者还在角斗，两只后腿直立，前蹄凌空，脖子用力扭动，意欲用角把对方顶翻，当然更多时候是一种玩耍的姿态，或者示威，并非你死我活的斗争，这点与人颇为不同。如果哪位摄影师能够拍下来这样的镜头，摄影大赛拿个金奖应该不成问题的。

如果说灵巧与它们的生存环境有关，那么它们的愚蠢可以说是先天而来的，是不可克服的，这源于群体的盲从。

猛兽惯于单独行动，而羊习惯于群居，且群体性极强，简直到了顽固的程度。跑青、啖羊最能说明这个特点，只要有一只羊领头，其他都要跟从，这是谁也无法改变的，因此有领头羊的说法。我曾经在某个场合用过这个例子，至今还被同事们津津乐道。也就这个问题，我请教过母亲，她说这就是“羊性”，这令我不禁哑然失笑，我们什么时候也沾染了这种性格，浑然不觉啊，成群结队去犯某种错误。我觉得“羊性”不足以概括这一特性，暂时以“群体盲从性”名之也无不可。

你可别小看羊的这个特性，它曾经使许多乡亲们深受其害，我大伯和四叔就是受害者。一次山里下大雨，山沟里洪水肆虐，雨越下越大，羊群被大雨浇得无处躲藏，从山坡上直冲下来，争着抢着想跑回家里避雨，而谷底就是洪水，领头羊第一个想跳过对面去，刚下去就被洪峰卷走了，而后面的羊却奋不顾身跟着一起涉入洪流，情势万分危急，四叔家的羊倌儿想设法阻止羊继续跳入洪流，使出浑身解数与羊奋战，最后生生把羊铲把儿都打折了，总算拼了命挡住了后面的羊群，这才不至于“全军覆没”，即使这样也已经损失惨重，那几年的辛苦都付诸滚滚洪流了。

后来听说，有一年在土默川平原上还发生过这样的事，牧羊人从铁道上往回赶一大群羊，当时天色已经发暗，铁道周围还没设围栏，当一大部分羊已经过去时，小部分还在后面不紧不慢横跨铁道，这时羊倌没有注意到，一列火车已经呼啸而来……羊群被列车分成南北两半，一侧的羊看到前面的同类已经过去，所以不顾一切从滚滚的车轮缝隙眼里往过钻，羊倌儿再想阻拦已不太可能，你想血肉之躯，怎能和这个“钢铁长龙”相抗衡呢？刹那间铁道上血肉横飞，黑灰色的枕木都被羊的鲜血染得殷红，酿成的惨祸目不忍视。

这都是“羊性”使然，人也得为此付出高昂的代价，甚至生命。人与兽的区别就在于人有意识和思维，而兽类仅着眼于眼前的食物和当下的温饱，人类却能回忆过去，展望未来，但有时竟也难逃“后人哀之而不鉴之，亦使后人而复哀后人”的悲剧，这与羊的群体盲从性在本质上来说并无二致。

四

在山区，羊圈多是用栅梢围起来的，栅梢是树木的枝丫，一般有成人的胳膊粗细，选择直溜的，截成长约两三米的样子，较粗的一头朝下，栽入地面以下尺把深，为了更加稳固，在栅梢中腰再横着绑一排夹棍，连成一圈儿，就是羊圈了，这样即使再淘气的羊也不会把它顶翻。“牢”的本义是牛圈，后来亡羊补牢用了它，再往后，人们发现这玩意儿不仅可以圈羊牛，把人关起来也一样，干脆一不做二不休，圈羊和牛反倒不用它了。古代祭祀宰牲，羊曰少牢，牛曰太牢，不直接说宰羊杀牛。

我家的羊圈中间用栅栏隔开，类似套间，算得上是豪华羊圈了。一侧借助天然的两米多高的土圪楞，用锹修整得像墙壁一样，做了一面墙；另一面用的就是栅梢；另外两面有围墙，是用“干打垒”，也就是版筑，一种特古老的办法。我记得是将两扇门板横立在地，平行摆放，间隔一尺左右，两块门板之间用绳索固定，中间填湿土，用土夯筑而成。夯实一层，接着再往高绑一层，这样连续向上倒六、七层，一堵一人多高的墙就逐渐矗立起来了。当然，这项工程是由一位能人——我的姥爷来主持的。小时候我对这一“奇迹”好奇不已，我问他是怎么学会筑墙的，姥爷说是前人流传下来的，于是我对先人的智慧充满了敬意。

冬天为了保暖，防止羊受凉落羔，还要给羊搭暖棚。暖棚上加盖为越冬准备的青草，这样既利用了圈顶的空间，也为冬天喂羊提供了方便。当草从高高的草垛上扬散下去时，羊都围拢过来，看着它们埋头吃得津津有味，心里别提有多舒畅了。草太多了，就在羊圈墙外围个草圐圙。有一年我家种了紫花苜蓿，这种草别说羊特别爱吃了，村周围的兔子都远道而来，夜里钻进草圐圙来尝鲜。为此，我那年还捕获了几只野兔，免去了没吃过兔肉的遗憾。

高高的草垛也是我们捉迷藏、掏麻雀的好地方。那时捉迷藏特别认真，一次有人藏到草垛上，黑灯瞎火，我们半天没找到，后来干脆各自回家睡觉了。第二天才听说那位小伙伴竟在草垛里睡着了……那时候真是玩得昏天黑地，想起来真好笑。至于掏麻雀，那可是我的拿手绝活。傍晚喂羊时分，成群的麻雀在羊圈里起起落落，叽叽喳喳，寻找喂羊时洒落的草籽。等天黑人走后，它们便在草垛里栖身，背风之地是麻雀们温暖的家。晚饭以后我们就开始行动了，拿一只“三接头”手电，先在草垛上虚晃一下，看好麻雀的藏身之所，熄灭手电伸过手去，一摸一个准，每个窝里都是一对儿，热乎乎的，睡得正香。受惊的小鸟抓在手里，感觉那小心脏怦怦搏动，别提有多激动了。那种猎获的狂喜给我们无忧的童年带来了无限的乐趣。

“大白纸，包黑豆。上南山，撒一路。”奶奶出的谜语至今还记得。

羊粪也分好多种，除了春夏吃嫩草时和吃奶小羊羔的焦屎令人生厌外，秋天的羊粪就逐渐硬朗了，我们真不觉得它有多脏。小时候还玩过弹珠枪，用葵花杆做枪筒，把羊粪珠珠当作子弹，借助胡荆条弹力，和小伙伴对射，也充满了无穷的乐趣。

除了游戏外，与羊朝夕相处，那种天然亲密的感情不得不说。记得有一年，几只绵羊产下了小羊羔，其中有一只“紫眼圈儿”，身上的短毛打着卷儿，娇美异常，尤为可爱，是我们兄妹每天玩耍的伙伴。过去每年深秋都要卖掉一部分羊来贴补家用，当妹妹得知要卖掉可爱的“紫眼圈儿”时，死死地抱住它不撒手，急得伤心地大哭，那种浓浓的情义终于感动了母亲，无奈只得留下那对母子。

水马旱羊，羊圈一定要选择在干燥通风的地方建造，夏湿之地，不适合建羊圈。在夏季的连阴雨季里，羊是无精打采的。尤其是羊粪在雨水的浸泡下，羊圈里泥泞、污浊不堪，此时就需要刮羊圈。这可是一项挺苦的差事，夏季的羊粪又黏又臭，不得已只好穿上雨靴，挥动双臂，往往没有几个回合，就累得周身冒汗了。打扫羊圈这种零活，往往是派给小孩子的。又累又臭，但还得硬着头皮去做。

寒露百草枯，此后羊粪渐渐变硬而零散了，也就不再需要打扫羊圈了。到了冬天，圈里已经积了厚厚一层，踩上去沙沙作响，羊在晚上就卧在自己的粪便上取暖，这在动物界大概是很少见的。顺带说一句，一般辞典对家畜的解释最后总不忘了“肉和奶可以吃，皮和毛可以制衣服”之类的惯例。羊浑身都是宝，羊肉、羊绒自不必说了，即使是它拉下的粪便，用途也是很广的，除了作为肥料，也是农村重要的燃料之一。春季，自然晾干的羊粪特别干爽，是很好的燃料，我可没少用手拉风匣帮大人烧火。每年四月左右，天气渐渐转暖，为防止羊受热生病，就要挖起羊圈的积粪。积了一冬天的羊粪，还有羊没有吃干净散落的硬草梗，混在一起被踩得特别瓷实。厚的地方约有三四寸，用铁锹裁成不尽规整的方块状，等晾晒干透以后，我们称之为“羊砖”，这可是纯天然的燃料，尤其适合在火炉里烧。

隆冬时节，洋炉子是必备的。放上几块羊砖，一白天家里都是恒温的。羊粪如果有剩余，也不用担心，来年春季，有远方的卡车来上门收购，那时大都卖给萨拉齐的果农种葡萄了。还有哈素海、铁门更的渔民，买羊粪据说用来养鱼了，不得而知。

羊对于不熟悉它的人来说，看起来分别并不大，而对于朝夕与羊在一起的我们，尤其是母亲来说，它们的性情与长相是有很大分别的，这些特点母亲都是烂熟于心的，常以它们的特征来命名。比如肉铃铃，它的下巴两侧长着两个肉瘤，状似铃铛，我们就叫它“肉铃铃”，这当然也是我们的爱物，特别好玩。其他诸如秃子、叉角角、二郎山、扁担角角、热毛羔子之类等等，母亲即使不看羊，也总能描述得十分清楚。父亲则对羊的牙口了如指掌，什么对牙子、齐口、老齐口等，他对羊的膘情也很在行，左手抓住羊角，右手一摸羊前胸的油骨子，便知道这只羊大概能宰多少斤肉，十拿九稳，那时我十分佩服他的本事。

五

人类驯化动物是进化过程中的一个巨大飞跃，六畜之一的羊，据说在母系氏族公社时期就开始了养殖，被驯化是很早的事，也可见羊一贯是极其温顺的动物，这是毫无疑问的。羌人是很古老的一个部族，最早在甲骨卜辞里就有记载，他们以羊为图腾，看来是比较早的牧羊人了。

羊一向较为温顺，因此与吉祥和美有了关联，“美”在甲骨文中像人带着精美的头饰在舞蹈，而并非羊大味美。“祥”最早也是羊，但也有凶狠的个例，“猛如虎，狠如羊，贪如狼”中的羊，我猜太史公说的是种公羊。绵羊的种公羊我们叫“圪丁”（其实是圪羝），常有粗壮的角盘旋在头上，身体也比一般绵羊高大，肥墩墩的，看起来特别威猛。一旦惹恼它，它会用角死命顶你，发狠时还会倒退出几步距离，那样子正像一个拳师顿然收回了拳头，目的是更好地打击对手一样，如果你不幸被撞个正中，后果是相当惨的。

羯羊是去势后的公羊，不仅性情变得温和，重要的是长大以后的肉没有膻味了。长到两个月左右的小羊羔，性意识已经开始萌动，互相追逐玩耍了。如果不留做种羊，就必须得阉割了。骟羊是个技术活，也是养羊很关键的一步，很难想象一群不阉割的羊会变成什么样子。我也见过骟羊的场面，一般是俩人配合，一人直立，把小羊的脑袋朝后夹在小腿间，提起羊羔的两只后腿，另一人操刀，也无须麻醉，割开阴囊顶端，直接用前门牙咬住小睾丸给揪出来。这种原始的方法，不知从什么时候传下来的，也不缝合，疼是可想而知的。眼见得小羊羔脊背拱起，连走路都困难了，但见骟者抓住尾巴，手掌在脊梁上按了一把，小羊羔趔趔趄趄走远了，脊背仍然像一座小拱桥。

如果哪个男人起个绰号叫“骚胡”，准是个风流成性的人物。“骚胡”是山羊的种公羊，额头上除了长有粗壮结实呈半螺旋状的角，常常还有一撮刘海，如是白色的就好看了，可惜因为它常常往自己头上撒尿，刘海就变得焦黄焦黄的了，奇丑无比。最扎眼的是它一身漂亮的长毛和胯下那两颗硕大的睾丸，大概足有两斤重吧，像两颗手雷一样，悬垂在后腿间，这是他们雄性势力的根源。就凭这两颗圪蛋，他们就可以打着响鼻，嘴里发出“呜栾呜栾”的声音，随意追逐着母羊并与之交配。一群羊里放几只种羊也是有比例的，虽然也会发生争斗，但往往也是“骚胡”之间。羯羊是很识趣的，他们去势后就变得老实，只能望母羊而兴叹，大可放心在一起，而不用担心有后代。动物去势真是人类一项伟大的发明，被去势的羊更适合养膘，牛也情愿拉犁了，狗则更容易训练。

六

每年公历五月左右，天气逐渐转热，羊身上开始褪绒，抓羊（抓绒）的季节到了。说起抓羊，那可是一件苦差事。西部区流行一句俗话："男人拔麦子，女人坐月子。"都是指最难熬的营生，那抓羊也绝对不比这两件事好受多少。

抓羊需要把握好时机，太早了新绒没有褪出来，绒很难挠下来；抓得太晚了，羊会热痒难耐，凑近灌木丛、树桩蹭痒痒而挂掉绒，损失收成。羊绒是我们的命根子，是养羊人收入的主要途径，其次就是下羊羔了。如果羊绒卖不上个好价钱，那一年的辛苦也就等于白忙乎了。

温顺的羊被放倒，并非四马攒蹄，而是留出一只后腿，即便如此羊也无法反抗了。先打梢（剪掉长毛），抓羊就此开始了。人半蹲在地上，拿很密的梳子，我们称"抓子"，从前往后仔细地在羊身上走一遍，这很需要一些技巧和耐力。抓子既要贴近羊皮，用力均匀，还要防止抓破羊皮。那时院子里、羊圈里灰尘播土，人累得衣衫不整，汗泼流水，羊则被挠得痛苦哀号，老远就能听见惨叫的声音，活像进入另外一个世界似的。汗水和尘土混合后，成为一道道污浊的暗河，在脸上、身上肆意流淌，那情形想起来还略带些悲壮的色彩。一侧抓完再换另一侧，即使是熟练工，一天也不过抓十二三只，没有干过这个活的人，往往累得好几天都直不起腰来。

我那时还小，抓不动羊，只能"溜二茬"，拿挠子在大人抓过的羊身上再捋一遍，生怕有漏掉的绒。抓子和挠子都是抓羊时必备的工具。抓子的齿密而粗，挠子则疏而细，抓子抓头遍，挠子溜二茬，用途各不相同。这些工具都是极有经验的师傅用钢丝做成的，一般人没有这个技术，做不好的。二十世纪九十年代，羊绒紧俏，行情好的时候一斤能卖到二百多块钱。养羊人为了多卖些钱，大多会耍些朴实的滑头，往羊绒里掺和东西，胆子大的多掺点，憨厚的也禁不住诱惑少掺点。什么猪油、石蜡油、滑石粉或白干土，都能派上用场，所以这时候招的绒也"成倍"地增长。由于羊绒稀缺，有点"萝卜快了不洗泥"的味道，即使品质差些也卖得很快。买绒的人其实也清楚这些花招，不过他们有渠道卖出更高的价钱，所以也就不太计较这些了，况且买卖时大抵都要讨价还价，以求得皆大欢喜。后来据收绒的人说，这种掺了假的绒很容易损坏梳绒机，一台这样的机器在当时可是价格不菲的。当然，这都是过去的事儿了，为生活所迫，不说也罢。

七

如果说招羊属于让人受累的活儿，那么吃羊肉就是最大的享受了。香喷喷的炖羊肉，五味杂陈的羊杂碎，还有羊肉大葱烧麦，说起来都嘴里生津，真想大快朵颐。关于吃羊肉，需再撰文记述了。为了口腹之欲，人有时就不免残忍。君子远庖厨不过是自欺欺人罢了，自然界的法则，人处于食物链的顶端，想逃脱这一规律谈何容易，幸与不幸，谁都理不清。所以在此申明，我不是君子，至今还是喜欢吃羊肉，唯一能做的至多是不去看宰杀的场面而已。

宰羊的时候，父母一般不让我们小孩子到跟前去，到后来还是好多次目睹了那样血腥的场面。屠刀割破羊的喉咙时，鲜血喷射，羊全身肌肉痛苦的痉挛，抽搐再三，那声微弱的叹息，实在令人揪心落泪，至今想起来还像一场醒不来的噩梦。白居易有"羔羊口在缘何事，暗死屠门无一声"的诗句，说"无一声"是有些夸张了，但那声微弱的叹息实在比任何哀号还令人动容，由此也可见羊的温驯和善良。同是家畜的猪比羊牺牲时要尖厉得多，要壮烈得多。猪被宰时不但咆哮，还会凄厉地嚎叫，一头二三百斤左右的猪，那执拗笨重的身体没有四五个壮汉是降服不了的，虽最终不免于一死，但生命最后的反抗可谓惊天动地，可歌可泣。写到这里，不由得让我想起王小波笔下那头潇洒至极的猪，完全无视生活的锤骗，在四周都是火枪的包围中岿然不动，最后一骑绝尘，遁入荒野之中。古今中外能把猪写到如此潇洒、浪漫之程度，我看非王小波先生莫属了。

人们愿望不能满足的时候，总要祈求上苍，中国人认为什么事情都由天上住着的老天爷掌管着，只要他老人家同意，这事儿保准八九不离十能成。因此总会暗中许愿，光明正大许诺老天爷以礼物，这礼物有时候是鸡，有时候是羊，更有甚者为牛。在大青山里居住时，二爷爷每年中秋节都要举行一个仪式——“领牲”，祈愿无所不能的老天爷将自己进贡的羊领走。现在想来，这大概也是古代祭祀的遗留，所谓“牺牲”，不知老天爷一年会收到多少这样无辜的家畜呢。

在正房房梁下的檐台上，一只选好的羊被拴着腿拉上来了，二爷爷单膝跪地，双手合十，大约是祈愿风调雨顺之类，或者是更为隐秘的心愿吧。当时听不清他在说什么，只见他口中念念有词，只听得“领了哇，领了哇”，这时候如果恰遇羊浑身上下哆嗦几下，就表示老天爷愿意“领牲”了。可是往往事与愿违，二爷爷默默祈祷多遍，拴着一条腿的羊老半天就是不打哆嗦，这就未免扫兴，需要另外想辙了。时值中秋时节，清晨已略微有些寒意，这时给羊身上洒些刚从井里打上来的凉水，羊便很快浑身直打哆嗦了，那些水珠混合着一层雾气，飞溅在窗台和玻璃上了，给这个古老的仪式增添了神秘的气息，二爷爷便舒展了眉头，露出了农家汉子憨厚的笑容。当然这算是文雅的杀法了，大多数人都是直奔主题，根本不需要这套说辞的。

随着辞令的结束和羊身上水珠的抖落，一个生命就此接近了尾声，只等那一柄雪亮的刀了。

白刀子进去，红刀子出来，命脉处鲜血顿时喷洒出来，这时往往还要用事先准备好的干净盆子接羊血。开头结尾的一般不接，要中段血。后来想，这大约是根据体检时候验尿的经验得来，血也是这样吗？流淌在地上的鲜血，过一会儿就凝成了暗紫色，泛着幽幽的光，这时羊已经被剥皮了，露出了白色的胴体。据在草原上生活过的人讲，他们杀羊方法与我们有一些不同，花样更为别致，但结果终归是一致的，不外乎谋财、害命、果腹……人与羊之所以能够和谐相处，就在于羊是弱者，处处为人类提供好处。佛家讲万物众生是平等的，怎么可能是平等的呢？

人类从羊身上不断地索取，最终吃了羊肉，喝了羊血，猎获的乐趣、弱肉强食的规律是谁也逃不脱的，进化了几百万年，好不容易爬到食物链的顶端，如何能够放弃拥有的权利呢，要放弃大概也要等到公羊产子的时候了。

八

大约在新千年左右，阴山里开始禁牧了，许多农牧民不得不把心爱的羊卖掉，开始了一种对他们来说全新的生活。有的将散养的羊迁移下山，在土默川上过起了逐水草而居的“新游牧”生活；有的则退而求其次——干脆圈养，无奈绒山羊不适宜圈养……小尾寒羊以多胎、多羔、生长迅速闻名，圈养有着明显的优势，因而得到人们的青睐，但肉质与山羊相比要逊色多，没有人愿意吃寒羊肉。解决了一个问题，随之却又出现了新的问题，人类就这样不断地在循环演进着。

上大学后，一天闲逛内蒙古大学校园，在一座毫不起眼的小二楼前面，看到一个白色大理石的小羊羔雕像，是为了纪念世界首例试管山羊的。话说 1984 年 3 月 9 日，在日本进修的一个年轻人培育出了世界上第一胎试管山羊，轰动了整个生物技术领域，因此获得了“试管山羊之父”的美誉，此人后来成长为内蒙古的第一位中国工程院院士，他的名字叫旭日干。后来听说在英国有一只克隆羊“多莉”诞生了，生物技术的突飞猛进当然是好事，也许没准儿再过多少年，克隆技术普及之后，我们就不用再去辛辛苦苦受那么多累去养羊了。

这几年据说多年不见的野鸡、狍子等飞禽走兽又重归了山林，使大青山的生态环境有了明显改善。不过狼叼走小猪的事再也没有听说过，人与狼的大战已经成了传奇。禁牧虽说是好事，但也掐断了一部分阴山人的经济命脉，逼迫他们放弃了原有的生产和生活方式。有的流离失所，去外地成为打工一族；有的是农忙打工，挣几个微薄的零花钱；极少数人不愿意离开祖辈生活的土地，宁愿缴纳不菲的费用，也要厮守那片土地，他们是真正的阴山人。没有在阴山里生活过的人，是不会懂得那种感情的。我是一个逃离者，只能在此向他们致敬了。

山里的日子不紧不慢，过得也着实辛苦。在我高中毕业那年，山里唯一的学校也撤销了，父亲便决定卖掉所有的羊，举家搬到察素齐镇上生活。这个没有选择的选择，让我们从此告别了大山，开始了另外一种新的生活。于是那些可爱的羊，连同那些与羊在一起的日子，都渐渐离我远去了。

原载于《黄河》2019 年第 2 期

《散文》（海外版）2019 年第 5 期转载

青城公园札记

史铁生在一篇文章里写道："在人口密聚的城市里，有这样一个宁静的去处，像是上帝的苦心安排。"

——题记

品字楼

二〇一〇年小雪时节，青城公园湖面上已结了一层褐色的薄冰，园中经过一夏的喧闹，现出冷清的样子。我进入园中这座小白楼，第一次坐在楼房里办公，正式拉开了城市生活的序幕。

这座小白楼高两层，是专门为内蒙古图书馆而建的，作为内蒙古自治区成立十周年献礼项目，据说是苏联专家设计的草图。建好后，内蒙古图书馆就从新城鼓楼迁到了小白楼。一九九七年，内蒙古图书馆搬迁到乌兰察布西路新址后，品字楼划归呼和浩特市。据呼和浩特市书画院院长王迺欣先生说，起初打算作为杨鲁安藏珍馆，后出于各方面的考虑，说不适合做收藏文物的场所，遂作罢。品字楼大概闲置了那么两三年，重新装修后，呼市文联和书画院正式入驻了。

我刚来的时候，坐在二楼东侧一上楼梯的办公室，可以清楚地看到天元商厦大楼的背面，还有公园北侧的湖心亭。冬天要是下雪的话，正好契合张岱湖心亭看雪的心情；夏天，小白楼前后鸟儿啁啾，榆柳荫后檐，可以体察一下五柳先生的淡泊。在无处不嘈杂的城市里，这里简直就是世外桃源了。

楼前门口正面挂着五块牌匾，东侧三块是不锈钢底黑色宋体字“呼和浩特市文学艺术界联合会”，还有蒙古文，《呼和浩特文艺》杂志社几个字是综艺体，赭红几乎褪尽；西侧以前是两块木质牌匾，由李可染先生题写的“呼和浩特市书画院”几个大字，蒙古文据说是一个叫耶拉的人写的，都是黑底青色，很有一种艺术圣地的感觉。后来换成别的材料，显得更上档次了。

去年夏天，呼和浩特城建部门派人送来一块牌匾，编号29，上面写着“该建筑建于1957年，为早期的图书馆类建筑的代表，后改为呼和浩特市文联、书画院”。据说当年的“内蒙古图书馆”几个字是郭沫若题写的，乔迁人民公园新址，乌兰夫亲自为之剪彩，中央代表团团长李先念副总理出席了开馆仪式，由此可见当时人们对图书馆还是很重视的。

“我心里一直都在暗暗设想，天堂应该是图书馆的模样。”博尔赫斯在一首诗中这样形容他心目中的天堂，我曾看过孙甘露在一篇小说中对图书馆的赞誉，他一口气罗列过十几个耐人寻味的隐喻，图书馆在一个作家心目中享有崇高的地位是毋庸置疑的。看国外图书馆的图片，无论是古典的、现代的，无不是高大恢宏，或者宽敞典雅，回头再看我们的小白楼图书馆，就显得有些寒酸了。可是，你知道吗？那是一九五七年塞外的呼和浩特，不是现在的年轻人可以想象到的。

在宗教信仰中，天堂应该是人类精神的最后归宿，而图书馆不管它是新、是旧，高大宽敞也好，窄小而霉也罢，在于它所承载的内容，在于它滋养出的一代又一代的读书人。小白楼鸟瞰呈“品”字形，所以我们有时也称它为品字楼。北侧凸出来的这个口字呈弧形，是图书馆的藏书库，东西两侧分别是蒙汉文阅览室。上了点年纪的文化人，他（她）们年轻时候都来这里读过书。是老天的眷顾，还是宿命的安排，使我这样一个从穷乡僻壤里走出来的人，偏偏就和这座园子、这座楼建立了如此紧密的联系。那天和友人聊天，他说我恰如一粒小小的树种，被风吹到了一块沃土里，最终生根发芽，长叶开花了。可是，这风在哪儿呢？我看这最终只能归结为命运造化了。或许正如一滴泉水，经过一番暗自流淌，没有蒸发而最终汇入了一条大河一样。

文联是出了名的清贫单位，即使放在全国来说，大概也没有人会有不同意见的。夏天到来，几场雨过后，老旧的屋顶就开始漏雨了。常有人拿了竹竿，前端绑一锥子，去捅因漏雨而鼓胀的仰层。我们不得已，只得给电脑打上雨伞，动用脸盆、水桶来救急。不出半天，桶里水已过半，水滴下来，叮咚有声，倒也悦耳动听，我们戏称为“听泉斋”，给无聊的我们平添了许多乐趣。冬天的取暖很有问题，因管道属于末端，恰如文联处于边缘一样，回流不畅，来了办公室需不停地跺脚，同事感冒是常态，我倒也习惯了，只是得不停地跺脚，羽绒服不敢脱身，倘若谁敢拉开胸前的拉链，就算得上是一种勇气了。

即使这样，我在小白楼仍然遇见了很多朋友，都是君子之交。他们大多是超越了世俗利欲的人，之所以和文联的我交往，完全是意气相投，情怀所致。其中有一位是呼和浩特市书画院的何君，他是从黄河边的一个村口出发，来这里和我相遇的有缘人。

我们是在面试考场上相识的。那年我们一起报考文联，笔试都属于佼佼者，一同进入面试。何君由于早上没吃早点，胃痛发作，眼看就要面试，不免紧张，因此状态不佳。我兜里正好有早上剩下的半块面包，虽然止住了他的胃痛，但是最终他还是落榜了。翌年，我们在小白楼前重逢，他对这件小事仍旧感念不已。由半块面包得一知交，这是我万万没有想到的。人生往往充满了未知和不确定性，这才有了发现的惊喜。

何君倒也算不上命途坎坷，但是一直漂泊无定，工作没有着落。后来，我看到他在二〇〇七年写的《致友人书》，大学毕业后的彷徨可见一斑：“乙酉一别，已逾三载。弟为生计奔波劳碌，漂泊久矣。报馆谋职，当所谓记者，实属猎手，三月未入分文，始知误入贼人谷；私塾执教，讲《海上日出》，非止虚情，八元洗礼补助，可堪宽慰游子心。由城入乡，自乡返城，丰州自古难留客，不信无立锥之地；七番跳槽，八次移居，人生归程何处是？自然有精神绿洲。”他所说的“精神绿洲”，当然是指他珍爱的文学和艺术。这种不安定的生活，并没有使他变得消沉，反倒把注意力更多地投射在精神生活上，却使他在困境中有了信念支撑。

也许我们有共同的爱好，再加上都来自农村，反正是气味相投，逆境中对荷花就多了些许喜爱。对周敦颐的花之君子说，我们是有默契的。他写诗作画的题款很多都是青城公园未名湖畔，我猜不仅是位置，更是因为未名湖畔的荷花。每次与何君相约去跑步，到最后往往不约而同就成了观荷，乃至在京华相见，也是相约到后海赏莲。二〇一八年，他“北漂”回来后，我写过一段话，抄录在这里，以纪念我们的友情：

> 吾友何君瑞乐，庚寅夏相识于面试考场，匆匆别过。翌年忽于小白楼楼前邂逅，相谈甚欢，遂过从甚密。久之，觉其人诙谐幽默，且诗、文、书、画俱佳，乃一真文人也。
>
> 因居所不远，双慧楼吾乃常客，常观赏他写书作画。现办公同处一楼，文联书画院分居东西两侧，何君每于对面引吭呼余，声若巨钟，满堂回荡。呜呼，今不闻何君之声已恍然三载矣！
>
> 其间，何君挈妇将雏，游艺京华，备受漂泊之苦。友朋小聚，常叹其怀才不遇。幸得孟夏转机骤至，首府引进人才，何君重回旧地，吾又间闻何君之声矣，幸甚至哉！
>
> 日前见其辑录《何瑞乐旅京诗稿并序》一二，纪其逆境中之柴米油盐、漂泊中之交游唱和，不独个体羁旅之感生焉，更见家国情怀之痛也。心柔有感而识之，时在戊戌初秋。

之前忙于漂泊，何君喝茶喝不出味道来。工作稳定后，他的心态不知不觉有了变化，渐渐喜欢上了品茶。朋友送他的云南普洱、峨眉山绿茶，一定邀我同享。我们一边品茶，一边欣赏字画，浮生难得半日闲，度过了许多快乐时光。后来书画院又来了一位年轻人左大宁，他和我同庚，比我稍长几个月，熟悉后我们也就相互称兄道弟了。他通晓音律，是极其儒雅之人，室内陈设充满了诗情画意，没事的时候我特别愿意过他那边坐一坐，看他临习的兰亭，悬挂的紫箫和古琴，感受艺术的气息，也是一种享受了。当然了，得空也品品白茶，聊聊艺术，在忙碌中体会生活的味道。

夏天也是最惬意的。昨晚一夜小雨，洗去城市中连日来的燥热，空气清新而又潮润，早晨来办公室打开窗户，空气中可以闻到淡淡的香气，原来是窗前那几株侧柏的味道。听何君说，曾有一对满头华发、步履蹒跚的老年夫妇，爬上楼梯后已经气喘吁吁了，还相互扶持着，来这里回忆他们当年的读书时光。老人曾经蓬勃的青春、活力与朝气，早已不在，但他们那份安详却写在脸上，从他们驻足流连于此的情景，可以感受这对老夫妻的甜蜜，时光虽已流逝，但诗心不老。

听说单位将要离开小白楼了，心中还有些许不舍和伤感。不知何时就要离开了，也担心不远的将来，小白楼会不会被拆。但愿我们步入老年、步履蹒跚时也能和友朋来此驻足流连，怀念我们一起逝去的那些时光。

我们的尚老头儿

贾漫爱下象棋，一次正在聚精会神与一人对局，开局不久，一招不慎先丢了一马，在一旁观棋的冯苓植先生戏言道："棋王有难，这局情况不妙，看来是要输了。"贾漫先生一边沉思，一边回道："你净说风凉话。"后来果然溃败如山倒，那局棋贾先生惨败，不过后来谨慎连扳两局，脸上才露出踌躇满志的神色。和贾漫先生对局者，就是我们的尚老头儿——尚静波先生。

尚老头儿倔强的头发，很有些文人的风范，惜门牙只剩一枚，说话不免走风漏气，但奇怪他依然咬字清晰，似乎有几丝京腔的味道，可能和生于京东宝坻有关。他是我来呼市文联最早接触的作家之一，特别风趣，经常能逗得我们开怀大笑。老头儿勤勉务实，退而不休，又被返聘回文联，主持《呼和浩特文艺》的编辑工作。早上我俩来得最早，老头儿的办公室在走廊最里面，进去逼仄的走廊需要下四级台阶。他往往先假咳一声，声控灯这时就亮了，由于眼神不济，需一手扶墙，一脚探下台阶，长时间的摩挲，墙上都留下了一道黑黝黝的印记。

从我到文联工作以来，老头儿每天上班就特别准时，几乎风雨无阻。早早进入他那个"烟熏火燎"的小屋，开始写作。小说似乎搁笔了，可能是回忆性的散文吧。因为之前听他说，青城的文坛掌故他心里埋藏着不少，我真是期待着有一天能读到他写的这些故事呢。

文联，特别是杂志社的工作性质决定时常有人来访，早上坐定没一会儿，就有客人陆续来了，往往一个上午眨眼就过去了。不知道他是否害怕这种熟人的打扰，但那个小屋里，照例是烟雾缭绕，常常有笑声传出来。不过他在脚伤之后复出，烟抽得似乎很少了，冬日里上午没人打扰的时候，他就从小屋里踱出来，伸个懒腰，搓一搓冻得冰凉的手，更多时候则是走进我们办公室，聊聊时下之事，开开玩笑，逗逗闷子。

由于近水楼台之便，我听他讲过许多有关呼市作家的事。特殊的生活经历造就了特别的故事，如果说每个时代的人都有属于自己的故事，倒不如说他们找到了对付无聊生活的方式。他常和我说起与王树田下围棋的故事，一次在新城宾馆开会，夜里不知鏖战了多长时间，直到后来天快亮时，两人满地找烟头儿抽，说起来哈哈大笑。他们一起出差，往往随身就带着围棋，到达目的地，或者半路车坏了，都要抽空鏖兵。关于收藏家王树田用胶布粘裤子，诗人张植祥掉落在煤堆里的裤衩，自己贴身衣服上的红布葫芦，都特别有趣。他们都是特别专注执着的人，不大拘于日常小节，颇有些魏晋名士的风范。尤其是藏书家王树田先生，关于他养猫的故事就值得专文记述了。他讲和王树田去北京拜会汪曾祺，汪老当时正在流鼻血。说话之间他还用手比画汪老一手用棉花捂着鼻子，一手开门的样子，这个动作让我感觉像看到了那时的情景。老头儿年轻时交游广泛，天南地北认识不少人，其中不乏名人大家，他和其中许多人还保持着某种联系，这已成为他生活中一件很快乐的事情了，每次说起来脸上都洋溢着微笑。

“老绥元烧麦”在青城是很有名的，那五个字写得都向上翘起，显得活泼而富有特色，尤其“绥”字那个绞丝旁，活像一个个刚出笼的烧麦，据说出自书法大家孙卓章的手笔。孙卓章曾经给他写过一副“停车坐爱枫林晚，霜叶红于二月花”的条幅，还有作家玛拉沁夫、李准、赵大年及当时的青年作家阿来、马未都等名家的字，现在应该是很珍贵了，可惜后来因为搬了几次家，不知怎么找不见了，就连李国文写的像印刷体字的信，也不知藏在哪里了。

尚先生在呼市郊区甲兰板村当过知青。那时闲暇无事，涉猎广博，读了许多外国小说。他说那时候常常是一晚上看一部，我惊异于他看书的速度，他说那都是被逼无奈，必须严守君子之诺，第二天要还的，或者与他人交换。当时苏俄文学的影响太大了，作家们大多受此影响，玛拉沁夫写出的《茫茫的草原》，据说就是受《静静的顿河》影响。还有艾特玛托夫，这是我偶尔提及的，他告诉我说白雪林、张作寒的小说中都有艾特玛托夫的影子。

除了交游广泛，他爱好也特别广泛，踢足球、游泳、滑冰，样样都是佼佼者，正是由于热爱体育锻炼，练就了一副结实的身板。尚老头儿年轻时以小说和报告文学知名，写作速度很快，长篇报告文学《女囚纪事》只用了一个多星期就写出来了。他写东西出手很高，所写小说曾被《小说选刊》《小说月报》及各类文集选载，当年在文坛也很有名气。

在教书育人上他也是行家，我敬重的诗人张天男就是他的学生，每次说起来他都很自豪。尚先生夫妇相敬如宾，他的儿子和我同庚，是清华的毕业生，这都得益于尚老头儿教育有方。在作家这条道上，尚老头儿是我的引路人，也是一位难得的良师益友。从二〇一九年新年过后，他就真正退休了，不常来文联了。多日不见，还挺想这个老头儿。记得我的第一篇散文就是尚老师亲手指导改的，后来我又给他看《一本书的传奇》和《阴山羊话》，前者是根据《林屋山民送米图卷子》这本书写出来的，后者是我童年经历过的生活。他说，比较起那时修改第一篇文章的情景，简直不可同日而语。他告诉我，在人生的道路上，有时是需要紧走几步，看到的风景就会有所不同。而文章之事，是怎样把自己从俗人堆中剔出来，要逐渐找到属于自己的叙述方式，这样才能形成风格。今年我的散文在《黄河》发表后，有幸被《散文》（海外版）转载了。尚老师得知后非常高兴，后来见面他告诉我，上这个“海外版”很难，我还得意了好久，这对我来说当然是一种莫大的鼓励和肯定。

尚老头爱书，我也爱书，所以我们也算是书友了。每次从网上邮购回来，必经尚老头儿过目，他时有赞叹，有时也不免露出艳羡的神色，说“嗯，这次买的这几本不错”“你的买书品位越来越高”鼓励的话。有时他还托我从网上买书，书邮回来后，我说就当我送您了，他笑眯眯地一边说着“下次还让你买，但书款不能拖欠”，一边就把书款给了我。尽管看的书很有限了，但他买书的热情一点也不减。有一个书商正是瞅中了这个商机，经常过来推销。碍于面子，尚老头每次总要照顾他的生意，下班时提一兜子或一箱子回去。

除了“静气平心闲话憨斗二，波澜不惊描绘蓝太阳”而外，作为编辑，他也是我们值得学习的老前辈。就拿编辑《呼和浩特现当代文学史》（以下简称《文学史》）来说吧，将近百年的地方文学史，是他主编的。老头儿存有这个愿望已经多年，在编辑《文学史》过程中，我们的情谊渐浓。尚先生有一次和我说起过编辑《文学史》的想法：“限于能力和水平，虽然不见得我们能编出一部既有资料性又富学术性的地方文学史，但我们要勾勒出呼和浩特百年的文学轮廓，后人如果再来研究呼和浩特现当代文学，这是一本绕不开的书。我想这样，咱们编辑《文学史》的目的就达到了。”编辑一部理想的文学史，终归不是一件容易的事情，我经历了那一堆堆纷繁杂乱的资料，逐渐条分缕析，成为厚重史册的过程。那么多人参与，那么多作家不计报酬，完全是凭着满腔热情，早起晚归，只为了青城自己的文学史。然而，这是很得益于尚先生的号召力的。他还期望编一套青城文化方面的丛书，可是前几年《文学史》出版都遥遥无期，文化丛书的事儿就更不敢奢谈了。二〇一七年底，《文学史》终于出版了。二〇一八年初召开了一个座谈会，会上老头儿讲了几句话，当说到“我们为自己筑了一个巢，这个巢就是我们永久的家”时，哽咽不能自已，在座的很多师友们都深受感染。

后来在编辑《呼和浩特与中国电影》那本书时，他仍旧委我以重任，那三个月确实是我工作最累、也是编辑工作受益最多的时候，后来他对我说：“通过编辑《呼和浩特现当代文学史》和《呼和浩特与中国电影》这两部书，你以后再编其他的书，就会轻松许多了。”确实如此。

人与人之间的投缘，有时候可能只是多说了那么三言五语。他最近一次在电话中和我说：“文联有你在，依稀可以看到我的影子。”既是感情的自然流露，也是一种殷切的期望。为了园子里这段难忘的缘分，深夜里，困倦疲惫的我常常会振奋起精神来，想起在公园的小白楼里一起工作过的这个老头儿来。

驿站里的风景

一九三一年，上海人口已超过300万，成为仅次于伦敦、纽约、巴黎、柏林的世界第五大城市，而当时的绥远建设厅想着塞外苦寒之地，偏远小城归化、绥远两城之市民，在闲暇之余尚缺少一游娱调和身心之所，于是决定建一个公园，以满足两城民众休闲的需要。而且竟然三个月就建成完工了，时称龙泉公园。

当时塞外青城只有两个城区，绥远是新城，归化称为旧城。新旧城结合的中间地带，就是现在青城公园所在地，当时属于荒郊野外，可以看到古庙，许多农田和乱坟滩。塞外当时也很重视农业，这里设有先农坛庙。仿照封建帝王，设坛由当政者亲祭，祭祀完后，还要亲自扶犁耕田，用这种富于象征意义的活动，以示重农务耕，心怀稼穑。当时的卧龙冈、青龙潭、老龙背等地，泉水涌流，植被茂盛，地势高低错落，充满了自然的生趣。这些带有龙字的地名似乎都没有给这块土地带来过好运，听老辈人说起过，日寇占领归绥后，这里变为屠场，国共内战时，这里还曾经设过刑场，都曾尸横遍野，血流成河。

一九八九年初夏，爷爷带我来呼和浩特，那是我第一次进入一个陌生的城市。记得在青城公园门口有过停留，别的没有印象了，唯有一颗茶叶蛋的香味飘入心中。现在的青城公园，在呼和浩特算得上是一个景色秀丽、消夏宜人之地了。小白龙已经化作两尊汉白玉雕像，在公园南门仰头眺望，依稀可以想象当年的传说。东门进来后矗立一尊龙首鱼身的青铜雕塑，是中日和平友好的纪念。仔细看，“悠久平和”几个字还熠熠闪光。进东门来左转走不了多远，有一拱形门洞，一张大嘴，六撇胡子，环眼圆睁，一只老虎造型的水泥门墙，显然是动物园建筑的遗存，我倒是更愿意把它看作为老虎的雕塑。青城最早的动物园就坐落在此地，它曾经带给青城市民们不少快乐。

为了准确描述单位的位置，纪念碑成了我的距离测量仪，从公园北门进来大约二百米，就到纪念碑附近了。历史的惨烈化成一座碑挺立在此，“烈士们永垂不朽”当然是毛体了，以纪念牺牲的无名英烈。烈士的鲜血已经化成不朽的丰碑，虽然没有具体的身份和姓名。有良知的人，心中总会默默想起那些为了和平流过热血的人们，他们或长眠于此，或长眠于彼。相比公主府公园内庄严的“五十九军阵亡将士纪念碑”，这里似乎显得单调了一些。我更愿意提及那座青砖造就的三角塔纪念碑，在于它是由将军、文人、战士的血共同铸就的。三百六十七个男儿倒下了，历史的记忆将在那碑身镌刻的一行行姓名里还原和重现。

高耸的石碑仿佛提醒着我们，历史是前人谱写的，而我们也终将会走入历史。一切为烈士而建的纪念碑，与其说是为了纪念死去的人，不如说是为了纪念和平，提醒今人不忘和平与安宁的来之不易；死去的人固然需要我们记住他们，但是更重要的是活着的生命。

活着是幸福的，公园里的人们一如既往，老年人更是丝毫没有减少对运动的兴趣。广场舞伴着嘈杂的乐声，扭腰，伸臂，摆臀；太极的招式柔和，却包孕着中国人的哲学，柔婉中蕴蓄着力量；剑锋的寒光起处，习武者身手敏，捷腾挪穿插，精气神倍儿足。另外还有甩鞭子的、抖空竹的、扭秧歌的、栏杆上伸腿抻筋骨的、踢毽子的、打羽毛球的、树荫下练武术的、凉亭里唱京剧二人台的、吹萨克斯的、早晨练嗓子的、带孩子嬉水的、赏花遛狗喂鸽子的、蘸水在地上写大字的，应有尽有，生命的各种姿态，尽在公园这片小小的乐园里了。

跳舞者还穿得都像那么回事，男的绅士，女的淑女，嘣嚓嚓，嘣嚓嚓……练刀剑和武术的人们，每天放着吵嚷的音乐，这声音对他们来说可以助兴，对我而言就是乱我心者多烦忧了。上午十点之前，窗前是绝对平息不下来的。单位门前的小广场，成了他们的乐园，我们的苦恼有谁能想到呢？《中国功夫》是我早晨的背景音乐，听得耳朵起了茧子，《男儿当自强》曾经很喜欢，如今也没什么感觉了。嘈杂已成常态，后来想想，突然哪一天如果没有了这种声音，我会不会不习惯了呢？

看着水面上蒙了一层浮绒，在晨光里纹丝不动。恍然间觉得时光似乎静止了，一切想法都停滞了，仿佛另一个末日到了。西湖边密集排列的鱼竿，给无聊的人们似乎增添了不少乐趣，看他们聚精会神坐上半天，虽然钓不了几条鱼，但那份心情足以自慰了。局促狭窄的湖面，横着那么多的鱼竿，感受钓胜于鱼的魅力！

大概是二〇〇二年早春，几个同学带我来逛青城公园，发现有个旱冰场。当时流行像小汽车那样四个轮子的旱冰鞋，几个人穿上体验了一下飞驰的感觉。至今我都想不起来这个旱冰场在什么地方，还存在与否也不可知了。二〇一〇年深秋，我通过笔试、面试几道关口，考入文联，没想到这个单位就在青城公园里，算是和她续上了前缘。身处喧闹之地，自己又非热闹之人，就得自寻清静了。东坡所谓“凡物皆有可观。苟有可观，皆有可乐，非必怪奇伟丽者也”，我还未得其真谛，有时跑到远方去寻找所谓的诗意，往往忽略了身边的风景，以及最熟悉的人和事物。

像我这样生活简单的人，终日坐在办公室里，虽说琐事缠身，可每天到底也发生不了多少故事，别人的感觉姑且不论，有时连我自己都觉得无聊，除了在文字里感受别人的喜怒哀乐，现实中的人和事似乎让我提不起兴致。

时间的流逝是多么残酷的一件事情，它剥蚀了多少看似坚不可摧的东西。公园里走过那么多的人，看他们步履匆匆，可仔细搜寻，却发现不了一个清晰的脚印。就连我，转眼间在这个园子里已经度过了近九年时光。如果把人生看作一次长途旅行，那么青城公园就算是我的一个驿站吧。尽管窗外的世界浩渺无边，但书中的天地也是很广阔的，我只不过是沧海一粟罢了，看到的和经历的总归有限得很，随手把一些零星所感记下来，勉强充作驿站里的风景。

草木经

在青城公园将近十年，看惯了园内树木花草在季节的变换里递相荣枯，呼吸着它们的呼吸。这些给我带来惊喜的草木虽毫不起眼，但一朝一夕的相伴，似乎都与我有着某种微妙的联系了。

塞外的春天来得较晚，当柳条微微泛起鹅黄的颜色，柔顺的枝条垂下来随风起舞，春天就不远了。墙角向阳处的小草，早就从偏僻的犄角旮旯里努出了嫩尖儿，钻出来透气了。没过几天，柳条的几片嫩叶编织成串串花结，像用细线连着的省略号，一长串一长串垂下来，给春天增添了几许柔情。杨树叶子也早发芽了，刚吐出的叶片像一个个小风车，老杨树上挂满了红色的“毛毛虫”，不几天就飞出了许多白色的绒毛。这些白绒毛毛最是烦人了，除了空中漫天飞舞，地上背风处、灌木丛底下积了厚厚一层，公园几次失火据说就是它们惹的祸。所以每年到了这几天，公园管理人员手提喇叭，“文明游园，禁止烟火”的声音就此起彼伏起来。

我分不清那是杨絮还是柳絮。但杨树有好几种，我知道的，一种是中华小叶杨树，树干不很伟岸，树枝四下张扬，树冠呈圆形，它的材质是杨树里最好的，上面常有喜鹊窝。它发芽早，细碎的叶子油绿晶莹，刚长出来特别可爱。一切的新生，总给人以无限的希望。另一种是钻天杨，也就是常说的白杨。枝丫一律向上，紧紧并拢，树干灰白色，直直地插向天空，极具观赏性，茅盾先生礼赞的大概就是这种白杨树。它的叶子出来得较晚，当老种杨树满眼绿色的时候，它的叶片才刚吐出来，而且是灰绿色的，看起来不大喜人。

这时候，榆树也不甘示弱，榆钱不知不觉从枝条间努出来了，一嘟噜一嘟噜地繁盛着，那架势就让你情不自禁地生出欢喜来。过去困难时期，榆钱不知救过多少人的命哩，我们小时候还经常捋几把塞到嘴里吃，津津有味地大嚼，直吃得牙齿舌头间满是绿色。用不了多久，榆钱就泛黄了，簌簌地飘落下来，随风满地飞跑。

“杨花榆荚无才思，惟解漫天作雪飞。”这样充满诗意的句子，其实并未道出其中的奥秘。它们这样熙熙攘攘飞来飞去，那是在拼了命地传递种子。为了繁衍后代，自然界中的动植物在这方面都各显其能，各自都进化出了花样繁多的本领，正所谓生生不息。如果从历史长河来说，人类又何尝不是如此呢。为了繁衍后代，动物间要斗架，人类要发生战争。上古三代被孔子认为是理想状态了，可是“春秋无义战”也是事实；为了古希腊美女海伦，发生了长达十年的特洛伊战争就是例子。

桃花的繁盛时期也不过持续一周左右，剩下零星的几朵，倒别有风致。这时候，榆叶梅饱胀的骨朵终于绽放了。青城不知何时引进这个品种的，花开时节，红粉斗艳，大街两侧特别诱人。这时节花香袭人，那一定是丁香开了。在塞外有这么浓郁香气的花委实不多见，怪不得丁香被选中成为市花呢！最有名的当然要数将军衙署的丁香了，香气中透着历史的厚重。师范大学院子里的丁香就有几丝青春浪漫的气息了，青城公园的丁香比起来也毫不逊色。“青鸟不传云外信，丁香空结雨中愁”，下过雨之后的丁香更好看了，常常联想起细雨中结着愁怨的姑娘。丁香四瓣是常态，今年带女儿去寻找五瓣丁香，颇不易得，六瓣的就更少见了，据说还有七八瓣的，我没有见过。

比起其他树木来，槐树更能沉得住气，显得不急不躁，但也不甘寂寞，偷偷地从枝条间吐出一些细碎的灰黄色的小叶片，一簇一簇，似乎在呼吸新鲜空气，宣告着春天的到来。等到杨花大肆飘落以后，它的叶子才成型了，不几天，槐花一串一串缀满枝头，给青城增添了新的景致。新华广场的银杏不知怎样了呢？没有去看，印象中这个广场好像每天被围起来，好几年没有去溜达过了。

冬泳池东侧的湖面上，点缀着一片毛茸茸的小黄花，挺立在水面上，甚是壮观，这就是大名鼎鼎的荇菜。从《诗经》时代一直到现在，算得上是古老的物种了，现在识得它的人恐怕不多了。荇菜被当作爱情的象征，大约与《关雎》是分不开的，那采荇菜的窈窕女子，让男子辗转反侧不能忘怀，故而琴瑟友之，要娶回家。荇菜的叶片浮在水面上，根却在水底，茎则圆润细嫩，如青丝般在水底招摇，徐诗人在康河的柔波里都甘心做一条这样的水草。荇菜全草均可入药，据说也可以治疗毒蛇咬伤，先秦的人们就采食它，喜欢它一定是错不了的。

青城公园最好看的还是荷花，我和何君经常相约去赏荷。春天，铜钱大小的叶片从水里冒出来，并不起眼，起初是紫红色，随着叶片越来越大，颜色由紫红变成深绿，这时候几天不见，叶片就蹿高了一大截，不几天叶子就遮盖了所在的湖面。高高挺起的荷花箭，偶尔落上几只斑斓的蜻蜓，别提那种韵致了。花开时节，人们驻足赏荷，拍照者络绎不绝。最妙的是雨天，荷叶上集了晶莹的雨水，这时候，如果来点微风，荷叶被风轻轻一掀，水滴便闲不住了，它们像一群欢快的孩子，端不动小脸盆，还要互相嬉闹，水珠哗啦啦洒落不迭，那感觉真是美妙极了。

秋天的到来似乎没有一丝预兆，经过春夏骄阳的暴晒，树叶的成熟之态尽显。窗外榆叶开始泛黄，柳叶无精打采垂着头，就连窗前这一株侧柏，叶子也老成得多了，在秋阳的映衬下，绿色分外珍贵起来。

过两天再看，钻天杨高高的枝丫上，只剩几片零星的叶子了，不时在风中悠然飘落下来，地上积了一层金黄。这样的季节，走在林荫小径上，谁的心里不会泛起诗情画意呢？

人生一世，草木一秋，当你在萧索的步道上行走，何曾想到它们也曾在春天里勃发，经历春夏的时光后，从容飘洒。“生如夏花之灿烂，死如秋叶之静美”，一切尽在时光里静静老去，经历过雨露风霜的叶子，它的那份安详、那份从容，还有那份无奈，都尽在不言中了。

原载于《草原》2020 年第 2 期

鄢 冬 男，中共党员，文学博士，内蒙古呼伦贝尔人，内蒙古大学教师，内蒙古作协文学理论评论委员会委员，中国社会科学院文学所访问学者。担任内蒙古大学第八期、第九期文研班班主任。曾创作、排演舞台剧多种，发表散文、诗歌、论文多篇。

给我一把时间的种子（外一篇）

在我写这篇文章那天，李敖先生去世了。他的言论和文章，我有一些涉猎，但并不太懂他。

在我写这篇文章的前一周，北京电影学院苏牧教授给文研班带来三天的讲座，精彩的回忆中，似乎有点冥冥中注定。他在讲到《超体》这部电影关于时间的画面时，南校区主楼突然断电，大家都不知所措。我在这栋楼上课三年半，从来没有出现这样的情况。后来我们一致的想象是：致敬几十分钟前去世的霍金。

霍金的书，我也看过，虽然也并不懂他和他的思想。

我的家乡有一条河，并没有特别好听的名字，比如洛水、珠江、海河等，也没有承载了多少文明的重量，像尼罗河、长江那样。它没有清澈到底的时候，总是清浊相间。不过这条河也有热闹的时候，曾经承载了我童年的快乐，以及二十年前那个村庄所有孩子们童年的快乐。那曾经是一条随手一捧就可以蹦出泥鳅的河流。直到有一天干涸并喑哑。

我们总是这样描述记忆：它并不是均质的像清澈的泉水流过，而是时而黏稠，时而淡薄。比如，小时候的你，在看动画片时，吃到了心心念念的糖葫芦，于是那一集的《大力水手》就有了山楂的味道。比如，你和恋人一起种过的一棵树，再次触摸它时，也许物是人非，却传递出了一种曾经的温暖。记忆可以留住时间，延长时间，甚至再造时间。

在呼和浩特读书时，最深刻的片段源于我亲爱的伙伴。她是我的师妹，才华横溢。我们是在辩论赛中相识，最后一次相见，是她从我手里借走一本《教育心理学》考试用书。之后那个寒假的除夕，因为药物过敏，她停止了心跳，这本书也就再也没有还回来。那个片段有一种孤绝的味道，当我面对着她家人在校园外焚烧衣物的现场，我静默了。

在北京读书时，最深刻的片段是我去学校报道的那一天，准确地说，是还没有踏上北京土地的前一秒。二〇〇八年的热情和躁动洋溢在多少学生的脸上，那一秒，火车上播放的《北京欢迎你》就像是给我写的，下火车走在通道里，脚下像踩了许多细碎的棉花，它们在三年之后成为坚硬的水泥。

福州时的我，最深刻的片段是我在学校对面的大街小巷穿行时，发现有一处老式洋房，叫可园。可园的特殊之处在于，林徽因唯一的福州之旅就住在这座洋房里。一天深夜，我悄悄推门进去，里面的灯火依然闪烁，仿佛可以映射可人的脸庞。

曾经，二十一岁的我在一次学生论坛上讲课时，一位迟到的同学尴尬之余，忙问四周，上面这个老师多大年纪了，得有三十多了吧？我终于三十多了，再也不会有这样重叠的记忆片段。

曾经，我用极丑的毛笔字写了一首顺口溜式的诗贴在宿舍墙上，开头写着“我本北疆一顽童”。那个宿舍，我也在十年之后与它相遇，门口站了一会儿，里面似乎喧哗热闹，却没有勇气推门进去，和他们打个招呼，或者介绍自己曾经是这个宿舍的一员，因为身还在北疆，却已非顽童。

大前年正月，我乘车去了自己出生的那个村子。说来讽刺，自己完全不记得家曾经在哪儿，但村民们却对任何一个家庭的住址都如数家珍。是啊，我的世界总在外面，而他们的世界就在身边。我的出生地，在我到来的前一年，不幸被大火夷为废墟。我面对着没有任何修饰物的空间，寻找到了记忆：

我和弟弟，曾经在这个院子里度过了七八年的时光。那是家里经济最艰难的时光，由于我还小，对艰难的体验更显具体和真切。一次，我和弟弟终于克制不住对冰棍车飘出清凉味道的向往，从紧锁的铁大门下钻了出去，追着它跑了很远很远。我后来的奔跑，无论从路程还是速度上看，似乎都难以和那个瞬间相媲美。这一记忆也烙在山坡上耕种的父母心上，他们的心疼和惭愧是同步的。后来，我们吃上了冰棍，冰棍里有鸡蛋的味道，再后来，每一根冰棍都是用一颗新鲜的鸡蛋换的。

这一生，可以经历，可以体验，可以记忆，可以忘记。我们都有一把时间的种子，你播种的地方，就是味道。

时间是一匹白马，它律动的样子构成了你对于美丽的所有想象。记忆让它低头、驼背、嘶鸣。不必懂得，但求释然。

他们那个时代的爱情

L 和 Y 是一个村子的村民。这个村子狭长、闭塞却有些稠密，如果从航拍角度来看，颇像一个无聊到极致的人挤出的几道牙膏。L 是个农民，没上过几年学，家里孩子多，为了成全哥哥们的志向，她只能三年级就辍学。尽管她的父亲还是小学校长，但在物质面前，那是个男女不平等的年代。

Y 起初也是个农民，只不过区别于 L，Y 是个男性农民，他拥有一次选择命运的权利，是做个小买卖还是当个老师，Y 选择了后者。在靠天吃饭的村庄里，吃公家的饭显得特殊且荣耀。

据说，Y 十八岁时就认识了 L，那时 Y 应该风华正茂吧，当十八岁的闲汉们还在混吃混喝，或者做着结婚能分几套房子的白日梦的时候，他已经是村里小有名气的民办教师，已经开始教育别人的娃娃。L 那时应该也很美，像所有二十岁的女孩一样，憧憬着外面的世界，也许每一只鸟飞过，L 都会幻想它曾经在哪生活过，L 一定很想嫁出这个村子。我想，凭 L 的勤奋和认真，操持家务的细心和教育子女的贤惠，她一定可以在镇上嫁个不错的人家。

然而 L 遇见了 Y，一个不识几个汉字的懵懂少女遇见了教小孩学写字的语文老师。

我也曾经功利地想，Y 起初是否带着某种深深的芥蒂和抗拒对待 L，而 L 是否在全村人指指点点的氛围中畏缩不前。

而后他们谈了四年恋爱。

Y 是开着拖拉机把 L 娶进门的，那辆农用敞篷跑车的司机，开完这趟车一定喝多了。在酒酣时分，不知道他还记不记得那个拿把镰刀到他家里，以割豆子的名义请求他帮忙，然后在秋收的黄色中约会的有心人。

L 在结婚之后继续保持农民身份的三十年里，是否还记得哪一把硕果累累的黄豆才是她美丽的年华。Y 拥有的教师和农民两重身份，讲台上和田里，哪一个才是真实的自己。

如果按照女权主义者的看法，这段感情从一开始就地位悬殊，双方也一定以没什么共同语言为由不欢而散。L 应该先争取经济的独立，接着谋求精神上和男性的平等，否则就难以摆脱第二性的命运，那么 L 最好的感情应该是找一个村里最能干的肌肉男孩，然后生一窝孩子，两个人在天地之间，所过问的无非是庄稼收成。

然而，L 偏偏认为 Y 最优秀，Y 讲课受学生喜欢，Y 有理想有文化，还喜欢唱歌，尽管她总是揶揄 Y 唱的歌，就像“老驴叫天”，但这个揶揄的方式由于坚持了三十年似乎也变成了变相的崇拜。L 从不唱歌，但对歌曲有严格的鉴赏标准，直到有一天，她在哄孙子睡觉时唱起了歌，还挺好听。

按照门当户对的伦理，Y 更不应该找一个没有知识的农妇过日子，似乎只能停留在二十世纪六七十年代的知青爱情却在自由的八十年代落地生根。

所有的不应该最终都让位给了滚烫的日子。

遗憾的是，我从未听他们讲起他们的故事，也许这是村里人固有的一种低调和沉郁。我所有的素材都来自于他们之外的新闻官。

L 和 Y，为了子女上学搬到了镇上，之后的二十年还是没能走出那个镇。

Y 后来成为镇上甚至旗县里、市里都远近闻名的模范教师：每天几乎都是第一个到单位，无论刮风下雨。Y 背后的时间镜头也许都湿透了，它聚焦在Y越来越隆起的后背，直到记录模糊。Y从一辆崭新的永久自行车，骑到一辆很神气的大摩托上，苦于应付村里复杂的路况。Y有时还会跨在陪伴了他们几十年的那辆农用拖拉机上去上班，我想他在一群矮小却洋气的轿车丛中，还依旧很嚣张，因为那可能是他结婚的模样。

Y有时也会把负面情绪留给家人，因此L抱怨了大半辈子。L有时也厌倦了看Y的脸色就像看一支劣质水银构成的温度计。然而两人的感情却依旧稳定。L安抚自己三十年的理由是，我比他大，我不能和他一般见识。

Y是个美食家，吃一顿饭一定要讲求滋味，L吃任何美食都觉得无味，大餐小餐通常几分钟，之后的劳动才是L的最爱。带着对美食先天的抗拒，L做出的饭菜让Y愁苦了三十多年，但我并没有听说，因为愁苦而狠心戒掉哪一顿饭。

在农村的日子，我曾经很反感L的唠叨，直到有一天，Y也和L一样，不断重复着那些极其浅显、平实却又永恒的喟叹。

如果有什么力量，可以让你变成你不喜欢的样子还自得其乐，我想那一定是爱情。

Y和L，世间最平凡的小人物，五十几年的生命印在方圆几十里的乡村，却抛给了我们一个世界。当我们在几千里之外奋力驰骋的时候，Y和L脚下的土地已经被等待磨成了一块希望的灶台。

没错，Y和L就是我的父母。

应该讲述他们特别的故事，然而他们没有。他们有的，是生命的烛光。

原载于《草原》2019年第5期

王　喆　曾用笔名若善溪，蒙古族，北京师范大学与鲁迅文学院研究生。已出版长篇小说《一朵时光轻流年》（简体中文版，越南文版）和《在一起》《我若爱你时光为证》《小宠爱》等，并有中短篇小说和英文译作散见于各大文学期刊。

门前站牌下

打我记事起，只要我妈一提回姥姥家的事我就犯怵，一是因为跋山涉水般的困难，二是因为颠簸中我晕车。在一个小破孩残存的不够清晰的记忆里，回我姥姥家就好像在闯关。我妈会在星期日下夜班回家后，把我从被窝里薅起来，随便擦把脸，一手拿着大包小包，一手拎着我就出门了。我被拽得笔直的手就像只被拎着脖子的鹅，跟在我妈身后，有时候她走得快了，我还得踮着脚尖小跑几步。公交站在文化路上的新华书店旁边，单薄布满铁锈的站牌下早已站满了人，都是等待回乡探亲的年轻人。

我妈这一代人能生活在城里，多半是考学考出来的。十八九岁的年纪，一宿又一宿熬在炕头的小矮桌上，没有辅导老师，复习资料也少得可怜，一盏捻着绳的油灯，还有炕桌下打着呼噜的猫，就组成了他们人生中可以时时回味的记忆。高考恢复没几年我妈就到乡里去念高中了，考上卫校的时候，十八岁。我姥姥从柜子底下掏出存了很久的布，给我妈做了一身新衣服，并没有多少行李，在布满石子儿颠簸的路上，我大姨父用一辆大梁自行车载着我妈，就这么高高兴兴地去了城里上学。我妈很顺利地念书毕业，之后就留在厂区医院当护士了。

那时候我姥爷身体还很健硕，我妈和我爸成家之后，我姥爷在城里有了落脚的地方，就时常进城了。他会挑一个凉凉快快的早晨出发，戴着一顶草帽，骑着“吱吱呀呀”的自行车上路，有时候快了要骑一上午，慢了就得下午才能到。把零件“哗啦啦”响的自行车停在我家平房狭长的过道里，他便开始了悠闲自在的城里生活。我姥爷在城里是有“固定曲目”的，首先去华健浴池洗个澡，里里外外搓个干干净净，换下脏衣服穿上白白的中式大褂，每日早起到“便三元”吃一两烧麦，喝着砖茶和不认识的老头老太太们唠嗑，到了下午就去看一场大戏。姥爷晚上回来的时候，脸上总是舒展的，眉眼间都带着享受的笑意。姥爷会在城里照顾我一两天，然后又选一个天气尚好的早晨，带着我妈孝敬的村里不常见的稀罕玩意返乡了。

这样的时光持续了好些年，我妈那时候也是幸福的孩子，隔段时间就能等来姥爷看她，给她带来刚捞出炸好的小河虾，替她分担带孩子的苦恼。除了小河虾，姥爷还时常带一篮子鸡蛋。鸡蛋的蛋黄又黄又大，煎着吃炒着吃都好，但就是没办法卧出完美的荷包蛋，不管怎么控制水温，或者是实用小妙招，最后还是蛋黄蛋清分离，伴着“咕嘟咕嘟”的沸腾水泡，锅里飘着飞起的蛋清沫。以至于我的青少年时期，常常觉得荷包蛋不好吃。我妈总是把未完整的蛋黄捞给我，嘴里边念叨着“时间有点儿长了”。我默不作声地吃着，心里却在犯嘀咕，下次做荷包蛋的时间短一点儿不就行了。可是，我们家的鸡蛋十之八九是卧不完美的。那个时候，因为姥爷常来，我们并不时常回村里，回家的频率差不多是半年一次，选在农忙姥爷不便进城的时候。我妈会为了回家连着上白班夜班，就为了腾出一个不是休息日的时间回家，这样就不会和别的回乡人挤车了。

我姥爷病倒的那一天，没有什么征兆咯血，在医院里住了半个月，好转后送回村里，他就不愿再进城了，他怕自己忽然有一天死在医院的床上，而不是家里的炕上，他心心念念要埋在三岔口村的墓地里，自然守着这份信念小心翼翼地等着那一刻的到来。

所以进城的路成了回乡的路。我妈是家里老幺，我姥爷四十多岁才有的，算是宝疙瘩了，爱屋及乌，孙子、外孙里我姥爷也最喜欢我。所以我妈返乡，我是一定要跟着的，就为了让姥爷看我一眼，让他高兴。

我妈是医院的先进，频繁换班回去看姥爷这种事自然是做不出来的。所以无法避免，我们要在那仅有的一天休息日里，和八方而来的回乡人一较高下。在那个比我高太多的站牌下，我被烤得中过暑，被冻得手上起疮，被蚊子咬得满身大包，多数情况下我都会噘着嘴，我不愿意去，从床上把我揪起来开始就是遭罪。慢吞吞的白皮红条公交车气喘吁吁地进了站，没等站稳，我妈就抱起我和众人一样呼啦啦地往里挤。我双脚是腾空的，我的后背贴着别人的后背，我内心又焦虑又害怕，只能紧紧搂着我妈的脖子，可这样前脸又和别人的鼻子碰到了一起，也和那些焦灼与烦躁碰撞在一起。我稍大点儿的时候曾经问过，为啥我们不能等下一辆呢，为啥非要挤成个大脑缺氧的傻子？我妈说，不上车才是傻子呢。那时候的公交车不是十分钟一趟，错过了这一趟，下一趟可就是下午了。待车子又慢慢悠悠地启动时，车上摩肩接踵的人们松了一口气，车下的人叹气的、跺脚的都是些不良情绪。这是路途的第一站，窗边有风景，可我顾不得欣赏。从老牛车开始向前迈步的那一刻，我就开始晕车了。我晕车的年限有点儿长，满月开始就晕了。我妈刚出月子要“挪窝”回村里，挤上车后襁褓中刚刚喝完奶的我就吐了，吐得都是奶瓣子。车上的乘客都在惊讶，这么点儿的孩子竟然会晕车，这一晕就晕了好多年。我在车上摇头晃脑，我妈只能支着我的头，转移我的注意力，一会儿让我看看这儿，一会儿让我看看那儿，可对于晕车的人来说，下车才是最棒的解决方式。

从新华书店到昭潭的公交车站需要几十分钟的路程，还没等下车，我妈就会时不时地朝前方张望，张望下一辆开往全巴图乡的车。她手心里时常是汗，我的小手也被攥得汗津津，就这样，她那份焦灼慢慢也渗入了我的心里。没进站又怎么可能望到车呢，她只是焦虑，她在车里就已经想象到车外的情形，她知道沿途有多少急切归乡看望父母的年轻人。在离车站几百米的地方，就会感觉暗流朝门边涌动。待车子真正停稳开门那一刻，大家都一股脑地往外冲，就为了能顺利挤到下一辆车的车门前，离那扇门近点儿再近一点儿，这是距离才能给的安全感，这道车门也是与家的距离，挤进这道门就回家了，挤不上去家就又远了。我妈在这场战役里没优势，因为拉拽着我。从市区到全巴图乡要坐 12 路公交车。公交车停在车站里，我们站在12路车外。车门前挤满了拿着各种包裹的年轻人。我站在大人们的腿中间，像是站在了丛林里，头顶黑压压的一片，偶尔间或在这丛林里，还能看到另外一双懵懵懂懂的大眼睛，那是与我一样迷迷糊糊，随着大人流转的眼睛。车不是罐头，不能塞得满满的，必须要有力气还要有运气。我们的运气一半好一半坏。好的时候挤上车已是满头大汗，不好的时候就被售票员挡在车门外。

“不行啦不行啦，不能再上了，超员了，下午吧下午吧。”我妈一听这话就着急，眼角攒着泪花却还得赔着笑脸对售票员说：“我每次都坐你这趟车呢，行个方便让我上去吧，家里老人病了，下午回可就来不及了。”有时候售票员会放我们上车，但有时候也不能通融，售票员说了，总不能让你们坐到车顶上吧？车开走的时候，我妈会拉着我的手叹气，不甘心地再挤车回去。

回乡的心情是起起伏伏的，但坐上12路的时候，心里终于只剩下期盼与喜悦了。我多半是坐在我妈腿上，晕车的时候翻江倒海，不晕的时候又活灵活现。如果能靠窗坐最好，把头顶在车窗上，口中的哈气就蒙了上去，我会用小手把哈气划拉开去看外面的世界。我没见过绿葱葱的麦，我看着田野里黑白相间的动物就激动，大声喊着：“熊猫，是熊猫！”全车的人都在哈哈大笑，妈妈也在笑，笑声冲淡了胃中时不时翻腾一下的不适感，笑声中我妈说那是奶牛，那不是熊猫。我不懂也不明白，它明明和电视里的一模一样，怎么大家都在笑我。带着浓重口音的大爷会啧啧两声，嬉笑地说村里的年轻人生的孩子都成小侉子①了。回乡的路是石子路，公交车吱吱扭扭晃来晃去，我被晃得直吐酸水，吐得难受了就抹眼泪，想不明白的事太多了，不明白为啥是熊猫他们却说是奶牛，不明白我为啥要在车上而不是在公园的滑梯上。我妈边给我擦着眼泪边骗我，快了快了马上就到了，姥爷给你买了好吃的，炒鸡蛋油烙饼，还有酸稀粥。我可不爱吃这些，这是我妈爱吃的，我只要小米锅巴。跟我妈回乡的次数多了，我就心里也有了期许，12路公交车会在一溜泥瓦房前停车，这排泥瓦房会卖小零食。小小年纪的我下车的那一

---

① 侉子：在全巴图乡一带特指讲普通话的城里人。

刻真感觉半条命就这么吐没了，我妈会给我买一根果丹皮或者一包山楂片，这是恢复体力值必须要有的东西，否则后半截的路她只能把我扛在肩上走。吃过果丹皮之后，再坐在大石头上歇一歇，我就算是又活过来了。乡门口的小卖店和城里的一样，甚至比城里的小卖店还要有趣，这里会卖沙果以及本地才有的一些天然的小食品。这里是公交车的停靠站，同样，这里也有和昭潭车站一样的欢喜与忧愁。反正这一刻，他们的喜怒哀乐都与我无关了，我只关心自己发现的惊喜与欢乐。

小卖店北边是一排不算大的枸杞树丛，它们肆意野涨，枝枝丫丫盘结着，形成天然的篱笆墙，把种树的人家和嘈嘈杂杂嬉笑怒骂的人群分隔开。篱笆墙下是一条只有两三米宽的小溪流。小溪穿过青石板，穿过田间，从土地的深处而来，又蜿蜒着缓缓向远方而去。我和我妈并不着急往三岔口村赶路，因为离回家还有七里地的脚程。天气热的时候，我们躲在枸杞树旁，我就蹲在小溪边，用手捧着水玩，用这溪水洗把脸，沾着晕车气息的公交车味儿就一扫而光了。我不仅喜欢这小溪，还喜欢小溪里光滑的石头，还有偶尔被捧在掌心的小银鱼。那些小鱼太小，连身体都是半透明的，它们扭曲着身躯想要从我手心里逃离，奔向它们想去的地方。凡是有目的地的人都会急匆匆，小鱼也一样。我玩得不亦乐乎，我妈可不是在这儿单纯地乘凉。她在等，等待一辆车，最好是驮着饲料或者是玉米秆子的板车。这时候我妈就会走上前去套近乎，我是三岔口村吉家的三闺女，能捎我一程不？我姥爷在全巴图乡都有名，不仅是因为憨厚善良，更是干活的能手，还在挣工分的年月里，我姥爷养的小猪崽又胖又欢实，挣的工分最多。除了养猪崽，我姥爷爱说媒，远近的乡里人有到女孩家碰灰的，都得我姥爷去说和，我姥爷出马八九不离十，而我姥姥则是接生婆，乡医缺乏的日子，我姥姥就是救急的大菩萨。全巴图的人说，好事都让我们家人做了，大树底下好乘凉，我和我妈就是乘着我姥爷姥姥的好名声不用走这七里地。马车、驴车、骡子车我都坐过，同样晃晃悠悠的车上，田间小风一吹，这样的路上我永远不会晕车。我坐在这样的车上，也是觉得这一路跋山涉水的艰辛，不懂事的我偶尔会问，为啥要老回来？好累。我妈多半是喃喃自语地回应，一到休息日你姥爷就会站在房顶上朝远望，望他的三闺女会不会回来，我总要让你姥爷盼到我呀。

乡间的风景这么美，七里路一晃也就过去了。我看到的姥爷已经从房顶上爬下来，面带微笑地坐在村口的那块大石头上等我们。家里的锅里煮好了玉米、毛豆、番瓜，还有我妈爱喝的酸稀粥。酸稀粥我尝过，酸酸的就像放久了臭了馊了，我尝一口赶紧把碗推开，我妈却能把一整碗都喝掉。妈妈的到来，慰藉了生病的姥爷。可去的次数多了，我慢慢发觉姥爷的腰板渐渐不能挺直，咳嗽喘息的间隔也越来越短。悠闲地吃过午饭之后，姥爷时常会和我妈提起一个算卦先生，那个路过三岔口村的算卦先生说，我姥爷临死的时候，身边只有一个守孝的儿女。

“会是谁守在我身边呀？肯定不是我的三闺女。”姥爷笑嘻嘻地说。他一生一共五个儿女，大舅二舅住在同村，大姨二姨住在郊区，只有我妈妈离得最远。在姥爷的盘算里，八成就是两个务农的臭小子送自己最后一程了。

姥爷随口说一说，却刺痛了妈妈的心。妈妈总觉得姥爷离开的日子不那么遥不可及了。所以一到休息日，她就被姥爷牵扯着想要回家。所以几乎每个星期休息日，在门前站牌下，都能看到我妈焦灼的身影。天气好的时候一路上辗转得还算顺利，可天气不好的时候也有。我记得那一次也是我跟着一起回乡，公交车驶出去没多远便下起了瓢泼大雨。下车的时候，连个躲雨的地方也没有。三岔口那一带的地不仅是盐碱地，还是胶泥地。我那天穿着新买的鞋，刚一下车，鞋就被粘在地上了。才上学前班的我“哇哇”地哭着，哭我的新鞋，哭我被淋成了落汤鸡。这样的天气自然等不到马车，那时候村里不通电话，也没办法让舅舅来接我们。我和我妈就这么淋着雨深一脚浅一脚地走。现在想想，我妈何尝不是跟我一样感觉到艰难，可她除了鼓励我，也没有别的法子。“你看，在家里哪有这样的体验。你见过这么粘脚的地吗？你洗过这么天然的澡吗？你坚持一下，坚持一下再抱你。”我妈手里拎着那么多的东西，哪还能腾出手来抱我。我依然是被抻直脖子的鹅，一路哭到雨停，哭到家门口，哭到换上干净点的衣服抱着炕上的猫，才止住了所有的泪。姥爷已经不能爬上墙了，也没力气坐在石头上了。他只能躺在炕上，甚至连一句话都说不出来。他就目不转睛地看着我妈，看着我，等舅舅来了，然后艰难地说出一句："带孩子去小卖部买饹馇。"我姥爷不认识小米锅巴，也记不住这四个字。在他看来那就是黏在锅上的米饹馇，他知道村里的小卖部没有，要到乡里的小卖部才可以买到。

这样重复回乡的路，在那天夜里终结了。我妈下了班就心神不宁，坐立不安，这半年的时间里她格外想家，尤其在这个夜里，她总觉得姥爷在等她。说走就走，她打着包要出门，却被我爸拦下了，这样的夜里哪还有公交车坐？

"没有公交车，我就骑车子回去。"

我爸没办法，和单位说明了情况，连夜借了一辆大车载着我妈回乡了，那天下着大雪，路上难走，所以我妈并没有带我，我姥爷就是在那天夜里走的。姥爷弥留之际，大舅伺候了一白天，二舅伺候了一晚上，而我妈守了半宿。姥爷躺在我妈怀里，瞪着眼睛仔仔细细看了看这守到人生最后一刻的儿女，然后一句话没说咬着牙关就闭眼了。最不可能的那一个女儿，乘着风雪而来，了却了老人心头最后的牵挂。

我妈是个坚强的人，我没见过她怎么哭，但好多年她总是会在半夜醒来然后看着窗外。第二天跟我说一宿没睡，因为她梦见我姥爷从窗户进来，来看她了，穿着惯常的白褂子。打落完姥爷，我姥姥被大姨接走住了一阵子，我妈暂时不用挤公交车了，星期天的时候，我妈和我爸也有空带我上公园玩玩了。早上我坐在我爸的赛车前杠上，经过新华书店附近的车站，那里依旧人头攒动，攒动着焦急的回家的心。

时间悄悄地流走，日子还在一点点地过，我们的生活方式也在慢慢地变化。我从小学上到高中，爸爸也不再骑他那辆拉风的赛车，换了更拉风的摩托车，后来也拥有了属于我们自己又黑又亮的小轿车。我成长的三十多年间，去外地求学，又回到家乡工作，这座不算大的城市，有很多东西在不断地翻新变化。回乡的路不再是石子路，一条柏油马路通畅地伸向全巴图乡的三岔口村。泥瓦房停靠点也已经完成了它的使命，在时光中消散不复存在，只剩下草木芃芃，那些被枸杞树遮挡的人家已经搬离，住进了几里地开外盖起楼房的新农村。除去农忙，村里人还会在与村里合作开发的旅游区工作。篱笆墙外的小溪不见银鱼，时光辗转，连小溪也改了道。只不过没变的是我依然晕车，尤其在车上闻到清新剂的味道，愈发胃中翻涌，好似那些年车上女人的脂粉味混着汽油味儿扑面而来，所以好多年后，我治好了晕车，却依然无法喜欢香水。有了小轿车，回乡的路不再跋山涉水，我们会在风和日丽的早上，不慌不忙地把给姥姥买的东西放进后备厢，到外面吃过早饭然后便悠悠闲闲地上路了。以前要一上午，甚至延续到下午的回乡之路，在千禧年前后，也不过是一个半小时的车程而已。妈妈会在路上给舅舅打个电话，等我们到达三岔口村的时候，舅舅已经开始准备妈妈爱吃的村里饭了。

在我上高三那一年，八十多岁的姥姥也安详地离开了，回乡的牵挂日渐减弱，妈妈好似也没有了回去的动力。只是逢年过节在奶奶家一派祥和的聚会之后，我妈偶尔会说，有爸妈在真好，可是我的爸爸妈妈都不在了呢。她说得那么平静，那么自然，时间留下了美好的回忆，带走的是伤痛。好在舅舅们总是惦念着家中最小的妹妹。我上大学的暑假，舅舅就招呼我回乡去，他说改道的黄河里被一户人家种满了向日葵，很美，快来拍照。我的舅舅也是与时俱进的，他知道鸡鸭鱼肉拴不住一个外甥女的心，时髦的年轻人对葵花籽不感兴趣，对葵花地却十分喜欢。我听舅舅这么一说，心中早就按捺不住，我还没见过大片的葵花地，想象着电视剧《金粉世家》里金燕西与冷清秋在向日葵下明媚灿烂的笑脸，真想迫不及待飞奔而去。可家里的小轿车外借出去娶亲，没有现成的交通工具。

“我们坐公交吧，好多年没坐过了。”

妈妈的一个提议，我们于半个小时之后就上路了。这么多年，我们搬过几次家，从有狭长过道的小平房搬到了六十多平方米的两居室，又搬到了有宽敞客厅的三居室。但门口依然有公交站，人流量大的地方，都有成规模的候车亭，颜色明丽的候车亭里，有遮风挡雨防晒的顶棚，有可以供人休息的长凳，路牌是装在灯箱里的，不会生锈，夜晚还可以照明。人们的表情不再焦灼，有随意聊天的，有阅读电子书的。车子从远处驶来，稳稳地进了站。大家有秩序地一一上车，不再有一拥而上的姿态。两个聊天火热的阿姨瞧了瞧车上已经没了座位，商量着坐下一辆，反正十分钟以后就又来了。我和我妈坐在最后一排，这是一辆空调车，车体宽大，早就不是气喘吁吁的老牛。一路上风景甚好，包头的夏天很美，碧树蓝天，气候凉爽，清风徐来，公交车畅行其中，我们的心情也是舒畅的。到昭潭总站之后，还是原来那个地方，但人们是井然有序的，回乡的人们依然大包小包，但 12 路公交车却调整到半个小时发一趟车了。小孩子乖巧地站在大人身边，他们没体会过黑压压的人群丛林，眼睛里不会有迷茫与惶恐。城市与乡村切换，风景也在切换，高楼与喧嚣渐渐退去，蔬菜大棚、采摘园、农家乐从眼前跃过，路上有很多自驾游的车辆，载着一家老小，走到风景宜人的地方就停下，呼吸呼吸田野的味道。看到这样的车辆，我时常会想，现在的城里人又有多少是从农村走出来的呢？想必那开车的中年人，年轻时也曾在门前站牌下焦灼等待过吧。那田野的味道里混着青青草香，还混着淡淡的羊粪味。这味道并不刺鼻，也不令人生厌，是年轻时抚慰彷徨与无措的镇静剂，是一所大房子也不及的安全感。

水泥路好似卧在大地里的树干，把它的枝枝丫丫伸向每一个静谧的村庄，我们通过这些枝丫顺利地到达了三岔口村。村里的泥瓦房早就推倒了，在政府补贴之下，舅舅也住进了砖瓦房。宽阔的院落里堆着打下来喂牲口的玉米，黄澄澄得耀眼。舅舅带我去了那片葵花地，大片大片的向日葵追逐着日光，那是向阳的力量。我在葵花地里穿梭，抚摸着毛茸茸有点儿拉手的葵花秆子，这是生命最蓬勃的模样。玩累了，也拍完照了，舅舅会在附近的玉米地撇一根玉米秆子给我。在胶泥地吃掉我鞋的年月里，我可没少吃玉米秆子，那淡淡甜甜的玉米秆子，是大地馈赠给孩子的纯天然美味。现在回乡更像是旅游了，玩一玩到处走走，吃顿正宗的农家饭，在日头将落的时候，舅舅会用拖拉机送我们去村口的站牌等车。临上车还会塞给我们一箱子鸡蛋，有时候鸡蛋并不多，舅舅还会不好意思地解释，这两天鸡下得少，凑合吃吧。这是从我姥爷那会就遗留下的做法。不用等多久，我们就上车了，赶在天黑之前，我们就可以回到家里。上车的饺子下马的面，晚上我妈多半会给我煮面吃，按照惯例卧两个荷包蛋。一个卧得好，一个还是煮飞了。妈妈看着煮飞的那一刻，还是会说时间有点儿长了。有些事情，真的要长些年纪才会懂，例如这荷包蛋。只有新鲜的鸡蛋做荷包蛋容易成功，妈妈说的时间长并不是煮得时间长，而是这鸡蛋在舅舅家里放得时间有点长了。舅舅家里的鸡并不多，这满满一牛奶纸箱的鸡蛋，是日复一日一颗颗攒下来的，这样的鸡蛋早就不新鲜了，舅舅知道我家门前就有超市，而且那里的鸡蛋更新鲜，但他还是这么一颗一颗地攒，只为了给回家的妹妹一点念想，多一点家的滋味。

从我上大学到结婚工作有了自己的家庭，又过了快十年的时间。时间飞快，回乡的时间也越来越快了。舅舅们不再用葵花地来召唤我，而是那新鲜的菜园子。妈妈会在晚上接到舅舅发来的微信语音："三三，黄瓜和豆角都要老了，明天一早就摘，赶紧回来拿菜。"通常我们开车去，城北边修了高速，现在回乡只需要五十多分钟的车程。我们早上七点走，还能赶上我妗妗在摘菜。坐公交当然也是很好的选择，包头城内修了公交车专用道，空调车也进化成了新能源车。我们不用出门等，用智能手机下载一个 APP，就能时时定位到公交车的具体位置，等到还差两三站的时候，再从家里出发，走到站亭的时候，车正好进站，公交车也成了专车呢。离车站远一些的人选择骑共享单车到站牌下，便利快捷是我们这个时代的特点。再过十年、二十年，我们还会怎样回乡呢？我想象不到，只知道门前的站牌一定还会翻出新的花样，我们还会出现更快的交通工具，因为每个人都想快速回家。从城市到乡村，从北上广到边疆，从天南海北到祖国的土地，都牵扯着每一个想要回家的心。回家的心有多炽烈，交通工具的发展就会有多么迅猛。但家带给我们的情感永远细水长流，不管回家的速度有多快，我们依然煮不好一个完美的荷包蛋。

原载于《草原》2020 年第 3 期

90后

1990'S

端木赐　本名孙韧，男，1990 年出生，医学学士，现居北京。作品散见于《青年文学》《天涯》《散文》《美文》《散文选刊》等。

如光明窥

童年的时光是浓墨重彩的，所有的隐私都是明亮的。我曾对这个世界充满好奇。年少时的暑假，囫囵在家，我喜欢明亮的水粉颜料。笔刷是硬质的。湖蓝、柠檬黄、大红，我把它们涂抹在身上，一层一层覆盖，然后用水冲洗到各种颜色混合成脏的黑。皮肤的白与流淌的灰黑泾渭分明。那时候我不喜欢黑色。后来我发现，色彩如同生命以及人性的殊途同归，好似桃花盛开后的凋落，渐渐在泥土中化为焦黑。我看到的是生命不断蒙尘。那些曾经明亮的模样，最后只剩下颀长的黑影。一些身影，跌跌撞撞，摇摇晃晃，来到人间，离开人世。我睁开眼看见，六面都是墙壁，收留着我们的秘密。砖墙，人墙，心墙。我们和世界之间，是墙体延伸下曲折对立的迷宫。我从墙壁上打了孔洞，看到的却是封闭而残缺的故事。

一

傍晚，我会踩上木板凳，站在猫眼前看邻居爬上楼梯。他们手中的塑料袋，装着杂乱无章的生活。绿色的蔬菜，红色的瓜果，白色的碗碟。平日里一有风吹草动，我就靠近那扇防盗门，防盗门内侧是柔软的皮面，我用整个面部贴近，一只眼睛瞄准。夜幕中的邻居常常因为鸡毛蒜皮的小事争执不休。我至今还记得每一个惊心的瞬间。猫眼之外空荡荡的，我却能够看到他们从一间屋打到另一间屋的景象。他们喜欢摔盘子，一人一个，一人一个，脆生生的立场。所有的盘子都碎尽，女人就开始号啕大哭。男人拽着女人的身体，和家具发生碰撞。女人就花了脸。女人用指甲挠男人的脸，男人也花了脸。暴力过后，男人和女人抱头痛哭，互相诉说深爱着对方，再也不会彼此伤害。这就是我的邻居。那些年我浑身僵硬，见识到太多激烈的冲突，可就是这样的战争，也没能让他们分离。我绝不是唯一的侧耳倾听者，墙壁上长满了耳朵。我甚至希望墙壁生出孔洞，见到活生生的现场。

有时候，我站在板凳上是要等待一个人的出现。我有强烈的预感，知道他就要到来。那个穿着蓝色工服的男人如期而至。我听到他上楼的声音。我知道他神志不清，浑身酒气。我会屏住呼吸，佯装屋里无人。我透过细细的孔洞，观察他每一个动作和表情。我喜欢揣摩这些瞬间，比如他轻微地皱眉，摸了鼻尖，在楼梯口踱步盘旋，有些焦虑或者难耐，直至他消失在旋转的楼梯口，我才安心。有时候他下楼的时候，会恰巧遇见上楼的母亲。他们会一同折返回来。我收回板凳，迅速奔回卧室的写字台。

母亲表示歉意说，孩子在写作业，没听见敲门声。母亲从不会因此责备我。男人坐在客厅，和我隔着一扇巨大的玻璃窗。我沉默不语。他也沉默不语。男人不爱说话，眼神迷离。但是所有人都知道他需要什么。母亲给他找来白酒，炸一碟花生米。有时父亲不在家。如若在的话，他会陪他喝两盅。我不愿意和他同桌吃饭。他就是我的二伯，一个嗜酒如命的男人，永远散发着糜烂的气味。父亲和母亲是纵容的。每每母亲招待他喝完酒，都会送他到门外。她会给他塞一点钱，这是父亲的要求。他会用这钱再次换了酒。这些动作遮遮掩掩，大抵是为了避开我的视线，或者这个行为具有隐秘的羞耻感。但是我看得到，我心里都清楚。吝啬的二伯把所有的积蓄都用来买酒了。还记得有一次，二伯拿五十元的纸币逗弄我，他说，抢到就是你的。我伸手去抓，一张纸币瞬间撕成两半。他的脸色变得难看，连忙把钱塞回上衣口袋。这是我记忆里唯一一次和二伯的肢体接触。我对他有些失望。

后来二伯消失了。他消失了至少三年时光，但是我对此毫无察觉，我并不关心他。只是后来无意中听闻，二伯得了脑血栓，和爷爷当年一样的病症。那时候，我不知道脑血栓对一个人有多大影响，我只知道爷爷这辈子都不认得我，没能和我说一句话。我只是庆幸二伯再也不能喝酒了，再也不会拖着醉醺醺的身体来到我家，打破我们的宁静。直到初中毕业那年，母亲突然对我宣布了一个消息，二伯去世了。二伯已经死去一段时间了。他们害怕打扰我升学考试，始终没有说。怎么突然就死了呢？我有些恍惚，脑海里只有一个青灰色的影子在摇晃。我甚至无法还原二伯干巴巴的面容。我知道，二伯这回是真的离开了。母亲说，二伯不是因为脑血栓死的。父亲说，二伯是因为脑血栓死的。据说，二伯的死讯还上了当日报纸。

那张报纸我没有看到，但是我可以大致还原那则新闻：

XX 月 XX 日，XX 小区一名孙姓男子在煮饭时，因脑血栓后遗症出现肢体活动障碍，导致煤气发生泄漏，孙姓男子倒地并昏厥不醒。其邻居 X 某在走廊发现煤气味很浓，于是敲门，但家中无人应答，之后联系消防官兵进行援救，并拨打 120 急救电话。急救人员迅速前往孙姓男子家中后，立即展开就地急救，约 20 分钟抢救无效，医务人员宣布死亡消息。

但是我心底毫无痛觉可言。直到多少年以后，母亲决定卖掉老房子。当我再次回到那里，再次遇见那扇猫眼的门，我突然想到那些偷窥的日子。我想起邻居的碎盘子。我想到了二伯。我仿佛再次透过那幽深的孔洞，看见他醉醺醺的样子。他走路很慢，让人担心他会跌倒。但是跌倒了，他会自己爬起来。太阳落山，又从另一边升起来。这一回，我看见他又一次无奈地离开，仿佛迷了路，再也没有回来。

我大学读了医科，书本上写道，CO 中毒的时候，皮肤黏膜会呈现特有的樱桃红。不知道为什么，我又想起二伯的死亡。那场意外的死亡充满了讽刺，但是并不离奇。我不知道他的死亡是谁催生的。破败的婚姻？疏离的子女？家人的纵容？还是那一杯一杯的白酒？他只是一个人活着，又一个人死去。我猛然感受到一股令人窒息的孤独，在胸腔里面回荡。我看到的是，一道明亮的樱桃红，在青灰色的影子上盛开。突然，我就懂得他了。

二

二〇一二年的春天，到处是繁花烂漫的景象，却无人问津。医院里，街道旁，有时候人们黑黢黢地挤在一块，就像一面面墙壁。那时候我在急诊科实习，两周时间里，见识了不少车祸现场。每隔两天，我有一个“车班”。所谓“车班”，就是出救护车到现场。小镇不大，救护车大多无须跑远。医院不远处就是东江。虽然江中偶有溺水者身亡，但江边最常发生的是车祸。第一次上“车班”，我就遇见了发生车祸的女人。

拨开人群才是事故现场，在穿越人群的过程，我有一种特立独行的自觉，源于身份的转换。如果我不是医生，时间允许，我或许也会如他们般围观，静静等待。一袭白衣的我们，成功将人群驱散。人群中的事情常常令我感到心惊胆战。我发觉，无论再恐怖和鲜血淋漓的场景，都有人愿意驻足冷眼旁观。

这毕竟是一场事故，事故都是冷漠的——电动车静静躺着，一旁没有肇事车辆。地上有摩擦的痕迹，一些碎片散落着，呈现出碰撞过程的惨烈。女人蜷曲着躺在路上，发出阵阵呻吟。她躺在地上仰视着，所有的事物，楼房、树木，以及人群，都会又高又遥远。女人看见我们到来，把痛苦的表情瞬间放大。师姐熟练地为她进行包扎，以及问话，确认她意识尚存。我看不清楚伤口的形态，只有殷红的血以缓慢却直接的方式渗透出白纱布。

老师让我去捡起那只朱红色的手提包，把散落的物品拾掇一下。唇膏、小镜子、润肤露。我心想，这是一个爱美的女人。我迅速地把那些零碎的物品塞回去，但有些东西，我不敢确认是否属于她。我第一次感受到命运的捉弄，甚至是一种嘲讽。神灵并没有实现他的承诺。我从地上拣起的最后一件温热的事物，是女人被撞飞时掉落在地的护身符。一片黄色的纸，被叠成精致的三角形，如今沾了些灰尘，如果不是仔细打量，甚至会被忽略成碎纸片或者垃圾。我捏着一件很轻的事物，却莫名觉得很重。仿佛指尖上，有一座命运的山峦。

她说，我掉了牙齿。她张开口，嘴里有血的腥气冲出来，像是手术台上，切开肚皮、打开子宫的味道。那时候，她还没有哭。我记得，她的眼睛是深黑色的。这是你的吗？我问道。女人看着我手中的护身符，突然号啕大哭。看着她恸哭的脸，我笃信她不会死，只是在一段时间里，不再那么漂亮。我们用担架送她上车。女人手里始终握着手机，她开始拨打给许多人，亲戚以及朋友。她重复哭诉一句话，我好惨啊。在我眼里，她的言语和神情都充满了戏剧性的夸张，师姐连忙攥住她的手，说一切都会好起来。我却在暗自悲悯的心中，突然发出一声浅笑。是的，我那么一刻，我差点没有忍住笑声。我捂住嘴，为此感到了羞愧。我意识到自己，似乎对一些事情渐渐有了些麻木。回到医院以后，我再也没有见过那个女人。印象中只剩下一堵人墙，一个讽刺的符号。两周以后，急诊科出科考试，老师给了我一只病房的枕头。旧旧的，软塌塌的。我跪对着它，嘴里叙述每一个步骤。我做了三分钟的心肺复苏，一次一次地按压。

离开急诊科的日子，我以为自己有了用武之地。二〇一二年的夏天，我在疾控中心实习，住在广州白云区龙归镇。有一天在巷子口，我遇见一名男子躺在地上，用一只手紧紧捂着肚子。应该是刀伤，看得出来他很疼，血液浸透了白衬衣和青灰色的水泥地。他用另一只通红的手，掏出手机自救。不久，警车远远驶来。我绕开几簇人群，站在圈子的外围。警察来了，应该不需要我去拨打 120。我看了一眼街对面的龙归医院，白色的小楼浅浅笑着，我有些束手无策。我自然而然地，和绝大多数人成为一个整体，站立成一堵麻木的墙。

或许是人多的时候我就丧失了责任感，变得盲从。或许是我缺乏自信。如果当时，人群中有一名称职的医生，会一马当先来援助他吧？我这样想，又暗自摇头。后来，这样愚蠢的问题，我试着问过其他几名医生。他们是外科医生、妇产科医生，甚至经验丰富的急诊科医生。他们给了我相似的答案，不要多管闲事！一定要躲得远远的。我问他们为什么？他们说，救了，活了，那是运气；救了，死了，那是非执业地点行医，就是犯法。如若送上法庭，这是必输的官司。每个医生都不想因此断送了职业生涯。我想到，有什么样的世道，大抵就有什么样的人心。这大概就是冷眼的由来。

这年夏天，我也求了张护身符，叠成三角形。朋友说是很灵的。我看着它，管住嘴巴，不说话。只有孤零零的眼睛，在和世界对话。

三

二〇一三年四月，我逃离了学校。我只身从婺源到黄山。漫山的油菜花开到残余，处处是云雨围困。大雨滂沱时，我选择睡眠，或者窝在窗边，直至夜幕降临、人群散尽。阁楼的地板吱呀乱响，我不敢轻易挪动。屋子里有低矮的木桌椅，铺着印染的粗布，有些故作姿态。我似乎独来独往，有些喜静；我似乎不善交际，有些不合群。夜晚的我难以入眠，于是坐在楼梯口，透过陡峭弯折的缝隙，看着楼下暖黄的灯火和围坐的男女，他们恣意妄为地笑，谈论风情或者民俗。我坐直身子，仿佛随时都要站起身体来。我想要靠近他们一点，靠近一点人的气味。如果可以融入其中，那就更好了，或许还可以喝上一杯。但是我又害怕陌生人，转瞬放弃念头，继续偷窥。但这样的念头并没有完全消灭，我始终防备又忐忑，内心充满矛盾，并一点点走向自闭和毁灭。

当然，我的生命不是完全拒绝的姿态。我喜欢夜晚和黑色，我愿意融入世界的背景色中。我想到生而为人，只不过是一种试验和过渡，是人与自然之间一座狭窄又危险的孔洞。白日里，我漫无目的地行走。我愿意做一个来历不明的男人。有时候，我也会和陌生人结伴，或者搭一段顺风车。但是我害怕他人问及我的来历，天黑就匆匆说再见。雨水涣漫，猝不及防。一阵雨来了，街上瞬间人迹寥寥。那些日子里，有风，有泥水洼，打伞似乎无用。双脚冰凉，鞋子用火盆烤干了又湿。有时，一个雷炸亮，一阵风把天空吹得暗淡。我闪身躲进那些阴霾的老屋。我喜欢那些空旷无人的屋子。它们都是老家伙，低沉失落，但是充满智慧。

三面瓦檐，一面高墙，二层楼的建筑框围着，四面的木门紧锁。其实我能够活动的范围并不大，十字形的空间，孤零零的石板正中，挺立着一只太平缸。雨丝透过天井落在漆黑的缸中，满满的都是福泽。我想到“太平”之意，是人类对神灵的恩与敬，是对天空的贯穿与承接。雨水淅淅沥沥地落，我的目光陷入一片清冷的光线里难以自拔。天井，是房子的眼睛。我和他对视了，这方形的眸子，泄漏了天机，织下这密密的光阴。

我第一次窥见一片天光，着了魔般难以动摇。我第一次看到一间房子，仿佛看到了哲学的轮廓。哲学是一些明朗线条，具有支撑世界的力量。屋外落起大雨，屋里就落起小雨来。房屋隔绝了街巷，我却在这莫名的空间里，和天界得以沟通。我只是一只井底的蛙，但我的心在飞翔。广袤的天空无边无际，是聪明的古人修了这样的甬道，捕捉了一块天空。或许，不隔绝再相通，就难以感受到生的力量。

房间昏暗，透过天井的，这些难以泯灭的光，多么明亮而珍贵。头顶上的窗，有着魅惑凡人的力量，令我遗失了魂魄。我仿若看到轮转的日月和星河，看到屋中缓缓交融的阴阳之气，看到春的细雨，冬的白雪，缓缓地落在屋子里，我看到寂静处，内心温暖如斯，有如山花般的绽放。房子虽是木石结构，早已成了死物，但在我眼里，它是活着的。它有一口生气，承接于自然，如此直接玄妙地述说着一个历久弥新的故事。我站在彼处，异常笃定地相信，这并不是简单地看到，而是得与窥视天机。

人类的本体，出于自我庇护，为人处世谨小慎微。所以，我们踟蹰徘徊，悟不明。肉身以五谷化气，依托五谷轮回而维系生，但说到底，终归少了丝灵气。有人问，人死如灯灭，人死后如何得以延续？或许，我们的“灵”还在，就在这曾经逸散的光中，沾染在无数尘埃里，得以再一次组合重生。生时，我们不用大彻大悟，却需要一种光明的窥视。这或许就是所谓的“天人合一”。我们如何在有限的生命里，打开一扇天窗，得以窥见清辉，感受“生”的全貌。或许我们一心想要看的风景，可以依托这扇窗呈现，并与现实关照。

一间开了天井的屋，似乎给了我一些模糊的答案。

心无杂念，如光明窥，或许才是一种大境界的看到。

原载于《草原》2015 年第 7 期

海角无声

一

我看到清晨的海，正温柔地捧起一束苍凉又耀眼的日光。我所在的城市，像是穿越了整个冬天的巨轮，原本就锈迹斑斑的上面，泛起了薄薄的奶油色。请容许我把自己形容成生猛海鲜——必须要打起精神来，才能与世俗剥离。人流密集的地铁车厢里，虽然谈不上弱肉强食，但总要保持提防和警惕。小虾小蟹一样被一网打尽的人群，相互之间充满了敌意，如果用心察觉，还可以遇见眉心上铁青色的死亡。拥挤中酝酿着一场无声的战役，每个人都是易激怒的，寻求一个释放的好时机。争端总是一触即发，揭开这疯狂又混乱的一天。

一团又一团的春雪降落以后，地面上点缀着绵密的水珠。眼睛里悬着一片混沌的雾气，春天就在痒痒的鼻息中变得愈发浓郁起来，泛起了桃红的诱惑和闹意。毛茸茸的桃花怀抱着泥土与腐叶的气息，前仰后合地盛开了。昆虫也纷纷从土壤里破壳而出，围着毛茸茸的花蕊嗡嗡盘旋着。春天终究是柔软的铺陈。恍如隔世的我，脚步有搁浅的感觉，灵魂就这样轻飘飘的，徘徊于人世间。我轻声呢喃，怎么连桃花都盛开了，真是一点预兆都没有。桃花总是任性的，说开就开，说败就败。满城跑的出租车师傅嘟囔着，这都快开没了。我有些不悦，低头继续玩手机，无聊地刷着朋友圈。师傅说，不会头晕吗，看看远处的树多好。他似乎对我的沉默颇有微词。杨树已经开始吐毛了，那些漫天飞舞的絮状物，凶险得像是着了魔。

我连续打了三个响亮的喷嚏。师傅对我说，他们给杨树使用了一种“神奇药剂”，能够让杨树不再吐毛，但是再吐出来的，却是黏糊糊的“胶”。每天清晨，他都要煞费苦心地擦拭挡风玻璃。我凝神聚气地看，果然在车窗上察觉到了痕迹。这是一段时间以来，我听到过的最有趣的笑话了。叛逆的树总要报复一下人类，似乎吐啊吐啊的，它们就习惯了。我笑得前仰后合，或是许久没有遇见如此明媚的午后，心情也变得舒朗了许多。车窗外一片绿意陡峭，微小的悸动被不断催生而出。没有任何起承转合，春天就煞有介事地钻入了身体，孕育出美好的光景。后知后觉的我，实际上是有些恐慌的。每一个季节的轮转，都带着不可置信的力量。身体还没能从上一个季节的情绪中脱离，天气就已经幻化成了另外的模样了。

并不是我在抵制春天，而是我扮演了焦虑的角色。长吁短叹之际，内心恍然浮现一个声音：这么好的时节，应该去海边度假才对。我常常为一些无端出现的“挑拨”感到苦恼。我似乎拥有双重的身份，过着冒险家的生活——低垂飞翔且无意冒犯，逾越常识而没有边际。此时我能想到的，只有无边无际的虚无的海。人类一旦无聊至极，思想就会耐人寻味。我的肠胃蠢蠢欲动，它似乎需要一些灵活的食物，可以让我颠三倒四，甚至魂不守舍。曲曲折折的消化道中，居住着性格孤僻的收藏家，它驯养了无数的亡魂，将吞噬与进化演绎成史诗。人性的饱满与多样性，总是伴随着食谱的不断更迭，无非是消化不良罢了，这不算什么。

一层一层绵密的浪花，向着港口与人群涌去。这是一场有关宿命的描摹——既是一场追赶，又是一次诱惑。那些即将上岸的哀愁，夹杂着满腹的爱恋，不断用身体拍打着，试图摆脱长久的枷锁，却不知凡尘里无处不是捕捞的网。它们的身体布满了海洋的密码，并深知洋流变幻的秘密。十八岁以前，我痛恨所有鱼类，这是一种被写入基因的情感。与其说是痛恨，不如说是为恐惧而诞生，它们来自深渊，周身缭绕着死亡气息。岸上的叫卖声懒洋洋的，汇聚成了嘈杂的雷音，让所有的不知所措的腿，都张牙舞爪地挥动起来。哎呀呀、哎呀呀的。与海水相承一脉的柔软，或是奄奄一息地吐着泡沫，将一生的杂质倾尽而出。泥沙散去。声泪俱下。没有什么比脱水而亡更加残暴的酷刑了，身体被抹了盐巴去晾晒，一道道灵魂就这样直直地蒸腾而去。这让空气变得欢腾，蝇虫不断地降落，试图捕获什么。

我的肚子不争气地咕咕叫着，附近大排档油烟火爆，配合着铁勺铁锅的碰撞，混合着辣子和葱姜，诱惑的香气四处逃散。气味与日光的交织，让那个空气变得光怪陆离。我摒弃了身为人类的骄傲，却意外俘获了俗世的光泽。值得庆幸的是，饥饿和死亡总是隔空相望，所谓天机不可泄露，我不用为所有的死亡负累。如果可以的话，我宁愿成为死亡的一部分。

“有腥气”，我忽然想到这个美好的字眼，在粤语发音中，它是“有希望”的意思。我默念这三个字，似乎在字句之间，找到了某种奇异的弹性。它微弱又渺小，混迹在人群中央，随时都会冒出来，这种不可言喻的愉悦，俨然被挂在了嘴角。我们所钟情的事物，就这样冒失地出现在大地上，骤然地绽放，滚烫如烈火。乃至于欣喜又不敢触碰。

二

正午时分，一个七八岁的男孩独自在水边，他一只手插在裤袋中，一只手放风筝，乃至于这一天的风，都奶声奶气的。我问他，去往大甲岛要多久？他不假思索地说，要很远很远。可是到底有多远，他也说不出来。这个问题对于我而言，其实也只不过是日常无意义的消遣罢了。我有时候也会苛责自己，为了靠近市井，说了太多无用的废话。起初，对于我的靠近，男孩表现出了一股呼之欲出的热情，但似乎又寻味到一丝警惕。对话就这样戛然而止了。我又向靠岸的渔民请教，并故意将声音提高了分贝。回答依旧模棱两可，三十分钟？或者一个小时？他们对这座岛屿完全没有概念似的，记忆模糊而浅薄，仿佛被上帝遗弃在了时间之外，既不会衰老，也不会死亡。太阳越来越大了，整个港口都像烧着一团大火。

有人戴上了墨镜，然后用纱巾将头部团团围住，我却挽起衣袖，努力将皮肤暴露。漫长的等待过后，我和男孩告别，并沿着涉水的台阶，跃上了小小的柴油船，发动机声中燃烧出了芒果的香味。海水也渐入佳境，从浑浊变作了蔚蓝，像抖动的华美丝绒，而我们只不过是上面隔靴搔痒的跳蚤。我用一只手将帽子稳稳压在头顶，或许谦逊才是飞翔的姿态。这一刻，连嗅觉都变得信马由缰，可一旦离开了海岸，就失去了捕捉的目标。十分有趣的是，我们不仅远离了人群，还远离了鱼和藻的味道。再无其他蛛丝马迹，那些浓烈刺鼻的腥气，竟然只是人类的附庸，宛如布满情欲的房间，细菌和病毒一样被滋养。

我不会凫水，更不懂得自救，看似放松地倚靠栏杆，却将浑身的肌肉紧绷。我坚信，自己与水有着复杂的牵绊。还记得很多年前，第一次来到大陆最南端，有人好奇地问我，是否见过这样繁盛的树木，这样充沛的雨水，以及这样炽烈的太阳。我整个人都融化在了夏日里，浸透在酸腐的汗液之中，仿佛经受了一次凌辱。他似乎也从来没有见过一个西北人，装模作样地穿着椰子树图案的衣衫。多年来兜兜转转，我始终徘徊在有水的城市，试图将灵魂慢慢滋养。无比确信的是，我是土命人，从不属于任何一片水域，它没有哺育我的祖先，更不会滋养我的身体。无论我饱含多少氤氲的水汽，都填不满那无垠的荒凉。

小船上有两对甜蜜的恋人，达成了默契一样，都爱穿白色T恤。这里既有异性之恋，也有同性之爱，远离尘世以后，所有亲密举动都不再设防。小船忽然变得局促不安，在无数个船体绷直的瞬间，有人发出惊呼声。实际上，这是有些过瘾的，我每天都会在脑海模拟各种意外的发生，交通意外、溺死或者触电等，我相信意外身亡总比老死要强百倍。白头偕老之类，根本无法揣摩。我亲近所有的水域，哪怕是一条沟渠，也是美妙的。如果水里有挣扎不出的灵魂，那么这里面一定有我的故人。我相信所有的水脉都是贯通的。

去年冬天，一个故人在上海自杀了。没有人知道他死亡的真相。街角便利店的摄像头，捕捉到了他模糊身影，手里提着水果袋匆匆掠过，就像某个平淡的日常。与江海贯通的漂流，让他彻底没有了踪迹。如果得偿所愿，那么他将贯通整个地球或宇宙，穿越永恒的迷雾。我听说，他远方的母亲日夜啜泣，手里面捧着一封曾被忽略的告别书信。他说，要折一只小小的纸船，去往深邃的大海。她已经失去了控诉的力量，只好祝福儿子早日上岸。我又能安慰她什么呢？陌生的水域，对于我们来说，就是一场决绝的流亡。

但这样的死亡或许也是完美的。我期待所有的未知之地，与万物擦肩而过，死去的他会在水中与我握手吗？我恍惚又遇见了那个彼岸的男孩，只用一只手完成了放逐与控制，却将另外一只手藏在了暗处，准备和所有陌生而有趣的灵魂，郑重地握一次手。真是如此简单有力的，又声嘶力竭的问候。当时间成了一片废墟，或许也无所谓告别，何谈生与死了。

三

抵达海岛的时候，小纯已经在沙滩上搭帐篷了，短短一个小时，就被晒得像煮熟了的螃蟹。花花绿绿的帐篷，沿着山石排列成了迷魂阵。微微一抬头，就是太阳毒辣的刺。明晃晃的沙滩上，螃蟹似的横着走是有科学依据的。扁扁的身体，可以减少受伤的面积。只是暴晒，就让我们显露出荒岛求生的窘境。清点物资，只有少量的淡水，以及现金。一台照相机，一块备用电池。我们几乎没有准备食物，没有其他家用电器，更没有 WIFI 信号。

沙滩的形状是狭长的，被一块巨大嶙峋的黑石包裹。黑色的石头像妖怪一样，皮肤虽然粗糙，但每一个毛孔都会呼吸，上面覆盖着已经干涸的藻类。我不知道海岛的另外一侧，会是什么鬼样子。荒无人烟？寸草不生？总而言之，以肉眼可见的范围来判断，岛屿的面积并不大，或许一场暴风雨，就足以令它香消玉殒。当然，这里也不会有什么舒适的旅馆，只有一群劫后余生的人，放荡与狂欢是这里唯一的主题。不得不说的是，每一次海边露营都是魂牵梦绕下，极其糟糕的体验。我所热爱的海边，无非就是荒无人烟的寂静。

铺子里卖的泳衣丑爆了，小纯犹豫了许久也不愿买，哪怕是一次性的丑也不接受。我嘲笑她，这和一次性的妆容、一次性的爱情，又有什么分别，潮水过去了，什么都剩不下。在医学上，其实也有同样的术语，叫作“一过性”——它往往有明显的诱因，在短时间内反复出现，但是随着诱因消除，症状很快就会消失。小纯问我要不要买双拖鞋，但是又不好自作主张。我瞧了瞧，竟然浑身都在抵触。实用主义者一定会鄙视我。

我以为，这个世界完全可以再愚笨一些，但丑绝对是无法容忍的。

那对年轻的小情侣，穿着相同款式的溯溪鞋掠过，青涩的脸上写着天荒地老。你看看人家，轻车熟路的，都是有备而来。小纯不以为然，就这样痞痞地走开了。发烫的沙子正驱赶人们下水，脚面反射出了刺眼的白光。晒不黑几乎成了我的致命伤，说明我和太阳始终无法达成共识。

其实，让小纯来海边度假，百分百不是一个好主意。果然一回头，小纯已经在海中“飘荡”了，因为不会游泳，动作有些滑稽。小纯总是笃定地说，未来的某一天，会患上精神分裂，选择自杀或许是最好的结束。我有很多热衷于死亡的朋友，却对此无能为力。对于冒失的人类来说，所有的探索都是局限的，比如海洋，比如命运。我们很难判断“安全”的界限。这可不是虐恋与游戏，双方约定好“安全词”即可。

长久以来，我用来维系生存的方式是最蠢笨的一种，全都凭借身体的记忆。当然，这通常需要一种严苛的训练。和我的生命相互纠缠的母亲，有她独到的一面。她总是喋喋不休，以规范我的行为。她一直这样强化我，让我在魂游天外的时候，也可以长久地在人世漂流下去。如果死亡是流动的，那么与之对应的我，早已经选择了顺遂。他们都说我的人生布满了“顺”的意味，并为此担忧我的未来，“你如果再经受一些挫折，或许就会更好”。我不知道挫折应该是什么样子，他们说这话的时候，都摆出老气横秋的嘴脸。

天气太热了，有人用网兜固定了西瓜，浸泡在海水中降温。我缓缓向海水走去，看着小纯欢天喜地的样子，内心也有些跃跃欲试了。这是接近大海的好时机，错过了就不再有。我试图要靠近小纯，但是海水给了我很多阻碍。脚下一半是沙子，一半是坚固的石头。那块巨大的礁石，一边连着海岛，一边投身入海，浑身都是嶙峋的刀子。小纯异想天开地说，想要去前面浮出水面的一块礁石去。不会游泳的我们，必须踩着石头走过去。疼痛变得肤浅，事实证明，海之于我们，与浴场的分别并不大。所有的欢欣鼓舞，都是短暂的停留。

那块礁石我们谁也没能爬上去。后来，我们就坐在帐篷前，给自己伤口上药。这一次，我忽略了所有的野营装备，就是没能忘记治疗外伤的药。那瓶液体创可贴，散发出指甲油的呛鼻味道，用小刷子涂抹后，可以在伤口上凝结成保护的薄膜。用医用酒精去灼烧伤口，也不会比它更疼了。我深爱这瓶药水，并常年随身携带。流血似乎总是无法避免，我可能就是在等待着所有受伤的机会。意外的到来，是来不及说“安全词”的，每次鲜血渗出的瞬间，我都变得冷静而兴奋。我口中的“安全词”，最终都变成了粗口。

我亏欠了自己太多，这样的无礼和粗俗，以及很多个学坏的机会。我应该找个恰当的场合，认认真真地说完这些话，然后告诉自己，以后什么都不怕了。伤口很快就会结痂了，小纯开始皱眉的时候，我爽朗地笑了起来。我们实在没有必要不爱这些短暂又尖锐的“一过性”的疼痛。决不能让自己过得舒坦，这又何尝不是内心的困境。

四

岛上只有几间铁皮房，除了淋浴室，就是脏乱的厨房了。他们卖些又贵又难吃的菜品，并租赁帐篷给这些“无知”的游客。铁皮房上用红油漆写着“海胆”两个大字，大概是主人的另一项营生。黑炭一样的男人，大咧咧地坐在淋浴房门口收钱。不管热水够不够用，来这里的人都是“亡命之徒”，从不讲价还价。交了十元现金，洗去身上的泥沙，带着一身“海胆”的腥味，又重新沾染泥沙。夜晚在我走出淋浴房的瞬间，就如此灿烂地降临了。

一抹潮红落在海岸上，黑暗混着血与沙盛开了。无论怎么逃避，夜晚都是绽放的、令人沉醉又着迷的存在。它无法让人拒绝，又让人感到了恐惧。或许只有睡眠，才是人类抵抗黑暗的唯一途径。我实在太嗜睡了，无法拒绝梦魇的诱惑。在这偏僻的海岛上，夜晚被撕开了一个角落，一不小心就会掉落其间，像迷途的鸟兽。炭火徐徐上升，碎碎的火星在旋转着，烧不尽的黑暗里，潜伏着饥渴的野性，人们在狂欢中实现救赎。我渐渐被这氛围感染了，似乎也没有什么好胆怯的。疯狂将战胜一切，包括我的假面，以及所有负面情绪。

海浪似乎也投降了，渐渐成了和声。沙滩上的音箱里，发出火爆的重音，他们围着圈子跳舞唱歌，相互追逐嬉闹。并没有不合时宜，他们成功将城市的嘈杂，移植到了这个荒岛上。火焰与食材的碰撞，也需要默契与配合。我将抹了酱料的肉食，一点点穿到竹签上，才发现手掌上布满了隐秘的伤口。我们放弃了难吃的烤肉，买了几罐不怎么凉的啤酒，懒洋洋地坐在了帐篷里。罐子一直在出汗，我也在出汗。这点酒不算什么，既然喝不醉，就远得不到满足。小纯实在太累了，酒还没喝完，就已经发出轻轻的鼾声。我轻轻呼唤小纯，却没有得到任何回应。帐篷外稀稀落落的光，将小纯的脸照亮，疲倦的样子是那么悲伤。

在乡下的房子里，我们也曾把酒言欢，这竟然已经是两年前的往事。十月份的东北，已经烧了火炕，眉眼里生得都是桃花。那一晚，酒过三巡迈出房间，不知道是谁关了门，屋子里的欢笑声肆无忌惮，似乎在议论我的离开。我彻底陷入黑暗而不可自拔，跌跌撞撞摸到书架，摸到花与叶子，摸到那些易碎的瓷瓶。我不敢再继续触摸，冒失会使屋子一片狼藉。我大声呼喊小纯，第一次感到了绝望。哪怕城市里污秽横流，却永远没有如此纯粹的黑。

闷热的空气让人感到窒息，不知道小纯如何睡得酣甜。蹑手蹑脚地走出帐篷，才感受到一丝倒灌的凉意。手机已经彻底没有电了，不知道夜晚还有多久。海岸上几乎没有睡眠，小纯成了特立独行的存在。男人女人围着烤炉，赤裸着身体摇摇晃晃。夜深了，烧烤还在继续。到底要携带多少食材过来，才能将这个夜晚彻底填满。渐渐地，沙滩上的人变得有些诡异起来，显然是食材不够用了。一些人陆续离开了篝火，开始在水边鬼鬼祟祟地游走。

他们中有些人拿着网，有些人拿着刀子。不一会儿，网兜中就多了螃蟹。螃蟹往沙子里钻，却被他们变魔术一样，一个个地掏了出来。欢呼声此起彼伏，源源不断的食物从水中被打捞而出。甚至不需要如何处理，用海水洗去螃蟹外表的沙子，就可以在火上舞蹈了。我诧异极了，眼瞅着螃蟹一个个升天，原来傍海而生的人，都是这么神奇。螃蟹橙黄橙黄的，一声一声的脆响，就爆裂出嫩白的肉。我还遇到一个颀长的少年，他瘦得像是一把剑，在岩石上不断切割。礁石是黑漆漆的，皮肤黑黝黝的，唯独刀子是白亮亮的。我好奇地问他，这是什么的东西。他看都不看我一眼，说是海参，再一言不发了，冷酷得像个杀手。

有那么一刻，似乎所有的人都在疾奔，喉咙里发出收获的声音。就像神秘的咒语，催生着大海不断地奉献。那些鱼虾蟹，就疯了一样跳出海面。他们都有自己的诀窍与器具，在整个夜晚维持着生长，食物源源不断地被火焰质问。我像是一个局外人，在他们身边游荡，却并不被接纳，重新回到了饥肠辘辘的状态。生存伴随着掠夺与破坏，这样看来，我原本的生存方式实在太过婉转而没有意义了。我和小纯这两个异乡人，就这样被大海排斥在了人群之外。我只能在沙滩的边缘地带，游魂一样静悄悄地行走。

在海岸的边缘，礁石像一方秘境。月光如少女般攀附在上面，露出诱惑的香肩。我赤脚而上，与她并肩而栖，完成了一次触碰。我们交换了身体，交换了灵魂。我一会儿是岩石，一会儿是月光，一会儿是黑暗处接吻的少年。身体快速地衰老，又恢复青春，永远不会磨灭。我与大海的缘分，始终是无声的对峙。星河璀璨，似乎所有的人都陷入了癫狂境界。他们周身环绕着荧光，妩媚得就像桃花酿的酒。我听到小纯叫我，缥缥缈缈的，可我哑口无言。

凌晨四点钟左右，天气越来越凉了。我醒来的时候，已经没有了人类的体温。真的是元气大伤，这比彻夜不睡还要煎熬，差点就没有力气走回帐篷了，但是我知道，有人在等我。我憋了很久的尿，却发现没有无人的角落。到处都是垃圾，索性就无伤大雅地，大大方方畅快淋漓。我忽然想到荒岛余生，但真正的绝望远不止于此。

五

清晨，我才回到帐篷，那里空无一人。我看到小纯远远地回来了，捡了一书包的贝壳。走路的时候，都要十分小心才行，竹签、玻璃、铝皮，各种杂物碎屑，已经堆满了整个沙滩。我远远低估了他们的疯狂，夜幕褪去就是真实的“犯罪”现场，炭火的余温不见了，剩下的都是苍茫与疲倦。几乎所有的帐篷都敞着口，能够看见所有花花绿绿的短裤，他们醒着或睡着，脸上露出了绝望的神情。沙滩将所有人的精气都吸走了，然后唤醒新的一天。

小纯将花花绿绿的贝壳，一片一片由大到小地排列，并一一点评它们的美好。我喜欢黑色的那枚，小纯喜欢白色的那枚。它们都是大海的弃儿，有些还奄奄一息的，有些还牵连着腐肉，但大多数都已经死去，带着无数微小的缺口。这些破损的贝壳，如果继续破损下去，就能变成雪白的沙砾。放眼望去，沙滩已经不是我们来时的样子，我恨不得早点离开。

铁皮房门口有个水龙头，俨然没有过多的淡水用来洗漱了。没办法梳妆的男女，黑眼圈被赤裸裸地呈现。我再次见到了那两对小情侣。整个夜晚，我走遍了整个海岸线，却始终没有见过他们的踪迹。男孩说，他们去潜水了。或许是有所遗漏，我不知道这里还有潜水的设施提供。有趣的是，他们的身上没有任何倦意，反而透露出意犹未尽来。我用矿泉水勉强刷了牙，忽然觉得脖子火辣辣地疼。我还是被晒伤了，竟然隔了夜才发现。

太阳越挂越高，倦怠终于成了唯一的主题。我们不是岛上的第一批游客，新的队伍已经陆续靠岸。世上有这么多荒凉的岛屿，还有比它们更荒凉的人群。看着那些在搭帐篷的新鲜面孔，我的内心已经开始鄙夷。一个浪席卷而来，却没有将垃圾全部带走。人们就那样懒洋洋地躺在椰子树下面，将肉体的美好展露无遗。回程的船已经在等我们了。有人放起了风筝，我忽然想起了岸上的男孩，他那时候的沉默，弥散出了恒久的悲伤。我曾经似乎也和他一样，守候在某个角落，看着无聊的人群熙熙攘攘，不知如何打发时间。

重新靠近港口，我似乎又活了过来。船上的旗子用尽了浑身力气，由南向北挥动。长方形的绒布，在风中不断变换着形状。天空瓦蓝瓦蓝的，当风吹得越来越澎湃的时候，云忽然不见了。慌张是不可描摹的春天，像是野草乱乱地萌发。我在心中模仿风中的旗子，和它一样舒展开来。风来的时候，头发也在生长。有那么一刻，它是完全平展的，甚至让人产生了一种错觉，连续的恒稳的大风让时间静止了。然后是更猛烈的风，让它剧烈地颤抖。

回到宾馆打开了电视，纪录片在讲述一座海滨小岛。黑色的礁石在蠕动，上面站着两个虚无的影子，看轮廓似乎就是我和小纯两个人，他们的腿部肌肉孔武有力，像是威风的黑武士，正在筹谋一场无声的战役。电视节目倏地被调成了静音，海浪迂迂回回，冲刷着花花绿绿的沙子，将一片片破损的贝壳送上岸。他们似乎在耳语，可我完全听不到，但已经无足轻重了。这个春天在降临的时候，大地已被海水灌溉，蔷薇花在盐水中盛开了。

离开岛屿的那天，回归的是真实的我们，或者只是一个虚像。眼前的一切都虚晃着，真实的我和小纯，是不是已经死在了海岛上，谁也不敢确信。屏幕上雪白的斑点哗哗作响，流散成另一片海洋。这个故事没有结局。我只是坚信着，比春天更温暖的，当然就是海了。我们去喝酒吧，小纯忽然提议。我点点头，重新打起精神来，选了最近的一家大排档。

原载于《雨花》2018 年第 10 期

江湖儿女（外一篇）

甬道里有凶猛的风，带来腐烂又清新的味道，从黄泥里烧出的城池，又在雨后破碎成躲闪的游戏。疲惫的时候一地荒凉，人群脚步松散，同一条道路我不知道要反复走多久。我偶尔也会因为一些小事而烦恼。比如，扶梯上的一对恋人，显然已经不是单纯的嬉戏打闹。

或许是习惯了暴力相向。男人下手狠厉，砰砰作响，像是在挑选一颗甜美的西瓜，以至于周遭的路人频频侧目。女人紧紧护住脑袋，又不甘示弱。我分明见到她一只眼睛干瘪着，另一只眼睛瞪得溜圆。她将目光变成杀人的利器，然后抬脚狠狠地踹过去。

我犹豫着要不要做一个侠客，路见不平拔刀相助的那种，禁不住内心里雀跃又慌张。我想到伸张正义，想到由来已久的愤怒，想到缺失了的人间冷暖，仿佛喉头卡着一口爆裂的滚烫的热血。可是一转眼，我就改变了主意——走出地铁口的时候，男人主动接过女人的背包，轻飘飘地甩在背上，他们的双手十指相扣，仿佛刚才的一切暴力都是假象。

他们风尘仆仆，和我一样来自旅途。背包上用来托运行李的纸条，还没来得及撕扯下来。男人身穿短袖、衬衫和牛仔裤，踩着一双雪白的运动鞋。春寒料峭的时节，这身行头未免过于单薄。他一定是从南方归来。女生则穿了黑色及膝的长风衣，将卫衣的帽子露在外面。

恰好同路的缘故，我成了羞耻的跟踪狂，紧紧贴上他们的脚步。男人说："今晚我就闭关。"他们的对话飘散在风中，听起来断断续续，只是"闭关"这个词甚是突兀，让我心头一紧，又满是欢喜。这个并不常使用的词汇，像暗箭一样难防，颠覆了我的日常。

环顾四周，这里当然不是快意江湖的世界。若是放在很多年前，我一定会笃定地认为，是他们魔怔了，生了某种脑疾，甚至病入膏肓。但是这一刻，我却不那么确信了。

"打算住在哪?"

"驿馆。"

到底是驿馆还是医馆，我无从分辨。我甚至无法辨别他们的口音，自然也无从知晓他们属于何门何派。我断定他们就是传说中的江湖儿女。脑海里浮现的是流传已久的武林秘籍，以及江湖恩怨。身怀绝技的男女相爱了，从此掀起了一段腥风血雨。

他们走起路来，摇摇晃晃，相互依偎，似乎要在从对方身体上获得某种支撑。这些微小的触碰都浑然天成，像极了爱情。或许他们之间，爱就爱在下手没有分寸，却又彼此不相记恨。抑或是我对情爱的理解太过浅薄，对暴力的认知太过单一，以为他们的"暴行"已经触碰了亲密关系的底线。但眼前的两个人偏偏可以毫无顾忌，转而又如胶似漆。

显然，他们没有共进晚餐。女人问，你吃了什么。男人回答，韭菜鸡蛋包，还有两瓣大蒜。韭菜、大蒜，皆是辛辣的食物，只是可惜少了一大碗烈酒。在此后的对话里，男人还邀请女人过些时日同去襄阳，上武当山。但是女人并没有回应。道不同不相为谋：如果说情爱是有禁忌的，那么修行只能势如破竹——既然各自参悟，招式也必不相同。

没想到这一路前行，我就走到了家门口。出乎意料的，小区里竟然住着这对江湖儿女，我却浑然不知。以前，我对这个看似老旧、实则崭新的小区多少有些嫌弃。一整片的回迁房，色调阴沉，树影稀疏，居住的大多是北京"土著"。他们大多是旧相识，而我就是其中的陌生面孔，从不寒暄搭讪。这对情侣的出现，忽然给这里的居民蒙上了一层神秘色彩。

我以前有个“旧识”，也是一个修炼狂。他每天都是很急迫的样子，骑一辆无须上锁的自行车，来不及停放好，就撒手任它倒在路旁的树坑里。他总是背着一个白色的布袋子，里面装着板砖厚的盗版修仙小说。他独自占领图书馆的一角，有时候会忽然翻了白眼，浑身颤抖起来，开始振振有词地背诵着什么。也许是内功心法，也许是招式口诀。

现在想来，说不准就是有什么大玄妙，潜藏在这些修仙小说里。这么多年过去了，我不知道他有没有白日飞升，但那时候的偏见烟消云散，我忽然有些理解他了。不是他生了病，而是有一个未知的世界，是我从未涉足过。我被现实世界捆绑得慌张又狼狈。

臆想中的世界，难道就不存在？那个常年坐在轮椅上围着口水巾晒太阳的植物人，那个昏暗中打游戏到深夜的理发店小哥，那个无论刮风下雨都在拾荒的中年妇女，那个躲在楼道里偷偷抽烟叹气的赤膊男人，这些身影的出现，都忽然都有了耐人寻味的感觉。

我发现了一个惊天秘闻，但怕一说出口，就破了他们的“武功”。他们都是武林高手，修了闭口禅、金钟罩、铁布衫……在柴米油盐背后，是我从未得见的江湖。他们欲盖弥彰，却因为寂寞而露出马脚。院子里，篱笆攀上了爱恨情仇，丁香花开出了生死轮回。

我开始喜欢从一楼爬向十一楼。那些摆在拐角的油漆桶，笼子里的画眉鸟，腌菜的大水缸，木椅旁的烟灰缸，都证明曾经有人来过。未曾与他们相遇，也从未见识他们的神秘功力，但总有一些蛛丝马迹留存。值得庆幸的是，我已经拿到了通往另一个世界的入场券。

从此，我也将成为一个异类，和他们如出一辙，不显山不露水，对那些不谙世事的人类不屑一顾，内心却还藏满孤寂。我还是会惦念那对出手狠厉的情侣，揣测他们的刀光剑影。

如果在街头恰好相遇，我是不是应该这样问道：

“嘿，你们是不是江湖儿女？”

他们背后的墙上，刚刚用红油漆刷上二十四个红字。

我们相视一笑。

纸　夜

有一道目光笼罩着整个院子，但是我无法验证。墙壁变得越来越刻薄，随着五月新生的花草，高高地隆起了轻慢的姿态。明媚的五月里，我计划了一场逃亡，却没有成功。那些青砖恰好构成了方正的院子，里面被精心摆布的胖墩墩的陶罐，滋出了娇艳欲滴的花朵。院落里所有的事物都心事重重，弓着腰身往下坠，给大地压出了一道银色的月牙。

一地荫凉斜斜地袭来，构成一个虚伪的夹角。院子里的气氛变得有点古怪，空气无由来地紧蹙，陡然升起一口热气。东边的院墙倾斜了，找不到合适的落脚，或是需要一片竹林做掩饰。太阳下山时的恶作剧，将村庄的小路彻底搅乱。一切都是幻觉的堆砌，只留下一道风情万种的门，是留给黑夜的缝隙。没有了夜归的客人，我只是隐隐有些期待。

我是最后的造访者，在黄昏之际跨过门槛。迎面遇见五月的女主人，像是圆规一样踮着脚，笨拙地追赶着一场雪。她看起来有些懊恼，试图用手中飞舞的扫把，将漫天的白扑到门外去。来了又去，去了又来，怎样才能了却一桩荒唐的心事。五月的村庄被劫持，一场持续不断的大雪压境而来——满城的杨树脱褪下破衣烂衫，吐露出春梦般的激情。

她说，这院子里，绿是绿了，就是日日恍惚，有下雪的错觉。今年的雪似乎下得特别大。大概是因为围墙错落，宛如一座迷宫，这些白雪就再也出不去了，它们在村庄里挨家挨户地游荡，终日无所事事，游手好闲。若是无人问津，它们也会变得愤怒，在角落里抱成一团，像是要掀起一场轰轰烈烈的革命，行为艺术似的发起了对人类的打击报复——它们不声不响地尾随，不说话，也不愤怒。风是徐徐推过来的，吹得人们惊慌失措。

村庄的幕布上写满了欲拒还迎，文艺病患者们潜伏于此，将时间高高晾晒起来，拽出了身体里的湿气。燕子换了一身黑亮短羽，在屋檐下衔泥筑窝，像是打了一块扁扁的补丁。一根电线穿窝而过，连着院子里鹅黄的孤灯。还不是开灯的时候，黄昏正轻轻剥下院子的汗衫，展露出健美的曲线。那些唾手可及的枝蔓与果实，只不过是光与影的幻术罢了。

我和女主人相对而坐，将笑容凝固在失实的回忆里，我们需要用很大的力气，才能精准地表达情意。正襟危坐的我们，说起话来字正腔圆，就像是表演一场话剧。两条腿不知如何安放，椅子难以承受身体的重力，又压得地面嘎吱作响。我看见她的头发开始变得花白，一切都开始生锈。有一个声音在院子里回荡、摩擦，更像时间的堆叠与轰塌。

她忽然抬起头来，满心欢喜地说，瞧，那是我家的燕子！燕子懂得她的心意，能够曲意逢迎。五月的女主人孕育了整个院落，以及所有的簇拥者。她精通折叠的技巧，将燕子的羽翅、尾巴，甚至鸟喙，都用优雅的线条裁剪，它们的每一次飞翔，都将折痕变得更加柔软。

女主人十分得意她的作品，轻轻哈了一口气，像丢出一架纸飞机，就将飞翔的姿态演绎得无比动人。这得是多么灵巧的手指，才配得上这曼妙的舞姿。她不仅折出了燕子，还捏出了昆虫，团出了猫咪。一股脑地将春天彻底推向高潮，好一派无与伦比的热闹景象。

火焰上的壶，将普洱与烤红枣烹煮出一片刀光剑影。舌尖一分为二，像是一片清甜的糯米纸，被瞬间撕裂、融化。我侧着脑袋看世界，似乎这样才能清晰一些。女主人的脸庞刚好被种下一片枯黄，像是完美的枯叶蝶，斑斓又了无生气。一只四脚如雪的黑猫现身了，它不断地用毛发蹭着我的裤脚，像是对危险的试探。它似乎并不满足于此，猛然跃上了我的双膝。

“它一定是来找女朋友的。”女主人笑得妩媚，院子的灯就亮了。获得了某种宽慰似的，她早已料到这一刻的降临。她借着灯光打量我，让我变得更加局促了。就这样，黑猫在我的身上解开了情欲的锁，将懒腰伸成一座拱桥，一些饥饿嗜血的虱子，被纷纷抖落下来，就像一个个微弱的气泡，缱绻在无边的河流。她在酝酿一个阴谋，将这个夜晚彻底撕碎。

“啪”的一声脆响，茶壶落地了，正是这只黑猫的杰作。女主人惊叫着，试图抢救她的茶壶。一地四分五裂的瓷片，俨然无法黏合，她的情绪也变得支离破碎。我看到，猫在空中转了个身，回头轻蔑地瞧了我一眼，似乎在嘲笑我的无动于衷，然后沿着青色的虚影倏地遁了。茶壶里的热水，散作一地青烟。我终于在氤氲的热气中，看到了四分五裂的她。

她的一只手捡起碎片，一只眼睛在寻找，一条腿攀上小楼，一条腿寻猫而去。她迅速地将骨头折叠，试图将时间倒流回去，弥补所有的过失。心爱的东西被打破，魂魄也跟着丢了。这时候，另一个租客下了楼，一个剪了寸头的女人。她脸色苍白，若无其事地问我，怎么不去四处走走，脸上流露出了一抹狡黠，她似乎对眼前的慌乱，早已习以为常。我怕她是病入膏肓，还没来得及躲远，就感到一阵眩晕，空中的白雪已经密布黑夜。

“扑通”一声，我就坠入了月色。来不及呼救，身体就被折叠。寸头女人喊道，我们快逃！黑暗深处，是一座庞大的迷宫，我见到一张张屏风似的剪影闪过，构成了我们的过去、现在与未来。我如风般奔跑，飞也似的与无数文明的虚影擦肩，那里有建筑的轮廓，有劳作的农人，有奔走的商人，有生老病死，有罪恶滔天。人群渐渐壮大，堆积成了险峻的山脉。

我们一路疾驰向北，穿过密集的人的河流，又冒冒失失跌入白昼，赤脚爬上布满石头的山坡。一只饱经风霜的手，指引着我继续奔跑。我看到她的背后，是恢宏壮丽的布达拉宫。无数的藏袍在虔诚朝拜，将身体与大地融为一体。她对我说，通往现世的通道只有这一个。

我彻底迷失在了稀薄的空气里。但这一切，都没有限制我的奔跑。我只有一个念头，就是回到北京去。没有翅膀，没有道路，像是被抛弃在了人群之外，成了耻辱的旁观者。而我终于成了我，大地的尽头是如纸的黑夜，五月的女主人在等我回去，那里的雪下得更大了。

原载于《散文》2019 年第 9 期

遇见嘎松杰

一

嘎松杰很灵巧，从他跳上病床，躺下身，架起腿的几个动作，我就看得出来。他一定擅长攀缘，甚至可以从一个树冠跳跃到另一个树冠，却不折损一根树枝。就像一道弱小的、但不朽的光，每一个关节都可以随意弯折。从他黝黑的皮肤上，我遇见了高原上巨轮的太阳。阳光在两腮燃烧过，腾起两片火红的云朵。他腼腆地笑了，宛如雨滴落在瓦檐上的清脆。大雨过后，两朵云显得格外娇艳，上面点缀着两颗黑亮的宝石，正透出狡黠的宝光。我避开了他的眼睛，因为会疑惑、会羞愧、会艳羡。九岁的嘎松杰是无畏的，他从藏地赶来北京，就是为了驱除虫祸。无法想象的是，在他的肝右叶上有一颗苹果大的虫囊。

病房里光影倾斜，每一扇窗都凝成一粒砂。窗外的城池正笼罩在一片雾霾中，一轮浅浅的光晕若隐若现，所有的生命都在暖流中翻动身体。嘎松杰也翻了身，正迎上父亲的无限温柔。目光如火苗攒动，瘦癯的男人宛如烛台。他们相顾无言，我想，父亲的慈悲在更宽广的时间里，并在狭小的空间里不断折叠，拉近彼此的距离。男人生而不同，头发一簇簇地盘旋生长，宛如佛陀的螺发，颔首低眉间，竟有无限庄严。我不知道在这场虫祸中，是人战胜了恶，剩下了空乏的皮囊，还是虫吞食了善，修成了人的形状。男人凝固在嘎松杰身边，好似盛放舍利的塔。塔尖上的蝴蝶正随风摇曳，没有人可以浸润他的心田。

在北京的喧嚣声中，男人遗失了月光，遗失了春天，遗失了广袤的大地。他长久地沉默着，成了时间的容器。原本知道男孩要手术，他从藏地割了牛肉，试图以血肉滋补血肉。生肉蘸了盐巴，是不可多得的美食。可就在飞机轰然着陆的瞬间，肉就立马变了质，弥散出古怪的气味。从那一刻起，男人就患上了失语症。

这个世界无法被预判，即便是我，也是盲流的一部分。我制定规则也遵循规则，可也会失去对话的能力。面对嘎松杰的父亲，我所能够记录下来的，无非是沉默的长度，以及那些空旷的杂音。他选择对我笑。我也对他笑。在低垂的天空下，我们不约而同地俯下头颅，望向大地上慌乱的人群。我们心中都藏着不可告人的秘密。

手术前的嘎松杰，颇有些闲情逸致。可一想到，躺在彼处的若是我，心脏就成了攥紧的拳头。我试图保持距离，仿佛那些看不见的寄生虫也在我的身体里，转化着我的骨与肉，筑起边界不明的巢穴。我们无法预测或躲避平淡中降临的厄运，无论我是多么小心翼翼。可藏在角落的我，又像破旧的拉线木偶，多么渴望被注视，找到牵扯生命的若干线索。嘎松杰的目光，如同树林里的麻雀，总是谨小慎微，又毫不经意般掠过。我的视线却停留在了他那条柠檬黄的睡裤上。在晦暗的画面里，似乎需要这样一抹色彩刺痛我。

昨夜，嘎松杰想念母亲，毫无征兆地号啕大哭。面对病房里旁人的目光，他的父亲手足无措。男人愈发沉默一点，他的孩子就愈发高亢一些。嘎松杰就是要和父亲的沉默针锋相对。清晨，他的父亲从牛皮纸信封里掏出手机，手机上套着塑料壳，上面分明印着演员宋仲基。嘎松杰要和母亲通视频，但是又没有成功。他抱着小小的手机，小小的光投射在脸上，就像一扇小小的门。但是小小的门，不允许小小的他进入。手机里面一个小游戏，很快就让他模糊了母亲的轮廓。时间一点点被杀死，嘎松杰却毫无防备。

我仿佛看见，远方的女人正躬身推开木门，迎来了高原上雄壮的太阳。嘎松杰在进入手术室的瞬间，忽然撕心裂肺地呼喊了母亲。他终于想起来了，还没来得及和她道别，没能再抱抱她，闻闻她的味道。而此时此刻他怀抱着的，是医生送的玩具火车。这是屡试不爽的把戏，麻醉剂迅速占领意识的高地，一个哈欠后就坠入了梦乡。

二

四张不动声色的脸孔，大山回响般面面相觑。事实上，这是我们第一次碰面，还显得有些拘谨。说到底，嘎松杰是与我毫不相干的小孩儿。我不过是要完成一篇新闻报道罢了，关于虫祸与拯救，篇幅不会太长，也没有一波三折。我只是愿意相信，在眼睛与纸笔之间，悬浮着无法赘述的真相。它会启发我，甚至弥补我。

看到男孩明净的面庞，其实我的内心是动摇的。似乎总有一些毫不相干的人，会让我耿耿于怀。嘎松杰就是这样的人——他同我见过的城市小孩儿不大一样，就像一颗不起眼的野果，藏着无人问津的甜。我们拥有截然不同的生命形态，他是被放养的，我是被驯养的。而我坚信，在教化的过程中，存在着不可名状的恶。

我身旁的大叔是公益项目的组织者。他微微隆起的小腹是圆润的，头发和胡须是圆润的，说话的腔调是圆润的，人际关系大抵也是圆润的。就像经年抚润的鹅卵石，身上裹着细腻动人的花纹。他简直无懈可击，我甚至相信，纵然是在诸多冲撞的过程中，他也可以保持风度而不失幽默。

他要拍一部纪录片，摄像组全程跟踪，从西藏一路到北京。作为官方的公益行为，这台手术不容有失。前几日，有医学专家判断，嘎松杰的疾病或有一半概率不是包虫病。若是切开肚皮，取出的不是虫囊，岂不让人啼笑皆非。一连几日，大叔夜不能寐，生怕嘎松杰没有患病。他对我讲述这些的时候，头皮上蹭蹭窜出一片亮晶晶的白发。

扎西来自嘎松杰的故乡，是当地的政府官员，也是我们的翻译官。扎西的皮肤很美，是无限接近黑夜的黄昏，古铜色的山脉上刻着青色的符文。宛如把这些隐秘的符号，一个音节一个音节地点亮，他可以慢条斯理地叙述，无论是多么愚蠢的问题，都可以给出最笃定的答案。扎西的脑袋里有辆吉普车，我却不知道它会驰骋到哪。在遥远的小县城，扎西还有另一重身份，就是寺庙的管理者。临行前，扎西嘱咐嘎松杰一家，要想来北京治疗，就要禁止任何形式的占卜。扎西说这句话的时候，显得有点不近人情，甚至还有些独断专行。

男人在来北京之前，为了登机需要，才拥有了人生的第一张证件——身份证。我忽然觉得，这个来历不明的男人如此遥远。扎西在透露这些的时候，没有丝毫顾虑和遮掩。我看向男人，他的嘴角如弯弯的月牙，或许那不是微笑，只是刚刚学会的伪装。这让他显得更加神秘了。原来，他就是传说中走婚的男人，甚至也没有户口。谁也不知道这个男人会不会有一天抛妻弃子，就这样消失在茫茫荒野。

扎西说，嘎松杰也不是他的亲生儿子，没有人知道男孩的生父到底是谁。这一刻，在我心中塑造的，病床前温暖的父子关系忽然崩塌，我不知道血缘之外，他们情感的纽带有多牢靠。我只是用世俗人的眼光，世俗地妄加猜测了。

三

他不是天外来客，但他来的时候，周身披着星辰和露水。他的胸口如山峦起伏，密林中藏着野兽的眼睛，以及白色的鸟。一阵风撞乱了遐想，幽深的倦意陡然升起，草木有节律地刷刷作响。他忽然灵敏地挪移起来，就在念头与念头之间，找到了光的甬道。

没有比一个女人更稳妥的了。作为一个冒昧的入侵者，他有意外的收获。油灯上的光影里，飘出了女人身上特有的芬芳。她穿着宽松素色袍子，头发正凌乱地散开。很显然，有些表达，只需要一个眼神，或是一个唇语，就让房间慌乱连连。一瞬间的错愕过后，女人读懂了他的渴望。一个挖虫草的撞运人罢了。她慵懒的神情充满寓意，缠绕到了有些干瘪的男人，并滋养了他。他活像一头需要被安抚的野兽，眼睛里闪着渴求的光。喉咙里发出了撕裂的音节，太久没有与人对话，舌头竟变得笨拙起来。她听得不甚清楚，但不愿多生枝节，任何声音都会打破夜晚的秩序，会让她生出驱逐的念头。

短暂的目光交接，他就断定了，她不会拒绝自己。他把脚步放得缓而轻，并掷地有声地说，我需要你，以及一些食物。一个句子就这样破碎掉了，勾来了弥散的情欲。女人嗅到了野蛮人的气味，所有的触角都荡漾起来。她仿佛被当作了猎物一样，身体无法控制地颤抖。

夜晚太过漫长，漫长到身体自然而然就爱上了自由。她忽然想起了嘎松杰的父亲，一个同样踩着月光而来，摸着日光而去的男人。他们的样子逐渐融合，勾勒出相似的轮廓，散发出同样的气味。男人大抵如此，吸收着光芒长大，并在秋天里舞蹈，散发出成熟的信号。

皮肤上仿佛长满了春的花蕾，每一次触碰都连片地盛开。这让她回到了少女的模样。爱欲释放了自由，也打破了边界，大地上再没有束缚，只剩下无穷无尽的苍茫的回响。她理所当然地嗅到了一丝危机，但爱欲让她彻底沉沦。

熟睡中男孩呼吸均匀，全然不知道屋子里发生着什么。男孩在充满情欲的房间里，甚至会更加茁壮地生长。他会逐渐挖掘出身体的奥秘，变成和他一样的男人。一场突如其来的性爱，让夜晚燃起了篝火。

她的身体里，一只白色的鸟腾空而起。透过鸟的眼睛，她得到了神的指引。鸟衔来一颗金光灿灿的种子，散发着耀眼的光芒，大地从黑暗中挣脱，一切回到了最初的模样——劳作与生存，生长与衰老。她用馨香的酥油茶，再次唤醒嘎松杰的一天。

四

他赤脚穿着一双廉价的塑胶拖鞋，每一根脚趾都令我不敢直视，我害怕他的脚趾会跳舞。我总是分心在无关紧要的事情上。关于那些旖旎的幻想，我乐此不疲，又感到羞耻。月亮、云彩、树木，都在大地上疾走，越过山川与河流，抵达未可知的秘境。如果我是那个男人，或许能体验到不一样的生命感，我隐隐有些羡慕。

这时候，是扎西打破了寂静，他试图给男人的沉默做一些注解。他说，其实男人什么都听得懂。若是把他丢在北京的大商场，即便是在语言不通的状况下，也可以完成指定的购物。我完全能够想象到这滑稽的场景，甚至见到了售货员谨慎的目光。而与他相比，扎西简直就是无所不能的存在。我相信他拿着一卡通，可以比我还轻车熟路。

手术进入到最后的缝合阶段，摄像师走出手术室。我总觉得，他的身上飘荡着令人恐惧的气味。他记录下了手术的重要环节，并一张张翻阅给我们看。我躲开了那些血肉模糊的画面，但这似乎吸引了男人的注意，使得他越凑越近。你瞧，这就是刚割下来的虫囊，直径有十厘米。当摄影师描述这颗危险的炸弹时，男人频频点头，表示认可，脸上挂着懵懂的笑。他的兴致昂扬让我感到鄙夷，但又或许是我太过小题大做了。

扎西看了看手表，说时间差不多了，哈达已经备好了。我们让男人等待在手术室外，迎接医生的到来。嘎松杰被推出手术室的瞬间，男人一气呵成，就这样穿着塑胶拖鞋，噼里啪啦地走上前，将洁白的哈达献上，并合十鞠躬。哈达的使用礼仪，似乎已经根植在了男人的血脉里，竟然如此娴熟自然。我在医生的脸上看到了尴尬。他对着摄像机，开始描述嘎松杰的情况，手术很成功，出血量非常小，虽然手术很难，但对于我们来说实属平常。再观察两三天，嘎松杰就可以出院了。这一刻，我为嘎松杰，也为大叔松了一口气。

就在这时候，大叔说，我们的画面可以了，只是献哈达的环节不够理想，我们再来一次。扎西自然而然地去沟通，告诉男人如何走位，男人点点头。医生退回手术室，电动门再次打开。男人重新走上前，第二次表达他的感激之情。拍摄可以不断重复，直到每一个表情都符合预期。男人就这样被指挥着，将一个又一个的哈达献出。

麻醉中未苏醒的男孩变得黯淡无光。宛如这座城市里的天光，以及庸庸碌碌的我。后来，我也不知道嘎松杰被送到了哪里，这似乎已经不大重要了。嘎松杰的肝脏被切掉了一部分，但是还会再生一部分吧。他还是他，但又不像是他了。下班的时间到了，我也该回家了。我和摄影师约在医院附近，喝了一杯拿铁。然后我就投身到人流里，再也分不清彼此其他。

手术过后的一个星期，在天安门前，嘎松杰穿上了新做的藏袍。宽松的藏袍让他显得有些缩水。合影过后，我试图去摸他的脸，他自然而然地躲开了。我抬起头，恍惚看见了一个古老王朝的兴衰。这一天，檐角飞扬，阳光刚刚好。在历史与文明当中，从纸张与机械之间，我失去了野性。我不知道这一场虫祸，是否会给他们埋下文明的种子。

原载于《湖南文学》2017 年第 8 期

刘家旸 汉族，共产党员。1992 年生于内蒙古呼和浩特，呼和浩特市作协会员，现于北京从事民航工作。2004 年起陆续发表文学、新闻作品，散见于《中国民航报》《草原》《呼和浩特日报》《北方新报》《大学生》等，创作共计 20 万字。

十年，我不在家

二〇〇八—二〇一八，我不在家，过着“群居”生活的十年。

二〇〇八—二〇一一，高中，住校。

学校和家的距离，也就六公里左右，公交车大概要四十分钟。现在看来似乎并没有多远，但对于那时的我，却是最远的距离。

正式入驻 509 宿舍，是二〇〇八年八月八日，北京奥运会开幕的那天，只能通过一部传家诺基亚手机自带的收音机听听消息。

那是一个炎热的秋天，陌生的环境，还在研读“五年中考·三年模拟”的尖子生室友，厚厚的冬用棉被，让我独自流泪到天明。

好在，第二天学校的安排只有一上午，是新生入学教育活动。凭借一双一直流泪且红肿无比的眼睛熬到解散，直奔宿舍，用一个塑料袋收拾起前一天刚刚摆放出来的洗发水、沐浴露、洗面奶，以及大包小包的家当，坐上了回家的 38 路公交车。

见到我妈的第一句话是：“我不住校了！”

而且眼泪还在流淌，算一算，已经哭了一夜加一整个上午。

我妈倒是厉害：“决定好不住了，是吧？每天跑校，风雨无阻，但宿舍退了可就再没机会了！”

经历一番冷静思索，并夹杂着一些对“自由”的向往，最终还是拎着塑料袋和大包小包，灰溜溜滚回学校，开启了人生第一次住校生活。

后来还哭吗？当然会哭！而且据我后期打探得知，当天我妈送我到学校，一个人在学校门前的桥边徘徊了好长时间，而且我妈也在家偷着哭，只是嘴硬不说。

高中食堂，几乎一成不变的饭菜，严密的校门看守，让我们的味蕾充满对外界的无限渴望。说也奇怪，每逢暴雨，学校必会停电，晚自习没法上，我们只好摸黑混进雨中的人群，躲开宿管老师灼热的视线，蹚着水，飞奔到胖胖麻辣烫，来一碗美梦成真。当然最被期待的，还是我妈骑半个多小时自行车送来校门口的鱼香肉丝，还有热得烫嘴的米饭。

在一切以学业为重的大背景下，每周末拥有一次回家机会。那是感受放学路上的机会，是改善伙食的机会，是玩 QQ 飞车的机会。就这样，过了三年，高中毕业，几乎已经适应了住校生活，于是想给自己来一个更厉害的，异地住校。

二〇一一—二〇一五，大学，天津。

大学到家的距离，是开差不多十一个小时的 K886 次列车，是大麻花与牛肉干，是只有冬夏，再无春秋。

虽然我很爱我的母校，但不得不说，住宿条件真的是……令人十分想念高中的马桶，还有不会掉木屑的衣柜和书桌，还有自带坐垫的凳子。

是我爸送我去学校的。在 K886 次列车的某卧铺车厢里，我爸打着呼噜，而我则兴奋地和陌生的人们激烈会谈。这与两三年后在下铺装冷酷而坐过站的我，形成了鲜明对比。

我爸和我把宿舍简单安顿一下，我俩就去食堂吃饭了。那时候觉得宿舍去食堂的路真远，可后来觉得，简直不能再近。

虽然有高中三年的铺垫，也还是没能止住思念、不舍与悲伤。每次从家去车站的路上，都会在以四十五度角看向窗外的时候默默流泪，会在过安检的瞬间流泪，会在东站长长的扶梯上流泪，会在卧铺上流泪，会在回学校的 666 公交上流泪，会躺在自己的小床上流泪。爱哭的人真是可怕，像我这么爱哭，简直就是可爱至极。

大学的食堂让人十分满意，促使我刚毕业的两年常回学校的原因之一，就是食堂那些美味。感觉大学的食堂是成功的，要想留住一个学子的心，就要先俘虏她的胃。

大学住校的一个飞跃，就是各种衣服都要自己洗；毕竟不像高中，周末还可以把脏衣服带回家。虽然后来宿舍楼里有了投币洗衣机，但是并不想用，于是就这样手洗了四年衣服，宿舍买的甩干机，没用多久就夭折了。为啥不买洗衣机呢？因为觉得买了洗衣机就会变懒惰，连衣服都不自己洗，简直……可耻！现在想想挺可笑。

因为课程相对于高中要轻松一些，所以有很多时间都是宅在宿舍度过的。勤快的室友早上六点多就自然醒，躺到七点多出去买早餐，几分钟以后，就会提供送饭到床服务。同样，午餐也会帮我们送到床。为了避免太过于颓废，我们会在下午起身去澡堂洗个澡，有时快到洗个澡只花了几毛钱。洗完澡买个鸡肉卷，回去泡杯茶，就是晚餐没错了。然后，经过一番思想斗争，说不定会去自习室坐坐。

大三，“误入”骑行社，买了一辆山地车，不骑的时候就放在宿舍。

宿舍是四人间，上床下桌，和高中一样，但面积明显小很多。如此，还放一辆自行车，导致每天上床的时候，都要先迈过自行车车座，才能把脚放在床梯上。在骑车的激情退去后，自行车变成了衣架，车把上挂着包、衣服，车座上搭着裤子，别的地方落满灰尘；和后来它被我带到北京的境遇是一样的。

再后来，全身心投入到社团活动中，在宿舍的时间也就越来越少了。所以毕业的时候，刻意最后一个离开，把房间收拾得尽量整洁。

二〇一五，夏，海口，短暂的两个月。

因工作需要，必须在海口待一段时间，但待多久，说不准，所以房子不好租。

不过运气好，绕了几圈，竟然找到一个姐姐，她刚好夏天在老家，房子空出来，可以短租。房租也不贵，但现在确实有点想不起来，是我妈隔山跨海托了什么关系，才给我找到的房子。

和同批入职的一个姑娘搭伴，搬到了各类家具、厨具、生活用品应有尽有，甚至还有一辆在海口算得上出行明星的电动车的短租房内，开启一段新生活。

房子是一居室，一张并不算大的双人床，俩人只能凑合睡在上面，晚上抬胳膊，不小心还会碰到对方的头。

尽管前路未知，但还是无法抵抗厨房的诱惑。

每天下班，骑着电动车，载着同住的姑娘，前往国兴大道的大润发，一番采买过后，就开始回去做实验。为什么说做实验？因为做饭这件事，对那时候的我们来说，就是纸上谈兵，一切经验都还停留在味觉与记忆当中。

好像每天下班后就是逛超市、做晚饭、做第二天的午饭、洗澡、睡觉。走完这一套流程，基本就十二点左右了。顶着一头永远吹不干的头发，开着空调，听着旁边人的呼吸尝试入睡。我俩似乎还商量过睡觉的时候怎么翻身，毕竟一不留神，就可能彼此脸碰鼻子了。

那段日子，时间过得飞快，好像前一天还在厨房里“实验”到深夜，第二天，就脚踏首都大地了。

那是入秋不久的九月的北京。

二〇一五年九月—二〇一八年三月，北京，鸟语花香的养老院。

刚来北京，住所是某期 2408，类似于普通酒店的标间，福利房待遇。独立卫浴，两张并排放着的床，有电视，有一过飞机就断掉的无线网。没有厨房，没有洗衣机，没有晾衣竿。

经过一番改造，把一张床横过来靠墙，腾出地方铺一张小地毯，再放一张小桌子，就出来一个迷你客厅。从家背到海口又背到北京的学生小电锅，加上一台小烤箱，还有在海口买来的不能丢掉的饭碗，配以一些筷子、勺子，就打造出厨房区域。厨具收起来以后，同一张桌子上摆上纸笔、书籍、电脑，瞬间又拥有了书房。所以，我会笑称自己住的是两室一厅一厨一卫一书房。

大学毕业时，托已经在北京工作的陈师傅把自行车提前带到北京，后来陈师傅又帮我把车送到住处，但是忘记带我的头盔。自行车又一次充当起晾衣竿的角色，当然也偶尔会骑出去逛个超市，但北京那两年的空气极差，所以，骑出去的机会也极少。而我的头盔，大概是在两年后，我们再一次见面的时候才拿到。

住在2408，觉得像在一个与世无争的养老院。前面的两年基本没有室友，自己在的时候，就尽量让生活看起来充实一些。在一个理论上不能做饭的环境里，烤饼干，做泡菜，烤排骨，做面条。有时会为了去东直门地铁站买十块钱一束的鲜花，而坐一个多小时的公交车。

也会在刚过完春节回来的第一天，受不了屋子里的孤寂，再去东直门，骑着共享单车，穿过小龙虾味的簋街，路过北海，路过鼓楼，路过故宫，路过长安街，路过天安门，再坐上充满难以言表之味道的公交车，晃一个多小时，回到养老院。

再孤寂的时候，两天的周末，会选择京津城际回天津，回到大学校园里，寻找青春的尾巴。超过两天的假期，就坐飞机回家，补充各种能量。后来，终于又来了一个室友，也是堕落的开始。

那是刚卸载王者荣耀的第一天，王老师搬进了我的屋子，带着她对峡谷独有的热情、激情。那也是CUBA的季节，无奈房间网络太差，流量又用不起，于是第二天，组织了我们房间的第一场团建活动——星巴克蹭网计划。可是，星巴克的网同样让人失望，看直播依旧磕磕绊绊，而室友王老师却聚精会神地在峡谷里驰骋。为了促进室友之间的快速融合，我只好用流量重新下载回王者荣耀。

峡谷是促进友谊的好地方，玩了没多久，王老师就变成了我的“女儿”。

妈咪带着女儿，打了差不多十个月王者后，我们包了一辆小货车，告别2408两室一厅，搬家了。

这期间，我的公众号几乎荒废。当然，这期间，不只沉迷了峡谷，还沉迷了吃鸡，还给自己起了很浮夸的名字——习惯吃鸡之神。

二〇一八年三月—?

时隔九年七个月，终于，再一次有了自己的独立卧室，虽然还是租来的房子。这次是真的有了客厅和厨房，还有冰箱、洗衣机、好用的无线网。相比二〇一五年九月，从海口来北京时的一个行李箱，这次搬家简直搬到腰痛，但内心是欢喜的。

尽管有了属于自己的空间，但万万没想到，每天下班回家，爱吃的我，还是一头扎进厨房，煎炒烹炸带凉拌，除了做晚饭，还做第二天的午饭。我甚至有过一个新奇的想法，不如住在厨房，把卧室出租挣点伙食费。但考虑到菜谱总有枯竭的一天，算了，还是要把自己的房间保住。

还有六个月满十年，离开家的十年。

日子真是过得飞快，十年这个概念，是今年春节看到一张压岁钱存单想起来的。

二〇〇八年存的定期，竟然满十年了。

想想小时候，我是最离不开家的那一个，即便偶尔因特殊原因被我妈留在姥姥家，但总是会哭到被姥姥背着遣送回家。当然，我是独自流泪默默哭，看起来一定让人很心疼。现在呢，却已经适应了这样的离家生活。

至于未来会怎样，前路漫漫，边走边看。

我不知道，也不想知道。

原载于《草原》2018 年第 11 期

无座的火车

周五早上，我妈发来一杯砖茶水的照片，一根茶叶棍儿傲立其间，“你爸说，这是家里要来客人。”没错，这是他第一次去我家。

适逢北京的雨季，航班取消的概率有多大，在航空公司工作的我再清楚不过。午休后，天越来越阴，内心的忐忑也犹如窗外的乌云一般，愈渐密集。随手在系统里查了一下航班状态，发现信息消失了。或许是公司系统故障？又打开航旅纵横，晚上 21：40 起飞的 HU7175 航班确实取消了。

脑袋里“嗡”的一下，仿佛看到了下班后的自己，拖着行李箱，沮丧地回到租来的小窝，呆呆躺在床上，为第二天的航班继续担忧的样子。也想到父母肯定会安慰我，没事儿，大不了明天晚上再回。虽说这次休假足足有九天，但情况特殊，一秒钟都不想浪费。打开窗，伸手感受一下早已来袭的暴雨，听着轰轰雷声，迅速冷静下来，思考解决方案。同事们纷纷出主意，赶紧去机场坐大巴，赶紧看看有没有顺风车，赶紧翘班去火车站，或者明天再回吧……周五的下午，总是上班族最兴奋的时间。综合考虑，暴雨天长途行车危险系数太高，决定挑战火车。

得知航班取消，他也毫不犹豫地同意我选择火车的决定。人们对铁路的依赖程度，从来不能低估，尤其是暑运期间。

北京—呼和浩特的十几趟列车，在我做出决定的下午三点，只有两趟还有票，是和硬座一样价格的“无座”。同事担心我们无法承受十来个小时的无座煎熬，又开始新一轮建议，从天津走，去大同中转，或者干脆第二天再走。回家心切的我，最终坚持了“无座”这个选项，能最快、最安全地到家，什么困难都可以克服。谁知说话间，稍早那趟K89的无座票已售罄，只能紧紧抓住最后的稻草——当晚23：43发车的K885，历时九小时二十四分钟到达呼和浩特。此刻竟产生了一丝亲切感，突然想起上大学时，每次从呼和浩特回天津，坐的就是K885的返程车次K886。

买好票后，再次平静心情，在办公室就地取材，往行李箱里塞了两个轻便坐垫，往环保袋里塞了一条空调毯，把所有电子设备充好电，下载几集电视剧，准备迎战即将到来的漫漫长夜。

四点半的瓢泼大雨中，我拉着行李箱，背着环保袋，下半身几乎湿透地赶上了班车。我发出当天第一条朋友圈，“风雨无阻的坚强美少女即将上线”。那场暴雨，似乎只光顾了机场圈，车刚驶离机场高速，就只见毛毛细雨。到市区后，我又发了一条朋友圈：“如果在市区收到航班取消的消息，我都不敢相信。这岁月静好的样子，谁能想到机场都要发洪水了呢。”

每到周五，北京的路况是极差的，从机场到阜成门，三十多公里的距离，走了两个多小时。我被车上的空调冻得够呛，只想来碗热乎的汤面。会合后，我们在月坛附近一家高人气的面店，点了两大碗大同传统猪肉刀削面，还有我最爱的泡菜。只可惜，人心里有事的时候，胃口实在是不好，辜负了那美味。九点多，市区也下起淅沥的小雨，我们早早前往北京站。下午买好车票后，我还抽空和在铁路工作的同学以及曾经体验过无座的室友讨教了经验。他们说，一定要冲到最前面，第一个上车，找到列车长，排队补票，说不定能补到卧铺。

富有年代感的北京站，几乎没个落脚的地方。候车的人们，像露营一样，带着野餐垫，坐着、躺着、玩闹着，有孩子的啼哭声，有中年男人的呼噜声，有人焦躁不安，有人双目无神，但嘈杂却从未停止过。我曾经跨过山和大海，也终于跨过了人山人海，挤到了检票口，暂时排在第二排的位置。此时距离发车还有差不多一小时，为了早点儿冲进去补票，多站一会儿又怎样呢？更何况，环顾四周，根本没有地方可以坐。通往站台的暗红色大门被一把黄铜锁头和铁链紧锁，看起来让人感到绝望。不知前排的人们，是否也只买到了无座票，且拥有和我们一样的“战略”。旁边的小哥沉浸在手机里的三俗短视频中，音量足以传到方圆几米。空气中弥漫着难以描述的味道，孩子妈席地而坐，任由孩子翻滚。“让一下，让一下”，推着婴儿车的中年男人，试图穿越又长又宽、若有似无的队伍，后面还跟着他媳妇，抱着另一个孩子。置身这恶劣的环境，连转个身、活动活动筋骨都困难，我的双腿双脚早已酸痛浮肿。

肉体上的痛苦可以忍，但精神上的折磨很难忍。短视频小哥越看越起劲，还时不时笑到抖动。我试着融入，很刻意地往小哥屏幕上瞅，以为和噪音处在同一节奏里，就会麻木。小哥偷偷抬眼看了我一下，但并没有调低音量或戴上耳机的意思。果然，那类短视频从不会让我失望，还没等麻木，我就忍不住略显大声、故意地说了一句：“好吵啊。”小哥终于收到我的信号，调低音量，结束这场小噩梦。很快，我就后悔了，感觉没了“精神支柱”，没了“斗争”的对象。无心刷微博，无心玩游戏，百无聊赖。抬头看了一眼电子屏，我竟“惊喜”地发现，K885 延误了近一小时。想问问情况，可放眼望去，茫茫人海中，几乎不见工作人员的身影。

身后散漫的队伍突然集体看向电子屏，我问他，“他们为啥都在看这个啊？”“不知道，别管那些无聊的人。”“无聊的人”，这仿佛在呼唤我的名字，于是我也跟风，抬头看了一眼，竟又发现 K885 干脆直接消失了。就在告诉他的同时，我又看到“K885（天津—兰州）”几个大字出现在旁边检票口电子屏上，于是赶紧推着他，佯装淡定地快速前往，心想着“一定要冲到最前面！一定要！”努力没有白费，我们以绝对的优势，再次占据前排，但检票口的铁栅栏上，还有雷打不动的几位。我又灵机一动，他们会不会还不知道，自己的检票口和我们互换了？于是，我开始新一轮行动，再次略显大声、故意地说了一句“哎呀，泰安的车怎么换到那边去了！”果然，前排大爷听到我的“提醒”，急忙脱离铁栅栏，带着行李走了。我们“得到”象征希望的铁栅栏，距离成功补票又近一步。

铁锁、铁链终于打开，我空手跑下扶梯，他拎着两个行李箱殿后。扶梯尽头，有位肚子圆滚滚、操着一口纯正天津口音的大哥，抽着一支烟，胳膊上戴着象征身份的标志——列车长。“您好，能补票吗？”“补不了，没戏。”“那能排队吗？”“排队也没用，天津上来的已经排了几十个了！”“餐车呢？”“餐车早就满了！”有些沮丧，但缜密的“作战方针”迅速重新占据我的大脑。检票前我俩商量好，我负责找列车长补票，他负责先跑上车厢，占据有利于站立的地形，做好两手准备。我在列车长这里碰了壁，只好急忙跑着追赶第二分队的他。路过餐车时，朝里看了一眼，座位上的人呆呆地望着窗外，或是手扶额头、头发有些凌乱地睡着。再看一眼餐车地上，大家都一副已经坐了很久的样子。

我们算是进入车厢比较早的，放行李的工夫，车厢里瞬间水泄不通，我们被后边上来的人挤到两个空座位旁边。面对这巨大诱惑，“作战方针”早已抛诸脑后，我们已经站了两个多小时，根本无法拒绝能坐着的机会。放眼望去，车厢里已经没有立足之地，乘客还是源源不断地涌入。在狭窄过道中，艰难挪动的人大抵分为两种，有座的和无座的。有座的，一定是边走边看向车厢壁上的座位号，看一眼座位号，再和手里的车票比对一下，再看一眼座位号，再看一眼座位上坐着的人，“不好意思，这是我的座位”；无座的，他们的目光不断在车厢里巡视，却很难拥有焦点。双手将红色复古行李箱举过头顶的老大爷，带着他的孙女，把行李放在我们上方的行李架上，紧接着从上衣兜掏出车票，开始走流程，我们讪讪地自觉让位。“不好意思啊”，占座的和被占座的都习惯说这么一句。

这时已经没有适合站立的好位置了，我勉强站在三连座的小桌子旁边，双脚夹着无处安放的环保袋，他站在过道里，被路过的人挤来挤去。很庆幸，进站前把坐垫也放进环保袋，照眼前这架势，几乎没法打开行李箱。站着的人都像没了神儿一样，静止发呆，四处观望；坐着的也很痛苦，面前站满了人，占据着仅有的空间，他们只能侧过脸，或者低头看着手机。人们都盼望听到火车开动的声音，让这难熬的时间早点儿动起来。

车厢接头的位置，有一片空地，两个中年大哥躺在那儿，仿佛置身幸福的乌托邦，任由他人经过，直到几个大姐带着马扎出现。她们你一句我一句地说着方言，频率很快，不知怎么的，就把他俩挤得靠墙坐了起来。她们一个挨一个地摆好马扎，像小学生开运动会一样端坐在他俩前面，稍微一动就会碰到第一排座位上的人。两个大哥也毫不示弱，伸直双腿，双臂交叉，面带微笑，随她们在那里抱怨，再没多让出一点儿空间。后来，最靠近过道的一个大姐，被路过的瘦高男孩不小心踩到，疼得一声叫，“哎呀！你踩到我‘脚豆儿’了！你必须给我道歉！”躁动的车厢立马安静，本以为会发生争吵，谁知大姐的态度突然转变，“道歉我就原谅你”。男孩道了歉，大姐又说“大家都是出门在外，挤在这儿不容易，我原谅你了！”人们笑着赞同。可是，“脚豆儿”究竟是哪里？

火车终于开动，人们开始流动，寻找合适的位置驻扎。我们好不容易挤到车厢中部，竟意外收获一小片空地。和设想的一样，把垫子放地上，坐在过道里，刚好可以靠着别人椅背的侧面，腿还能在座椅下面伸直。身高一米六五的我，轻松坐好，一米八几的他却略显艰难，整个人仿佛折叠在那里，只得再次起身，重新“摆放”自己。一个背着皮包的壮实大哥，带着迷你马扎，几经张望，确认没有更好的地盘儿后，很客气地坐在了我旁边，和他困在另一头的哥们儿，隔山跨海地聊了几句，就趴在膝盖上开始睡觉。那一晚，他几乎没怎么动过。

没想到，常年位居火车流行语榜首的“不好意思，麻烦让一让”这么快就来了。人们大概都已安顿好，于是开始接热水、上厕所、探亲访友、活动筋骨……好在时间已晚，没人端着泡面碗来回走动。每有人经过，就会掀起一阵“人浪”，坐在地上的、马扎上的，一个接一个站起来又坐下，过不了多久又要重复。再后来，人们懒得动了，任由要经过的人从自己身上跨过去、蹭过去，只要别踢到脸就行。也有人干脆一直站着，等待那不知何时才能恢复的平静。深知往返厕所的不易，我们几乎没喝水，考虑到还要煎熬一夜，就索性让他也去接一杯热水，以备不时之需。他带着水杯出发了，深一脚浅一脚地，跨越重重障碍，去了很久。他说太难了，地上都是人，门口那里挤得动都动不了，差点儿回不来。

夜里一点多，车厢逐渐平静。我们再次把自己“摆放”好，拿出平板电脑，开始嗑瓜子、看电视剧。看了一会儿，始终没法投入剧情中，却因自己的窘迫笑出声。没想到，平时闻不得一丝异味的我，竟能在如此恶劣的环境中，吃得津津有味。我们干脆关掉电视剧，想象卧铺车厢的景象，灯熄了，人们盖着棉被，舒服地入睡。而我们在的地方，灯火通明，人们相互依偎，或独自煎熬。

一对夫妻，只买到一张坐票。男的高大魁梧，坐在座位上，女的穿着白色短裙，坐在铺在地上的折叠伞上。想到空调毯暂时还没派上用场，我就把坐垫借给她，我坐在折好的空调毯上。那感觉不太好，相比扁平的坐垫，空调毯有些厚，双腿不能很好地舒展，好人难做啊。车厢里的温度越来越低，那位被我支援了坐垫的大姐却睡得正香。不忍打扰她，我把背包放在腿上、把环保袋盖在腿上、用手不断搓腿，尝试各种办法取暖，最后还是冻到腿疼。毕竟原以为只需要坐一小时飞机就可以到家，所以我也穿了短裤。终于，大姐短暂地醒了一下，趁这工夫，我满怀歉意地要回坐垫，用空调毯裹紧自己。她的丈夫也终于把她抱在怀里，俩人挤在一个座位上。

年轻的女列车员突然出现，指着车厢后部的门说，张家口南马上就要到了，正点，只能从那个门下车啊。难得的平静再次被一阵骚动打破，我们还没来得及合眼。K 字头的列车，在晚点一个多小时出发的情况下还能正点到达，明显不现实。准备下车的半信半疑地站起来，无座的迅速接管空出来的座位，来了一场大轮换。人们好像经常坐这趟车，刚上车时都在说，会有很多人在张家口下车，而且半夜三更的，也不会有太多人上车。站着的“新人”们显得很焦虑，总是弯着腰往窗外看，尽管能看到的只有点点灯火。半个多小时后，还是没有望到他们期待的“张家口南”。他们抱怨，不该听列车员的，白白站了这么久。坐在别人座位上的我们，内心也很焦虑，扭头看向窗外，或者闭眼假寐，躲避那些犹豫是否要回到座位的目光。双方经历了一段时间的挣扎后，终于还是各归各位，我们又重新站起，心里竟觉得轻松不少。过道再次变得无法转身，一个很面生的大姐却不停歇地挤来挤去，我们仿佛置身北京早高峰的地铁中，背包、空调毯都随着她的走动而被撕拽着。

列车驶过张家口南，窗外已晨光微亮。车厢果然宽松不少，我们也拥有了来之不易的座位。他一秒入睡，我却突然饥饿难耐，大概是在寒冷的环境里消耗掉太多能量。姥姥常说，“四十里的莜面，三十里的糕，二十里的白面饿断腰”，晚上吃的半碗刀削面，想想看还真是这样。本想睡着就不饿了，但却被周围一阵阵奇特的味道搅扰得难以入眠。那味道有点儿像瓜子味儿，周围确实有人一颗接一颗地嗑着；也有点儿像胃里消化了一会儿的白酒味儿，但没有谁看起来像喝了酒的样子；最像的还是我最不愿接受的脚臭味儿。是那位赤脚大哥吗？他的脚放在鞋子外面，还十分警惕地用脚趾勾着鞋带。应该不是，毕竟我们在他旁边嗑瓜子的时候，什么都没闻到。试着调整呼吸节奏，以适应那气味散发的频率，调整了半天，像是邯郸学步，差点儿忘记自己的正常呼吸节奏。罢了，我又在鼻孔里塞上两团卫生纸，把空调毯蒙在头上，几乎快要窒息，但依旧无法抵御那气味。折腾半天，困意越来越少，饥饿感却越来越强。

放弃和恶气味的抗争，追上正巧急匆匆路过的列车员，“您好，请问有吃的吗？”“餐车都停餐了。”她有一点儿不耐烦。也是，列车员要在这漫漫长夜中，来回穿梭于几乎无处落脚的过道，更别提要吸入多少种气味：睡梦中的人们呼出的气味，赤着脚的人们散出的气味，靠寂寞香烟“续命”的人们制造的二手烟气味……“那有泡面卖吗？”“有，一碗儿六块，但是你得准备好零钱，我可没钱找给你。”“能扫码吗？”“不能。”一边在包里找零钱，一边快步跟着她。在找地摊儿老大爷买五毛钱的葱都可以扫码支付的时代，想从包里找到现金，真不容易。透过一片缭绕的烟雾，看到几个学生模样的男孩，堆坐在几个行李箱上。

我十分期待地问有没有零钱，他们把烟叼在嘴里，掏掏裤兜，只找出一张皱皱巴巴的一元纸币递给我，“对不起啊姐姐，真没有了”，我谢过他们的好意，继续追赶列车员。终于翻出了现金，不知道什么时候放了一张十块、一张二十的进去。列车员给我出主意，买碗儿泡面，配俩鸡蛋，正好十块。顺手把剩下的二十借给一个想买水的大哥，他给我微信转账。大概穿过一个车厢的工夫，手机才恢复信号，二十元到账。带着“战利品”走回座位的路上，感觉自己像极了一个荣归故里的战士。半路还被裸露在过道里的一双腿吓到，那人睡在座椅下面，光着脚，看起来毫无警惕性。这景象只在长辈口中听说过，可惜没见到睡在行李架上的。

凌晨四点半，我撕开一枚黝黑的卤蛋，除了一股劣质酱油的味道，几乎别无他味。若不是凑单，我绝不会买那样的卤蛋。面已泡好，但恶气味还在。摸索了一下它散发的频率，在它浓郁的时候憋气，在它褪去的时候吃面。饥不择食，说得真没错。填饱肚子，总算睡了一会儿。大同站过后，人又少了一些，我瘫倒在一个三连座上，坚挺一夜的腰终于可以舒展。我睡足之后，又换他来睡。这时已经早上八点多，距离到站还有两小时。列车员推着早餐车走来，小车里很简陋地垫着白色棉被，上面放着包子、馒头，还有一个不锈钢饭盒，一双竹筷子歪七扭八地插在咸菜丝里，看起来没什么食欲，价格也不便宜，好多人问过后都一脸惊讶地摇摇头。窗外阳光明媚，铁道旁的向日葵早已迫不及待，蠢蠢欲动。那一刻，我觉得我和它们很像，仿佛一株“向家葵”，向着家的方向，无所谓疲惫地奋力生长。

下车前，我们把一个坐垫送给一位父亲。他在天津打工，要先到呼和浩特，看看在内蒙古大学艺术学院学习美术的儿子，再顺便去他们租的房子做顿饭吃。他很喜欢做饭，儿子自幼失去母亲后，都是他独自拉扯大的，儿子虽然有些内向，但很懂事，成绩也很好。聊到儿子的成绩，他的眼中闪烁着希望的光芒，仿佛看到未来的某一天，儿子成为一名画家，坐在自己的画室中，一缕温暖的阳光下。那天傍晚，他又要踏上呼和浩特开往乌兰浩特的列车，又是二十多个小时的无座之旅，为的只是回去拿户口本，顺便再回家看看。

“回家看看”，这或许就是选择“无座”背后的动力之一，无论过程有多难熬，只要是回家的路，一切都值得，因为那条路的尽头，是温暖的家和许久未见的家人。

一觉醒来，已是下午五点多。从床上爬起，站在地上的时候，小腿酸痛到差点跌回床上。那瞬间，恍如隔世，脑海里的时间一点点倒退。倒退到刚接触到床时的愉悦，倒退到洗去疲惫的沐浴香气，倒退到午饭后四人的聊天，倒退到我妈亲手包的羊肉烧麦，倒退到快速路上属于呼和浩特的初秋的风，倒退到在车站见到我爸时的激动，倒退到充满人生百味的车厢，倒退到北京站焦虑的等待，倒退到那场只眷顾了机场圈的暴雨……晃了晃神，才敢相信我们真的已经到家了，搭乘一趟无座的火车。

原载于《草原》2020 年第 1 期

郭仲白 1994 年出生，内蒙古呼和浩特人，现居住于北京，国企员工，文学写作爱好者。

夜行汽船

大学在新校区，校址位于一个江南县城偏僻的郊外。学校的宿舍楼紧邻一条京杭大运河的分支，站在宿舍的阳台能看到过往汽船上，船家养的白狗跑来跑去。宿舍楼前面是一大片荒地，每每晨起，薄雾弥漫，睁着惺忪睡眼站在阳台伸懒腰时，总能看到三两农妇在荒地上开垦。短短几月，每日感受天气，顺便见证了一块荒地是如何被农妇的巧手料理得井井有条的。

来这里终于到了大学生涯的最后一个年头，很多不适都被慢慢淡化，但依然不能习惯潮湿的气候，这大概和乡音难改是一个道理。深夜，躺在床上，白日嘈杂慢慢消去，便能听到不远处过路汽船低沉的轰鸣。此时，是游子思乡的好时候，我总会想到我的姥爷。

记得上小学时，父母上班忙，姥姥、姥爷来我家照顾我。一大早，姥爷会叫我起床，和我一起吃早饭，帮我梳小辫儿，骑车载我去上学。记得姥爷第一次给我梳头的时候，我很不信任他。因为按常理来说，姥爷是不会扎小辫儿的。我拿着皮套和梳子，披头散发地歪着头问姥爷：“姥爷你会梳吗？”姥爷一副信心满满的样子对我说：“会啊，当然会，你妈、你小姨她们小时候的小辫儿都是我梳的！”一听这话，我兴高采烈地把头发交给姥爷梳，梳完一看效果真不错，甚至超过了从小就给我扎头发的妈妈。于是，给我扎小辫儿的重任就由姥爷全权负责。

过了一段时间，妈妈问我：“每天早上都是姥爷给你扎头发的?”我理所当然地回答说：“对呀。”妈妈听后便笑了：“你姥爷可真是有进步呀，都会梳头发了。”小时候的我认为和姥爷是最好的朋友，任何时候都维护姥爷。这时我觉得妈妈是在笑话姥爷，于是便气鼓鼓地说：“姥爷梳得可好了，比你扎得都好，你和小姨小时候的头发都是我姥爷扎的呢!”我沾沾自喜地以为这一席话已经让妈妈心服口服，可万万没想到一听这话，妈妈笑得更厉害了。妈妈说：“你就听你姥爷瞎说吧，小时候他从来没给我们俩梳过头发!”我一听急了，有人敢质疑姥爷梳头的手艺那还得了，于是赶忙辩解道：“怎么可能，这是姥爷跟我说的，而且姥爷还梳得这么好!”妈妈总算不笑了，慢慢解释说：“那是他想让你放心才这么说的吧，我们小时候你姥爷很忙的，基本不着家。”

当时年龄尚小，一直无法理解为何姥爷会和妈妈说法不一，于是便觉得妈妈是嫉妒姥爷的好手艺才不承认。直到几年前，我在姥爷家翻到一张相片，姥爷穿着及膝的呢子大衣，带着黑色绒帽，踩着锃亮的皮鞋，站在北京的一条马路上，笑盈盈地看着镜头外，那应该是二十世纪八十年代左右的事情了。我被姥爷帅气的外表迷倒的同时，终于解开了十几年前的那个问题。听妈妈讲，姥爷年轻的时候做过很多很多事情，所以妈妈小时候家里从不缺粮食。姥爷还开过汽水厂，小时候别人喝一口分五次咽下去的美味，妈妈他们都当水喝。维持一家老小的生计，还让日子过得有滋有味，可想而知姥爷得有多忙。一年到头家都很少回，更何况每天早上能给女儿们扎头发了。其实姥爷完全没必要为安慰我而说好话，毕竟我只是个小屁孩儿。梳完头发，吃完早饭，姥爷还要拖着他年轻时因打狍子而受伤的腿，一拐一拐地骑自行车送我上学。

时间就这样过去，我从一个头发都要姥爷给扎的小女孩变成了一个能在异乡生活的成年人。我走过了很多路，看到了不同的风景，却无比怀念和姥爷玩捉迷藏藏在洗衣机里的时光。今年暑假，妈妈回家看望姥姥、姥爷，我以路途遥远为借口没有同行。与到达姥姥家的妈妈视频通话时，姥爷在一旁说：“孙女你怎么不回来啊，你快回来呀，你想去哪玩姥爷陪你去，就咱们两个人，不带别人……”当时的我欲语凝噎，我实在找不出任何理由来回答我为什么不回去。现在我也想问自己，为什么不回去？后来听妈妈说，姥爷的腿伤越来越严重了，脚肿得跟个馒头似的，都不能穿袜子。前些日子，他自己出门遛弯儿，家门口有个小斜坡，坡上有些小石子儿，别人一脚能踢老远的石子儿却把姥爷绊倒了，因为他的伤腿挪不开步。

钱塘自古繁华，每每去西湖总能听到《鸿雁》这首歌，江南的人们只把它当成一首旋律悠长的舞曲。可对于一个草原的孩子来说，其中蕴含的感情可想而知。鸿雁，向南方……心中是北方家乡。天苍茫，雁何往……你听，又一条汽船路过了。

原载于《草原》2017 年第 1 期

张鹤宁

90后，呼和浩特市人，现在英国伦敦留学。

我只会说“你好”和“我爱你”（外一篇）

今天跟班上蒙古国的女生聊天。

除了“你好”和“我爱你”，我不会说更多的蒙古语。感觉在内蒙古生活了二十年不会说蒙古语真是一件很遗憾的事。每次都是咕噜咕噜胡乱讲几句，公交车蒙古语报站名时经常听到的话给外地同学装个样子，但今天不敢班门弄斧。

好像很小的时候就会说“赛拜诺（你好）”，纯天然无刻意。

但年少不都和轻狂更配么，因为默默喜欢过一位蒙古族小伙，所以稀里糊涂地学了一句蒙古语“我爱你”。今天说给蒙古国妹子听，换来片刻茫然。原来内蒙古和蒙古国的蒙古语，还是有蛮多差别的。

聊着聊着，忽然觉得有点饿，有点想家。想回去喝姥姥打回来的鲜牛奶，想回家吃掉一盘又一盘的涮羊肉，想看大街上每个店铺下面的蒙古语。虽然全家老小都是汉族，爷爷奶奶也是支边来到草原的，多半是因为天空太蓝，纯净得不想离开了吧。

每次用手机看宁波的气温，都会习惯性往前翻一页，看看家里的温度。好巧，好几次都是我这里的最低温，是家里的最高温。不管温度怎么走低，反正都该添衣服了。

秋天来了，冬天还远吗？

文章写到这里，听到身后的室友传来嗑榛子的声音，一定是因为冬天要来了，加快了贮藏坚果的脚步。

不怕不怕，冬天的假期里，可以回家吃姥姥做的饭啦。文尾与表白更配：

> 必其咩，哈勒尔泰①
> 让每一丝银发都在短暂的
> 日子里熠熠生辉

幸福多半是拥有一场开着暖风的午觉。

或者，能每天喝到一杯和姥姥在家打出的味道一样的五谷豆浆。

于是每天就算绕路也一定要拐到学校一食堂喝一杯现磨豆浆，现磨豆浆的老大爷鬓角的白发和他慢悠悠的耐心与笑容让我想爷爷了。

每次都暗下决心，一定别忘了抽空给爷爷、奶奶打几个电话，但每次都是手机的震动和屏幕闪烁着奶奶的号码才想起距离上一次打去电话已经一个多月了。

跟爷爷、奶奶打电话的时候，讲话的声音高低是不一样的。因为爷爷偶尔会耳背，可爱极了。有时候会错把我的声音听成妹妹的声音。电话快到打完的时候，才恍然大悟地说："是蓉蓉啊！"也有时候给奶奶打的电话，会被爷爷接起来。说明奶奶不是在逛街，就是在合唱团排练。

记得上次妹妹跟我吐槽，"姐姐，每天我放学一回家，爷爷就开始给我念你的朋友圈，每条都读好几遍，都快背下来了。"

以前很多人觉得很吃惊，我家的老人们都会玩微信，够时尚。毕竟爷爷、奶奶、姥姥都已经是七十多岁的人了，他们努力学会玩微信无非就是为了看看我的生活。

不久前分享了一首英文歌在朋友圈。吃午饭的时候刷朋友圈，刷到

① 我爱你，音译。

一条奶奶留的评论：

“听不懂，但也觉得很好听的。”

鼻子一酸，低头看盘里的菜时视线一下子就模糊了。可能我永远都不会懂，这种尽所有努力去靠近一个人的爱有多么强大。一边感动，一边自责，这些耐心与陪伴本该在没有离开家的时候拿出与他们共同度过的。

记忆中的奶奶一直都是一头没有染过的黑色卷发，爷爷的身体也一直都像以前住在公园旁时那么好，在公园的器械区还可以翻跟头。

可这一切都无意间被奶奶渐变的银色发丝推翻。

被放大的那些永恒的，无法抵抗的衰老与离别才最让人难过吧。

“人有事做，老得慢一点。”

这话姥姥总说，她总是担心老去，宁愿逞强也不肯服老。

看到电影《二十四城》里这一行字幕打出来，一阵酸楚袭来。

贾樟柯用缓慢细腻却不觉得冗长的镜头道出了时代的年轮碾过的无奈。可能这些老去的年华才使得这个世界更加诗意而悲情，分秒间都流露每一个跳动的生命横扫所有变革与时间抗争的渺小力量。

校园里偶尔会碰到全家老小一起出动的“校园观光团”，爷爷、奶奶、姥姥、姥爷组队陪孙子、外孙逛校园。

听到过身边人不屑的语气和嘲讽的心态，甚至以前自己也觉得这阵势有点夸张。

但能有机会一字一句描绘每一间教室里每一分秒的空气在我心里是如何穿梭的，一步一步走遍每一个想与他们分享的美好，多半是这世界上最奢侈的浪漫吧。

我只想用我肆意浪费的无限时光陪着你们，让每一丝银发都在短暂的日子里熠熠生辉。

原载于《草原》2016年第3期

王丽宁　女，汉族，爱好写作。1997 年生于内蒙古赤峰市，毕业于苏州大学唐文治书院。

时时刻刻

一

有什么人在唱着悲歌。

她透过半开的车窗，看这个她并不熟悉的城市。车流缓慢地向前蠕动，让她想起小镇学校主席台上那只墨蓝色不足一指关节长的毛虫。她想那毛虫大约已化成了蛾，将在不久死去，留下不知深埋在何处的卵继续等待盛夏。而她还是在茧里，身上的每根动脉、静脉都与茧相连，借以浑浑噩噩地感知外界。生生之间的洪流是她唯一直观的见证。

立交桥像铅灰覆盖了的虹，在天空之下、地面之上盘回着。水珠晕开了云团，染开了 Lily Allen 慵懒的声音，扩散开的部分便在狭小空间中侵袭。于是她皱眉，把车窗摇落到最低，让那些冲淡了的碎屑涌走。期间雨水斜飞进来打在她眼里，循着眼角又不疾不徐地流出，宛如神与她共同的泪。

她始终沉默，让这气氛更像是哭泣。

二

我从未听到学校的钟楼在午夜敲响。

苏州如旧多雨，清清冷冷。早晨起床要提前二十分钟设连续不断的好多闹钟，清醒的标识变成缀着不同符号发送出去的早安；中午已经习惯了五食堂做据点，偏执的要一份番茄炒蛋，尽管明知不会是想象中的味道；在教室逗留的时间愈发长，糖果和巧克力从半份变成双份；每晚回寝室时骑车总经过橙黄灯光，把手迎过去似乎才有暖意；开始用手电筒做照明在深夜读书写作业，把每一份鲜活的心情压缩封存进漆黑的窗口。

但在这之间我从未听到过钟声，每一个时刻都未曾听到。钟楼就站在那里，在文综楼的一隅，高高地，高高地，像一只飞鸟在俯瞰生活，指针是它的翅羽。它不声不响亦转动不息，却终于转不停时光。

但我抱着双膝坐在楼边望路对岸粲然流光，手扶冰凉的护栏看下方沉寂水面，每一个夜晚我离它是如此之近，却从未听到过钟声，从未听到。

我想它是在沉默。

三

生活不外乎如此，结识一些未曾结识的人，好的坏的，再因为他们发展出无数不同的可能道路。她在本子上写下这句话，抬起头来看窗外大朵大朵蔚然绚烂的云霞，昭示着已近黄昏。落地窗正对着钢铁架构的半环，远一点能看到高楼林立，近一点是脚下车水马龙。行道树站在路两侧，像华服边缘的整齐针脚。

她记得沿着这条路向北骑行再左转，能买到甜味的双皮奶；沿着这条路向南骑行再右转，便可抵达吴淞江；而沿着与它交错的那条路往落日方向，则是独墅湖平缓水面折射光芒，落在教堂尖顶便泛起犹如圣灵的玫瑰金色。

她曾伏在甜品店桌子的一端漫无目的发呆；她曾在江边迎着风携来的烟味声嘶力竭哭喊；她曾倚靠在护栏上看湖畔浅水中茕茕的巨大白色十字架，耳畔是唱诗班的优雅赞颂。

她把这一切记忆在脑海里循环往复千万遍，缠绕成莫比乌斯的轮回。而在这所有的记忆之外，在这顶楼空荡荡的楼梯间里，她只是独自一人，背对着落地窗，旋转，定格，沉默。

记忆在世界之外，记忆在时间之外。

四

即使每天清晨六点半到午夜十二点都被琐碎事务填满，我也无法把钟楼从繁杂思绪里清出去。而无论何时我回望它，总觉下一刻便是悠远钟声落下惊起一大片飞鸟，黑色的茫茫的在那建筑顶端盘回，然后随着余韵在空中荡开的波纹散了，到天边到远方到杳无踪迹；而总是低着头匆匆行来行去的人们，也就在那一瞬间若有所思般地看向它，如同看待一个漂泊的灵魂。

事实却是它仍然沉默，鸟儿仍然在树枝上轻巧巧地扮着残叶，街上的行人仍然只是行走。恰如我日复一日地习惯了抬头看一眼它，仍旧放不下它的沉默。然后在越发繁重的学业任务之下，沉默终于还是滋长起来，攫取了心神。

这让我错觉自己已成了钟楼的倒影。

早上醒来还是会茫然失措地觉得要迟到了，然后迷迷糊糊睡死回去，梦里充斥着错误的选择题和空白的简答题。跟以前疲于奔命的日子没有半点差别。

然而我就是开始清楚地知道自己已经被剥离出了象牙塔，不再拥有滥大街言情小说里所描写的那些青春。

这样有意义吗？这样又能证实什么？

这一切重要吗？这一切又都是真实的吗？

原载于《草原》2016 年第 6 期

徐秋芳 笔名徐慢慢，女，90后，现为内蒙古作家协会会员，教育工作者。作品散见于《中国校园文学》《散文选刊》《散文百家》《鸭绿江》等刊。

一把铜钱慰乡愁

讲古，奶奶总念叨祖太爷，念叨祖太爷快要没了的时候，攥着一把铜钱离开。哄我睡觉的时候念叨。帮我薅鸡翎做毽的时候念叨。串亲戚，道上踢出个铜钱，锈得没个样子，捡回来放在窗台上，补袜子，瞥见那钱，停了手，奶奶又念叨。

一九二八年出生的奶奶，十九岁嫁给了爷爷，生八个孩子，最大的赶年七十。商量之后，家里人决定把奶奶送到老姑那边住些日子，子女们都乐意尽可能侍候好奶奶。老姑，是她们那辈人中最小的。

奶奶九十岁，行动不大灵便，身边已经离不开人。开春，离开住了几十年的老屯儿，去往老姑家。老姑把奶奶接去那天，打电话和爸爸诉委屈："妈到这儿了，喊一道，回家，一百岁也离不了，一百岁也离不了那个家……"姑姑在电话那头说，爸在这头默默流眼泪。

奶奶进了老姑家。头一句话："我寻思你们要把我扔后山上呢，到你这，也挺好。"话没落，"咯咯咯"，自己笑喘了。

奶奶横着巴掌抹眼泪，笑的。老姑蹭着手背抹眼泪，疼自己的妈。那么大岁数的妈，从干不动活的那天起，就把自己看成了累赘——儿女们的累赘。

老姑照料奶奶十分周到，脸色红扑扑，人也胖了，腮上的褶子少了整整两道。老了就是老了，奶奶嘴里说的事和眼前站着的人常常弄拧了。好在世界都有个原谅，周围的人，因为“老”，不再计较那些。半年前我去时，奶奶还清晰地喊我的名字，半年后再见，奶奶在炕上歪着头端详，好一会儿。本以为还会喊我。“来啦，坐吧”。拍着炕面，奶奶说。一绺头发滑下来，虚贴在她腮上。跨上炕沿倾身我问：“奶奶，我是谁啊？”“嗯嗯，嗯嗯，坐吧，坐。”奶奶拉我的手。“这不小秋芳嘛！”老姑怕奶奶着急，紧抢一句。“对喽，是小秋芳，我的小秋芳。”奶奶笑了。攥起奶奶的手。奶奶的手瘦了，小了，血管鼓凸着，一根一根爬在手背上。指甲修得挺好，甲缝里干干净净。指尖有点凉，手掌也不再那么温润好看，枯槁，只能用那个词形容那只操劳的手，形容那只仅剩一张皮包裹脂肪严重流失的手。

奶奶一生带过那么多孩子。我们这一辈几乎都是奶奶带大的。那些时光好像是一眨眼间的事。窗棂间漏进的阳光里飘着灶烟，屋里弥漫着白米粥淡淡的煳味。“小秋芳起啊，咱们喝粥咧。”奶奶从外间探进头，看着被窝里似睁不睁眼的我。我小时候好动，不愿在屋里久待，从不会说话起，就挓挲着胳膊往门外头指。夏天系个红兜兜，让奶奶抱着，门垛子旁一戳半天，进屋就打挺不干。道下老王头从门旁的大石上一起身，就嚷嚷：“头（tōu）儿，头（tóu）儿不坐，头儿，头儿不坐。”奶奶夹着我，紧捯过去站石头上才肯罢休。妈和老姑说我冒话儿早，刚顶生日，嘀里嘟噜嘴里不闲着，只有奶奶能听明白。奶奶背着我，陪着我说话，一条街又一条街，树的影子从奶奶的身上、我的脸上滑过，太阳又大又热。那时候，奶奶的头发一定蹭着我的手脸，那时候的我一定有痒痒的感觉——要不，爸为何总说没进院就能听见我笑呢？眼睛对着眼睛，我就那样看着我奶奶，试图从奶奶的眼睛里再找找那些滑过的树影，老高老高晃着亮叶的苘麻，道边土埋半截的破碾子，叼着蚯蚓追跑的鸡。“不中了，你瞅东院那老太太，走道那灵巧儿。”握拳敲着腿的奶奶说。说一次，叹气一次，眼睛便浑浊一阵。众人旁边跟着劝：“您都多大岁数了，到这岁数，我们还赶不上您呢！”“这就挺好，还能下地呢。”“知足吧！前两天，西头杨家老老太太和小老太太搭伴走了，年都过不着了。”听见这话，奶奶眼里的浑浊消退下去，如同站场院里看暴雨扫过之后的天边，灰黑一阵，刷地蓝起来，无边无际，清澈得谁都想一头扎进去不回来。

我们嗑着瓜子闲谈，奶奶也拿了一个，放腿上俩手剥，准确说是抠。没摁住，瓜子从腿上滚落。抬抬盘着的腿，蹭挪了屁股，奶奶歪着身子在炕上找。捡起剥开，掩到她手心里。奶奶捏嘴里抿，瘪瘪着嘴咂味儿，又吐到手上。瓜子粘在掌心，抖抖那只手，奶奶拍两下，口里叨叨：“干净干净！”

坐在奶奶旁边给她剥瓜子，剥一个放她腿上，剥一个放她腿上，剥着剥着，腿上的瓜子仁堆成了米山。奶奶一只手虚护着，并不看。看我的脸，看我的指尖，看我头上的发卡。奶奶的眼睛不够用。跟我在一起，奶奶的眼睛总是不够用——那么些年了，还是这样。奶奶的眼睛如同一口老井对望天空。有流云，有飞鸟，有树影，甚至大风吹动井沿边一颗沙粒的滚动，对老井来说都是那么熟悉，越熟悉越爱瞅，越瞅心里越澄净越沉稳。那时候住乡下，奶奶来家看我。夏天夜短，爸妈起早贪黑上班，中午吃完饭，俩人打着哈欠自顾自午睡。淘了一上午，吃饱喝足，奶奶嘴中孙悟空变的瞌睡虫钻我鼻孔里了，俩眼皮打架，倚着奶奶的腿，睡着了。奶奶一手揽着我，一手拽小垫子，横上枕头，把我放上面。奶奶也困，坐我旁边，勾头半闭着眼，手拿蝇甩儿赶蝇子，不让它们爬我。窗外园地里的虫们“嘶嘶啦啦”叫。一怔，怕自己睡着，奶奶下地往木柜里掏，掏出把生瓜子，一个一个地剥，一小盒，等我睡醒。凉杯里的水喝起来有点甜，生瓜子嚼起来脆脆的。

姑姑和爸爸在商量把奶奶接回家的事。一年了，奶奶见了爸爸常念叨回家。爸爸答应了奶奶，过年回家。眼看着过年了，可奶奶越来越糊涂，身子骨越来越软。老姑问奶奶：“妈，你过年回家过，还在这过呀?”奶奶这回说话提了底气：“再待两天儿就回，我回去了你别难受，啊!”

第二天，是奶奶的生日。九十岁的生日，本该回家过，不大预备也要摆几桌。五代人了，孙男娣女几十口，坐一起给老寿星庆贺庆贺沾沾仙气太应该了。“让妈安稳地过个生日再说”，爸爸决定在老姑家给奶奶过生日。说这话的时候，爸爸瞅着我的大伯和老姑。

第三天上午，全家人帮奶奶收拾东西，正午，趁天暖和护着奶奶回家。临走前，老姑改了主意似的：“让妈再待些日子吧！”爸说：“早一天，晚一天，都要回去，放心吧，妈没事。”我知道姑姑担心着什么，我也知道爸爸口中的没事指的是什么。

全家人谁也不说话。默默地为奶奶换了一身新衣。老姑打来水，上炕认认真真地给奶奶梳了头，洗了脚。

这一路，奶奶没有半点吵闹，越要到村口时，越是精神，总问：“快到了吧？”奶奶平安地到了家。爸乐得孩子似的，陪着司机开喝了，大伙一拦，他轻巧：“都不走了，今儿都不兴走，司机也不走了。”

一进家门来了神气，奶奶不要人搀，自己从炕边儿爬到了炕里，四平八稳地坐了上去。我妈凑前问：“妈，这哪儿呀？”“家呀，这是咱家。”奶奶边说边拍打炕，没牙的嘴乐着合不上，眼角的笑纹纵在一起，瞧着这个进屋，那个出屋，很久很久都没平下去。

奶奶说我们徐家祖籍关里登州府，我的祖太爷年轻时脾气大，家里开着木匠铺，大家大户，当家的没照看周全说话伤了他。祖太爷一股气下了关外。找个大户人家做了一年，年根儿揣着工钱奔了家。临贴家那天，祖太爷心里打鼓：“一年了，不道啥样，是不是都惦记自个呢。”——估摸来估摸去，折饼（把擀好的面饼拿在手上来回掏，掏到够大够圆了才肯下锅烙；下到锅里扛不住烙，来回翻，怕煳）。挨到天黑，扒上房的窗户往里瞧，一大家子人欢天喜地忙乎过年，耗子大个人也没提他的。祖太爷心寒，烟筒桥子上忍了半宿，鸡叫顶着星星撒开了腿，永没回头。祖太爷扎到关外吉林梨树落脚，娶妻生子立门户。临没的时候，恍恍惚惚不肯上路，已经不认人了，手里攥着一把铜钱，叨念：“思灭家乡，思灭家乡。”思灭，还是死灭，或是思没，似乎都对，似乎又都不对。祖太爷口里含含糊糊吐出的那几个字，已没人能说清楚了，讲故事的离开的离开，糊涂的糊涂。族人一直竭力往下续讲，试图还原祖太爷临终的意思，可，越讲越模糊——如同老屋上的窗纸，有风吹过，“呼哒呼哒”地响，日久经年，纸于窗棂先老，声音也日渐衰弱。“思灭家乡？”“思没家乡？”一个思字，被那么多无奈与孤苦水洗，一个人的血脉，在水洗过程中，由红变白，由丰腴变枯槁，那份热却如何也没有散了去。祖太爷临终攥着那把铜钱，是他母亲追出庄外，掖他的盘缠。妈给的，苦，难，一辈子没舍得花，把攥着上路。人世间的很多惜爱是花不了的，犹若祖太爷那一把攥到死的铜钱。犹若，犹若奶奶总不忘磨叨的那把铜钱。实物被祖太爷带进了地下，剩下的，在奶奶嘴边挂着，越磨越亮。

大学里有山东同学，某一天忽然想起那句话，室友说了，居然是“死埋家乡”。听那句话的时候，是个春天，校园里的杨树吐了枣子大的绿芽。一只风筝老高老高，在教学楼的上方定住不动。风筝瞧得见，风筝线融在蓝天里，瞧不见，她也在。还年轻吧，死亡距离年轻终归是遥远的事情，所以不大能给我更多的触动。所以，虽然窥见了老一辈人的秘密，存着吧，在心里存着，我不讲给爸听。

我不知道奶奶还能陪伴我们多久，只知道老屋旧炕对于她来说才是家，故乡之故，老的，熟悉的，不停念叨的。那些熟悉的味道，熟悉的缝隙，包浆的物件，包浆的日月，才会令奶奶觉着安稳踏实。奶奶踏实，爸便也慌不起来。有个慌不起来的爸爸慢慢老着陪着，令我的快乐如灌浆的稻穗般充盈，自足自傲鼓粒粒地戳在地里，风来雨来，任由他。

渴望风雨，渴望朝阳，渴望大海与星空，年轻需要不同的背景布随时撤换。饲我的童年以美食，赐我的少年以故事，当我长大成人，世界将我的童趣捯线一样收回，风筝般飘在世上的我，丝毫感觉不到慌乱与独自面对未来的焦虑。真是应当感谢奶奶。感谢奶奶又以她的方式给了我神祇一般的启迪——告诉我故乡之于人生，犹若秤砣之于秤杆，如压舱铁之于航船——空浮轻飘的人生，需要一些重物镇压与挂坠，避免上翘，抵抗摇摆。挥别童年成为大人，没有任何惋惜，并不是年岁与时间留给我的视距不够，而是，而是因为有奶奶，有奶奶一直贴着皮肉往我的身躯里灌注着一些东西。今生无论走多远，都有个小小的故乡坐落在身后——回头望不望，她都在。故乡有铺大炕，夏日阴凉冬日烘暖的大炕上，坐着我的奶奶，伤了累了委屈了，奶奶都会拍着炕面邀我躺上去坐上去——托抚我这具平凡得不能再平凡的肉体。因为这个，我不惧怕未来，甚至对明天充满着那么一点压抑不住的渴望——甜丝丝青虚虚

——如同小时候夏天贪嘴，嚼了吐，吐了又嚼的甜棒秸。

小时候，奶奶讲故事，讲到两个人头次碰面，其中一个一准会问另一个人家乡居处。呵呵，家乡居处，我奶好有文化啊。

原载于《中国校园文学》2018 年第 4 期

00后

2000's

李　华　女，2003 年 8 月生于内蒙古乌兰察布市丰镇农村。因家庭缘故未能上学，受外公等人帮助自学识字。长期居土墙屋，刚搬入政府定点扶贫的砖瓦房，以放牛、种地为生。

我的动物世界（非虚构）

小猫白虎

村里的猫很多活不到睁眼。

我那时候还小，和我妈在一起，她不让我离开她，所以我不能上学，陪伴我的只剩下一只猫。

那只小白猫，是姥姥连夜送来的。姥姥当时还算年轻，十多里山路，健步如飞。小猫在纸箱子里叫唤了一路，早已累得精疲力竭，姥姥小心翼翼地把它放在炕上，我开心得屏住呼吸。猫儿非常小，不敢抱，怕一碰就骨折。两只小眼有点儿歪，像在哭，看人的眼神有点冷，戒备心强。腿细细的，像大一号的火柴杆，几乎站不住。它可能还没满月，喂什么都不会吃。

大家看它怯怯的样子，觉得好笑，“这个猫娃子真小得怪！”父亲说。它当晚像小老鼠一样，在我脚边缩了一夜，安安静静。直到第二天早上，当它发现再也看不到猫妈妈了，于是朝着玻璃窗方向，“哇……哇……”地像小孩儿一样哭了一天，揪心。

那时候的我并不快乐，危房漏风漏雨，天气也总是阴沉沉的。父母常常打架，我穿着脏成地图的衣服，不洗脸，不梳头，不出门。村里没有小孩子，我走进人群中像走在林子里，我被村子遗忘了。

小猫总算长大了点，我给它起了个名字叫白虎。白虎精瘦却多动，它饿，偷吃土豆，在人用的碗里喝水，故意卧在花瓶里。大人们打它，它便旁若无人地大唤，故意似的。

“你看看，都是你把这死猫崽惯坏了！哪有这么不安分的猫！这小畜生！”我爸这样骂，又好像在骂我，他的喜怒无常让我倍受折磨。

那时候家里仿佛全是阴霾，走一步都灰心。我生气了，一把把白虎揪起来砸向破旧的窗台，然后号啕大哭，近于疯癫。家乡话管这叫“牵制”，就是拿无辜者撒气，对不起，猫儿，年幼的我“牵制”了你。

又过了一段时间，白虎生病了，我也长大了一岁，更加忧郁。它肚子里长了蛔虫，瘦得皮包骨，不再活泼，我忽然无比怜惜起它来，觉得我们的命运如此相似，都是那样叛逆和挣扎。我愧对于它。

在农村买一根火腿肠不容易，但每当我吃到火腿肠，必定要压在炕席下一截，留给白虎。我试着用狗尾草逗它，它却非常怕我，躲到阴冷的柜底下。外婆打它妈妈（大白猫）的恐怖样子，一直是我心里的阴影，而现在年幼的我却让它重复了它妈妈的命运，我把它打怕了！我无比痛心，我那么小，就作了恶。

那年冬天夜里，月亮清白如水，我们一家躺在炕上，像躺在水中，白虎躺在桌子底下，黑暗中我看见它悄悄站了起来，瘦得骨头贴着皮，在月光下慢慢走来，像小一号的豹子。终于，它来到我的枕边，卧了下来。我发觉它很悲伤。我和它的眼睛都含着泪花。一个一岁的生命，依偎着我一个八岁的生命。它是猫，生下来千般幸运才没有像同胞兄弟姊妹们那样没睁眼就被丢进渠沟里。我是人，一颗童年的心好像经历了一生。

苦命的白虎还是走了，在后来很长一段时间里，每当我想起月影下的它，还是会暗暗落泪，那年我八岁。

村里每家每户都有猫，黑的、白的、花的、胖的、瘦的，长癣的、瞎眼的……形形色色，和村里的人一样多。它们出生，长大，捕老鼠，挨打或者掉入水缸，又或者在某一天趁人不注意往树林子里一窜，再不回来，也不一定。

它们和人一样，在村里寂寞地活。

杀　羊

杀了羊，就离年不远了。

在我们那儿，要等过了大雪，才能开始杀羊。农村没有冷库，就算内蒙古冰天雪地的，大雪之前也冻不结实肉。

村子里其实没有多少羊，全村的羊加在一起也不到一百只，好不容易养大了大多留着卖，攒下钱过年时好买一些猪肉。村里扎堆的土坯房子，田地间挤着的小路，光秃秃的山，我从不觉得这和草原有什么关系。

我对杀羊的记忆是从那一年开始的。那一年，从山那边搬来了一家人，然后几辆大车拉来了他们的羊。

我从没见过这么多的羊，一个挨一个，挤成一大片棉花团。等一开栏门，羊群就像牛奶一般流出来，没有掉队的，“呜哇”叫着，直直流上山顶。后面留下一小股颜色更白、叫声更嫩的“牛奶”在栏里，由那家的女人伺喂。在夏天，羊全部被赶出门去，任由小羊糟蹋刚长好的庄稼，村民们骂声连天。

开始杀羊那天一早，他们家里的男人就跑出门去，在村子里到处找人，可能至少找了二十几个人，加上骑摩托来的杀羊师傅，足足站了一院子。男人们钻进羊栏，猫着腰，踮着脚，猛然从一团白云般奔跑的羊群中抱起一只孩子似的小山羊来，大笑着捆上四肢。山羊和绵羊不一样，山羊临死前会“哇——哇——”地叫，非常刺耳，很像小孩子哭，很吓人。他们有时候一天就要杀掉十几只羊，满村都飘着牛粪烟，热热闹闹的一整天。

我们家也杀过羊，是绵羊，最多的时候杀过两只。父亲用鞭子挽成绳套，把二十多只羊惊得满院“轰隆轰隆”狂奔，我不敢出去，趴在玻璃上大声喊他，不要抓那只我用炒面糊糊喂大的小羊。

我其实很害怕杀羊，因为那时候家里的羊很多是我的好朋友，它们一点儿也不怕我，我一出门就都拥上来舔我的手，向我讨玉米粒吃。我亲手喂大过好几只没奶吃的小羊羔，那时候我很小，踮起脚尖从柜上取下便宜的过期牛奶和炒面糊糊，然后冲进我小时候用来喝糖水的小奶瓶。刚生下的小羊饿得腿发软，站都站不住，我把它稳稳地放在膝盖上，摸着它的头，“小羊羊，不害怕，喝牛奶……”反复念叨数次，它开始像吸母羊乳房那样吸起塑料奶嘴。

喂活一只小羊其实很难，炒面和发苦的牛奶会让它们拉肚子，一拉就很难痊愈。就是喂大了也发育不全，肚子像个油葫芦，只能等将来会吃青草了往回补。喂小羊是我童年最大的快乐。冬天，我睡在炕上，小羊睡在地上，我静静地听着它们细弱的“咩——咩——”声，游丝一样，但我会感觉到生命的存在。父亲脾气暴躁，有时会打小羊，我大喊大叫，尽力保护着它们。在村庄，它们和我一样小，一样脆弱。

记得有一天，我收拾堂屋的旧柜子，意外发现了几把生锈的杀羊刀，刀身细长，刀柄精致，我从没见过。我拿着去给父亲看，他抽着烟，悠悠地说，这些刀都是咱家以前的，二十多年前咱家羊多，几乎和后来搬来的那家人一样多。年年也要杀十几只，叫上全村的人，唉。

找　驴

它今年总算老了。

它刚来我们家那年，才一岁多，腰身窄小，脖子很细，四条腿却永远像准备开跑。爸用一根绳子拴着它。我给它起了个名字叫旦旦，因为它一叫起来就“旦——旦——”，很好玩。它会踢人，我悄悄从门缝里偷看它，它大眼睛忽闪忽闪地，它发现了我，我看着它，它也看着我。

那时候毛驴不值钱，买旦旦才用了不到两千块钱。当时我们家只有十几只羊，它一来，成了全院唯一的大牲畜，爸专门挂麻饼喂它。

旦旦被拴了几个月后，冬天，在寒冷的早上，爸把它放出门去。它睁着眼睛，怔怔地，好像在想事情，然后忽然撒腿开跑，冲进苍白的林子里。林子里有很多毛驴，来自各村，我们都以为它进了驴群了，直到傍晚，那些大大小小的驴又回到河边喝水，爸才发现它早就不在了。

天已黑，爸只好戴上皮帽子去找它，电话打给车站的小卖部老板，老板却说没有看见。爸端着玉米盆子，打着借来的头灯，寒风刺骨，终于在十多里外外婆的村子找到了它。它跑得快极了，感觉像是变了形的大兔子。它跑起来从不主动回头，任由自己一直跑下去。

爸把它拴在电线杆子上，用大棍抡，声音“腾——腾——”，它却不出一声。我吓得躲回屋里不敢看。它一冬都在跑，跑到难以置信的地方，等人来追，来用一把玉米把它哄回去，哪怕回去就是一顿打。就这样，跑了抓回来，抓回来再跑，不厌其烦。“把它卖了吧，叫个收牲口车，随便给几个钱，白给也行，这个害种得赶紧卖了！”爸喊。苦不堪言。

那时候，我总暗暗觉得，这头小驴其实应该是匹马。

旦旦不再跑是从它第一个女儿出生开始的。那年冬天，它又一次跑了，当时它已经快要临盆，爸找了半夜，甚至叫了村里五六个人一起，没有任何结果。这次它好像真的蒸发了，飞走了。“世上没有这样腿脚快的驴！”大家都说。直到第二天，爸和几个人又上山去找，却发现它正在他们昨晚路过很远的一片荆棘里卧着，一动不动，身子下藏着一只再小不过的小驴。

爸把羊羔一样的小驴抱回来，我没见过那样可爱的小东西，它浑身毛茸茸的，眼睛像它母亲旦旦一样完美灵动，一双耳朵像兔子一般包着脑袋，小女孩一般柔弱胆怯。它母亲住进草栏里，整日守着它，不再跑了。

日子一天一天过去，我们发现它的耳朵和一只蹄子其实早已在那个数九天被冻坏了！妈用热水给它敷，但好像一点作用也没有。随着春天到来，小驴先是耳朵开始烂，发臭，然后是脚，一瘸一拐。小驴渐渐长大了，它缓慢地走在泛青的草地上，双眼忧郁。这样的驴是没有用的，拉不得车，养不了驹，只有它那从前爱逃跑的妈妈旦旦还爱着它，像大孩子和小孩子一起玩那样，教它用后腿“弹”人。

小驴是不会跑的。因为它，它妈妈也再没跑过。爸没再找过驴。

一转眼，又到了初冬，庄稼收割完毕，田野变草地，没了庄稼挡着，能望到很远处的小树，劳累了一秋的驴又开始游荡。秃耳朵的小驴子却病了，它耳朵在夏天时就掉了一半，残缺的蹄现在被冻得渗出血。

孩子们用石子砸它，它双眼呆滞，三条腿不会动，没有任何反应。爸终于打算卖掉它了。那天，一辆大铁栏车在傍晚赶来，它和母亲旦旦在门外等着回家。车上的人挨个下来，在和爸谈价钱。旦旦好像意识到了什么，突然撒腿就往村外树林子冲，飞一般冲，一边冲，一边嘶，所有人都目瞪口呆。可它忘了，它会跑，它的孩子不会跑。

将近一年，它第一次逃跑。小病驴在它身后被装上车，拉去外省，再没有回来。

这是好多年前的事了，当时我还是个孩子，爱胡思乱想。现在我长大了，已经不再喜欢会逃跑的驴了。爸也老了，不再半夜爬山，寻找没有回家的牲口。旦旦老了，生过好多小驴，生一个卖一个。它也不再逃跑，拉了好多年的木板儿车，它的眼睛不再明亮，腰身不再矫健，和骏马再没有任何关系。

疯　狗

它被拴了整整十年。

我的村子很孤单。只有几户人家，一群羊，三间快要倒塌的危房，还有一条小路。从南到北走一圈最多半个时辰。

我爸爸四十九岁才有的我，我妈妈那时三十六岁。我和他们寂寞地住在村子里，他们白天出去干农活，很晚才回来。有一天，我搬来凳子蹬上去试图打开大门，快够到门锁时才发现自己没有钥匙，这时候，我发现了那条狗。

一条大黑狗，在院墙角落里看着我。眼睛黑洞洞，很瘦，脖子上牢牢锁着粗铁绳，铁绳另一端锁在一块巨大的青石条上。

从此我意识到，院子里除了我，还锁着一个大东西。

它那时候还很健康。腰身细长，腿脚利落，皮毛常年承受着日晒雨淋，却依然很光滑。它的听觉异常灵敏，陈旧的铁门外有一点响动，它就“汪，汪，汪”的大叫，声嘶力竭，生铁卡进脖子里，毛上都有血。而从门外进来的多是几只小羊，或者过年时候才来的几个亲戚。

我想它可能渴望真有个强盗来。

那时候我五六岁，爸爸说没我的时候这条狗就来了。刚来的时候它还是只小狗，黑油油，活泼泼，满地跑。村里的狗都是拴着的，所以它很快也被一根铁链钉在了屋角，早早失去自由。

有一年下大雪，零下二十度。一夜间雪下了一米厚，第二天早晨门都推不开。我发现在奇厚的白雪中，它不见了，吓了一跳，大叫，“看呀，狗冻死了！”父亲披衣跑出来，拿起铁锹开始挖，一锹、两锹……你猜怎么着，它还活着！在雪里扑腾了几下就站了起来，很倔强的样子，像我。

那场雪大得很吓人，自治区新闻上都喊了抗灾口号。村里和邻村都压塌了好多危房，养羊大户的铁皮羊舍半夜塌了，死了好多羊，镇上最大的超市也压塌了，修了一春。有些事，一到春天总会跟着气候一样好转起来，最起码有了些温度，不再冷冰冰的。回暖的气候会让心情不那么凉飕飕，好心情就像是脚下的土地开始松软，虽然会有几次倒春寒。

作为狗，它一生中做过两回错事，一次咬了我妈，一次吃了一只鸡。

那天，我妈端着胶皮盆子去喂它，它每天只吃半盆粗糙的玉米糊，再拌一点土豆皮什么的，永远不变。母亲把盆子端给它，它低下头开始吃，母亲站着等取盆子。忽然，它冲上来狠狠在母亲腿上咬了一口，鲜血直流，非常恐怖。母亲拿一块砖敲出新茬浸上冷水敷了敷，止住了血。它的铁绳被父亲缩短了一大截，也是为它好。

那只鸡我几乎记不清了，家里很少养鸡，村里也是。也许是鸡自己溜达到它身边的。也许是误吃，也许它是真饿了。

很多年后，我发现，在我孤单压抑的童年中，有些叛逆的感情其实是和它一样的。它后来再没作过恶。

几年后，六月的一天，它忽然不吃不喝。其实当时它已经是一只老狗了，骨瘦如柴，双目涣散。它不再大声吠叫。我们以为它只是像往常一样被烈日晒狠了点而已，可是两天后它依然停食。父亲觉得不妙，用两根木棍、几件破衣给它搭了个凉棚，按时饮它水喝。可它却越病越厉害，双眼充血，惨叫一样狂吠，把院墙啃开一个大坑，满嘴是土，木棍也咬得血迹斑斑。

我想救救它，把采来的苦菜远远丢过去让它吃（它以前会吃带茸毛的草），可它已经不会吃东西了。

第二天，父亲叫来了一辆收狗的三轮车，五十块钱，十元钱一张，一二三四五，一共五张，它永远离开了我的村子。我躲在屋子里，心很痛，却哭不出来。

写这篇文章的时候我已经不在那个村子了，我们全家搬迁到了政府为贫困户建设的大村子里了。这有水泥街，街上有很多狗，都是小狗，成群结队，浩浩荡荡，它们看上去比我家那条狗幸运很多。

可能，我在童年和青春期中所有的压抑与痛苦、反抗与挣扎，都要渐渐淡忘于时间和飞快向前的日子中，小水沟一样没有人留意，苦着它自己的苦，欢乐着它自己的欢乐，静悄悄流淌，远去。

原载于《草原》2020 年第 3 期